Aus dem Amerikanischen
von Katrin Weingran

ROBERT BEATTY

SERAFINA BLACK und die TIERE DER NACHT

Schneiderbuch
EGMONT

Bücher von Robert Beatty bei Schneiderbuch:

Band 1: Serafina Black und der schwarze Umhang
Band 2: Serafina Black und die Tiere der Nacht

Weitere Bücher von Robert Beatty sind bei Schneiderbuch in Vorbereitung.

1. Auflage

verlegt durch EGMONT Verlagsgesellschaften mbH,
Alte Jakobstraße 83, 10179 Berlin

Die englische Originalausgabe erschien 2016 unter dem Titel
»Serafina and the Twisted Staff« bei Disney Hyperion, an imprint of Disney Book Group.

Übersetzung aus dem Amerikanischen: Katrin Weingran
Umschlagillustration: Alexander Jansson
Umschlaggestaltung: Anke Koopmann, Designomicon, München,
in Anlehung an das Originalcover von Maria Elias
Satz: Greiner & Reichel, Köln
Printed in Germany (671575)
ISBN 978-3-505-13934-5
www.schneiderbuch.de

FSC MIX Papier FSC® C0144

Dieses Buch widme ich euch, liebe Leser,
denn mit eurer Begeisterung für
»Serafina Black und der schwarze Umhang«
habt ihr wesentlich dazu beigetragen,
dass dieser zweite Band überhaupt möglich wurde.

Außerdem widme ich es meinen Verbündeten
und Co-Kreativen Jennifer, Camille, Genevieve und
Elizabeth. Ihr seid die Liebe meines Lebens.

Biltmore Estate
Asheville, North Carolina
1899

Drei Wochen nach dem Sieg
über den Mann im schwarzen Umhang

1

Serafina pirschte durch das Unterholz des mondhellen Waldes. Sie lief geduckt und hielt den Blick fest auf die Beute gerichtet. Wenige Schritte von ihr entfernt nagte eine große Buschratte an einem Käfer. Serafinas Herz schlug ruhig und gleichmäßig in ihrer Brust, während sie sich behutsam und lautlos an die Ratte heranschlich. Ihre Muskeln zuckten, bereit zum Sprung. Aber sie überstürzte nichts. Sie wartete auf den richtigen Moment. Als die Ratte sich vorbeugte, um einen weiteren Käfer aufzulesen, schlug sie zu.

Die Ratte sah sie aus den Augenwinkeln heranspringen. Es überstieg Serafinas Verstand, warum so viele Tiere des Waldes vor Angst erstarrten, wenn sie zuschlug. Wenn der Tod in Gestalt von Reißzähnen und Klauen aus dem Dunkeln auf sie zugesprungen käme, hätte *sie* um ihr Leben gekämpft. Oder sie wäre davongerannt. *Irgendetwas* hätte sie jedenfalls getan. Kleine Waldtiere wie Ratten, Kaninchen und Streifenhörnchen waren nicht gerade bekannt für ihre Tapferkeit, aber was brachte es, vor Angst zu erstarren?

Als sie sich auf die Ratte fallen ließ, packte sie in Sekundenschnelle zu und hielt sie fest umklammert. Und jetzt, da es viel zu spät war, begann das Rattenmännchen sich zu wehren, zu beißen und zu kratzen. Sein kleiner behaarter Körper wurde zu einer sich windenden Schlange, das winzige Herz schlug rasend schnell. *Na endlich*, dachte sie, während sie das *Klopf-klopf-klopf* seines Herzens in der Handfläche spürte. *Endlich beginnt der Kampf!*

Natürlich war alles nur Übung, das Anschleichen und Zuschlagen, die Beute zu verfolgen und sie zu packen. Serafina brachte die Tiere nicht um, die sie jagte, dazu bestand kein Grund. Aber das wussten die doch nicht, verflixt nochmal! Sie war der Schrecken! Sie war der Tod! Also warum erstarrten sie im Moment ihres Angriffs? Warum flohen sie nicht vor ihr?

Serafina setzte sich auf den Waldboden und lehnte sich mit dem Rücken an eine alte, knorrige und mit Efeu überwucherte Eiche. Die Ratte hielt sie in der geballten Faust.

Dann öffnete sie die Hand langsam.

Sofort schoss die Ratte davon, so schnell sie konnte, aber Serafina schnappte sie sich und hielt sie wieder fest in ihrer Hand.

Sie ließ die Faust einige Sekunden geschlossen, dann öffnete sie sie erneut.

Dieses Mal rannte die Ratte nicht los. Sie saß zitternd und hechelnd auf Serafinas Handfläche, zu verwirrt und erschöpft, um erneut loszuspringen.

Serafina hob den verängstigten Nager etwas näher an ihr Gesicht, neigte den Kopf zur Seite und studierte ihn. Die Buschratte sah nicht so aus wie die fiesen grauen Kanalratten, die sie üblicherweise im Keller des Biltmore Anwesens fing. Diese spezielle Ratte hatte einen vernarbten Riss am linken Ohr. Sie war also schon einmal in Ungnade gefallen. Und mit den dunklen Knopfaugen und den bebenden Schnurrhaaren besaß sie mehr Ähnlichkeit mit einer niedlichen, pummeligen, braunen Maus als mit den üblen Schädlingen, deren erfolgreiche Bekämpfung Serafina den Titel der Obersten Rattenfängerin eingebracht hatte. Ihr schlechtes Gewissen meldete sich, weil sie sie gefangen hatte, aber sie wusste auch, dass sie instinktiv zuschnappen würde, falls die Ratte erneut zu fliehen versuchte. Sie hatte keine Wahl. Es war ein Reflex.

Während die kleine Ratte wieder zu Atem kam, suchte sie mit hastigen Blicken nach einem Ausweg. Aber sie wagte es nicht. Sie wusste, dass Serafina sie fangen würde, sobald sie zu fliehen versuchte; dass es ihre Natur war, mit ihr zu spielen, mit der Pfote nach ihr zu schlagen und sie mit den Krallen zu verletzten, bis sie am Ende tot war.

Doch dann setzte Serafina die Ratte auf den Waldboden. »Entschuldige, Kleiner, ich perfektioniere nur meine Fähigkeiten.«

Die Ratte blickte verwirrt zu ihr hoch.

»Lauf schon«, sagte Serafina sanft.

Die Ratte warf einen Blick zum Distelgestrüpp.

»Ich lege dich nicht rein«, versprach Serafina.

Die Ratte schien ihr keinen Glauben zu schenken.

»Geh schon nach Hause«, sagte Serafina. »Renn nur nicht zu schnell los – das ist der Trick dabei. Und halte das nächste Mal Augen und Ohren offen, selbst wenn du an einem leckeren Käfer kaust, hörst du? In diesem Wald gibt es weitaus fiesere Kreaturen als mich.«

Verblüfft fuhr sich die Buschratte immer wieder mit den kleinen Pfötchen durch das Gesicht und nickte mit dem Kopf, fast so, als wolle sie sich verbeugen. Serafina lachte schnaubend, was die Ratte endlich zur Besinnung brachte. Ein Ruck ging durch ihren kleinen Körper und sie huschte ins Unterholz davon.

»Einen schönen Abend noch«, wünschte Serafina. Plötzlich hörte sie über sich ein Geräusch. Es klang, als würde eine Windböe die Blätter der Baumwipfel zum Rascheln bringen. Aber da war keine

Böe. Die Nachtluft war kühl und ruhig, so reglos, als hielte Gott den Atem an.

Serafina hörte ein zartes, beinah hauchfeines Murmeln, nicht mehr als ein Flüstern. Als sie nach oben sah, entdeckte sie jedoch nichts weiter als Baumstämme und Äste. Im nächsten Moment war sie auf den Beinen und klopfte das schlichte grüne Arbeitskleid ab, das Mrs Vanderbilt ihr tags zuvor geschenkt hatte. Dann lief sie auf das Geräusch horchend durch den Wald. Sie versuchte, die Richtung zu bestimmen, aus der es zu ihr drang. Zuerst neigte sie den Kopf nach links, dann nach rechts, aber das Geräusch schien keinen festen Ursprung zu haben. Schließlich kam sie zu einem Felsvorsprung, von dem aus es steil bergab in ein bewaldetes Tal ging. Von hieraus konnte sie meilenweit sehen, hinweg über den Dunstschleier, der über dem Tal hing, bis hin zu den Silhouetten der Blue Ridge Mountains auf der anderen Seite. Ein dünner Schleier aus hell schimmernden, silberweißen Wolken zog langsam am Mond vorbei.

Serafina stand auf dem Felsvorsprung und ließ den Blick suchend über das Tal schweifen. In einiger Entfernung hoben sich die spitzen Türme und schiefergedeckten Dächer des eleganten Biltmore Anwesens vor dem dunklen Wald ab. Die hellgrauen Kalksteinmauern wurden von Wasserspeiern, Fabelwesen und Skulpturen von Kriegern vergangener Tage geschmückt. In den schrägen Fensterscheiben spiegelten sich die Sterne und die gold- und kupferfarbene Verkleidung des Dachfirstes glänzte im Mondlicht. Dort, im ersten Stock des großen Hauses, schliefen Mr und Mrs Vanderbilt sowie ihr Neffe Braeden, Serafinas bester Freund. Die Gäste der Vanderbilts – Familienmitglieder von außerhalb, Geschäftsleute, Würdenträger, berühmte Künstler – schliefen im zweiten Stock in prächtig ausgestatteten Zimmern.

Serafinas Pa kümmerte sich um die Zentralheizung, den elektrischen Dynamo, die Waschmaschinen und all die anderen neumodischen Apparate des Anwesens. Ihr Vater und sie lebten in der Werkstatt, die sich im Untergeschoss des Hauses befand, noch hinter den Küchen, Waschküchen und Lagerräumen. Doch während alle Menschen, die sie kannte und liebte, bei Nacht schliefen, blieb Serafina wach. Sie schlummerte mehr oder weniger den ganzen Tag, zusammengerollt auf einer breiten Fensterbank oder versteckt in einem dunklen Schlupfwinkel im Keller. Bei Nacht durchstreifte sie die Flure von Biltmore als stille, unbemerkte Wächterin. Sie erkundete die verschlungenen Pfade der ausgedehnten Gärten des Anwesens und die dunklen Täler der umliegenden Wälder, und sie ging auf die Jagd.

Sie war ein zwölfjähriges Mädchen, doch sie hatte nie das Leben geführt, was gemeinhin als normal bezeichnet wurde. Sie hatte ihre Zeit damit verbracht, durch die endlosen Korridore des Kellergeschosses zu streifen und Ratten zu fangen. Ihr Vater hatte sie, eher scherzhaft, die O.R.F getauft, die Oberste Rattenfängerin. Aber sie hatte den Titel voller Stolz angenommen.

Ihr Pa hatte sie stets geliebt und tat auf seine raubeinige, gluckenhafte Weise sein Bestes, um sie aufzuziehen. Und sie war keinesfalls unglücklich darüber gewesen, jeden Tag mit ihrem Vater zu Abend zu essen und sich nachts durch die Dunkelheit zu schleichen, um das große Haus von Ungeziefer zu befreien. Doch tief in ihrem Innern hatte sie sich einsam und ziemlich seltsam gefühlt. Sie hatte nie verstanden, warum die meisten Menschen im Dunkeln eine Laterne mit sich trugen oder warum sie beim Gehen so viel Lärm machten, oder was sie dazu brachte, die ganze Nacht über zu schlafen, wenn alle möglichen Dinge ihre größte Schönheit entfalteten. Serafina hatte genug Kinder beobachtet, um zu wissen, dass sie keins von ihnen war. Wenn sie in den Spiegel blickte, sah sie ein Mädchen mit großen, bernsteinfarbenen Augen, hohen, kantigen Wangenknochen und einer wilden Mähne, die in verschiedenen Gold- und Brauntönen schimmerte. Nein, sie war kein normales, alltägliches Kind. Sie war überhaupt kein Kind des Tages. Sie war ein Geschöpf der Nacht.

Während sie dort am Rande des Tales stand, hörte sie erneut das geheimnisvolle Geräusch, das sie hierhergeführt hatte, ein sanftes Flattern, gleich einem Raunen, das wie ein Wind über ihr dahinströmte. Die Sterne und Planeten funkelten am Himmel, als wohnten in ihnen die Geister zehntausender Seelen, aber des Rätsels Lösung offenbarten sie ihr nicht.

Ein schmaler dunkler Umriss zog am Mond vorbei und verschwand. Serafinas Herz setzte einen Schlag lang aus. Was war das gewesen?

Ein weiterer Schatten erschien vor dem Mond und dann noch einer. Zuerst dachte sie, es seien Fledermäuse, doch Fledermäuse flogen nicht so schnurgerade.

Serafina runzelte die Stirn, sie war verwirrt und fasziniert zugleich.

Schatten um Schatten hob sich vor dem Mond ab. Sie legte den Kopf in den Nacken und sah, wie die Sterne sich verdunkelten. Erschrocken riss sie die Augen auf. Aber dann wurde ihr langsam klar, was sie da sah. Mit zusammengekniffenen Augen spähte sie in die Dunkelheit und entdeckte, dass große Singvogelschwärme über das Tal flogen. Nicht bloß einer oder zwei oder ein Dutzend, sondern ein langer, schier endloser Strom – ganze Vogelwolken. Die Vögel füllten den Himmel. Das Geräusch, das Serafina vernahm, war das sanfte Rauschen tausender, winziger Flügel von Spatzen, Zaunkönigen und

Seidenschwänzen auf ihrem Herbstzug. Das Jahr schien für ihre Reise viel zu weit fortgeschritten zu sein, doch da waren sie. Sie schossen mit wild flatternden Flügeln über den Himmel, zogen für den Winter gen Süden, reisten heimlich im Schutze der Nacht, um den Falken zu entgehen, die am Tag Jagd auf sie machten, und nutzten die Kammlinien der unter ihnen liegenden Berge und die Position der Sterne, um ihren Weg zu finden.

Die federleichten, zuckenden Bewegungen der Vögel hatten Serafina schon immer fasziniert, hatten stets ihren Puls beschleunigt, aber diesmal war es anders. In dieser Nacht ließen der Anblick der Vögel, ihre Schönheit und ihre Anmut, mit dem sie über den Bergen entlangzogen, ihr Herz überfließen. Es kam ihr vor, als würde sie einem einmaligen Ereignis beiwohnen, doch dann dachte sie daran, dass die Vögel dem Weg folgten, den Eltern und Großeltern ihnen gezeigt hatten, dass sie diesem Weg seit Millionen von Jahren folgten. Das einzig Einmalige daran war, dass sie unvermutet Zeugin des Ganzen wurde.

Beim Anblick der Vögel musste sie an Braeden denken. Er liebte Vögel und Tiere jeglicher Art.

»Ich wünschte, du wärst hier«, flüsterte sie, als läge er wach in seinem Bett und könnte sie über die vielen Meilen hinweg hören, die sie trennten. Sie sehnte sich danach, das Erlebnis mit ihrem Freund zu teilen. Sie wünschte sich, er stünde neben ihr, um zu den Sternen und Vögeln und silbrig umrissenen Wolken und dem leuchtenden Mond in all seiner Pracht emporzublicken. Sie würde ihm natürlich davon erzählen, wenn sie sich das nächste Mal sahen. Doch bei Tag geäußerte Worte wurden den Wundern der Nacht nicht gerecht.

Einige Wochen zuvor hatten sie und Braeden den Mann im schwarzen Umhang besiegt. Sie und Braeden waren Verbündete und gute Freunde geworden, aber ihr wurde wieder einmal schmerzhaft bewusst, dass sie ihn seit einigen Nächten nicht mehr gesehen hatte. Jede Nacht hoffte sie auf seinen Besuch in der Werkstatt. Doch Morgen für Morgen ging sie enttäuscht zu Bett und das hinterließ nagende Zweifel. Was machte er? Hielt ihn etwas davon ab, zu ihr zu kommen? Ging er ihr absichtlich aus dem Weg? Sie war so froh gewesen, endlich einen Freund zum Reden gefunden zu haben. Die Vorstellung, dass sie für ihn vielleicht nur vorübergehend interessant gewesen war und jetzt zu ihren einsamen Streifzügen durch die Nacht zurückkehren sollte, fraß sie innerlich auf. Sie waren doch Freunde, oder? Eigentlich war sie sich ganz sicher. Aber sie machte sich Sorgen, dass sie nicht ins Tageslicht und die oberen Stockwerke passte. Dass sie nicht dorthin gehörte. Konnte er sie so schnell vergessen haben?

Als die Vögel schließlich vereinzelter vorbeizogen, blickte Serafina grübelnd über das Tal. Seit sie den Mann im schwarzen Umhang besiegt hatte, betrachtete sie sich als eine Wächterin. Wie die Marmorlöwen, die rechts und links des Eingangsportals standen und Biltmore vor Dämonen und bösen Geistern beschützten. Sie verstand sich als O.R.F und zwar nicht nur der kleinen, vierbeinigen Schädlinge, sondern von Eindringlingen jeglicher Art. Ihr Vater hatte sie stets vor der Welt gewarnt, vor den dunklen Mächten, die ihre Seele verführen konnten, und nach allem, was passiert war, war sie davon überzeugt, dass da draußen noch mehr Dämonen lauerten.

Seit Wochen wartete und wachte sie nun bereits wie ein Posten auf seinem Wachturm, aber sie hatte keine Ahnung, wann oder in welcher Gestalt die Dämonen kommen würde. Ihre größte Angst war, dass sie nicht wusste, ob sie stark und klug genug sein würde, sie zu besiegen – ob sie als Jägerin oder Gejagte enden würde. Vielleicht wussten die kleinen Tiere wie die Buschratte oder die Streifenhörnchen, dass der Tod nur einen Tatzenhieb entfernt war. Verstanden sie sich als Beute? Womöglich rechneten sie damit zu sterben, waren bereit zu sterben. Aber das war Serafina keineswegs. Sie hatte noch viel vor.

Ihre Freundschaft mit Braeden stand noch ganz am Anfang, und sie würde sie nicht aufgeben, nur weil es gerade schwierig zwischen ihnen war. Serafina fing außerdem gerade an, ihre Verbindung zum Wald zu verstehen, herauszufinden, wer und was sie war. Und jetzt, da sie den Vanderbilts persönlich begegnet war, übte ihr Pa Druck auf sie aus, sich wie ein anständiges Tageslichtmädchen zu benehmen. Mrs V. hieß sie willkommen, hatte stets ein nettes Wort für sie. Nun standen Serafina der Keller, der Wald und die oberen Etagen offen – statt zu wenig Verwandtschaft wie bisher, hatte sie nun zu viel und wurde in drei Richtungen gleichzeitig gezerrt. Aber nachdem sie, mal abgesehen von ihrem Pa, jahrelang ohne Familie hatte auskommen müssen, war der Beginn ihres neuen Lebens ein gutes Gefühl …

Das alles war schön und gut. Wenn Gefahren drohten, wollte sie sich gegen sie zur Wehr setzten, wollte sie leben. Aber was war, wenn die Gefahr so schnell über sie hereinbrach, dass sie sie nicht kommen sah? Was, wenn Klauen vom Himmel stürzten und sie umbrachten wie eine Eule die Maus, bevor sie überhaupt realisierte, dass sie existierten? Was, wenn die wahre Gefahr nicht darin bestand, ob sie die Bedrohung bekämpfen konnte, sondern darin, ob sie sie überhaupt erkannte, bevor es zu spät war?

Je länger sie über die Vogelschwärme nachdachte, die sie gesehen hatte, desto unruhiger wurde sie. Es war ziemlich warm, aber der Dezember schien ein viel zu später Zeitpunkt für den Vogelzug zu sein. Sie runzelte die Stirn und suchte am Himmel nach dem Polarstern. Als sie ihn gefunden hatte, erkannte sie, dass die Vögel nicht einmal in die richtige Richtung geflogen waren. Hatte es sich bei ihnen überhaupt um Zugvögel gehandelt?.

Wie sie dort hoch oben auf dem Felsvorsprung stand, kroch das Grauen als düstere Vorahnung in ihre Knochen.

Sie sah dorthin, wo die Vögel hingezogen waren, und dann blickte sie in die Richtung, aus der sie gekommen waren. Sie starrte auf die Wipfel des dunklen Waldes. Ihr Verstand war bemüht, alles zu verarbeiten. Und dann wurde ihr klar, was geschehen war.

Die Vögel zogen nicht gen Süden.

Sie waren auf der Flucht.

Serafina holte tief Luft, während ihr Körper auf die Erkenntnis reagierte. Ihr Herz begann zu rasen. Arm- und Beinmuskeln spannten sich an.

Was immer es war, es kam auf sie zu.

Und es kam jetzt.

2

Kurz darauf drang aus der Ferne ein weiteres Geräusch an Serafinas Ohr. Es war kein Flügelschwirren, sondern etwas auf der Erde. Sie neigte den Kopf und lauschte. Es schien aus dem Tal zu kommen.

Sie legte die Hände hinter die Ohren, ein Trick, auf den sie durch das Nachahmen einer Fledermaus gekommen war.

Da hörte sie das schwache Klirren eines Geschirrs und das Klipp-Klapp von Hufen. Es schnürte ihr die Kehle zu. Mitten in der Nacht diese Geräusche zu hören, war merkwürdig. Eine Kutsche, die von vier Pferden gezogen wurde, rollte über die drei Meilen lange, kurvige Straße auf das Anwesen zu. Bei Tag wäre daran nichts Ungewöhnliches gewesen. Doch niemand traf mitten in der Nacht auf Biltmore ein. Da stimmte etwas nicht. War es ein Bote, der eine schlechte Nachricht überbrachte? War jemand gestorben? Würde der Norden erneut Krieg gegen den Süden führen? Welche Katastrophe war über die Welt hereingebrochen?

Serafina verließ den Felsvorsprung, eilte ins Tal hinab und lief durch den Wald zu einer der Bogenbrücken aus Ziegelstein, an denen die Straße den Fluss querte. Hinter einem Lorbeerbusch versteckt, beobachtete sie, wie eine in die Jahre gekommene Kutsche vorbeirollte. Die meisten Kutschen verfügten über ein oder zwei Pferde, doch diese wurden von vier dunkelbraunen Hengsten gezogen. Ihre starken Muskeln zeichneten sich deutlich unter dem schweißbedeckten Fell ab, das im Mondlicht glänzte. Sie blähten die Nüstern.

Serafina schluckte. *Dies war kein Bote.*

Braeden hatte ihr erzählt, dass Hengste wild waren und schwer in den Griff zu bekommen – sie traten ihre Pfleger und bissen die Leute und hassten ganz besonders andere Hengste –, aber hier zogen vier von ihnen einmütig eine Kutsche.

Als Serafina hinsah, wer die Kutsche lenkte, sträubten sich ihre Nackenhaare. Der Kutschersitz war verlassen. Die Pferde galoppierten gemeinsam in einem mitreißenden Rhythmus, als hielte ein Meister die Zügel, aber es war nirgends ein Wagenlenker zu sehen.

Serafina knirschte mit den Zähnen. Hier stimmte etwas ganz und gar nicht. Das spürte sie tief im Innern. Die Kutsche hielt direkt auf Biltmore zu, wo alle fest schliefen und keine Ahnung hatten, dass sie heranrollte.

Sobald das Gefährt um eine Kurve bog und nicht mehr zu sehen war, nahm Serafina die Verfolgung auf.

Sie rannte hinter der Kutsche her durch den Wald. Das Baumwollkleid, das Mrs Vanderbilt ihr geschenkt hatte, war nicht allzu lang, daher behinderte es sie nicht beim Laufen, aber es war überraschend schwer, mit den Pferden Schritt zu halten. Sie preschte durchs Gebüsch, sprang über umgefallene Baumstämme und knickte Farnwedel um. Sie setzte über Rinnsale und kletterte Hügel hinauf. Der kurvenreiche Verlauf der Straße verschaffte ihr den Vorteil, die eine oder andere Abkürzung nehmen zu können. Ihre Brust hob und senkte sich im Takt der immer schneller werdenden Atemzüge.

Trotz der Beklemmung, die sie kurz zuvor gepackt hatte, brachte der Wettlauf mit den Pferden sie erst zum Lächeln und dann zum Lachen, was das Luftholen beim Rennen noch erschwerte. Sie genoss den Kitzel der Jagd, während sie durch den Wald stürmte.

Dann wurden die Pferde auf einmal langsamer.

Serafina bremste ihren Lauf abrupt und duckte sich.

Die Pferde blieben stehen.

Sie verbarg sich einen Steinwurf von der Kutsche entfernt hinter einem Rhododendron, und ihr Atem beruhigte sich langsam.

Warum hatte die Kutsche angehalten?

Die Pferde traten unruhig von einem Bein aufs andere, aus ihren Nüstern stieg dampfend ihr Atem auf.

Serafina beobachtete die Kutsche mit klopfendem Herzen.

Der Griff des Verschlags bewegte sich.

Serafina presste sich dicht an den Waldboden.

Langsam schwang der Verschlag auf.

Serafina meinte zwei Personen im Innern zu erkennen, doch dann nahm ihr eine plötzliche Finsternis, wie sie noch nie eine erlebt hatte, die Sicht – ein Schatten, der so schwarz und flüchtig war, dass selbst ihre Augen ihn unmöglich erfassen konnten.

Ein großer, drahtiger Mann mit einem breitkrempigen Lederhut und einem wettergegerbten, dunklen Mantel stieg aus der Kutsche. Er hatte lange, zottelige, graue Haare und einen grauen Vollbart, der an seinem Kinn hing wie Moos an einer rissigen Baumrinde. Nachdem er aus der Kutsche gestiegen war, stand er mit einem knorrigen Wanderstock in der Hand auf der Straße und blickte suchend in den Wald hinein.

Hinter ihm glitt ein grimmiger Wolfshund aus der Kutsche. Und dann noch einer. Die Hunde verfügten über schlanke Körper, wuchtige Schädel mit schwarzen Augen und ein struppiges, schwarzgraues Fell. Insgesamt kamen fünf Hunde aus der Kutsche, die vermutlich nach etwas Ausschau hielten, das sie zerreißen konnten.

Serafina hatte Angst, auch nur das kleinste Geräusch zu machen. Sie atmete langsam und flach. Das Herz hämmerte gegen ihre Brust. Sie wäre am liebsten losgerannt. *Bleib ganz ruhig,* befahl sie sich. *Rühr dich ja nicht.* Sie war überzeugt, dass die Hunde sie nicht bemerken würden, solange sie ihre Deckung nicht aufgab.

Sie wusste nicht, was es war – vielleicht sein langer, zerfranster Mantel und der abgenutzte Zustand der Kutsche –, aber es sah aus, als wäre der Mann weitgereist. Es überraschte sie, als er den Verschlag zuwarf, einen Schritt zurücktrat und die Pferde ansah. Die Hengste stürmten sofort los, als hätten sie die Peitsche zu spüren bekommen. Schon bald war die Kutsche die Straße hinunter verschwunden und brachte die andere Person weiter nach Biltmore. Den bärtigen Mann und seine Hunde jedoch ließ sie im Wald zurück. Der Mann schien darüber nicht erschrocken oder verärgert zu sein, sondern benahm sich, als wäre der Wald genau der Ort, an dem er zu sein wünschte.

Mit Worten, die Serafina nicht verstand, versammelte der Mann sein Rudel Hunde um sich. Es waren üble Bestien mit gewaltigen Pfoten und dicken Krallen. Sie kamen Serafina nicht wie normale Hunde vor, die am Boden schnüffelten und den Wald erforschten. Sie blickten alle zu ihrem Herrn auf, als warteten sie auf seine Anweisungen.

Das Gesicht des Mannes wurde von der breiten Hutkrempe verdeckt. Doch als er es zum Mond hob, stockte Serafina der Atem. Die silbrigen Augen des Mannes leuchteten voller Macht aus einem ledrigen, zerfurchten Gesicht hervor. Sein Mund öffnete sich langsam, als versuchte er, das Mondlicht einzusaugen. Gerade als sie dachte, er würde etwas sagen, stieß er den unheimlichsten Schrei aus, den sie je gehört hatte. Es war ein lang gezogenes, heiseres Kreischen. Und genau in dem Moment kam eine gespenstisch weiße Schleiereule zwischen den Bäumen hervorgeflogen. Ihr Flügelschlag war geräuschlos, doch sie antwortete mit einem Schrei auf den Ruf des Mannes, der Serafina das Blut in den Adern gefrieren ließ. Ein Schauer lief ihr den Rücken hinunter. Als die Eule über sie hinwegflog, wandte sie das gruselig platte Gesicht zu Serafina um, als würde sie nach ihr suchen und sie jagen wollen. Serafina presste sich an den Boden wie eine kleine, verängstigte Maus.

Als die Eule im Dunkel der Nacht verschwand, spähte Serafina zurück zur Straße. Und ihr blieb fast das Herz stehen. Der bärtige Mann und seine fünf Hunde blickten nun in ihre Richtung! In den Augen des Mannes funkelte immer noch ein unnatürliches Licht, obwohl er sich vom Mond abgewandt hatte. Serafina redete sich ein, dass der Mann und seine Hunde sie unmöglich in ihrem Versteck entdeckt haben konnten. Aber es gelang ihr nicht, die furchtbare Angst abzuschütteln, dass sie genau wussten, wo sie war.

Der Mann griff mit einer knotigen, ledrigen Hand in die Hosentasche und holte etwas daraus hervor, das wie ein zerrissenes, dunkles Stück Stoff aussah.

Er hielt es seinen Hunden zum Schnüffeln hin. Mit tiefer, finsterer Stimme befahl er ihnen: »Sucht!« Etwas in dem zerfurchten Gesicht des Mannes und an seinem Bart, seiner Kleidung und der Art und Weise, wie er das Wort sagte, ließ sie vermuten, dass er ein Mann der Appalachen war, geboren und aufgewachsen in den felsigen Schluchten und unwirtlichen Tälern ebendieser Berge.

Der erste Wolfshund stieß seine Schnauze in die Falten des dunklen Tuchs. Als er seine Nase wieder hervorzog, stand sein Maul offen, Speichel tropfte heraus und ließ die gebleckten Zähne glänzen. Der Hund begann zu knurren. Dann waren die nächsten beiden Hunde an der Reihe, bis schließlich alle fünf den Geruch aufgenommen hatten. Die abgrundtiefe Bösartigkeit der Tiere versetzte Serafina einen Hieb in den Magen. Ihre einzige Hoffnung bestand darin, dass die Spur des Geruchs in die entgegengesetzte Richtung führen würde.

Der Mann blickte auf sein Rudel hinunter. »Unsere Beute ist nah«, verkündete er und befahl mit einem unterschwelligen Drohen in der Stimme: »Sucht! Findet den Schwarzen!«

Plötzlich heulten die Hunde los wie wilde Wölfe. Alle fünf sprangen auf und liefen in den Wald. Serafina konnte ein Zusammenzucken nicht verhindern. Ihre Beine wollten so gerne lossprinten, dass sie sie kaum stillhalten konnte. Aber sie musste in ihrem Versteck bleiben. Es war die einzige Überlebenschance. Doch zu ihrem Entsetzen hielten die Hunde direkt auf sie zu.

Sie konnte es nicht fassen. Sollte sie sich noch länger verstecken? Sollte sie kämpfen? Sollte sie losrennen? Die Hunde würden sie in Stücke reißen.

In dem Moment, als ihr klar wurde, dass sie fliehen musste, erkannte sie auch schon, dass es zu spät war. Sie hatte keine Chance. Ihre Kehle schnürte sich zu. Ihre Beine versagten. Sie erstarrte vor Angst.

Nein! Nein! Nein! Tu's nicht! Du bist keine Ratte! Du bist kein Streifenhörnchen! Du musst losrennen!

Im Angesicht des sicheren Todes tat sie, was jedes Waldtier getan hätte, das noch bei Sinnen war: Sie sprang drei Meter hoch in einen Baum. Sie landete auf einem Ast, wetzte ihn entlang und schwang sich mit einem verzweifelten Satz, einem fliegenden Eichhörnchen gleich, zum nächsten Baum. Von dort aus sprang sie zu Boden und rannte wie der Teufel.

Außer sich vor Wut heulten die Hunde los und nahmen die Verfolgung auf. Sie kreisten sie ein wie ein Rudel Wölfe das Reh.

Während sie rannte, warf Serafina einen Blick zurück zur Straße. Der Mann mit dem ledrigen Gesicht blickte zu der gespenstischen Eule hinauf, die zu ihm zurückgeflogen kam. Dann warf er zu Serafinas Überraschung seinen Wanderstock in die Luft. Er wirbelte auf die Eule zu. Aber er traf sie nicht. Er schien zu verschwimmen und sich in der Dunkelheit aufzulösen, als die Eule im Schutz der Bäume verschwand. Serafina wusste nicht, wer der Mann war oder was sie mitangesehen hatte, aber das spielte gerade auch keine Rolle. Sie musste um ihr Leben rennen.

Sich gegen einen einzigen beißenden, knurrenden Wolfshund zur Wehr setzen zu müssen, wäre schlimm genug gewesen, aber gegen fünf von ihnen zu kämpfen, war ein Ding der Unmöglichkeit. Von Angst getrieben rannte Serafina so schnell sie konnte durch den Wald. Sie würde nicht zulassen, dass diese grollenden Biester sie besiegten. Der erste Wolfshund war ihr dicht auf den Fersen. Er streckte den struppigen Nacken, riss zähnefletschend das Maul auf und biss sie in die Wade. Serafina fuhr herum und schlug vor Wut und Schmerz laut kreischend zu. Der Geruch nach Blut versetzte die anderen Hunde in noch größere Raserei. Zu dritt zerrten sie sie zu Boden. Dann kamen die anderen zwei Hunde mit gebleckten Zähnen hinzu, um die Beute zu erlegen. Sie stürzten sich auf Serafinas Kehle.

3

Der Wolfshund sprang auf sie zu. Serafina hob die Hände schützend hoch. Anstatt ihre Kehle zu durchtrennen, vergruben sich die Reißzähne des Hundes in ihrem Unterarm. Vor Schmerz schrie sie laut auf. Plötzlich wurde einer der Hunde von einem Stein getroffen, und er wirbelte herum, um sich zu verteidigen.

»Haaa!« Ein Kampfschrei erschallte aus der Dunkelheit, als ein Junge mit langen, wild flatternden Haaren sich auf die Meute stürzte. Seine Arme wirbelten wie die Flügel einer Windmühle, während er knurrend zuschlug, kratzte und Hiebe austeilte.

Vor Schmerz fast von Sinnen rammte Serafina dem Hund, der sich in ihrem Arm verbissen hatte, den Handballen in die Nase und schaffte es, ihn wegzustoßen.

»Steh auf! Los! Lauf!«, befahl der Junge ihr, ging auf zwei der Hunde los und machte so den Weg für sie frei.

Serafina kam stolpernd auf die Beine, bereit zu fliehen. Aber gerade als sie glaubte, der Junge und sie könnten es vielleicht schaffen zu entkommen, sprang einer der Hunde aus der Dunkelheit gegen die Brust des Jungen und warf ihn um. Es krachte. Der Junge und der Hund rollten wild knurrend und beißend über den Waldboden.

Der nächste Hund stürzte sich auf Serafina. Sie wich ihm aus, doch ein zweiter griff sie von der anderen Seite an.

»Du kannst diesen Bestien nicht lange davonlaufen!«, brüllte der Junge. »Du musst ein Versteck finden!«

Sie wich einem zuschnappenden Maul aus und einem zweiten und dritten, doch die Hunde ließen nicht von ihr ab. Rückwärts laufend, verteidigte sie sich vor den Angriffen, doch dann schlug sie gegen eine nackte Felswand und konnte ihnen nicht länger ausweichen.

Sie ging kauernd in Angriffsposition und fauchte wie ein Tier, das in der Falle sitzt.

In dem Moment, als ein weiterer Hund zum Sprung auf sie ansetzte, riss der Junge ihn zu Boden.

»Los!«, rief er. »Da rauf!«

Serafina drehte sich um und versuchte, an der Felswand hinaufzuklettern, doch über den Stein rannen Wassertropfen, die ihn zu rutschig zum Klettern machten. Angefeuert von ihrem Fluchtversuch, stürmten zwei der Hunde sofort auf sie zu. Sie trat ihre Köpfe immer wieder mit den Füßen weg. Sie schwang die Fäuste und schlug zu.

»Hör auf zu kämpfen, du Dummkopf! Klettere!«, brüllte der Junge. »Du musst fliehen!«

Gerade, als sie sich umwandte, um loszuklettern, warf sich einer der Hunde auf sie, doch der Junge sprang beißend und kratzend wie ein wildes Tier auf seinen Rücken. Außer sich vor Wut jaulte der Hund auf und fuhr wild zuschnappend herum. Die beiden gingen als kämpfendes Knäuel zu Boden.

Serafina ergriff die Gelegenheit, sprang auf, packte den Ast eines Rhododendrons und zog sich am Felsen hoch. Rasch fand ihr Fuß Halt auf einem anderen Ast. Sie nutzte die Rhododendronbüsche als

Leiter und kletterte, so schnell sie konnte, die Klippe hinauf. *Versucht das mal, ihr vierbeinigen Köter!*

Als sie außer Reichweite der Hunde war, blickte sie zurück. Zwei der Hunde rannten am Fuß des Felsens knurrend hin und her. Der mutigere und dümmere der beiden versuchte immer wieder, die glatte Wand hoch zu springen, fiel jedoch jedes Mal zurück auf den Boden. »Rennt zu eurem Herrn zurück, ihr fiesen Köter!«, fauchte sie in Erinnerung an die dunkle, schattenhafte Gestalt.

Doch als sie in den Wald blickte, war es nicht der Mann, nach dem sie Ausschau hielt. Sie konnte weder den Jungen noch die anderen drei Hunde entdecken. Als sie ihn zuletzt gesehen hatte, war er in einen schrecklichen Kampf verwickelt gewesen. Sie hätte nicht sagen können, ob er siegreich daraus hervorgegangen war, aber es schien ihr unmöglich, dass er alle drei auf einmal hatte abwehren können.

Sie wartete und lauschte in den Wald, hörte aber nichts. Die beiden Hunde, die ihr auf den Fersen gewesen waren, waren verschwunden. Sie rannten am Fuß des Felsens entlang. *Die Bestien suchen nach einem anderen Weg hier hoch,* dachte sie.

Serafina musste weiter, bevor es zu spät war. Sie kletterte noch weiter hinauf, bis sie das Felsplateau erreichte.

Keuchend ließ sie sich fallen. Mit Blicken suchte sie die Bäume unter sich nach dem Jungen ab, aber dort rührte sich nichts, kein Geräusch war zu vernehmen. Ging es dem Jungen gut? War er entkommen?

Sie hatte ihn noch nie zuvor gesehen, war noch nie jemandem wie ihm begegnet; jemandem, der sich so bewegte und so kämpfte wie er. Er hatte bräunliche Haut, einen schlanken, muskulösen Körper und lange, zottelige, dunkelbraune Haare, doch es waren seine Schnelligkeit und Wildheit gewesen, die den größten Eindruck bei ihr hinterlassen hatten. Sie nahm an, dass er, so wie ihr Pa, zu den hiesigen Bergbewohnern gehörte, die dafür bekannt waren, hart und gerissen zu sein. Aber der Junge hatte beinah etwas Animalisches an sich, so als habe er sein ganzes Leben in diesen Wäldern verbracht.

Sie stand auf und warf einen Blick auf das Gelände hinter sich. Flacher, steiniger Untergrund und ein Dickicht aus Büschen, das hinunter in eine breitere Schlucht führte. Sie war ziemlich sicher, dass sie wusste, wo sie war und wie sie nach Hause gelangen würde. Doch sie drehte sich um und blickte noch einmal über die Felskante. Der wilde Junge hatte ihr das Leben gerettet. Wie konnte sie ihn da einfach zurücklassen?

Die Bisse und Kratzer, die sie sich im Kampf zugezogen hatte, brannten wie Feuer. Blut rann von einer Kopfwunde in ihre Augen. Sie musste nach Hause.

Sie blickte über die Baumwipfel in die Richtung, in der sie den Jungen zuletzt gesehen hatte. Sie wartete und lauschte, rechnete damit, Kampfgeräusche zu hören oder ihn vielleicht zu sich hochschauen zu sehen. Oder sie würde, Gott bewahre, seinen Körper leblos auf der Erde entdecken.

Hör auf zu kämpfen, du Dummkopf! Klettere! Seine Worte dröhnten ihr in den Ohren, als wäre er noch immer da. *Du musst fliehen!*

Sollte sie fliehen, wie er es ihr befohlen hatte, oder sollte sie weiter Ausschau nach ihm halten?

Sie wollte nicht auf sich aufmerksam machen, aber sie wusste sich nicht anders zu helfen: Sie legte die Hände zu einem Trichter an den Mund und flüsterte: »Hallo! Hörst du mich?«

Dann wartete sie.

Es war nichts außer dem Zirpen der Grillen und Quaken der

Frösche und den anderen nächtlichen Geräuschen des Waldes zu hören.

Sie spürte, wie ihr Herzschlag sich verlangsamte, ihre Atemzüge schwächer wurden und ihre Beine schwerer. Wenn sie es noch nach Hause schaffen wollte, musste sie bald aufbrechen.

Aber sie wollte ihn nicht allein hier zurücklassen. Sie war kein Mensch, der andere im Stich ließ – oder vergaß.

Sie wollte mit ihm reden, seinen Namen herausfinden und wo er lebte oder zumindest wissen, dass er in Sicherheit war. Wer war er? Warum war er mitten in der Nacht im Wald gewesen? Und warum stürzte er sich so lebensmüde auf ein Rudel wilder Hunde, nur um ihr das Leben zu retten?

Sie flüsterte noch einmal den Bäumen zu: »Bist du da irgendwo?«

4

Serafina erkannte, dass sie zu lange auf den Jungen gewartet hatte. Von Norden her hörte sie zwei Wolfshunde auf sich zukommen. Sie hatten einen Weg den Felsen hinauf entdeckt.

Panisch sah sie sich um. Sie spähte einen Baum hinauf und überlegte, ob sie hoch genug klettern konnte. Dann erwog sie, den Felsen wieder hinunterzuklettern, um sie zu verwirren. Aber sie wusste, dass sie die Nacht hier draußen nicht überleben würde, so ganz auf sich gestellt. Der Junge hatte ihr befohlen wegzurennen.

Endlich rappelte sie sich auf.

Wer immer der Junge gewesen war, sie hoffte, dass es ihm gut ging. *Bleib stark, mein Freund.*

Sie tauchte in ein dichtes Gestrüpp aus Fichten und Tannen. Während sie sich durch das Dickicht zwängte, schwanden ihre Kräfte. Immer wieder knickten ihre Beine weg und sie konnte sich nicht auf das Gelände vor sich konzentrieren. Blut rann ihr die Stirn hinunter bis in die Augen.

Als sie mit der Hand ihren Kopf befühlte, spürte sie, dass sie einen tiefen Riss in der Kopfhaut hatte. Serafina stolperte durch den Wald aus Bäumen, sie wusste, dass sie den Hunden nicht entkommen konnte. Die Wunden an Armen und Beinen pochten und schmerzten. Sie musste sich das Blut aus den Augen wischen, um erkennen zu können, wo sie hinlief. Die Äste der Nadelbäume waren so dick und reichten so hoch, dass sie weder Mond noch Sterne sehen konnte. Während sie voranstürmte, brachen Zweige unter ihren Füßen, Geräusche, die sie normalerweise nicht gemacht hätte, aber das spielte in diesem Moment keine Rolle. Sie musste rennen, wie sie noch nie zuvor gerannt war. Doch selbst jetzt, als sie zwischen den Bäumen hindurchsprang und sich immer wieder duckte, hörte sie noch die Stimme des Jungen: *Du kannst diesen Bestien nicht lange davonlaufen!* Sie hätte sich am liebsten umgedreht und gegen sie gekämpft, aber wenn sie sie im Dickicht der Bäume erwischten, würde es unmöglich sein, ihre Angriffe vorherzusehen. Sie musste weiterlaufen.

Plötzlich hörten die Bäume auf. Fast wäre sie Hals über Kopf eine Felskante hinunter in einen tosenden Wildwasserstrom gestürzt. Keuchend packte sie den Ast eines Baums und riss sich zurück.

Ein Blick über die Kante verriet ihr, dass sie den Fluss an dieser Stelle unmöglich überqueren konnte. Die Klippe war zu hoch, die Stromschnellen waren zu gefährlich. *Egal, welche Wahl ich treffe, es wird die falsche sein,* dachte sie.

Sie wusste, dass sie Schutz suchen musste, aber in diesem Moment bestand der beste Schutz darin, ihren Geruch zu verbergen.

Sie zwang sich weiterzulaufen, rannte die Klippe entlang, die hinunter zum Fluss führte.

Als sie einen Abschnitt unterhalb der Stromschnellen erreichte, versuchte sie, den Fluss an der scheinbar ruhigsten und niedrigsten Stelle möglichst schnell zu durchwaten. Sie war noch nie in tiefem Wasser gewesen und konnte nicht schwimmen. Sie kämpfte gegen den Sog des dahinbrausenden, knietiefen Wassers an. Der

Gebirgsfluss war so kalt, dass ihre Beine schmerzten. Die Strömung war stark und schnell. Während sie Schritt für Schritt durch die reißenden Fluten setzte, spürte sie, wie die runden, algenbewachsenen Steine unter ihren suchenden Füßen wackelten und wegrutschten.

Serafina erreichte die Flussmitte. Das Wasser ging ihr jetzt bis zu den Oberschenkeln, was es immer schwieriger machte, sich dagegen zu stemmen. Doch sie kam überraschend gut voran. Als sie dachte, dass sie es schaffen würde, riss die Strömung sie plötzlich von den Steinen. Sie verlor das Gleichgewicht und stürzte in das eiskalte Wasser. Wild paddelnd und tretend, bemühte sie sich, erneut Fuß zu fassen, doch der Grund des Flusses verschwand außer Reichweite, als die Strömung sie in tiefere Gewässer zog. Hustend und spuckend, ruderte sie mit den Armen und schnappte nach Luft, wenn es ihr gelang, den Kopf über Wasser zu strecken. Der Fluss trug sie auf die nächsten Stromschnellen zu.

Der Strudel, der sie mit sich in die Tiefe riss, war so bodenlos, dass sie sich innerlich von ihrem Pa verabschiedete. Dann trieb sie gegen einen zerklüfteten Felsbrocken. Serafina versuchte, sich daran festzuklammern, aber die Strömung zog sie weiter. Sie hatte sich stets für stark gehalten, doch verglichen mit der Naturgewalt des Flusses war sie nicht mehr als ein Katzenjunges, das man ins Wasser geworfen hatte. Als die Stromschnellen sie endlich flussabwärts in ruhigeres Wasser entließen, kroch sie nass und zerschunden aus dem Fluss und brach erschöpft am steinigen Ufer zusammen.

Sie hatte es auf die andere Seite geschafft.

Ihr war klar, dass die Hunde ihr nachstellen würden, wenn sie ihr flussabwärts folgten und sie am anderen Ufer entdeckten. Sie musste aufstehen, musste weiterlaufen, aber ihre Arme und Beine gehorchten ihr nicht. Es gelang ihr noch nicht einmal, den Kopf zu heben.

Das eiskalte Wasser und die brutale Gewalt des Flusses hatten sie entkräftet. Sie zitterte. Während sie auf den vom Wasser umspülten Ufersteinen lag, kam ihr ihr sicheres Zuhause Biltmore unglaublich fern vor. Sie war so müde, dass sie kaum ein paar *Schritte* gehen konnte, geschweige denn die Meilen, die nötig gewesen wären. Die kleinen Wasserpfützen zwischen den Steinen, auf denen sie lag, wurden eine nach der anderen dunkel. Ihr war so kalt.

Sie fragte sich, ob der Junge tödlich verwundet dort lag, wo sie ihn zurückgelassen hatte, oder ob er immer noch mit den Wolfshunden kämpfte. Oder vielleicht war er ihnen ja entkommen. In Gedanken hörte sie seine Stimme. *Lauf!*, hatte er ihr zugerufen. *Lauf!* Aber sie konnte nicht mehr rennen. Sie konnte sich nicht bewegen.

Sie wurde von einer Woge tiefschwarzer Ruhe erfasst, die sie einlud, einfach die Augen zu schließen und loszulassen. Ein Nebel aus bunten Farben verschleierte ihren Blick. Sie merkte, dass sie kurz davor war, ohnmächtig zu werden. Es wäre so leicht gewesen, einfach aufzugeben. Doch in ihrem Herzen brannte ein unbezwingbares Feuer. *Steh auf!*, befahl sie sich. Lauf nach Hause! Sie kämpfte darum, auf die Beine zu kommen oder zumindest den Kopf zu heben.

Sie schlug die Augen auf und blinzelte durch das Blut. Das Gelände auf dieser Seite des Flusses war flach und freundlich, gesprenkelt mit Farnen und Birken, ganz anders als die schroffen Klippen, die sie auf der gegenüberliegenden Seite hinter sich gelassen hatte. Sie sah ein Licht aus der Dunkelheit auf sich zukommen. Zuerst hielt sie es für das Funkeln eines Sterns, weil der Himmel klar war, aber es war nicht nur ein Licht. Es waren viele Lichter.

Ihre Brust hob sich in einem kraftlosen Atemzug, da sie einen Angriff befürchtete, doch benommen vor Angst hoffte sie noch, dass es eine Fackel oder Laterne wäre; dass es ihr Pa wäre, der nach ihr suchte, so wie er es schon einmal getan hatte.

Aber dann sah sie, dass es sich bei den Lichtern nicht um die flackernden Flammen von Laternen handelte, sondern den funkelnden Flug lebendiger Wesen, die den Fluss hinunter auf sie zu tanzten.

Sind es Glühwürmchen?, fragte sie sich, als sie näher kamen.

Doch sie waren viel größer, ihre Flügel schwirrten weiß-grün während des Flugs, als wären es die Flügel leuchtender Schmetterlinge.

Aber es sind keine Schmetterlinge, dachte sie lächelnd. *Es sind Lunamotten.*

Die Motten ließen alles andere verblassen, sie waren hellgrün und leuchteten im Mondlicht. Hunderte von ihnen flogen zusammen den Fluss entlang, ihre langen Schwänze wehten hinter den lautlos flatternden Flügeln her.

Serafina hatte ihre erste Lunamotte eines Mittsommerabends in den Gärten von Biltmore entdeckt, als sie noch ein kleines Mädchen gewesen war. Sie wusste noch, dass ihr das Leuchten der Motte in der sternenhellen Nacht beinah magisch vorgekommen war. Während sie sie in der offenen Hand hielt, hatten sich die Flügel langsam auf und ab bewegt. Es war nur merkwürdig, so viele von ihnen zusammen zu sehen. Bildete sie sich das alles nur ein? Kündigte sich so der Tod an? Mit einer Erinnerung aus längst vergangenen Nächten?

Doch während Serafina den Flug der Lunamotten über das Wasser verfolgte, wurde ihr plötzlich klar, dass sie nicht nur tanzten. Sie reisten den Fluss hinunter, als folgten sie ihm den ganzen Weg bis zum Meer. Sie verließen diesen Ort. Genau wie die Vögel.

Serafina hörte die Wolfshunde auf der Klippe am anderen Ufer miteinander bellen und heulen. Sie waren auf dem Weg zu ihr.

Als die letzte Lunamotte verschwunden war, wollte sich Serafina aufstemmen, doch ihr fehlte die Kraft dazu.

Aber sie hatte die Lunamotten nicht ohne Grund gesehen. Davon war sie überzeugt.

Sie hielt nach Deckung Ausschau und bemerkte ein paar Schritte entfernt einen Birkenhain. Während sie noch überlegte, wie sie den Schutz der Bäume erreichen konnte, sah sie ein Paar Augen in der Dunkelheit glühen.

Die Augen blieben auf Abstand, studierten sie.

Serafina hielt ihren Blick fest und atmete so gleichmäßig wie möglich.

Anfangs dachte sie, sie hätte die Position der Wolfshunde falsch eingeschätzt, dass sie den Fluss bereits überquert hatten und sie nun umzingelten. Aber es waren nicht die unbarmherzigen, schwarzen Augen der Wolfshunde. Diese Augen waren goldbraun.

Erleichterung durchflutete sie.

Sie wusste, um wen es sich handeln musste.

Aber als die Kreatur aus dem Wald trat, durchzuckte Serafina die Angst. Ein Berglöwe, den sie noch nie zuvor gesehen hatte, kam direkt auf sie zu. Es war ein junger Löwe mit dunklem Fell, aber er wirkte stark, unerschrocken und hungrig.

Serafina bemühte sich, auf die Beine zu kommen, um sich zu verteidigen, aber es war sinnlos. Die Bestie hätte sie mit Leichtigkeit töten können.

Während sie noch überlegte, wie sie sich gegen diesen unbekannten Löwen zur Wehr setzen sollte, trat ein zweiter Löwe zwischen den Bäumen hervor.

Serafina atmete erleichtert auf. Es war eine ausgewachsene, kraftvolle Löwin, eine Löwin, die sie gut kannte. Ihre Mutter!

In ihrer Löwengestalt war sie noch schöner als sie es ohnehin schon war, mit dem dichten braunen Fell, den großen Tatzen und den vom vielen Jagen trainierten Muskeln. Die leuchtenden goldenen Augen in ihrem wunderschönen Gesicht zeugten von großer Intelligenz.

»Ich bin so froh, dass du es bist, Momma«, sagte Serafina und war überrascht, dass ihre Stimme tränenerstickt klang.

Doch noch ehe es ihr gelang, eine Antwort in den Augen der Mutter zu lesen, wandte die Löwin plötzlich den Kopf um und blickte über den Fluss.

Da hörte Serafina es auch. Die Wolfshunde waren ihnen auf den Fersen. Sie würden jeden Moment hier sein.

5

Serafinas Mutter trottete schnell auf sie zu und streckte sich flach neben ihr aus. Serafina verstand nicht, was sie da machte. Dann kam der dunkle Löwe dazu und stupste sie mit dem Kopf in die Seite. Zuerst dachte sie, die Löwen wollten sich an ihr reiben und Serafinas Geruch mit dem ihren überdecken, doch dann verstand sie ihre wahre Absicht.

Serafina kletterte auf den Rücken der Mutter, sie klammerte sich an Nacken und Schultern fest. Seite an Seite mit dem dunklen Löwen brachte die Löwin sie in den Schutz der Bäume. Sie trabten erst langsam, dann schneller dahin. Serafina spürte das Fell der Mutter an ihrem Gesicht, ihre tiefen Atemzüge und das Spiel ihrer Muskeln. Die Löwin bewegte sich zügig durch den Wald. Bald darauf rannte sie.

Es war ein unglaubliches Gefühl, mit rauschhafter Geschwindigkeit durch die Nacht zu jagen, vorangetrieben von den mächtigen, schnellen und leisen Schritten der Löwin, Seite an Seite mit dem dunklen Löwen. Serafina hatte oft davon geträumt, so schnell zu rennen, aber sie war noch nie in ihrem Leben dermaßen schnell dahingeflogen. Was sie erstaunte, war, wie geschmeidig der Lauf war, wie gewandt die Bewegungen der Mutter, wie rasch sie es vermochte, anmutig und kraftvoll zugleich sowohl Richtung als auch Geschwindigkeit zu ändern.

Als sie eine Anhöhe erreichten, blieben die zwei Löwen stehen und blickten zum Fluss hinunter. Sie beobachteten, wie die fünf Wolfshunde Serafinas Geruch bis zum Rand des Flusses verfolgten und ihn dann durchquerten. Aber sie schwammen auf kürzestem Weg ans andere Ufer, weil sie nicht wissen konnten, dass die reißende Strömung Serafina flussabwärts getragen hatte. Es war ihr wie eine Katastrophe vorgekommen, den Boden unter den Füßen zu verlieren und von den Fluten mitgerissen zu werden, doch nun erkannte sie, dass es ihr das Leben gerettet hatte. Die Wolfshunde schnüffelten am Boden, sie rannten verwirrt im Kreis. Sie hatten ihre Spur verloren. Und als sie am Flussufer auf und ab liefen, um die Spur wiederaufzunehmen, wuchs ihre Verwirrung noch.

Sie können mich nicht finden, dachte Serafina lächelnd, die sich weiter mit aller Kraft am Fell der Mutter festklammerte. *Sie riechen nur Berglöwe.*

Plötzlich setzten die Löwen sich wieder in Bewegung, sie jagten durch den Wald, setzten über Rinnsale und Bäche hinweg, preschten durch Farne. Baumstämme und Äste flogen vorbei. Der Wind pfiff in Serafinas Ohren.

Sie rannten so lange durch die Nacht, dass Serafina die Augen zufielen und sie nur noch den wiegenden Rhythmus, die Kühle der Luft und die Wärme Mutter wahrnahm.

6

Serafina erwachte kurze Zeit später auf einem Bett aus weichem Gras, das im Mondlicht schimmerte. Sie spürte warmes Fell, das sich an sie kuschelte, und vibrierendes Schnurren. Die zwei Jungen der Mutter schmiegten sich an sie, mit ihren winzigen Tatzen kneteten sie ihr den Rücken, so sehr freuten sie sich, sie zu sehen. Serafina musste lächeln. Die kleinen Nasen pressten sich an ihre Schulter, und die Schnurrhaare kitzelten sie im Nacken. In den vergangenen Wochen hatte sie die Jungen oft in der Höhle der Mutter besucht und ihre Halbschwester und ihren Halbbruder in ihr Herz geschlossen, und sie wusste, ihnen ging es ebenso.

Sie griff nach oben, um die Schnittwunde an ihrem Kopf zu betasten. Sie war mit einer Blätterkompresse bedeckt worden, die die Blutung gestoppt und den Schmerz betäubt hatte. Die Wunden an Armen und Beinen waren mit Waldkräuterwickeln behandelt worden. Wenn es erforderlich gewesen wäre, hätte sie sich bewegen können, da war sie ziemlich sicher. Sie hatte aber kein Verlangen danach. In der Vergangenheit war ihr schon oft aufgefallen, dass sie Schmerzen besser aushalten konnte als andere. In dieser Hinsicht hatte sie ihren Vater mehr als einmal überrascht. Kaltes Wasser machte ihr ebenfalls nichts aus. Wie ihre gestaltwandelnde Verwandtschaft schien sie mit einer natürlichen Widerstandskraft auf die Welt gekommen zu sein; mit der Fähigkeit, auch dann weiterzumachen, wenn sie viel Blut verloren hatte. Dennoch waren die Heilkräuter auf ihren Schnitten und Bisswunden eine willkommene Linderung.

Sie spürte eine sanfte Berührung an der Schulter und sah auf. Ihre Mutter stand in ihrer menschlichen Gestalt vor ihr – mit den katzenhaften, goldenen Augen, den hohen Wangenknochen und den hellbraunen Haaren. Doch das Bemerkenswerteste an ihr war etwas anderes. Ein Blick in ihr Gesicht reichte Serafina, um zu wissen, dass sie von ganzem Herzen geliebt wurde.

»Du bist in Sicherheit, Serafina«, versprach die Mutter, während sie den Verband an ihrem Kopf überprüfte.

»Momma«, sagte Serafina mit leiser, heiserer Stimme.

Als sie sich umsah, erkannte sie, dass ihre Mutter sie tief in den Wald gebracht hatte, zu der Engelslichtung am Rand des alten, überwucherten Friedhofs. Unter einem dunklen Mantel aus knorrigen, schiefen Bäumen überwucherten dicke Schlingpflanzen die zerbrochenen, moosbedeckten Grabsteine. Flechten hingen von den abgestorbenen Ästen der Bäume, und aus der schwarzen Erde stieg gespenstischer Nebel. Aber der Nebel breitete sich nicht bis auf die Engelslichtung aus und ein kleiner Kreis saftigen Grases behielt selbst im Winter stets sein sattes Grün. In der Mitte der Lichtung stand ein Grabmal aus Stein, die Skulptur eines wunderschönen geflügelten Engels mit einem Schwert aus glänzendem Stahl.

Ihre Mutter hatte ihre zwei Jungen in einer Höhle unter den Wurzeln einer großen Weide am Rand der Lichtung aufgezogen. Und in einer Nacht, die vollkommen anders gewesen war als diese, war hier das Schlachtfeld gewesen, auf dem Serafina und ihre

Verbündeten Mr Thorne besiegt hatten, den Mann im schwarzen Umhang.

Sucht den Schwarzen!, hatte der bärtige Mann den Wolfshunden Stunden zuvor befohlen. Serafina konnte sich nicht helfen, sie blickte sich auf der Lichtung nach Anzeichen des schwarzen Umhangs um, den sie mit der messerscharfen Klinge des Engelsschwertes zerfetzt hatte. Damals war sie überzeugt gewesen, ihn vernichtet zu haben, aber sie hätte die silberne Schließe besser zerschmettern und die verbliebenen Stoffreste verbrennen sollen. Sie blickte zum Friedhof mit seinen schiefen Grabsteinen und zerbrochenen Särgen und fragte sich, was aus den Überresten des Umhangs geworden war.

Seit sie denken konnte, hatte sie die dunklen Korridore von Biltmore allein durchstreift. Ihr ganzes Leben hatte sie gejagt. Es war reiner Instinkt gewesen. Sie hatte nicht gewusst, warum ihre Wirbelsäule lang und gekrümmt war und ihre Schlüsselbeine derart missgebildet, dass sie nicht mit den anderen Knochen verbunden waren, und wieso sie nur vier Zehen an jedem Fuß hatte. Sie hatte nicht gewusst, warum sie im Dunkeln sehen konnte und andere nicht. Als sie schließlich ihrer Mutter begegnet war, hatte sie es verstanden. Ihre Mutter war ein *Katzbergen*, eine gestaltwandelnde Katze aus den Bergen. Serafina hatte erfahren, dass sie nicht nur ein Kind war. Sie war auch ein *Katzenjunges*.

Seitdem war sie brennend daran interessiert, mehr zu lernen. Mehrere Wochen lang war sie jede Nacht mit ihrer Mutter im Wald auf die Jagd gegangen, sie war nicht nur in Waldkunde unterrichtet worden, sondern auch darin, was es hieß, ein Katzbergen zu sein. Sie hatte den Ausführungen der Mutter eifrig gelauscht. Sie hatte sie studiert, wenn sie in ihrer Löwengestalt war. Sie hatte sich mit aller Macht und ganzem Herzen konzentriert, genauso wie ihre Mutter es ihr beigebracht hatte. Sie hatte unzählige Male versucht sich vorzustellen, wie sie aussehen würde, wie es sich anfühlen würde, doch es war nichts passiert. Sie hatte es nicht geschafft, die Gestalt zu verändern. Sie blieb, wer sie war. Jetzt hätte sie die Mutter zu gerne darum gebeten, ihr bei einem weiteren Versuch behilflich zu sein, aber sie hatte das ungute Gefühl, dass diese ablehnen würde.

Die jungen Löwen rollten vor Serafina herum und rieben die Nase an ihrem Gesicht. Sie streichelte sie und kuschelte mit ihnen. Mit den Händen schob sie die kleinen Ohren zurück. Die Jungen waren reine Berglöwen, keine Gestaltwandler, aber sie hatten sie von Anfang an akzeptiert. Es schien ihnen nicht aufzufallen oder sie nicht zu kümmern, dass Serafinas Zähne kurz waren und sie keinen Schwanz hatte.

Serafina fragte sich, wohin der dunkle Löwe verschwunden war. Er war zu jung, um der Vater der Jungen zu sein, also warum war er bei ihrer Mutter gewesen?

»Wer war der andere Löwe, Momma?«, fragte sie. »Der junge …«

»Zerbrich dir nicht den Kopf über ihn«, fauchte die Mutter. »Ich habe ihm befohlen, sich von uns fernzuhalten, besonders von dir. Das hier ist nicht sein Territorium, und das weiß er. Er ist nur auf der Durchreise mit den anderen.«

Serafina hob überrascht den Kopf. »Welchen anderen?«

Ihre Mutter strich ihr über die Wange. »Du musst dich jetzt ausruhen, Kleines«, sagte sie und wandte sich ab.

»Bitte verrate mir, was hier vor sich geht«, flehte Serafina. Sie packte die Mutter am Arm. »Welche anderen hast du gemeint? Warum fliehen die Tiere? Wer war der Mann im Wald? Warum ist er hier?«

Ihre Mutter drehte sich zu ihr um und sah ihr in die Augen. »Gib acht, dass man dich im Wald weder sieht noch hört Serafina. Bleib stets in Deckung und sei leise. Du musst auf dich aufpassen.«

»Aber ich möchte nicht auf mich aufpassen! Ich möchte wissen, was hier vor sich geht«, brach es aus ihr hervor, auch wenn ihr klar war, wie kindisch sie sich anhörte.

»Ich verstehe deine Unruhe, glaub mir«, sagte die Mutter sanft. »Aber was denkst du, wie viele Leben du noch hast, Kleines? Im Wald ist es zu gefährlich für dich. Eines Nachts werde ich vielleicht nicht rechtzeitig da sein, um dich zu retten.«

»Ich möchte die Gestalt ändern können wie du, Momma.«

»Ich weiß, mein Kätzchen. Es tut mir so leid«, sagte ihre Mutter und wischte die Tränen von Serafinas Wangen.

»Sag mir, was ich tun muss«, bat Serafina. »Ich werde weiter üben.«

Ihre Mutter schüttelte den Kopf. »Katzbergenjunge ändern ihre Gestalt gemeinsam mit der Mutter, wenn sie noch sehr klein sind. Bevor sie laufen, rennen oder sprechen können. Es wird so selbstverständlich für sie, dass sie sich nicht an eine Zeit erinnern können, zu der es anderes gewesen sein soll. Sie verstehen sich selbst als Katzbergen und werden auch zu einem. Es tut mir leid, dass ich nicht hier war, um es dir beizubringen, als du noch klein warst.«

»Bring es mir jetzt bei, Momma.«

»Wir haben es Nacht für Nacht versucht, das weißt du«, sagte ihre Mutter. »Ich fürchte, es ist zu spät für dich. Du wirst niemals die Gestalt ändern können.«

Serafina schüttelte wütend den Kopf, sie knurrte die Mutter beinah an, so verletzt war sie von ihren Worten. »Ich *weiß,* dass ich es kann. Gib mich nicht auf.«

»Der Wald ist zu gefährlich für dich«, sagte ihre Mutter mit traurigem Blick.

»Du könntest in deiner Menschengestalt mit mir nach Biltmore kommen«, schlug Serafina vor. »Dann wären wir zusammen.«

»Serafina«, sagte ihre Mutter sanft und bestimmt zugleich, als wüsste sie um die Einsamkeit und Orientierungslosigkeit, die Serafina empfand. »Ich war zwölf Jahre lang in meiner Löwengestalt gefangen. Ich mag mir nicht einmal vorstellen, in die Menschenwelt zurückzukehren; jetzt noch nicht. Bitte verstehe. Meine Seele war zerrissen. Ich brauche Zeit, zu heilen, zu begreifen, wer ich bin. Es tut mir so leid, aber im Moment gehöre ich noch in den Wald, und ich muss mich um die Jungen kümmern.«

»Aber …«, warf Serafina ein.

»Warte«, sagte die Mutter leise, »lass mich ausreden. Ich muss dir unbedingt etwas sagen.« Sichtlich bewegt hielt sie inne. Dann fuhr sie fort: »Während der zwölf Jahre, die ich in Löwengestalt verbrachte, warst du ebenso gefangen wie ich. Nur warst du in deiner menschlichen Gestalt gefangen.« Ihre Mutter wischte sich eine Träne aus dem Augenwinkel. »Und das bist du nun. Dazu bist du geworden. Du bist ein Mensch. Und ich bin ein Katzbergen.« Sie senkte den Kopf und holte tief und zitternd Luft. Dann hob sie den Kopf wieder und sah Serafina an. »Ich bin so dankbar für unsere gemeinsame Zeit, in der ich dich kennenlernen konnte und gesehen habe, was für ein wundervolles Mädchen aus dir geworden ist. Ich liebe dich von ganzem Herzen, aber ich kann dir nicht die Mutter sein, die ich sollte.«

»Momma, bitte sag doch so etwas nicht …«, flehte Serafina.

»Nein, Serafina«, erwiderte die Mutter. Sie fasste sie mit bebenden Händen an den Schultern. »Hör mir zu. Du wärst heute Nacht fast gestorben. Ich hätte dich niemals allein im Wald umherstreifen lassen dürfen. Ich hätte dich beinah verloren.« Ihre Stimme brach. »Du hast keine Vorstellung davon, wie viel du mir bedeutest … und du weißt nicht, welch dunkle Macht wiedererwacht ist. Ich will, dass du nach Biltmore zurückkehrst und dort bleibst. Es ist dein Zuhause. In seinen Wänden bist du in Sicherheit. Uns stehen große Veränderungen bevor. Ich muss mit den Jungen fort von hier. Für dich ist der Wald viel zu gefährlich, gerade jetzt.«

Serafina sah sie überrascht an. »Du gehst fort? Was meinst du mit *gerade jetzt*? Verrate mir, was los ist, Momma! Warum verlassen alle Tiere den Wald?«

»Dies ist nicht dein Kampf, Serafina. Mit deinen zwei Beinen kannst du nicht schnell genug rennen, um der Gefahr zu entrinnen. Und du kannst nicht fest genug zuschlagen, um gegen sie zu kämpfen. Ich möchte, dass du nach Hause gehst, sobald du dich ausgeruht hast. Sei sehr vorsichtig. Halte dich von allem fern, was dir über den Weg läuft. Kehre auf schnellstem Weg nach Biltmore zurück.«

Serafina konnte kaum die Tränen zurückhalten. »Ich möchte hier bei dir im Wald bleiben, Momma. Bitte.«

»Serafina, du ge…«

»Sag das nicht!«

»Du musst auf das hören, was ich dir sage!«, fuhr ihre Mutter sie an. »Du gehörst nicht hierher Serafina.«

Serafina rieb sich wütend die Tränen aus den Augen. Sie wollte dazugehören. Mehr als alles andere wollte sie dazugehören. Die Worte der Mutter brachen ihr das Herz. Sie hätte gerne weitergestritten, aber ihre Mutter ließ sich nicht darauf ein.

Sie bettete Serafinas Kopf auf das weiche Gras. »Ich habe dir etwas gegeben, damit du schlafen kannst. Wenn du aufwachst, wird es dir besser gehen.«

Serafina lag schweigend da, wie ihre Mutter sie angewiesen hatte, aber sie war furchtbar durcheinander. Ob Haus oder Wald, sie wünschte sich nur einen Ort, an den sie wirklich gehörte. Wie es aussah, hatte sie einen Freund, der nicht ihr Freund war, und eine Familie, die nicht ihre Familie war.

Sie lag am Fuße der Engelsstatue und glitt in den Schlaf hinüber.

Als sie ein paar Stunden später erwachte, lag sie nicht mehr im Gras. Sie fand sich in absoluter Dunkelheit wieder.

7

Es dauerte eine Weile, bis Serafina erkannte, dass sie in der Erdhöhle der Mutter lag. Die Löwin musste sie dorthin getragen haben, während sie schlief.

Ihr war wärmer und sie war besser bei Kräften als zuvor. Auf Händen und Knien kroch sie aus der Höhle. Dann stand sie im Mondschein auf der Engelslichtung. Ein Blick zu den Sternen sagte ihr, dass ein paar Stunden vergangen sein mussten.

Die Blutungen hatten aufgehört, und ihre Wunden schmerzten nicht mehr so stark. Aber als sie sich umsah, wurde ihr Herz schwer, denn ihre Mutter, die Jungen und der dunkle Löwe waren fort. Sie hatten sie allein zurückgelassen.

Serafina entdeckte Worte, die in die Erde gekratzt waren:

Falls du mich brauchst,
sei es Frühling, Herbst oder Winter im Land,
Komm dorthin,
wo, was du erklommen, der Boden ist, und Regen die Wand.

Serafina runzelte die Stirn. Was hatten diese Worte zu bedeuten? Waren sie überhaupt für sie bestimmt?

Sie sah hinüber zu den Bäumen. Im Wald war es vollkommen still, nur Nebelschleier zogen durch die schimmernden nassen Äste. Sie konnte kein einziges Geräusch von einem Lebewesen ausmachen. Ihr kam es vor, als wäre die ganze Welt fern der Engelslichtung verschwunden.

Sie dachte an ihre Mutter, die Jungen und den dunklen Löwen und daran, was ihre Mutter gesagt hatte: *Du gehörst nicht hierher, Serafina!* Von allen Wunden, die sie erlitten hatte, schmerzte diese am meisten.

Dann dachte sie an Braeden und ihren Pa, an Mr und Mrs Vanderbilt und alle anderen auf Biltmore, die bei Tag ihr Leben führten, getrennt von ihr.

Dort gehöre ich auch nicht hin.

Die schmerzvolle Erkenntnis kam langsam, während sie mitten auf der Lichtung stand.

Sie war wieder einmal allein.

Ganz allein.

Als sie daran dachte, was ihre Mutter gesagt hatte, wollte ein unerträglich schmerzender, zerbrochener Teil von ihr zusammensinken und weinen. Sie würde nie die Gestalt wechseln können. Es war ihr unbegreiflich.

Nach einer Weile drehte sie sich um und betrachtete den wunderschönen, stillen Steinengel mit den anmutigen, mächtigen Schwingen und dem Schwert mit der langen Stahlklinge. Serafina las die Inschrift auf dem Sockel.

Nicht die Schlachten, die wir gewinnen oder verlieren,
sagen etwas über unseren Charakter aus,
sondern die Schlachten, die wir zu führen wagen.

Sie blickte noch einmal zum Wald hinüber und beschloss, dass sie noch immer die O.R.F. war, egal, was sie vermochte oder nicht vermochte, egal, wer sie haben wollte oder nicht haben wollte. So viel wusste sie. Und sie hatte in dieser Nacht Dinge im Wald gesehen, die sie sich nicht erklären konnte. Sie wusste nicht, wer der bärtige Mann war, sie wusste nur, dass er eine so dunkle Macht ausstrahlte, dass die Tiere vor ihm flohen. Er war so gefährlich, dass selbst Serafinas Mutter glaubte, er könne nicht besiegt werden. Ihr fiel die führerlose Kutsche mit den vier Hengsten ein, die auf Biltmore zugerast war. Sie hätte schwören können, dass noch jemand darin gesessen hatte. Was wollte er in *ihrem* Zuhause? War er ein Dieb? War er ein Spion?

Serafina fasste einen Entschluss. Wenn es eine Ratte im Haus gab, dann würde sie diese aufspüren.

8

Serafina blieb am Rand von Biltmores großem Teich stehen, kauerte sich ins Unterholz und hielt Ausschau.

Sie wartete.

Von ihrem Posten aus bemerkte sie keinerlei Anzeichen einer drohenden Gefahr. Alles wirkte ruhig und heiter.

Auf der glatten Oberfläche des Sees spiegelten sich die letzten funkelnden Sterne, die schon bald der Dämmerung weichen würden. Eine Schwanenfamilie flog über das friedliche Wasser, sie setzte zur Landung an, und das Spiegelbild des Sternenhimmels verschwand.

In der Ferne thronte das Biltmore Haus auf dem großen Hügel, als würde es sich aus den Bäumen der Gartenanlage erheben. Die Fenster begannen im Schein der aufgehenden Morgensonne zu glitzern. Mit dem schieferblauen Dach, den eleganten Bögen und spitzen Türmen sah es wie ein sagenumwobenes Märchenschloss aus, wie diese, von denen sie manchmal in der Bibliothek las, wenn alle anderen schliefen.

Während ihr Blick auf dem Anwesen ruhte, wurde ihr warm ums Herz. Sie war froh, nach Hause zu kommen, und fasste einige Vorsätze. Sie wollte sich darum bemühen, die Freundschaft zu Braeden wiederaufzunehmen, und sie würde Mrs Vanderbilt noch einmal für das Kleid danken, das sie von ihr geschenkt bekommen hatte. Und sie würde ihr Bestes geben, ihrem Vater zu gehorchen. Doch als Erstes musste sie nach Fremden Ausschau halten, die womöglich in dieser Nacht auf Biltmore eingetroffen waren. Der Schmerz ihrer Wunden hatte nachgelassen, aber sie hatte den furchteinflößenden Anblick des bärtigen Mannes und der anderen Gestalt in der Kutsche noch deutlich vor Augen. Noch immer fragte sie sich, was aus dem Jungen geworden war, der ihr geholfen hatte und der dann verschwunden war.

Serafina machte sich zum Haus auf. Ihr Weg führte sie einen Hang hinauf über eine Wiese, auf der hier und da große Bäume standen. Sie huschte von Baum zu Baum, sorgfältig darauf bedacht, nicht gesehen zu werden.

Als sie zwei Männer und einen Hund entdeckte, die in einiger Entfernung auf den Waldrand zugingen, ging sie im Schutz eines Baumes in Deckung. Sie erkannte sogleich die schlanke dunkelhaarige Gestalt von Mr Vanderbilt, dem Herrn des Biltmore Anwesens. Er trug seine wadenhohen Stiefel, ein kariertes Hemd, ein dunkelgrünes Jackett und einen Filzhut. Wie die meisten feinen Herren führte er bei offiziellen Anlässen oft einen eleganten Gehstock mit sich, aber an diesem Tag hatte er seinen gewöhnlichen Wanderstab aus Kastanienholz mit der Metallspitze und der Handschlaufe aus Leder dabei. Cedric, sein großer Bernhardiner, trottete brav neben ihm her. Im Laufe der vergangenen Wochen hatte Serafina Mr Vanderbilt besser kennengelernt. Vieles an dem ruhigen Mann war ihr noch immer ein Rätsel, aber sie hatte ihn schätzen gelernt und hoffte, dass es ihm mit ihr ebenso ging. Sie war erleichtert zu sehen, dass er wohlauf war und anscheinend einen frühen Morgenspaziergang unternahm. Bestimmt war es ein gutes Zeichen, und auf Biltmore war alles in Ordnung.

Doch dann sah sie den Mann, der neben ihm herging.

Er trug einen langen, hellbraunen Mantel über seinem hellgrauen Anzug und benutzte einen Gehstock mit einem Messingknauf, der bei jedem Schritt in der Sonne funkelte. Er hatte ein altes Gesicht, eine Glatze und einen dichten, grauen Bart. Serafina musterte ihn argwöhnisch. Sie dachte sofort an den entsetzlichen Mann mit den silbern glühenden Augen und dem zerfurchten Gesicht, den sie im Wald gesehen hatte. Sie sahen sich erschreckend ähnlich. Aber als sie Mr Vanderbilts Begleiter genauer betrachtete, erkannte sie, dass es ein anderer Mann war. Er war älter und langsamer in seinen Bewegungen und lief gebückter. Sie konnte sein Gesicht nicht gut genug sehen, aber er kam ihr irgendwie bekannt vor. Sie erinnerte sich, wie der Mann mit den Hunden aus der Kutsche gestiegen war und diese nach Biltmore weitergeschickt hatte. War dies der zweite Reisende aus der Kutsche? Sie war sicher, dass jemand in der Nacht nach Biltmore gekommen war. Sie musste nur noch herausfinden, wer.

Serafina schlüpfte hinter einen großen, dunklen Walnussbaum und beobachtete die beiden Männer. Als sie langsam in den Wald liefen, bohrte der Fremde mit seinem Stock ein Loch in den Boden. Dann nahm er etwas aus seinem Ledertornister, kniete sich hin und vergrub es in der Erde. Serafina fand das äußerst merkwürdig.

Die zwei Männer und der Hund wurden schließlich vom dichten Blätterwerk verschluckt, und Serafina blieb zurück. Während sie den Hang zum Haus weiter hochlief, grübelte sie über das nach, was sie beobachtet hatte. Ihr Herz machte einen Satz, als sie Braeden bei den Ställen entdeckte, wo er gerade eines seiner Pferde sattelte.

Serafina lächelte. Sie merkte, wie die Anspannung von ihr abfiel.

Ihr Freund war offenbar wohlauf. Wer oder was auch immer in der Nacht mit der Kutsche nach Biltmore gekommen war, hatte ihm nichts angetan. Als Erstes würde sie Braeden erzählen, was ihr im Wald widerfahren war, und ihn vor dem warnen, was sie gesehen hatte.

Braeden trug wie üblich seine braune Reitjacke aus Tweed und eine Weste, dazu ein weißes Hemd und eine beige Krawatte. Lässig lief er in seinen ledernen Reitstiefeln umher. Seine braunen Haare flatterten ein wenig im Wind. Es überraschte Serafina nicht, Gidean, den Dobermann, an seiner Seite zu sehen. Braeden schien eine besondere Verbindung mit jedem Tier einzugehen, dem er begegnete. Er hatte sich vor ein paar Jahren während einer Reise durch Deutschland mit dem schwarzen Hund angefreundet. Die beiden waren unzertrennlich geworden, nachdem Braedens Familie auf tragische Weise bei einem Brand ums Leben gekommen war. Gidean war sozusagen das letzte verbliebene Familienmitglied von Braeden gewesen, ehe er nach Biltmore kam, um bei seinem Onkel und seiner Tante zu leben. Seitdem hatte er nur wenige andere Freunde gefunden.

Serafina wusste, dass Braeden jeden Tag ausritt. Es war schön, ihn jetzt zu sehen.

Serafina gab ihre Deckung auf und rannte auf ihn zu. Sie wollte gerade *Hallo, Braeden!* rufen, als eine zweite Gestalt hinter dem Pferd hervortrat. Schnell ließ sich Serafina ins hohe Gras fallen.

Als sie niemanden *Hey, dahinten schleicht ein seltsames Mädchen durchs Gras!* rufen hörte, kroch sie zu einem Baum in der Nähe und spähte dahinter hervor.

Ein großes Mädchen von ungefähr vierzehn Jahren mit langen roten Locken wartete darauf, dass Braeden den Steigbügel ihres Damensattels auf die richtige Länge einstellte. Sie trug eine maßgeschneiderte smaragdgrüne Reitjacke aus Samt mit hochgeschlagenem Reverskragen und breiten Ärmelaufschlägen. Die Goldknöpfe der Jacke glitzerten in der Morgensonne. Ihr eng sitzendes, grün-weiß gestreiftes Wams und der lange Rock waren bis ins kleinste Detail auf die Reitjacke abgestimmt.

Serafina war enttäuscht. Braeden ritt normalerweise allein aus. Seine Tante und sein Onkel mussten ihn gebeten haben, diesen jungen Gast zu unterhalten. Was machte sie jetzt am besten? Sollte sie sich das zerrissene, blutbefleckte Kleid abklopfen, zu Braeden und dem Mädchen hinübergehen und sich vorstellen? Sie malte sich die Szene aus. *Guten Morgen zusammen. Ich komme gerade vom Rattenfangen aus dem Wald, wo ich beinah von einem Rudel Wolfshunde zerfleischt worden wäre. Und was treibt ihr so?*

Sie blieb in ihrem Versteck, um die beiden weiter zu beobachteten.

Das Mädchen gestattete Braeden, ihm in den Sattel zu helfen, dann arrangierte es die langen Falten des Reitrocks so, dass sie über die linke Seite des Pferdes fielen. Das war der Moment, in dem Serafina auffiel, dass sie wunderschöne, knöchelhohe, taubengraue Schnürstiefel aus Wildleder mit Blumenstickerei trug. Es war äußerst albern, damit reiten zu wollen, und Serafina hätte sich nicht einmal in ihren kühnsten Träumen so in den Wald gewagt, aber sie waren zweifellos hübsch anzusehen.

Passend zu seinem modischen Aufzug hatte das Mädchen eine Reitgerte mit silbernem Knauf und Lederriemen dabei. Serafina grinste. Offensichtlich führten all die feinen Leute gerne eine Art Krücke oder Gehstock oder Ähnliches mit sich, wenn sie das Haus verließen. Sie dagegen zog es vor, die Hände jederzeit frei zu haben.

Als er die Reitgerte sah, sagte Braeden: »Die wirst du nicht brauchen.«

»Aber sie gehört zu meiner Ausstattung!«, protestierte das Mädchen.

»Wenn du meinst«, erwiderte Braeden. »Aber das Pferd bekommt sie bitte nicht zu spüren.«

»Nun gut«, sagte das Mädchen gnädig. Sie drückte sich sehr gewählt aus, als habe sie die feine Erziehung einer jungen Dame genossen und wollte, dass dies auch alle merkten. Und Serafina fiel auf, dass sie einen Akzent hatte, der dem der englischen Haushälterin Mrs King ähnelte.

»Also, verrate mir«, sagte das Mädchen, »wie halte ich dieses Biest auf, falls es mit mir davonstürmt?«

Serafina kicherte bei der Vorstellung, das Pferd würde mit dem kreischenden, herausgeputzten Mädchen lospreschen wie der Blitz, sich nicht davon abhalten lassen, über ein paar Zäune zu springen und zum Schluss mit einem herrlichen *Platsch!* in einem Schlammloch landen.

»Du ziehst einfach leicht die Zügel an«, antwortete Braeden höflich. Es war offensichtlich, dass er das Mädchen nicht besonders gut kannte. Das bestärkte Serafina in der Annahme, dass seine Tante und sein Onkel ihn dazu gedrängt hatten, Zeit mit ihr zu verbringen.

Abgesehen von dem affigen Gehabe des Mädchens störte Serafina noch etwas anderes an ihr. Eine so hochtrabende Modeprinzessin wie sie würde doch sicher wissen, wie man ein Pferd ritt, aber sie tat so, als hätte sie keine Ahnung. Warum das alles? Warum täuschte sie Hilflosigkeit vor? Machten Mädchen das so, um die Aufmerksamkeit eines Jungen zu bekommen?

Braeden blieb von der Masche des Mädchens offenbar unbeeindruckt. Ohne ein weiteres Wort ging er zu seinem Pferd hinüber und schwang sich mühelos auf den nackten Rücken des Tiers. Eine

Woche zuvor hatte er Serafina erklärt, dass er weder Zaumzeug noch Zügel benutzte, um sein Pferd zu lenken, sondern ihm die gewünschte Richtung und Geschwindigkeit durch Druck und Sitz seiner Beine signalisierte.

»Aber ja nicht zu schnell«, sagte das Mädchen blasiert, als sie ihre Pferde im Schritt vom Grundstück lenkten. Serafina erkannte sogleich, dass sie keine Angst hatte, sondern nur vortäuschte, zaghaft zu sein.

»Tatsächlich hatte ich schon ein Wettrennen eingeplant«, erwiderte Braeden, ohne eine Miene zu verziehen.

Dem englischen Mädchen schien klar geworden zu sein, dass Braeden auf das Prinzessinnengetue nicht hereinfallen würde, denn es änderte rasch den Ton.

»Ich würde ja mitmachen«, sagte sie von oben herab, »aber mein Rock könnte einen Schlammspritzer abbekommen, wenn mein Pferd an deinem vorbeizieht.«

Braeden lachte, und auch Serafina musste ein wenig lächeln. In dem Mädchen steckte wohl doch etwas Pfeffer!

Als Braeden und das Mädchen davonritten, hörte Serafina sie angenehm miteinander plaudern. Braeden berichtete ihr von seinen Pferden und seinem Hund Gidean, und das Mädchen zählte die Einzelheiten der Robe auf, die es an diesem Abend zum Essen tragen würde.

Serafina fiel auf, dass das Mädchen sich unsicher umsah, als sie den Waldrand erreichten. Die Wildnis von North Carolina musste einem zivilisierten Mädchen wie ihm düster und unheimlich erscheinen. Es drängte sein Pferd vorwärts, näher an Braedens heran.

Braeden sah das Mädchen an, als es zu ihm aufschloss. Serafina hätte nicht sagen können, ob er weiterhin nur höflich war oder sich tatsächlich mit diesem Mädchen anfreunden wollte, doch in ihr machte sich ein sonderbares Gefühl breit, eines, das sie noch nie zuvor empfunden hatte.

Sie hätte den beiden leicht folgen können, ohne dass sie es bemerkt hätten, aber das tat sich nicht. Sie hatte eine Aufgabe zu erledigen.

In der vergangenen Nacht hatte sie den Mann im Wald dabei beobachtet, wie er die Kutsche nach Biltmore geschickt hatte. Am sinnvollsten war es, in den Ställen nach Anzeichen zu suchen, ob der Eindringling angekommen war.

Serafina schlüpfte zur Hintertür hinein, auf der Hut vor Mr Rinaldi, dem italienischen Stallmeister mit dem hitzigen Temperament. Er ging nicht allzu freundlich mit Leuten um, die sich im Stall herumdrückten und womöglich seine Pferde scheu machten. Es fiel ihr leicht, sich lautlos über den sauber gekehrten Backsteinboden zu schleichen, und selbst bei Tageslicht gab es genug dunkle Ecken, in denen sie sich verbergen konnte. Die Pferdeboxen waren aus lackierten Eichenbrettern gefertigt und am oberen Ende mit einem geschwungenen schwarzen Gitter verziert. Serafina überprüfte die Boxen der Reihe nach. Abgesehen von den zahlreichen Pferden der Vanderbilts entdeckte sie noch ein Dutzend mehr, das den anderen Gästen gehören musste.

Pa-dautz!

Serafina warf sich auf den Boden. Ihr Herz raste. Es hatte sich angehört, als habe ein Vorschlaghammer eine Boxenwand bearbeitet. Ohne Vorstellung davon, was sie zu sehen bekommen würde, spähte sie die Stallgasse hinunter. Aufgewirbelter Staub schwebte langsam zu Boden, aber davon abgesehen war die Gasse leer. Sie sah, dass vier der Boxen am Ende der Stallgasse mit Brettern bis hinauf zur Decke verrammelt worden waren. So als hätte man sicherstellen wollen, dass das, was sich darin befand, auf keinen Fall hinausgelangen konnte.

Serafina rappelte sich auf und ging langsam die Gasse hinunter auf die Boxen zu. Ihre Handflächen wurden feucht.

Die Eichenbretter versperrten den Blick ins Innere, daher schlich sie ganz nah heran, drückte das Gesicht gegen das Holz und spähte durch einen Spalt.

9

Ein riesiges Ungetüm warf sich gegen die Boxenwand. Überrascht und erschrocken stolperte sie rückwärts. Die Bretter ächzten unter der Gewalt des ungestümen Angriffs.

Als Serafina den Stallmeister und eine Gruppe Stallknechte herbeeilen hörte, krabbelte sie in eine leerstehende Box, machte sich ganz klein und verbarg sich im Halbdunkeln.

Ihr Atem ging flach und schnell, während sie sich einen Reim auf das zu machen versuchte, was sie gerade gesehen hatte – einen gewaltigen schwarzen Umriss, schwarze Augen, geblähte Nüstern und hämmernde Hufe.

Unzählige Fragen schossen ihr durch den Kopf, als Mr Rinaldi und seine Männer die Stallgasse heranstürmten. Das Tier schlug offenbar wild keilend aus. Der Stallmeister brüllte seinen Männern Anweisungen zu, sie sollten die Bretter verstärken. Serafina kletterte rasch über die hintere Boxenwand und schoss aus dem Stall, bevor jemand sie entdeckte.

Ohne Zweifel waren es die Hengste von letzter Nacht gewesen! Nun hatte sie endgültige Gewissheit, dass der zweite Reisende aus der Kutsche eingetroffen war.

Sie huschte das Mauerwerk an der Rückseite des Hauses entlang, zwängte sich in den Luftschacht und gelangte in den Keller. Den Vanderbilts war seit einigen Wochen bekannt, dass sie auf ihrem Anwesen lebte, sie hätte also genau wie jeder andere die Tür benutzen können, aber das tat sie nur selten.

Sie ging einen Kellerflur entlang, durch eine Tür und dann einen weiteren Gang hinunter. Als sie die Werkstatt betrat, wandte sich ihr Pa zu ihr um.

»Guten Morgen«, setzte er gutgelaunt an, doch als er ihren Zustand bemerkte, zuckte er überrascht zusammen. »Himmel, Kind! Was ist passiert?« Er führte sie sanft zu einem Stuhl und ließ sie darauf Platz nehmen. »Ach, Sera«, sagte er seufzend, während er ihre Wunden begutachtete. »Ich habe dir erlaubt, nachts in den Wald zu gehen, um Zeit mit deiner Mutter zu verbringen, aber wenn du so zerschunden nach Hause kommst, bricht es mir das Herz. Was hast du da draußen nur getrieben?«

Ihr Pa hatte sie in der Nacht, in der sie geboren wurde, im Wald gefunden, daher nahm sie an, dass er ahnte, was sie war. Aber er sprach nicht gerne über Dämonen und Gestaltwandler. Er schien der Meinung zu sein, diese Dinge wären nicht real oder würden sie zumindest in Ruhe lassen, solange sie nicht über sie sprachen. Serafina hatte sich vorgenommen, ihren Vater nicht mit dem, was sie auf ihren nächtlichen Streifzügen erlebte, zu beunruhigen. Normalerweise hielt sie sich auch daran, aber als ihr Pa sie jetzt fragte, brach alles aus ihr heraus.

»Ich hatte ein schreckliches Aufeinandertreffen mit einem Rudel Hunde, Pa!«, schluchzte sie.

»Schon gut, Sera, hier kann dir nichts passieren«, versicherte er, nahm sie in seine großen Arme und hielt sie eng umschlungen.

»Aber von was für Hunden sprichst du? Du meinst doch nicht den Hund des jungen Herrn?«

»Nein, Pa. Gidean würde mir nie etwas antun. Da war ein Fremder mit einem Rudel Wolfshunde im Wald. Er hat sie auf mich gehetzt!«

»Aber wo ist er hergekommen?«, fragte ihr Vater. »War es ein Bärenjäger?«

Sie schüttelte den Kopf. »Ich weiß es nicht. Nachdem er aus der Kutsche gestiegen ist, hat er sie weiter nach Biltmore geschickt. Ich glaube, ich habe die Pferde im Stall entdeckt. Und ich habe vorhin einen fremden Mann bei Mr Vanderbilt gesehen. Ist gestern Abend jemand Ungewöhnliches eingetroffen?«

»Das Personal tratscht schon die ganze Zeit über die vielen Leute, die über die Weihnachtstage zu Besuch kommen, aber ich bezweifle, dass der Mann, den du gesehen hast, zu ihnen gehört. Ich vermute, es war einer dieser Wilderer von Mills Gap, die wir vor zwei Jahren vom Anwesen vertrieben haben.«

Serafina hörte seiner Stimme an, wie es in ihm brodelte. Er war furchtbar wütend, dass jemand seinem kleinen Mädchen so wehgetan hatte. Während er die verkrustete Wunde an ihrem Kopf untersuchte, fuhr er fort: »Ich spreche gleich mit unserem Gutsverwalter McNamee. Wir ziehen mit einer Truppe los, um den Burschen zur Rede zu stellen, wer es auch sein mag. Aber zuerst flicken wir dich mal zusammen. Dann ruhst du dich etwas aus. Deine Lektion kann warten.«

»Meine Lektion?«, fragte sie verwirrt.

»Die über Tischmanieren.«

»Nicht schon wieder, Pa, bitte. Ich muss herausfinden, wer nach Biltmore gekommen ist.«

»Es ist, wie ich dir gesagt habe. Wir werden es dir schon eintrichtern.«

»Eintrichtern?«

»Ja, eintrichtern. Wie sonst lernt man Dinge? Jetzt, wo der junge Herr und du Umgang habt, musst du dich anständig benehmen.«

»Ich weiß, wie man sich ordentlich benimmt, Pa.«

»Du bist so zivilisiert wie ein Wiesel, Mädel. Ich hätte dir mehr über die da oben beibringen müssen und wie sie die Dinge handhaben, denn mit unsereins hat es nicht viel zu tun.«

»Braeden ist mein Freund, Pa. Er mag mich so, wie ich bin, falls du das meinst«, sagte Serafina, obwohl es sich verdächtig danach anfühlte, als mache sie nicht nur ihrem Vater, sondern auch sich selbst etwas vor. In Wahrheit wusste sie nicht, ob sie noch Braedens Freundin war oder nicht, und ihre Unsicherheit wuchs mit jedem Tag.

»Es ist nicht der junge Herr, der mir Sorgen bereitet«, fuhr ihr Pa fort, während er ein nasses Tuch holte und begann, ihre Wunden zu säubern. »Es sind der Herr und die Herrin und besonders ihre Gäste aus der Stadt. Du kannst nicht mit ihnen am Tisch sitzen, solange du den Unterschied zwischen einem Tischtuch und einer Serviette nicht kennst.«

»Aus welchem Grund sollte ich den Unterschied nicht …«

»Der Butler hat mir erzählt, dass Mr Vanderbilt im Laufe des Tages nach dir Ausschau halten will. Und die ganze Küchenmannschaft bereitet ein großes Festessen vor.«

»Ein Festessen? Was für ein Festessen? Wird der Fremde dort sein? Geht es darum? Und was ist mit Braeden? Wird er auch da sein?«

»Das sind eine Menge Fragen, auf die ich keine Antwort habe«, erwiderte ihr Pa. »Ehrlich gesagt, weiß ich nichts weiter. Aber außer dem jungen Herrn fällt mir kein Grund ein, warum die Vanderbilts nach dir suchen sollten. Ich weiß nur, dass heute Abend ein große Party stattfindet, und der Herr hat nach dir schicken lassen. Es klang weniger nach einer Einladung als nach einem Befehl, wenn du verstehst, was ich meine.«

»Haben sie gesagt, es sei ein Festessen oder eine Party, Pa?«, fragte Serafina ganz durcheinander, der im selben Moment klar wurde, dass die Vanderbilts weder das eine noch das andere veranstalteten.

»Da oben ist es doch alles dasselbe, oder?«, sagte ihr Vater.

Serafina wusste, dass sie dort hingehen musste. So konnte sie leichter alle Neuankömmlinge unter die Lupe zu nehmen, die auf Biltmore eingetroffen waren. Doch im nächsten Moment wurde ihr etwas bewusst. »Aber so kann ich doch nicht nach oben, Pa!«, sagte sie alarmiert und blickte auf die zahlreichen Bisswunden und Kratzer an ihren Armen und Beinen. Sie taten nicht mehr besonders weh, sahen aber schlimm aus.

»Wir waschen dir den Dreck und das Blut aus den Haaren, und dann wird es schon gehen. Dein Kleid wird die Wunden verdecken.«

»Mein Kleid hat mehr abbekommen als ich«, protestierte sie mit einem Blick auf das, was von dem hübschen Kleid geblieben war, das Mrs V. ihr geschenkt hatte. Darin konnte sie sich unmöglich sehen lassen.

»Diese räudigen Bestien haben dich ganz schön in die Mangel genommen«, sagte ihr Vater, während er den Riss in ihrem Ohrläppchen untersuchte. »Tut das weh?«

»Nö, nicht mehr«, antwortete Serafina und war in Gedanken schon ganz woanders. »Wo ist das Arbeitshemd von dir, das ich früher getragen habe?«

»Das habe ich weggeworfen, als Mrs Vanderbilt dir etwas Anständiges zum Anziehen gegeben hat.«

»Ach, Pa, jetzt habe ich gar nichts mehr!«

»Mach dir keine Sorgen. Ich bastle dir etwas aus den Sachen, die wir hier unten haben.«

Serafina schüttelte verzweifelt den Kopf. »Was wir hier unten haben sind Sackleinen und Schmirgelpapier!«

»Hör mal!«, sagte ihr Pa, fasste sie an den Schultern und sah ihr in die Augen. »Du bist am Leben, das ist das Wichtigste. Danke Gott und sieh zu, dass du die Dinge auf die Reihe bekommst. Hat der Herr des Hauses jemals zuvor deine Anwesenheit in den oberen Etagen verlangt? Nein, hat er nicht. Wenn der Herr dich dort haben möchte, wirst du dort sein. Gewehr bei Fuß.«

»Mit einem Gewehr?«, fragte sie entsetzt. »Warum muss ich ein Gewehr mitnehmen?«

»Das sagt man doch nur so«, erklärte ihr Pa kopfschüttelnd. Dann murmelte er in sich hinein: »Zumindest gehe ich davon aus.«

10

Wütend und schlecht gelaunt saß Serafina auf dem Bett, während ihr Vater die Wunden reinigte und verband. Ihr Pa schien die Arbeit, an der er an diesem Morgen gesessen hatte, völlig vergessen zu haben. Er konzentrierte sich ganz auf sie.

Ein paar Kupferrohre und Messingfassungen, die zum Eisschrank aus der Küche gehörten, lagen als verworrener Haufen auf der Werkbank. Tags zuvor hatte ihr Vater etwas von einem Ammoniakgas-Laugen-System erwähnt, von Zuflussrohren und Kühlspiralen, aber nichts davon war bei ihr hängen geblieben. Er hatte sie in seiner Werkstatt großgezogen, aber sie konnte mit Maschinen nichts anfangen. Sie hatte von dem neumodischen Apparat nur behalten, dass er kompliziert war, Nahrungsmittel kalt hielt und eines der wenigen Kühlsysteme im Land war. Die Bergbewohner hielten ihr Essen kalt, indem sie es in das kalte Wasser einer Quelle legten. Das erschien ihr viel sinnvoller.

Sobald ihr Pa sie verarztet hatte, rutschte Serafina vom Bett, in der Hoffnung, er hätte vergessen, dass er sie zum Ausruhen nötigen wollte. »Ich muss los, Pa«, sagte sie. »Ich schleiche mich nach oben und schaue, ob ich den Eindringling entdecken kann.«

»Hör mal«, sagte er und hielt sie am Arm fest. »Ich möchte nicht, dass du dich da oben mit irgendwem anlegst.«

Sie nickte. »Geht klar, Pa. Mach ich nicht. Ich will nur sehen, wer da oben ist, und sicherstellen, dass es allen gut geht. Niemand wird mich bemerken.«

»Gib mir dein Wort darauf«, sagte er.

»Du hast mein Wort, Pa.«

Damit machte sie sich auf den Weg ins Erdgeschoss. Sie entdeckte ein paar Gäste, die hierhin und dorthin flanierten oder in den Salons zusammensaßen, aber niemand erschien ihr verdächtig. Als Nächstes nahm sie sich den ersten Stock vor, doch auch dort fiel ihr nichts Ungewöhnliches auf. Sie durchsuchte das Haus von oben bis unten, aber von dem Fremden, den sie mit Mr Vanderbilt beobachtete hatte, oder jemand anderem, der als zweiter Passagier der Kutsche in Frage gekommen wäre, entdeckte sie keine Spur. Sie belauschte den Tratsch des Personals, während es die Vorbereitungen für die Abendveranstaltung im Bankettsaal traf. Sie erfuhr aber nur, wie viele Gurken die Küchenmagd dem Koch holen sollte, oder wie viele silberne Servierplatten der Butler von den Dienern wünschte.

Als sie später am Nachmittag die Werkstatt betrat, fragte ihr Pa: »Was hast du herausgefunden?«

»Rein gar nichts«, grummelte sie. »Weit und breit war niemand Verdächtiges zu entdecken.«

»Ich habe mit McNamee gesprochen. Er schickt eine Truppe seiner besten Reiter aus, um die Wilderer aufzuspüren.« Ihr Vater wischte seine ölverschmierten Hände an einem Stofffetzen ab.

»Macht der Aufzug wieder Probleme, Pa?«, fragte sie.

Ihr Vater hatte in der Vergangenheit oft damit geprahlt, dass Biltmore über den ersten und besten elektrischen Aufzug der Südstaaten verfüge, aber im Moment schien er dem Gerät nicht viel abgewinnen zu können.

»Die Zahnräder im Keller verheddern sich, wenn er im vierten Stock ankommt«, klagte er. »Wer immer das Ding eingebaut hat, hat es geschafft, dass es im Schaft hin und her schwankt. Ich schwöre, es wird erst anständig laufen, wenn ich es herausreiße und noch mal von vorn anfange.« Er winkte sie zu sich. »Aber schau dir das hier mal an. Das ist interessant.« Er zeigte ihr ein Stück Metallblech, das aussah, als wäre es zerrissen worden.

»Was ist das, Pa?«, fragte Serafina.

»Diese kleine Halterung hier sollte das Hauptzahnrad an Ort und Stelle halten, aber jedes Mal, wenn der Aufzug in Betrieb war, bewegte sie sich vor und zurück. So, siehst du?« Er zeigte ihr die Bewegung, indem er das Metallblech mit den Fingern hin und her bog. »Metall ist anfangs sehr stark. Es scheint unverwüstlich. Aber wenn man es wieder und wieder vor- und zurückbiegt, so wie ich gerade, dann pass mal auf, was passiert. Es wird immer schwächer, bekommt kleine Risse und zerbricht am Ende.« Er hatte die Worte kaum ausgesprochen, als das Metall in seinen Händen zersprang. »Siehst du?«

Serafina lächelte ihren Vater an. An manchen Tagen hatte er etwas Magisches an sich.

Dann warf sie einen Blick zur zweiten Werkbank hinüber. Irgendwie hatte ihr Pa zwischen der Wartung des Aufzugs, der Reparatur des Kühlschranks und seinen anderen Aufgaben die Zeit gefunden, ihr ein Kleid aus Sackleinen und alten Lederresten zusammenzuflicken.

»Pa …!«, rief sie entsetzt.

»Probier es an«, sagte er. Er schien ziemlich stolz auf die Nähkünste zu sein, die er mit faserigem Garn und der Ledernadel vollbracht hatte, die er manchmal benutzte, um Löcher in seiner Lederschürze auszubessern. Ihrem Vater gefiel die Vorstellung, dass er so gut wie alles fertigen oder reparieren konnte.

Unwillig zog sie das zerfetzte grüne Kleid aus und schlüpfte in das Ding, das ihr Pa gemacht hatte.

»Schön wie ein Sommermorgen«, sagte ihr Pa fröhlich, aber sie wusste genau, dass er damit das Blaue vom Himmel herunterlog. Selbst ihm war klar, dass es das hässlichste Kleidungsstück war, das je das Licht der Sonne erblickt hatte. Aber es erfüllte seinen Zweck, und für ihren Pa war dies alles, was zählte. Es war funktional. Es bedeckte ihren Körper. Das Kleid hatte lange Ärmel, die den Großteil der Wunden und Kratzer an den Armen verbargen, und einen eng anliegenden Kragen, der ihren Hals verdeckte. Also würden die eleganten Damen bei dem Festessen oder der Party oder was auch immer es sein mochte, nicht reihenweise in Ohnmacht fallen, weil sie einen so gruseligen Anblick bot.

»Jetzt setz dich hierher«, wies ihr Pa sie an. »Ich zeige dir, wie man sich bei Tisch benimmt.«

Sie nahm widerwillig auf einem Schemel Platz, den er vor eine alte Arbeitsplatte gestellt hatte. Diese sollte die zwölf Meter lange Tafel in Mr und Mrs Vanderbilts großem Bankettsaal repräsentieren.

»Setz dich gerade hin, Mädchen, nicht mit krummem Rücken«, befahl ihr Pa.

Serafina richtete sich auf.

»Den Kopf hoch, nicht so über das Essen gebeugt, als müsstest du es vor den anderen verteidigen.«

Serafina lehnte sich so weit zurück, wie er es ihr zeigte.

»Nimm die Ellbogen vom Tisch«, wies er sie an.

»Hör auf, an mir herumzumäkeln!«

»Ich mäkle nicht an dir herum. Ich bemühe mich, dir etwas beizubringen, aber du bist zu dickköpfig, um es zu lernen.«

»Nicht halb so dickköpfig wie du«, murmelte sie.

»Werd ja nicht frech. Jetzt hör gut zu: Du musst beim Essen Besteck benutzen. Guck mal. Diese Schraubenzieher hier sind deine Gabeln. Der Spachtel ist dein Löffel. Und mein Schnitzmesser ist dein Messer. So wie ich es verstanden habe, benutzt man die rechte Gabel für die Arbeit.«

»Welche Arbeit?«, fragte sie verwirrt.

»Zum Essen. Verstanden?«

»Nein, ich verstehe nur Bahnhof«, räumte sie ein.

»Jetzt guck geradeaus«, sagte er, »nicht hierhin und dorthin, als würdest du jeden Moment auf etwas losspringen. Die Salatgabel liegt außen. Die Gabel für den Hauptgang innen. Sera, hörst du mir zu?«

Normalerweise machte ihr der Benimm-Unterricht ihres Vaters keinen Spaß, aber es war ein schönes Gefühl, wohlbehalten zu Hause zu sein und eine weitere Lektion über sich ergehen zu lassen.

»Hast du alles behalten?«, fragte er, nachdem er ihr die verschiedenen Utensilien erklärt hatte.

»Hab ich. Gabel für den Hauptgang innen. Salatgabel außen. Ich habe nur eine Frage.«

»Ja?«

»Was ist ein Salat?«

»Quatsch, Serafina!!«

»Ich habe eine Frage gestellt!«

»Es ist eine Schüssel mit, ach, du weißt schon … Grünzeug. Blätter, Kraut, Möhren und so.«

»Also ist es Kaninchenfutter.«

»Nein, Madam, ist es nicht«, erwiderte er streng.

»Es ist Beutefutter.«

»Ich möchte nicht, dass du so daherredest, das weißt du.«

Während ihr Vater ihr die Feinheiten der Tischsitten näherbrachte, kam ihr die Erkenntnis, dass er selbst nie an einem feinen Tisch gesessen hatte. Sie merkte, dass seine Anweisungen mehr auf Mutmaßungen als auf eigenen Erfahrungen beruhten, und sein Verständnis von Salat erschien ihr besonders verdächtig.

»Warum sollten reiche, feine Leute wie die Vanderbilts Blätter essen, wo sie sich doch etwas viel Besseres leisten können? Warum essen sie nicht den ganzen Tag Hühnchen? Wenn ich sie wäre, würde ich Hühnchen essen, bis ich dick und rund wäre.«

»Sera, nimm das hier bitte ernst.«

»Tu ich doch!«, protestierte sie.

»Hör mal, der junge Herr ist jetzt dein Freund und das ist gut so. Aber wenn du seine Freundin bleiben willst, musst du ein paar grundsätzliche Dinge lernen.«

»Was für grundsätzliche Dinge?«

»Du musst lernen, dich wie ein normales Mädchen zu benehmen.«

»Ich bin keine Vanderbilt, Pa. Das weiß er.«

»Schon klar. Aber wenn du da oben bist, möchte ich nicht, dass du …«

»Dass ich was? Sie abstoße?«

»Hm. Na ja, Sera. Du bist nun mal kein zartes Pflänzchen, das ist alles. Ich liebe dich wahnsinnig, aber es ist nicht zu leugnen – du hast etwas Katzenhaftes an dir, du redest über deine Beute und die Rattenjagd. Das ist alles schön und gut, solange du mir davon erzählst, aber …«

»Schon verstanden, Pa«, sagte sie missmutig, weil sie nicht wollte, dass er fortfuhr. »Ich lege mein bestes Benehmen an den Tag, wenn ich dort oben bin.«

Als sie jemanden den Flur entlangkommen hörte, zuckte sie zusammen und wäre fast davongeschossen. Nach Jahren im Verborgenen löste das Geräusch von Schritten immer noch ihren Fluchtreflex aus.

»Da kommt jemand, Pa«, flüsterte sie.

»Ach, da ist niemand. Hör gut zu, was ich dir sage. Wir müssen …«

»Verzeihung, Sir«, sagte ein junges Dienstmädchen beim Betreten der Werkstatt.

»Himmel, Mädel«, sagte Serafinas Pa, als er sich umdrehte und das Dienstmädchen ansah. »Schleich dich nicht so an die Leute heran.«

»Tut mir leid, Sir«, erwiderte das Mädchen knicksend.

Es war ein paar Jahre älter als Serafina, mit einem hübschen Gesicht und langen dunklen Locken, die unter seiner weißen Kappe hervorsprangen. Wie die anderen Dienstmägde trug sie ein schwarzes Kleid mit gestärktem weißen Kragen, weißen Manschetten und einer langen weißen Spitzenschürze. Doch ihr Aussehen und ihre Aussprache ließen vermuten, dass sie aus den umliegenden Bergen stammte.

»Spuck schon aus«, befahl Serafinas Vater.

»Ja, Sir«, sagte sie mit einem verunsicherten Blick zu Serafina. »Ich habe eine Nachricht von dem jungen Herrn für die kleine Miss.«

Während sie die Worte sagte, beäugte sie Serafina. Serafina sah, dass das Mädchen versuchte, sich einen Reim auf ihre ungewöhnlich hohen Wangenknochen und die bernsteinfarbenen Augen zu machen. Oder vielleicht waren ihr auch die blutigen Wunden ins Auge gesprungen, die unter den Rändern des Jutesacks hervorlugten, den Serafina trug. Was es auch war, es gab anscheinend eine Menge zu beäugen, und dem Mädchen gelang es nicht, die Gelegenheit ungenutzt verstreichen zu lassen.

»Ah, da siehst du's Sera«, sagte ihr Pa. »Ich hab's dir ja gleich gesagt. Gut, dass wir geübt haben. Der junge Herr schickt dir eine offizielle Einladung zum Abendessen.«

»Bitte schön, Miss«, sagte das Dienstmädchen und reichte ihr den Zettel mit weit ausgestrecktem Arm, als wolle sie ihr bloß nicht zu nahe kommen.

»Danke sehr«, erwiderte Serafina leise. Sie nahm den Zettel langsam entgegen, um das Mädchen nicht durch eine plötzliche Bewegung zu erschrecken.

»Bitte schön, Miss«, sagte das Dienstmädchen, aber anstatt sich zum Gehen zu wenden, blieb sie stehen und studierte fasziniert Serafinas Haare und ihre seltsame Kleidung.

»Gibt es sonst noch etwas?«, fragte Serafinas Pa das Mädchen.

»Oh nein, tut mir leid, verzeihen Sie«, sagte sie, löste sich aus ihrer Starre, knickste peinlich berührt vor Serafina und eilte aus dem Raum.

»Na, und was steht darin?«, fragte Serafinas Pa. Er deutete auf den Zettel.

Serafina öffnete mit zitternden Händen den kleinen Brief. Worum es auch gehen mochte, es schien wichtig zu sein. Als sie Braedens Worte las, wurde ihr klar, dass ihr Vater falsch gelegen hatte. Sie erhielt keine Einladung zu einer Party oder einem Dinner. Der erste Satz allein führte dazu, dass sich ihr die Kehle vor Angst zuschnürte. Plötzlich hatte sie wieder vor Augen, wie Mr Thorne in seinem schwarzen Umhang tot zu Boden gefallen war. Aber während sie die

Nachricht las, erfüllte sie noch ein anderes Gefühl. Es war Braeden, der diese Worte verfasst hatte. Ihr alter Freund und Verbündeter hatte sich endlich gemeldet.

S,
ein Mordermittler ist auf Biltmore eingetroffen. Er ist der seltsamste Mann, dem ich je begegnet bin. Du und ich sollen um 18 Uhr zum Verhör erscheinen. Es geht um das Verschwinden von Mr Thorne. Sei auf der Hut.
B.

11

Serafina nahm an, dass der Mordermittler der zweite Mann in der Kutsche gewesen war. Anscheinend musste sie nicht nach ihm suchen, weil er sie bereits gefunden hatte. Sie vermutete außerdem, dass es sich bei ihm um den Fremden handelte, den sie am Morgen mit Mr Vanderbilt gesehen hatte. Aber egal, wer er war, von der Polizei vernommen zu werden, konnte nichts Gutes bedeuten. Was sollte sie sagen, wenn er sie nach Mr Thornes Verschwinden fragte? *Oh, der? Ja, ich erinnere mich an ihn. Ich habe ihm eine Falle gestellt und zur Höhle meiner Mutter geführt, wo meine Verbündeten ihn getötet haben. Möchten Sie, dass ich Ihnen zeige, wo sich alles abgespielt hat?*

Während sie die enge, unbeleuchtete Dienstbotentreppe ins Erdgeschoss hinaufstieg, hatte sie das Gefühl, dass ihr Kopf mit mehr Gedanken gefüllt war, als ihr Verstand verarbeiten konnte.

Es war halb sechs. Ihr blieb noch eine halbe Stunde, um im Haus Hinweise zu finden. Dann musste sie sich zum Verhör melden. Aber zunächst wurde sie vor ein ganz anderes Problem gestellt.

Das junge Dienstmädchen, das sie vorhin angestarrt hatte, wartete am Ende der Treppe auf sie und versperrte ihr den Weg.

Serafina blieb stehen und musterte sie mit schmalen Augen. »Was willst du?«

Als das Mädchen auf sie zutrat, wich Serafina schnell einen Schritt zurück.

»Ich muss mit Ihnen reden, Miss …«

Serafina erwiderte nichts.

»Verzeihen Sie, Miss«, sagte das Mädchen, »aber Sie können sich dort oben doch nicht so sehen lassen.«

»So sehe ich eben aus«, entgegnete Serafina störrisch und musterte das Mädchen herausfordernd.

»Ich habe Ihr Kleid gemeint, Miss«, sagte das Mädchen.

»Es ist das einzige, das ich habe«, entgegnete Serafina.

Das Dienstmädchen nickte, als verstünde es. »Dann lassen Sie mich Ihnen etwas leihen. Mein Alltagskleid oder mein Sonntagskleid, alles, aber …«

»Aber nicht das«, ergänzte Serafina und deutete auf den Leinensack, den sie trug.

»Ich habe nur Gutes über Ihren Pa gehört«, sagte das Mädchen schüchtern. »Die Leute sagen, er könne so gut wie alles reparieren. Aber, verzeihen Sie, Miss, ich denke, wir stimmen darin überein, dass er kein Modeschöpfer ist.«

Serafina lächelte. Das Mädchen hatte absolut recht. »Und du willst mir helfen?«, fragte sie vorsichtig.

»Wenn Sie gestatten«, erwiderte das Mädchen mit einem kleinen Lächeln.

»Wie heißt du?«, fragte Serafina.

»Essie Walker.«

»Ich bin Serafina.«

»Das Mädchen, das die Kinder zurückgebracht hat.« Essie nickte.

Sie wusste bereits, wer Serafina war, und schien erfreut, sie kennenzulernen.

Serafina lächelte und nickte im Gegenzug. D.M.D.D.K.Z.H war nicht ganz so eingängig wie O.R.F., aber ihr gefiel es.

Als sie Essie eingängiger betrachtete, kam sie zu dem Schluss, dass sie ein liebes, offenes Gesicht hatte und ein warmes, freundliches Lächeln.

»Wo liegt dein Dorf, Essie?«, fragte Serafina, weil sie erlebt hatte, wie ihr Vater auf diese Art andere Einheimische danach fragte, wo sie herkamen.

»Das weiß ich gar nicht so genau«, erwiderte Essie. »Meine Ma und mein Pa sind gestorben, da war ich gerade mal eins oder zwei. Meine Oma und mein Opa haben mich auf einer Farm in Madison County großgezogen, aber als sie starben, hatte ich niemanden mehr. Mrs Vanderbilt hat von mir gehört und mich aufgenommen und mir ein Bett zum Schlafen gegeben. Ich habe zu ihr gesagt, dass ich mich nützlich machen möchte.«

»Du bist ziemlich jung für ein Dienstmädchen«, sagte Serafina.

»Ich bin das jüngste, das je auf Biltmore gearbeitet hat«, sagte Essie mit einem stolzen Lächeln. »Kommen Sie mit. Ich mache Sie fertig.« Essie streckte die Hand nach Serafinas aus, aber diese zuckte reflexartig zurück, bevor Essie sie auch nur annähernd berührte.

Essie schnappte überrascht nach Luft. »Sie sind ein bisschen schreckhaft, was?«, fragte sie.

»Tut mir leid«, murmelte Serafina errötend.

»Schon gut«, sagte Essie. »Wir haben alle vor irgendetwas Angst, nicht wahr? Aber jetzt kommen Sie. Uns läuft die Zeit davon.«

Essie drehte sich um und sauste die Stufen hinauf. Serafina folgte ihr. Die beiden rannten drei Treppen nach oben, dann flitzten sie durch eine schmale Tür, die auf einen Dienstbotengang führte, und eine weitere Treppe hinauf in den dritten Stock. Essie führte sie einen engen Gang entlang, der unter dem Nordturm verlief, vorbei an einer Vielzahl von Dienstmädchenzimmern, um eine Ecke, sechs Stufen hinunter und durch den Aufenthaltsraum der Dienstboten, wo sich drei Dienstmägde und ein Hausmädchen um das Feuer versammelt hatten und gemeinsam Pause machten.

»Beachtet uns gar nicht«, rief Essie ihnen zu, als sie und Serafina durch den Raum rannten. Sie liefen einen langen, schmalen Korridor entlang. Im dritten Stock gab es einundzwanzig Räume für die Dienstmädchen und die anderen weiblichen Dienstboten. Und Essies Zimmer war das dritte auf der rechten Seite.

»Wir sind da, Miss«, verkündete Essie, und Serafina folgte ihr hinein.

Während ihrer nächtlichen Streifzüge hatte Serafina sich ab und zu in eins der Zimmer geschlichen, wenn die Dienstmädchen zur Toilette gingen, daher kannte sie die sauberen, einfach möblierten Zimmer. Aber Essie hatte das schlichte weiße Metallbett mit weichen Kissen und einem Herbst-Quilt dekoriert. Serafina hielt es für den perfekten Ort, um sich in der Nachmittagssonne zusammenzurollen. Aber sie hatte den Eindruck, dass Essie nicht viel Zeit zum Ausruhen blieb. Ein Haufen verknitterter Kleider lag auf dem Korbstuhl, zwei Kommodenschubladen standen offen, und in der Schüssel auf dem Waschtisch war noch Wasser.

»Entschuldigen Sie bitte, Miss«, sagte Essie, hob rasch etwas Wäsche vom Boden auf und stieß die beiden Schubladen zu. »Der Himmel bewahre mich, falls Mrs King heut Nachmittag zur Inspektion vorbeischaut, aber an manchen Tagen ist fünf Uhr einfach zu früh. Ich hatte nicht mit Gesellschaft gerechnet, als ich ging.«

»Kein Problem«, sagte Serafina. »Du solltest mal sehen, wo ich schlafe.«

»Ich habe heut Morgen kaum die Augen aufbekommen, weil ich in der Nacht mit dem schrecklichen Mr Scrooge aufgeblieben bin«, berichtete Essie, während sie die Kleider vom Stuhl räumte. Bei diesen Worten spitzte Serafina die Ohren. Wer war dieser böse Mr Scrooge? Doch dann entdeckte sie eine Ausgabe von Charles Dickens *A Christmas Carol* auf Essies Nachttisch. Sie lag auf einem Stapel mit einigen Asheville Zeitungen, einer Bibel und einem Zettel, der ganz nach Mrs Kings Wochenplan aussah. Serafina stellte mit Erschrecken fest, dass es nur noch eine Woche bis Weihnachten war. Das Buch mit dem dunklen Ledereinband und der goldenen Schrift auf dem Cover sah verdächtig nach dem Exemplar von *A Christmas Carol* aus, das Serafina sich im Jahr zuvor aus Mr Vanderbilts Sammlung »geborgt« hatte. *Also bin ich nicht die Einzige, die Mr Vanderbilts Bücher entwendet,* dachte Serafina mit einem Lächeln.

Auf Essies Kommode lagen alle möglichen weiblichen Accessoires verstreut: Haarbürsten, Haarnadeln, kleine Salbentiegel und ein Glasflakon mit Essies Zitronenduft, den Serafina eine Meile gegen den Wind hätte riechen können. An den cremefarbenen Wänden hingen Zeichnungen, die Essie von Blumen und Herbstblättern gemacht hatte.

In der Mitte einer Zimmerwand war eine einzelne Glühbirne angebracht. Serafinas Pa hatte ihr mit stolzgeschwellter Brust erzählt, dass Mr V. mit Thomas Edison befreundet war und die neusten wissenschaftlichen Errungenschaften stets bei sich in Gebrauch haben wollte.

All das brachte Serafina zum Staunen. Essie hatte ihre eigene Glühbirne! Serafina wusste von ihrem Vater, dass viele Bewohner der Region in Schindelhütten und Blockhäusern ohne Elektrizität, Zentralheizung oder fließend Wasser lebten. Viele von ihnen hatten noch nie im Leben eine Glühbirne *gesehen*, geschweige denn eine besessen. Aber Essie hatte sich hier oben im dritten Stock eine gemütliche Höhle geschaffen, wie ein winziges Mäuschen, das sich auf dem Dachboden einnistete, wo niemand es je finden würde.

Ein Fenster, das in die Dachschräge eingebaut war, lieferte etwas, das Serafina als Bewohnerin des Kellergeschosses selten geboten bekam: einen faszinierenden Blick über die Blue Ridge Mountains. Die klare Sicht auf Mount Pisgah, der sich in der Ferne über die anderen Gipfel erhob, fesselte sie. Ein paar Nächte, nachdem sie und Braeden den Mann im schwarzen Umhang bezwungen hatten, waren sie heimlich auf das Dach gestiegen, um ihren Sieg zu feiern. Sie dachte daran zurück, wie sie unter den Sternen neben ihm gesessen und zu den Bergen hinübergeblickt hatte, während er erklärte, dass jener Gipfel mehr als neunzehn Meilen weit entfernt war, aber dennoch auf dem Anwesen lag. Er hatte darüber gestaunt, dass man einen Tag zu Pferde auf den steinigen, verschlungenen Bergpfaden brauchte, um dorthin zu gelangen, ein Falke, der sich vom Wind tragen ließ, jedoch nur seinen Flügel ausbreiten musste und im Nu da war.

Lächelnd drehte Serafina sich im Kreis und betrachtete Essies Zimmer, während diese sie gespannt beobachtete. »Ich habe es nicht schlecht getroffen, Miss, was?«

»Ganz und gar nicht«, stimmte Serafina zu. »Mir gefällt es hier.«

Essie nahm ein hübsch gefertigtes, beiges Kleid von einem Haken an der Wand. »Das ist mein Sonntagskleid«, verkündete sie und reichte es Serafina. »Verglichen mit dem, was die feinen Damen tragen, ist es nichts Besonderes, aber …«

»Danke, Essie«, sagte Serafina. Sie nahm das Kleid behutsam entgegen. »Es ist perfekt.«

Essie redete weiter, während sie sich umdrehte, damit Serafina sich umziehen konnte.

»Im Moment bin ich nur ein Zimmermädchen, aber ich habe fest vor, eines Tages als Zofe zu arbeiten«, erzählte sie. »Vielleicht kann ich den weiblichen Gästen zur Hand gehen, wenn sie zu Besuch sind, oder sogar Mrs Vanderbilt selbst. Kennen Sie Mrs V.?«

»Ja«, erwiderte Serafina, die gerade ihr Sackleinenkleid abstreifte. Sie bekam Gänsehaut auf Armen und Beinen, teils vor Kälte und teils vor Nervosität. Es war ein seltsames Gefühl, sich auszuziehen, während noch jemand im Raum war.

»Ich hatte mir schon gedacht, dass Sie sie kennen«, fuhr Essie fort.

Tatsache war, dass Serafina Mrs Vanderbilt in den vergangenen Wochen sehr lieb gewonnen und die Gespräche mit ihr genossen hatte, ihr aber schon seit einigen Tagen nicht mehr im Haus begegnet war.

»Meine Freundin geht auf die Mädchenschule, die Mrs V. gegründet hat, und lernt dort die Zahlen und Weben auf dem Webstuhl«, erzählte Essie. »Mrs V. möchte, dass alle Mädchen etwas lernen, damit sie für sich selbst sorgen können, wenn es sein muss.«

»Ich halte sie für einen guten Menschen«, sagte Serafina und nickte. Gleichzeitig überlegte sie, wie sie in das Kleid hineinkommen sollte. Es verfügte über eine erstaunliche Menge an Knöpfen, Bändern und anderen Hürden.

»So gut wie man nur sein kann«, fuhr Essie fort. »Haben Sie schon das mit dem Milchjungen gehört? Vor zwei Wochen sind ein Milchmann und sein ältester Sohn furchtbar krank geworden, so schlimm, dass sie dem Tode nahe waren. Da ist Mrs V. mit einem

Korb voll Essen zu der Familie gefahren, damit sie sich ein paar Tage über Wasser halten konnte. Als sie sah, wie elend es dem Jungen ging, hat sie den Männern befohlen, ihn in ihre Kutsche zu hieven, und ihn bis zum Krankenhaus von Asheville gebracht.«

»Was ist aus dem Jungen geworden?«, fragte Serafina, die endlich herausgefunden hatte, wie man in das Kleid schlüpfte, und dabei war, die letzten Knöpfe zu schließen.

»Er ist immer noch ziemlich krank«, sagte Essie, »aber ich habe gehört, sie kümmern sich dort gut um ihn.«

»Du darfst dich jetzt umdrehen«, sagte Serafina.

»Oh, Miss!«, rief Essie. »Das ist ein ganzes Stück besser, glauben Sie mir. Kommen Sie zum Spiegel und sehen Sie selbst, während ich Ihnen die Haare richte.«

Essie schien es nichts auszumachen, dass Serafina anders war, dass ihr Gesicht zerkratzt war, ihre Augen zu groß und ihre Wangenknochen so betont. Sie machte sich einfach an die Arbeit. »Was sind das nur für Haare!«, sagte sie und begann daran zu zerren, als handle es sich um ein Paar ungezogene Frettchen. »Wir haben nicht die Zeit für eine richtige Frisur, aber ich werde sie schon bändigen.«

Während Essie arbeitete, blickte Serafina in den Spiegel und bemerkte etwas Seltsames. Da schienen büschelweise lange schwarze Haare zwischen ihren eigenen zu wachsen, die ihr noch nie zuvor aufgefallen waren.

»Was ist denn, Miss?«, fragte Essie, weil ihr Serafinas Stirnrunzeln aufgefallen war.

»Ich habe braune Haare, nicht schwarze«, sagte Serafina verwundert, hob langsam die Hand und berührte die schwarzen Strähnen.

»Möchten Sie sie weghaben, Miss? Ich habe ständig die grauen Haare meiner Oma weggeschnitten.«

»Reiß sie einfach aus«, sagte Serafina.

»Das wird wehtun, Miss. Es sind ganz schön viele.«

»Pack sie einfach und reiß sie raus«, beharrte Serafina. Als hätte sie nicht so schon genug Probleme, die alle der feinen Gesellschaft ins Auge fallen würden. Jetzt taten sich auch noch seltsame Dinge auf ihrem Kopf.

Sie sah unmöglich aus.

Essie griff sich die schwarzen Strähnen und zog so fest daran, dass Serafinas Kopf zurückschnellte.

»Entschuldigung, Miss«, sagte sie.

»Mach weiter«, forderte Serafina sie auf. Während Essie ihrem Wunsch nachkam, beschloss Serafina, sie nach dem Mädchen zu fragen, das sie am Morgen gesehen hatte.

»Du hast gemeint, du wärst eines Tages gerne Zofe. Hast du schon das neue Mädchen bedient, das zu Besuch ist?«

»Das englische Mädchen«, sagte Essie aufstöhnend, womit ziemlich klar war, dass sie nicht viel von ihm hielt.

»Du magst sie nicht?«, fragte Serafina belustigt.

»Ich traue dem Mädchen nicht weiter, als ich es werfen kann. Kommt furchtbar hochnäsig und fein daher und hat den jungen Herrn gleich aufs Korn genommen.«

Serafina war nicht sicher, was sie damit genau meinte, aber ihr kam der Gedanke, dass jemand in Essies Position, der in den Zimmern im ersten und zweiten Stock arbeitete, vielleicht Dinge mitbekam, die ihr verborgen blieben.

»Was ist mit dem Mordermittler, der gestern Abend eingetroffen ist?«, fragte sie. »Bist du ihm schon begegnet?«

»Noch nicht, aber ich habe von einem der Diener gehört, dass er alle möglichen Koffer und Kisten auf sein Zimmer hat schleppen lassen, in denen sich die merkwürdigsten Apparate befinden. Er erteilt den Dienstboten dauernd Anweisungen, verlangt nach diesem und jenem.«

Das klingt nicht gut, dachte Serafina.

Nachdem sie einige schwarze Haarsträhnen ausgerissen hatte, nahm Essie die Bürste und begann, Serafinas Haare mit langen, gleichmäßigen Strichen zu kämmen. Es war ungewohnt und seltsam angenehm zugleich, sich von jemandem die Haare bürsten zu lassen. Serafina musste sich sehr zusammenreißen, um nicht loszuschnurren.

»Darf ich Ihnen eine Frage stellen, Miss?«, fragte Essie beim Bürsten. »Mrs King sagt uns Mädchen immer wieder, wir sollten uns um unsere eigenen Angelegenheiten kümmern, aber es ist trotzdem bei allen Gesprächsthema. Wir wollen alle wissen, was los ist.«

»Los?«, fragte Serafina unsicher.

»Mit Mrs V.«, sagte Essie. »Sie ist heute Morgen nicht zum Frühstück erschienen und ihr ging es in letzter Zeit so schlecht, dass wir sie kaum zu Gesicht bekommen haben. Ich bin überzeugt, sie wird es überstehen, was es auch ist, aber ich habe mich gefragt, ob Ihnen etwas zu Ohren gekommen ist.«

»Ich wusste gar nicht, dass sie krank ist«, sagte Serafina und in ihrem Hals bildete sich ein Kloß. Das erklärte, warum sie Mrs Vanderbilt seit einigen Tagen nicht gesehen hatte.

»An manchen Tagen ist es ihr furchtbar schlecht gegangen«, fuhr Essie fort. »An anderen ist sie recht munter. Wir haben den Doktor ständig kommen und gehen sehen. Wir möchten nur wissen, ob sie wieder in Ordnung kommt.«

»Das weiß ich nicht, Essie. Tut mir leid«, sagte Serafina. Die Neuigkeit, dass Mrs Vanderbilt krank war, betrübte sie sehr. »Aber wenn ich etwas höre, gebe ich es auf jeden Fall weiter.«

»Ich wäre Ihnen sehr zu Dank verpflichtet«, sagte Essie. »Und ich halte es ebenso.«

Endlich legte Essie die Bürste aus der Hand. Sie fasste Serafinas Haare zusammen, drehte sie ein und formte sie zu einem losen Dutt am Hinterkopf, den sie dann feststeckte.

»Bitte schön, Miss«, sagte Essie. »Ich denke, das wird für den Moment reichen.«

Als Serafina in den Spiegel blickte, sah ein neues Mädchen daraus hervor. Sie erkannte ihr Gesicht, aber mit dem Kleid, das Essie ihr geliehen hatte, und den hochgesteckten Haaren sah sie beinah salonfähig aus.

Essie lächelte, stolz auf ihr Werk. »Sie sehen jetzt aus wie ein richtiges Mädchen«, sagte sie und nickte befriedigt.

»Das finde ich auch«, erwiderte Serafina verblüfft.

Serafina drehte sich zu Essie um und legte langsam die Hand auf ihren Arm, wie sie es andere Leute manchmal hatte tun sehen. Die Geste kam ihr unnatürlich vor, es war seltsam, jemanden auf diese Art zu berühren, und sie war nicht sicher, ob es der richtige Moment dafür war, aber als sie es tat, strahlte Essie vor Glück.

»Ach, Miss, das war doch nichts, ich hab nur einem anderen Mädchen ausgeholfen, das ist alles.«

»Ich weiß deine Hilfe sehr zu schätzen, Essie«, versicherte Serafina.

Sie hielt inne und beschloss, noch eine weitere Frage zu stellen, bevor sie ging. »Vorhin hast du gesagt, dass jeder vor etwas Angst hätte.«

»Das glaube ich wirklich, Sie nicht?«

»Es klang so, als hättest du etwas Bestimmtes dabei im Sinn. Hast du Angst davor, krank zu werden wie der Milchjunge?«

»Nein, Miss.«

»Was ist es dann? Wovor hast du Angst?«

»Nun, ich bin nicht allzu scharf auf Geister – schätze, das geht allen so, Leute, die vom Tod auferstehen und all das –, aber wovor ich am liebsten davonrennen würde, sind die Geschichten, die mein Opa abends am Herdfeuer erzählte, um uns Kindern Angst zu machen.«

»Was für Geschichten?«

»Ach, wissen Sie, was die Leute immer so sagen: das ist nur der Alte vom Wald, der seinen Schabernack treibt, wenn eine Böe an einem windstillen Tag etwas umwirft, oder man ein verendetes Tier im Wald findet, dessen Tod Rätsel aufgibt.«

Serafinas Lippen wurden trocken, als sie Essies Reden lauschte. Sie spürte, wie sich Angst in ihre Stimme schlich. »Der Alte vom Wald?«

»Sie haben bestimmt die gleichen Geschichten gehört wie ich, von einem alten Mann mit Wanderstock, der im dunklen Wald umherstreift, aus dem Nebel auftaucht und wieder darin verschwindet, Leute vom Weg abbringt, bis sie sich im Moor verirren. Manchmal sagen sie, er treibe sein Unwesen vor der Hütte, wenn die Milch sauer wird oder tote Hühnchen im Hof liegen. Diese Geschichten haben mich fast zu Tode geängstigt.

»Aber wer ist der alte Mann aus den Geschichten?«, fragte Serafina fasziniert.

Essie schüttelte den Kopf und zuckte mit den Schultern. »Ich habe keinen blassen Schimmer!« Sie lachte. »Es ist nur eine dumme, alte Geschichte, aber aus irgendeinem Grund jagt sie mir eine Heidenangst ein. Wenn ich im Wald bin und einen Ast brechen höre oder das Rascheln des Windes, renne ich meistens, so schnell ich kann, nach Hause. Ich habe so schreckliche Angst vor der Dunkelheit, dass es nicht mehr lustig ist! Deswegen lebe ich so gerne hier.«

»Hier? Warum?«, fragte Serafina verwundert, da sie den Zusammenhang nicht begriff.

»Wasserklosetts«, sagte Essie lachend. »Ich muss nicht mehr jede Nacht im Dunkeln zum Klohäuschen rennen!«

Serafina lächelte. Ihre neue Freundin hatte etwas an sich, das Serafina mehr und mehr gefiel.

»Jetzt mal im Ernst, Miss«, sagte Essie wieder ganz geschäftsmäßig. »Sie müssen zurück nach unten, und ich muss wieder an die Arbeit. Wenn wir uns noch länger hier oben verkriechen wie die Waschbären, hetzen sie uns noch die Hunde auf den Hals.«

»Die Hunde?«, fragte Serafina alarmiert.

»Sie wissen schon, die Bluthunde, die zur Waschbärenjagd benutzt werden. Es ist nur eine Redewendung.«

»Ach so, natürlich«, sagte Serafina, der klar wurde, dass es vielleicht mehr als nur ein paar Dinge auf der Welt gab, die ihr Angst machten.

Als Serafina sich verabschiedete, fiel es ihr schwer zu gehen, aber sie war froh, eine neue Freundin gefunden zu haben.

12

Serafina sprang die Treppe, fünf Stufen auf einmal nehmend, hinunter, erster Absatz, zweiter Absatz, dritter Absatz. Im Erdgeschoss angekommen, sauste sie an einem verblüfften Diener vorbei. Dann eilte sie einen schmalen Gang entlang, betrat durch eine weitere Tür den Frühstücksraum, durchquerte ihn und hastete einen anderen Flur entlang, bis sie endlich stehen blieb, tief durchatmete und gesittet den Wintergarten mit den hohen Palmen und anderen exotischen Pflanzen betrat.

Durch die hohe Glaskuppel, die auf mit Ornamenten verzierten Säulen ruhte, strömte Sonnenlicht herein. In dem gefliesten Raum waren überall edle Keramik-Kunstwerke auf niedrigen Sockeln ausgestellt, und französische Rattanmöbel boten der feinen Gesellschaft die Möglichkeit, gemütlich beisammenzusitzen.

Serafina hatte gehofft, vor ihrer Befragung hier auf Braeden zu treffen, aber nun kam sie sich völlig schutzlos vor. Bislang hatte sie den riesigen Wintergarten nur im Geheimen erkundet.

Sie hielt nach Verstecken Ausschau, sie zuckte erst in die eine, dann in die andere Richtung, als müsste sie jeden Moment die Flucht ergreifen. Da entdeckte sie Braeden und das englische Mädchen nebeneinander stehend. Serafina erstarrte. Sie musterte die beiden unentschlossen.

Die zwei hatten ihre Reiterkluft abgelegt. Er trug nun sein schwarzes Nachmittagsjackett, Hose und Schlips, und sie ein himmelblaues Kleid mit schmaler Taille und Puffärmeln, deren Chiffonstoff die Unterarme eng umschloss. Die kastanienbraunen Locken des Mädchens waren auf dem Kopf aufgetürmt und wurden von einer gedrechselten Tuchnadel gehalten. Auf einer Seite fielen sie zu perfekten Korkenzieherlocken hinunter. Sie erinnerten Serafina an die Spiralfedern aus der Werkstatt ihres Vaters. Aber sie musste zugeben, dass die Fremde elegant aussah und ungewöhnliche, schöne Augen von der Farbe des Waldes hatte.

Als Serafina näher an die beiden herantrat, klopfte ihr Herz aufgeregt. Aus Gewohnheit bewegte sie sich lautlos. Kein Mensch bemerkte sie. Nur Gideans spitze schwarze Ohren stellten sich auf, doch er ließ sie erleichtert wieder sinken, als er die Freundin erkannte. Er wackelte freudig mit seinem Stummelschwanz. Serafina lächelte über die Begeisterung des Hundes, die ihr Herz erwärmte.

Das englische Mädchen guckte in Serafinas Richtung, schenkte ihr aber keinerlei Beachtung, bis es offensichtlich wurde, dass Serafina direkt auf sie zuging. Das Mädchen war eindeutig verblüfft von Serafinas Erscheinung. Ihre Augen weiteten sich, und sie neigte den Kopf zur Seite. Sie wirkte beinah verängstigt. Aber als Serafina näher kam, schien sie sich zusammenzureißen. Sie schenkte Serafina einen vernichtenden Blick, der zu sagen schien: *Warum um alles in der Welt kommt jemand, der so gekleidet ist wie du, auf jemanden zu, der so gekleidet ist wie ich?*

Wenn dir das hier nicht gefällt, hättest du mal sehen sollen, was ich vorhin getragen habe, dachte Serafina.

Sie blieb dicht vor Braeden und seiner Begleiterin neben einer wunderschönen, blau-weißen Mingvase stehen, die auf einem kleinen Holztischchen unter einer Palmengruppe ausgestellt war. Serafina erinnerte sich daran, gehört zu haben, dass Mr Vanderbilt die Vase auf einer seiner Orientreisen erworben habe, dass sie über vierhundert Jahre alt und einer der wertvollsten Kunstgegenstände im Haus sei. Serafina stand so reglos und für alle sichtbar im Raum, dass sie sich einen Moment lang wie eines der Möbelstücke vorkam.

Als Braeden sich schließlich umdrehte und sie entdeckte, strahlte er übers ganze Gesicht und lächelte. »Hallo, Serafina«, sagte er, ohne zu zögern.

Erleichterung und Freude breitete sich in Serafina aus. »Hallo, Braeden«, erwiderte sie und hoffte dabei, annähernd normal zu klingen.

Obwohl er mit ihr hätte rechnen müssen, schien Braeden überrascht und erfreut, sie hier zu sehen. Hatte er sich Sorgen um sie gemacht? Oder lag es nur daran, dass sie sich tagsüber so selten in die oberen Stockwerke verirrte?

»Ich …«, setzte sie an, unsicher, wie sie es am besten formulierte. »Ich habe deine Nachricht erhalten«, fuhr sie fort. Sie war bemüht, sich so elegant wie möglich auszudrücken, wollte dabei aber deutlich machen, dass sie den Ernst der Lage verstanden hatte.

Braeden nickte wissend, trat auf sie zu und sagte leise zu ihr: »Ich weiß nicht, was auf uns zukommt, aber ich fürchte, wir müssen sehr vorsichtig sein.«

»Wie heißt der Ermittler?«, fragte sie. »Woher kommt er?«

»Das weiß ich nicht«, erwiderte Braeden. »Er ist gestern Abend eingetroffen.«

»Und was sagt dein Onkel dazu?«

»Wenn die Behörden zu dem Schluss kommen, dass Mr Thorne ermordet wurde, wird der Mörder hingerichtet werden.«

»Hat er das tatsächlich so gesagt?«, fragte Serafina erstaunt. Als Braeden sie entdeckt und mit Wärme begrüßt hatte, war ihr aufgefallen, dass das englische Mädchen einen Schritt zurückgewichen war. Es hatte das Kinn gehoben und seine Unsicherheit hinter einer starren Maske zu verbergen versucht. Jetzt stand es einfach abwartend da. Braeden hätte sie einander vorstellen sollen, doch das tat er nicht. Er schien das Mädchen vergessen zu haben. Serafina ging davon aus, dass es kein schönes Gefühl war.

Es dämmerte ihr, dass das Mädchen sich vielleicht in seiner neuen Umgebung so unwohl fühlte wie Serafina in den oberen Etagen von Biltmore. Braedens Begleiterin war ein Neuankömmling, der immer noch versuchte, sich zurechtzufinden, und jetzt flüsterte der einzige Junge, den sie kannte, mit jemand anderem, ohne sie weiter zu beachten. Trotz der Heftigkeit, mit der Serafina auf sie reagiert hatte, als sie sie das erste Mal gesehen hatte, tat sie ihr beinah leid.

»Oh ja«, sagte Braeden, der Serafinas Gedanken zu lesen schien und sich plötzlich an seine Pflichten erinnerte, »Serafina, das ist …«

Doch in dem Augenblick kam Mrs Vanderbilt die Treppe in den Wintergarten hinunter. »Ah, da seid ihr ja alle. Gut. Ich bringe euch in die Bibliothek, um mit Mr Vanderbilt und dem Inspektor zu sprechen.«

Die Dame des Hauses trug ein kleidsames Nachmittagskostüm und sie hatte ein fröhliches Gesicht aufgesetzt, aber Serafina sah, dass sie tatsächlich etwas mitgenommen wirkte. Ihre Wangen waren blass, doch sie schien sich trotz ihrer angeschlagenen Gesundheit mit einer positiven Einstellung durch den Tag zu kämpfen.

»Serafina, bevor wir gehen, möchte ich dir gerne noch jemanden vorstellen«, sagte Mrs Vanderbilt und schob sie mit sanfter Hand auf das englische Mädchen zu. »Ich habe die Ehre, dir Lady Rowena Fox-Pemberton zu präsentieren, die von sehr weither zu Besuch ist. Ich hoffe, ihr zwei werdet während ihrer Zeit hier auf Biltmore gute Freundinnen. Wir müssen alles daran setzen, damit sie sich bei uns wie zu Hause fühlt.«

»Es ist schön, Sie kennenzulernen, Miss«, sagte Serafina höflich zu dem Mädchen.

»*My Lady*«, sagte Lady Rowena, die Serafina überrascht von oben bis unten musterte.

»Wie bitte?«, fragte Serfaina ehrlich verwirrt.

»Die korrekte Anrede lautet Lady, nicht Miss«, verbesserte Lady Rowena Serafina mit ihrem steifen englischen Akzent.

»Ich verstehe«, erwiderte Serafina. »Ist das in England so üblich? Und werden Sie mich dann auch mit *my Lady* ansprechen?«

»Natürlich nicht!«, entgegnete das Mädchen entrüstet. Seine Wangen färbten sich rot.

»Schon gut«, sagte Mrs Vanderbilt und berührte beide Mädchen mit der Hand, um sie zu beruhigen. »Ich bin sicher, wir werden Licht in die englisch-amerikanischen Unterschiede bringen …«

Aber als Mrs Vanderbilt ihr sanft die Hand auf den Arm legte, wich Serafina instinktiv zurück und wurde dabei von einem großen Palmwedel an der Wange gestreift. Das Palmblatt schien sich von selbst zu bewegen und in ihren Haaren zu verfangen. Irritiert griff Serafina nach oben und wirbelte um die eigene Achse, um es abzustreifen. Es fühlte sich an wie eine Baumschlange. Sie fuhr so schnell herum, dass sie gegen das Möbelstück hinter sich stieß.

»Pass auf, Serafina!«, rief Mrs Vanderbilt erschrocken aus und streckte entsetzt die Hände aus.

In diesem Moment wurde Serafina klar, dass sie mit ihrer plötzlichen Bewegung den kleinen Holztisch angestoßen hatte, auf dem die Mingvase stand. Die Vase kippte vom Tisch und fiel herunter. Voller Entsetzen sah Serafina, wie das unbezahlbare Kunstwerk auf den harten Fliesenboden stürzte. Sie versuchte, danach zu greifen, doch es war zu spät. Die Vase krachte zu Boden und zerschellte in tausend Stücke. Der Anblick des klirrenden Porzellans ließ Serafinas Atem stocken.

Alle starrten schockiert auf die zerbrochene Vase und sahen dann sie an.

Serafinas Wangen brannten, ihre Augen füllten sich mit Tränen. »Es tut mir so schrecklich leid, Mrs Vanderbilt«, sagte sie und machte einen Schritt auf sie zu. »Das habe ich nicht gewollt. Es tut mir so leid.«

»Vielleicht können wir sie kleben«, sagte Braeden, ließ sich auf die Knie fallen und versuchte, die Stücke aufzulesen, während Lady Rowena Fox-Pemberton Serafina missbilligend ansah und den Kopf schüttelte, als wolle sie sagen: *Mir war gleich klar, dass du nicht in dieses Haus gehörst.*

»Es wird George das Herz brechen«, murmelte Mrs Vanderbilt vor sich hin, während sie fassungslos die Scherben betrachtete. »Das war eins seiner Lieblingsstücke …«

»Es tut mir so leid«, wiederholte Serafina, erfüllt von tiefer, schmerzlicher Scham. »Ich weiß nicht, wie das passieren konnte. Die Pflanze hat mich angegriffen.« Aber noch während sie dies sagte, erkannte sie, wie kindisch es klang. Lady Rowena sah sie unverwandt an, zu klug und weltgewandt, um tatsächlich zu lächeln, aber es schien nicht viel zu fehlen. Serafina warf einen Blick auf die Pflanzen und die Kunstgegenstände im Raum. Sie konnte es nicht fassen.

Ihr ganzes Leben war sie in diesem Haus umhergeschlichen, hatte sich blitzschnell hier und dort versteckt und nicht ein Mal etwas umgestoßen oder kaputt gemacht. Und nun, da sie sich in den oberen Etagen zu bewegen begann und Mrs Vanderbilt zeigen wollte, wie viel ihr ihre Freundschaft bedeutete, passierte ihr dieses schreckliche, dumme, tollpatschige Missgeschick. Am liebsten wäre sie zurück in den Keller gerannt und hätte geweint. Sie musste ihren ganzen Mut zusammennehmen, um an Ort und Stelle zu bleiben und die Schande auszuhalten.

Endlich blickte Mrs Vanderbilt ihren Neffen an, der immer noch auf dem Boden kniete und sich bemühte, die Scherben aufzusammeln. »Braeden«, sagte sie, »ich fürchte, das wird nicht funktionieren.«

Braeden ließ langsam die Hände sinken. Die Stimme der Tante verriet, wie tief betrübt sie war.

»Ihr habt keine Zeit für das hier«, fuhr Mrs Vanderbilt fort. »Du und Serafina werdet von Inspektor Grathan erwartet.«

Serafina hatte noch nie erlebt, dass Mrs Vanderbilt sich Braeden oder jemand anderem gegenüber so kalt und geschäftsmäßig verhalten hätte. Und alles war ihre Schuld.

»Ich werde mit Lady Rowena einen Spaziergang zum Gewächshaus machen«, verkündete Mrs Vanderbilt. »Du gehst mit Serafina unverzüglich zur Bibliothek.«

Mrs King, die Haushälterin, betrat den Wintergarten und sprach Mrs Vanderbilt an. »Ich habe eins der Mädchen gebeten, Besen und Schaufel zu holen, um die zerbrochene Vase aufzufegen«, sagte sie mit ruhiger, fester Stimme. Als ranghöchste Dienstbotin auf Biltmore besaß die Hausdame eine beeindruckende Präsenz.

»Vielen Dank, Mrs King«, sagte Mrs Vanderbilt seufzend. »Bitte bringen Sie die Kinder in die Bibliothek.«

Als Mrs Vanderbilt Braeden und sie »Kinder« nannte, sah Serafina die Befriedigung in Lady Rowenas Miene.

»Hier entlang«, wies Mrs Kin Braeden und Serafina an. Es war eine Stimme, die es gewohnt war, Befehle zu erteilen.

Mrs King kümmerte sich seit Jahren um den Haushalt von Biltmore. So war es schon gewesen, ehe Mr Vanderbilt heiratete und Mrs Vanderbilt nach Biltmore kam. Während Serafina der Hausdame durch die große Eingangshalle folgte, wischte sie sich über die nassen Augen und versuchte sich auszumalen, was ihr Pa in diesem Moment zu ihr gesagt hätte. *Schluss mit dem Geschniefe, Mädchen. Bring die kleinen grauen Zellen auf Trab.* Das hätte er gesagt und recht damit gehabt. Wenn sie von einem Ermittler zu einem Todesfall befragt wurde, musste sie sich zusammenreißen.

Serafina musterte Mrs King auf dem Weg zur Bibliothek gründlich, weil sie ihr noch nie so nahe gekommen war.

Eines der Dinge, die Serafina an Mrs King stets verwundert hatten, war, dass sie in einem Bereich von Biltmore lebte, den Serafina noch nie mit eigenen Augen gesehen hatte. Sie war die einzige Bewohnerin der geheimnisvollen zweieinhalbten Etage. Serafina konnte nicht begreifen, was ein halbes Stockwerk sein sollte, sie konnte sich nichts darunter vorstellen. Aber sie hatte vor langer Zeit gelernt, dass auf Biltmore vieles möglich war, sowohl großartige als auch niederträchtige Dinge. Den Palmen zum Beispiel konnte man nicht über den Weg trauen.

Serafina fiel der Schlüsselring ins Auge, der von Mrs Kings Schärpe herabbaumelte. Es war ein großer Messingring, an dem sämtliche Schlüssel des Hauses hingen, für jede Tür, jedes Schrankschloss und jede geheime Luke vom Keller bis zum Dachboden.

Serafina war schon immer vom Klingeln und Klirren der

herabhängenden Schlüssel fasziniert gewesen. Doch genau in dem Moment, als ihr Blick darauf ruhte, zog etwas Winziges einen Schlüssel vom Ring ab, schoss Mrs Kings Kleid hinunter und sauste blitzschnell davon.

Die braune kleine Kreatur war so winzig gewesen und hatte sich so schnell bewegt, dass Serafina sie kaum gesehen hatte. Und sie war ziemlich sicher, dass niemand sonst sie bemerkt hatte. Aber Serafina war lange genug O.R.F. gewesen, um zu wissen, dass es sich um eine Maus gehandelt hatte. Manchmal bewegten Mäuse sich so schnell, dass sie wie der Blitz auftauchten und wieder verschwanden. Serafina begann sich bereits zu fragen, ob sie sie tatsächlich gesehen hatte. Wie um alles in der Welt hätte eine Maus Mrs Kings Kleid herunterrennen sollen? Und was hatte sie da gemacht? Den Schlüssel zum Vorratsschrank gestohlen?

Doch es gab größere Probleme, auf die sie ihr Augenmerk richten musste. Während Braeden und sie hinter Mrs King hertrotteten, warf Serafina ihm einen Blick zu. Seine Lippen waren fest aufeinandergepresst, das Gesicht von Sorge erfüllt. Es kam ihr vor, als würde Mrs King sie zu ihrem Prozess, ihrer Verurteilung und der Vollstreckung zugleich bringen. Sie zog in Erwägung sich umzudrehen und wegzulaufen, um alldem zu entgehen, solange noch die Möglichkeit dazu bestand. Aber sie wusste, dass sie den armen Braeden nicht allein lassen konnte, also stapfte sie bedrückt neben ihm her, ohne zu wissen, was sie sonst hätte tun sollen.

Als sie die Bibliothek betraten, blickte Serafina sich in dem vertrauten Zimmer um. Tausende von Mr Vanderbilts ledergebundenen Büchern säumten mit Holzschnitzereien und Marmorskulpturen geschmückte Wände. Die Bücher reichten bis zu den italienischen Engelsmalereien an der Decke, gut zehn Meter über ihren Köpfen. Aber es war niemand im Raum. Die Schirme der Messinglampen glühten, und in dem gewaltigen schwarzen Marmorkamin brannte ein Feuer, aber die Bibliothek war völlig verlassen.

Als Serafina Braeden ansah, wurde ihr klar, dass er ebenso verwirrt war wie sie. Nur die unerschütterliche Mrs King schien unbeeindruckt. Sie führte sie an den Bücherregalen entlang, wandte sich nach rechts und blieb stehen. Sie blickten nun auf einen Bereich der Bibliothek mit Eichentäfelung. Serafina brauchte einen Moment, um zu erkennen, dass sie keine Wand anschauten. Es war eine Tür. Und die Schnitzerei darauf verstörte sie: ein Mann in einer Robe hielt den Finger an die Lippen, als mache er *Pst!*. Blut tropfte von seinem Schädel und in seinem Rücken steckte ein Messer.

»Ihr dürft nun eintreten«, sagte die Hausdame. »Sie erwarten euch.«

13

Serafina trat zögerlich in den schwach beleuchteten Raum, ein kleines, vollgestopftes Zimmer mit Ledergarnituren. Vorhänge blendeten die untergehende Abendsonne aus, und das Muster an der dunklen Zimmerdecke erinnerte an die Knochenstruktur eines Fledermausflügels. Es war nicht sein normales Büro, aber Mr Vanderbilt saß hinter dem Schreibtisch.

Schon ihr ganzes Leben lang beobachtete sie den Herrn von Biltmore, doch es gelang ihr nicht, sich einen Reim auf ihn zu machen. Trotz seines großen Wohlstands war er ein Mann der leisen Töne, ein kultivierter, belesener Gentleman mit zartem Körperbau und schmalen Händen. Er hatte scharfsinnige, dunkle Augen, schwarze Haare und einen schwarzen Schnurrbart.

»Kommt herein«, sagte er ernst. Seine Laune schien düster und unversöhnlich.

Als sie und Braeden langsam in den Raum hineingingen, entdeckte Serafina aus den Augenwinkeln einen Mann im Halbdunkeln, der sie reglos beobachtete. Unwillkürlich schnappte sie nach Luft. Ihr Herz schlug schwer.

Während sich ihre Augen an die Dunkelheit im Zimmer

gewöhnten, sah sie den Fremden immer deutlicher. Zu ihrer Überraschung handelte es sich nicht um den älteren Mann, den sie mit Mr Vanderbilt im Wald gesehen hatte. Dieser Mann hatte strähnige, rattenbraune Haare, die ihm bis auf die Schultern fielen, und einen kurzen Ziegenbart. Er starrte sie mit brennenden Augen an. Sein Blick war erbarmungslos. Einst mochte er gut ausgesehen haben, doch nun zierten sein Gesicht viele wulstige, graue Narben. Sein brauner Wollmantel und der Schulterkragen waren verfilzt und wettergegerbt und an den Rändern ausgefranst, als wäre er seit vielen Jahren unterwegs.

Als der Mann die Kratzer in ihrem Gesicht und die Bisswunden an ihren Händen musterte, lief es ihr eiskalt den Rücken hinunter. Instinktiv wollte sie kämpfen oder fliehen. Er sah zu viel. Schreckliche Bilder schossen ihr durch den Kopf: der Graubärtige mit dem breitkrempigen Hut, der auf die Straße trat, die zuschnappenden Mäuler der Hunde, die schwarze Silhouette einer Gestalt in der davonfahrenden Kutsche.

Hatte dieser Mann aus der Kutsche geblickt und sie entdeckt? Falls er sie überhaupt gesehen hatte, konnte er nur einen kurzen Blick auf sie erhascht haben, als sie davongerannt war. Sie trug jetzt andere Kleider und eine neue Frisur.

In der Hand hielt er einen Gehstock mit spiralförmigem Schaft und gekrümmtem Geweihgriff. Der Stock war nicht von der gleichen Art wie derjenige, den sie in der Nacht zuvor gesehen hatte. Und doch, ihre Erinnerung schien Lücken zu haben. Hatte sie einen knorrigen Stock oder einen Gehstock mit einem Geweihknauf wie diesen gesehen? Konnte er das Aussehen verändert haben?

»Setzt euch«, befahl Mr Vanderbilt. Er deutete auf zwei schmale Holzstühle in der Mitte des Raums. Serafina hatte Mr Vanderbilt selten mit so scharfer Stimme sprechen hören, doch sie hätte nicht sagen können, ob es daran lag, dass er wütend auf sie und Braeden war, oder ob es mit dem unerwarteten Auftauchen des Ermittlers zusammenhing. Mr Vanderbilt hatte bereits alle möglichen Gäste auf Biltmore willkommen geheißen, damit sie sich in dem prachtvollen Haus vergnügten, das er eigens zu diesem Zweck entworfen hatte. Er selbst neigte jedoch dazu, sich von feuchtfröhlichen Feiern zurückzuziehen. Er saß oft allein in einem ruhigen Zimmer und las, anstatt sich mit den anderen zu betrinken. Er war ein unabhängiger Geist. Und nun war da ein Fremder zu Besuch, ein Ermittler, der von Mord sprach, und Mr Vanderbilt schien darüber ganz und gar nicht erfreut.

Als sie und Braeden auf den Stühlen Platz nahmen, warf Serafina dem Freund einen Blick zu. Er wirkte eingeschüchtert und allein. Mrs King hatte ihn angewiesen, Gidean vor dem Zimmer warten zu lassen. Braeden schien ohne seinen treuen Beschützer verletzlich, deshalb wollte Serafina umso mehr dafür sorgen, dass Inspektor Grathan ihnen nichts anhaben konnte.

Mr Vanderbilt sah sie und Braeden an. »Inspektor Grathan untersucht das Verschwinden von Mr Thorne. Seiner Theorie nach hat Mr Thorne Biltmore nicht aus freien Stücken verlassen, sondern vielmehr, weil ihm während seines Aufenthalts hier übel mitgespielt wurde.«

»Ja, Sir«, sagte Braeden, darum bemüht mit fester Stimme zu sprechen, doch Serafina hörte die Verunsicherung. Auch sie hatte keinen Zweifel daran, dass sie womöglich wegen gemeinschaftlichen Mordes an Mr Thorne verhaftet und angeklagt würden, falls sie jetzt einen Fehler machten. Sie hatte ihn in die Falle gelockt. Und Braeden gehörte der Hund, der geholfen hatte, den Mann zu töten.

»Ich lege euch ans Herz, alle seine Fragen wahrheitsgemäß zu beantworten«, sagte Mr Vanderbilt.

Serafina warf Mr Vanderbilt einen raschen Blick zu, weil seine Stimme unerwartet hart geworden war. Oberflächlich betrachtet, befahl er ihr und Braeden das Richtige zu tun und mit dem Ermittler zu kooperieren. Doch unterschwellig schien er ihnen zu signalisieren, auf der Hut zu sein, so als besäße der Fremde die Macht, Wahrheit von Lüge zu unterscheiden.

»Inspektor Grathan«, sagte Mr Vanderbilt und wandte sich dem Mann zu. »Natürlich wird jedermann hier auf Biltmore mit Ihnen kooperieren. Das sind mein Neffe Braeden Vanderbilt, der Sohn meines verstorbenen Bruders, und seine Freundin Serafina. Genau wie die anderen, mit denen Sie schon gesprochen haben, waren sie am Tag von Mr Thornes Verschwinden zugegen. Sie dürfen Ihnen gerne jede Frage stellen, die Ihnen notwendig erscheint, um Ihre Ermittlungen abzuschließen.«

Der Inspektor nickte, dann erwiderte er ernst: »Es besteht keine Notwendigkeit dafür, dass Sie während der Befragung anwesend sind.«

Oha, dachte Serafina. Er hatte Mr Vanderbilt soeben nahegelegt, den Raum zu verlassen. Niemand sprach so mit Mr Vanderbilt. Es war schließlich *sein* Haus. Serafina spürte, wie die Anspannung zwischen den beiden Männern wuchs.

»Ich werde hierbleiben«, entgegnete Mr Vanderbilt unmissverständlich.

Inspektor Grathan beschloss daraufhin anscheinend, dass er sich momentan besser nicht mit dem Herrn des Hauses anlegte. Stattdessen wandte er den Kopf langsam zu Serafina um. Sie hätte schwören können, dass dabei seine Halswirbel knirschten. Der Mann studierte sie eine Weile. Stück für Stück schien er jede Einzelheit an ihr zu registrieren. Sie bemerkte, wie seine Finger sich langsam um den Griff seines Gehstocks schmiegten. Dann ergriff er das Wort.

»Du heißt Serafina, korrekt?«

»Ja«, sagte sie. *Und Ihr Name ist Mr Grathan*, hätte sie gerne erwidert. *Besitzen Sie und Ihr Herr fünf räudige, riesengroße Spürhunde mit Zähnen wie Dolchen?*

»Hast du Mr Thorne gekannt?«, fragte er.

»Ja, ich kannte ihn«, erwiderte sie wahrheitsgemäß. »Aber ich habe nur ein paar Mal mit ihm gesprochen.«

Der Mann sah Braeden an. »Und hast du Mr Thorne ebenfalls gekannt?«

»Er war mein Freund«, sagte Braeden, was auch der Wahrheit entsprach.

»Wann hast du ihn das letzte Mal gesehen?«

»Auf der Feier in der Nacht, in der er verschwunden ist«, antwortete Braeden. Auch er schien die Warnung seines Onkels mitbekommen zu haben. Als Braeden ihr einen wissenden Blick zuwarf, war Serafina davon überzeugt. In diesem Moment einigten sich die Freunde wortlos darauf, wie sie vorgehen mussten: sie würden dem Ermittler keinen Vorteil verschaffen, mit Bedacht die Wahrheit sagen, aber nichts darüber hinaus.

Der Inspektor wandte sich wieder Serafina zu. »Und wann hast du Mr Thorne das letzte Mal gesehen?«

Das letzte Mal, als sie ihn gesehen hatte, hatte er tot auf dem Friedhof gelegen.

»Das war an dem Tag, als wir ihn alle das letzte Mal gesehen haben«, sagte sie. »Der Tag, an dem er verschwunden ist.«

»Und um welche Zeit hast du ihn zuletzt gesehen?«

»Wenn ich mich recht entsinne, war es nach Einbruch der Dunkelheit«, erwiderte sie, auch wenn *um Mitternacht* die sehr viel genauere Angabe gewesen wäre.

»Du warst also einer der letzten Menschen, die ihn hier auf Biltmore gesehen haben.«

»Das nehme ich an.«

»Und was hat er gemacht, als du ihn das letzte Mal gesehen hast?«

»Das letzte Mal, als ich ihn hier auf Biltmore gesehen habe, zog er sich seinen Mantel an und ging zur Tür hinaus.«

»Du hast gesehen, wie er Biltmore verlassen hat?«

»Ja, es war eindeutig. Er rannte zur Tür hinaus.«

»Er ist gerannt?«, hakte der Inspektor überrascht nach.

»Ja.« *Er ist mir nachgerannt,* dachte sie, *und ich habe ihn in den Tod geführt.*

Der Kopf des Ermittlers schoss zu Braeden herum.

»Und du hast das auch mitangesehen?«

»Nein«, antwortete Braeden. »Ich bin nach der Feier ins Bett gegangen.«

Der Blick des Inspektors hielt Braedens einige Sekunden fest, als nehme er ihm diese Antwort nicht recht ab. Dann sagte er: »Der schwarze Hund gehört dir.« Serafina hatte keine Ahnung, woher er das wusste, weil Gidean nicht einmal im Raum war.

»Ja«, erwiderte Braeden unsicher.

»Der Hund ist fast immer an deiner Seite, aber du sagst, dass du in jener Nacht früh zu Bett gegangen bist. Wann und wie hat der Hund sich die Wunde an seiner rechten Schulter zugezogen?«

»Ich …«, stammelte Braeden verwirrt und verstört von der Frage.

»Wie ist der Hund verwundet worden?«, bohrte der Inspektor nach.

»Ich habe es nicht mitangesehen«, sagte Braeden wahrheitsgemäß.

»Aber wann ist es passiert?«

»Es war an dem Morgen, als wir entdeckten, dass ein weiteres Kind verschwunden war. Ich habe Gidean in den Wald geschickt, um seine Spur aufzunehmen«, berichtete Braeden.

Serafina fand es sehr clever von Braeden, von *einem weiteren Kind* zu reden und damit die Tatsache zu verschleiern, dass es sich um *sie* gehandelt hatte. Sie hatte das Haus verlassen, um Mr Thorne eine Falle zu stellen. Und ihr gefiel, dass Braeden *an dem Morgen* gesagt hatte, was genaugenommen korrekt war, weil es nach Mitternacht gewesen war, aber den Eindruck vermittelte, es sei am nächsten Tag passiert.

»Und hat der Hund das verschwundene Kind gefunden?«, fragte der Ermittler.

»Ja, das hat er«, sagte Braeden. Dann sah er Mr Vanderbilt an. »Onkel, warum stellt er mir all diese Frage über Gidean? Glaubt er, Gidean und ich hätten etwas Falsches getan?«

Serafina hätte nicht sagen können, ob Braeden seine ängstliche, verwunderte Miene nur vortäuschte oder seine Gefühle echt waren, aber überzeugend war es in jedem Fall.

»Nein, natürlich nicht, Braeden«, versicherte Mr Vanderbilt. Bei diesen Worten sah er den Ermittler fest an. »Er macht nur seine Arbeit.« Es war eindeutig, dass Mr Vanderbilt diese Art der Befragung nicht viel länger dulden würde. »Beantworte seine Fragen einfach wahrheitsgemäß«, wiederholte er, und dieses Mal war Serafina überzeugt, dass er ihnen half. Er war auf ihrer Seite. *Wählt eure Worte mit Bedacht,* riet er ihnen. Sie wusste, dass es der Schlüssel war, die schwierigen Fragen zu vermeiden und sie ausweichend zu beantworten.

Der Inspektor wandte den Kopf und sah Serafina an. »Weißt du, was Mr Thorne in der Nacht seines Verschwindens zugestoßen ist?«

Wie um alles in der Welt sollte sie diese Frage ausweichend beantworten, ohne ihn nach Strich und Faden zu belügen?

»Gott sei seiner Seele gnädig«, sagte sie abrupt.

»Dann glaubst du, dass er nicht nur verschwunden, sondern tot ist?«, fragte der Mann, beugte sich vor und starrte sie an.

»Ja.«

»Woher weißt du das?«

»Weil er nicht zurückgekehrt ist.«

»Aber weißt du auch, *wie* er gestorben ist? Hast du eine Leiche gesehen? War eine übernatürliche Macht mit im Spiel?«

Mit diesen letzten Worten verriet er sich. Wonach suchte er wirklich? Meinte er mit *übernatürliche Macht* schwarze Magie? Der Mann im Wald hatte seine Hunde angewiesen, den Schwarzen zu jagen. Dieser Mann suchte nicht bloß nach Mr Thornes Mörder. Er suchte nach dem schwarzen Umhang!

»Du hast meine Frage nicht beantwortet«, drängte er sie.

»Ich glaube, etwas von großer Macht muss ihn überrascht und umgebracht haben«, sagte sie. »Jeder hier in den Bergen weiß, dass der Wald voller Gefahren steckt.« Und dann fiel ihr der Spruch ein, vor dem sich Essie so gruselte. »Vielleicht treibt der Alte vom Wald wieder seinen Schabernack.«

Die Augen des Inspektors weiteten sich bei ihren Worten. »Von welcher großen Macht redest du da?«

»Ich denke, im Wald gibt es sowohl gute als auch böse Mächte.«

»Und du glaubst, eine dieser Mächte hätte Mr Thorne getötet?«

»Das wäre möglich«, sagte sie. Was sie unerwähnt ließ, war, dass es vielmehr die *guten* Mächte als die bösen gewesen waren, die Mr Thorne umgebracht hatten.

Mr Vanderbilt beugte sich vor. »Ich weiß nicht, worauf ihre Fragen abzielen, Mr Grathan, aber ich schlage vor, wir fahren mit den anderen Leuten auf Ihrer Liste fort.«

»Ich habe noch mehr Fragen an diese beiden«, erwiderte der Ermittler scharf, ohne Mr Vanderbilt anzusehen. Serafina spürte, dass er seine Aufregung kaum noch zügeln konnte. Ihr kam es vor, als sei er als zivilisierte Person *getarnt* zu ihnen gekommen, als Mordermittler der Polizei, doch nun offenbarte sich sein wahrer Charakter.

Im nächsten Moment schob er die Hand in die Hosentasche und zog eine silberne Schließe daraus hervor, in die ein kompliziertes Muster graviert war: ein Knäuel sich windender Ranken und Dornen.

Serafinas Herz schlug schneller. Jetzt gab es keinen Zweifel mehr. Der Inspektor hatte die Überreste des schwarzen Umhangs gefunden. Das bedeutete, dass er tatsächlich bei der Höhle ihrer Mutter gewesen war. Ihr wurde heiß.

»Erkennst du die hier?«, fragte Mr Grathan.

Das Blut pochte in ihren Schläfen. Sie verstand kaum, was er sagte.

»Erkennst du sie?«, fragte er wieder.

»Es scheint sich um die Schließe eines Kleidungsstücks zu handeln«, sagte sie und bemühte sich, ruhig und gelassen zu klingen.

»Du hast meine Frage nicht beantwortet!«, fuhr er sie an.

»Mr Grathan, zügeln Sie sich«, warnte Mr Vanderbilt ihn.

»Erkennst du sie?«, fragte der Ermittler, ohne Mr Vanderbilt zu beachten.

»Es sieht aus, als wäre das, was sie verschlossen hat, nun offen«, sagte sie.

»Aber hast du sie schon mal gesehen?«, fragte er wieder. Er umklammerte den Griff seines Stocks, als wollte er ihn jeden Moment als Waffe gebrauchen.

Serafina hatte das Gefühl, als würde ein großes Gewicht sie niederdrücken. Sie tat, als würde sie die Schließe studieren. Dabei bemerkte sie, dass etwas anders daran war: die winzigen Gesichter, die hinter den Dornen hervorgeschaut hatten, waren verschwunden.

»Ich habe noch nie eine Silberschließe mit einer solchen Gravur gesehen«, sagte sie und hatte endlich einen Weg gefunden, bei der Wahrheit zu bleiben.

Der Ermittler sah sie lange an, so als wüsste er, dass sie ihn getäuscht hatte, er aber nicht die Möglichkeit fand, sie zu überführen.

»Inspektor, wir müssen mit den anderen weitermachen«, schaltete Mr Vanderbilt sich ein.

»Ich habe weitere Fragen!«, protestierte der Inspektor verärgert, den Blick noch immer auf Serafina gerichtet. »Weißt du, in welchem Zimmer Mr Thorne während seines Aufenthaltes hier geschlafen hat?«

»Es war im zweiten Stock«, erwiderte sie.

»Lebst du auf Biltmore?«

»Ja.«

»Im dritten Stock bei den weiblichen Bediensteten?«

»Nein.«

»Wo schläfst du dann nachts?«

»Ich schlafe nachts nicht.«

Der Mann runzelte die Stirn. »Bist du eins der Dienstmädchen aus der Nachtschicht?«

»Nein.«

»Was bist du dann?«

Serafina blickte ihm fest in die Augen und sagte: »Ich bin die Oberste Rattenfängerin. Ich spüre Ungeziefer auf.«

Er erwiderte ihren Blick mit gleicher Festigkeit und sagte: »Dann haben wir zumindest das gemeinsam.«

14

Serafina warf Braeden einen kurzen Blick zu, als die beiden Mr Vanderbilts Zimmer verließen und die Bibliothek durchquerten.

»Wir müssen dem Mann aus dem Weg gehen«, flüsterte Braeden.

»Nein, wir müssen ihn loswerden!«, entgegnete Serafina aufgebracht. Sie atmete immer noch schwer nach dem Verhör.

»Wenn mein Onkel das Ganze nicht beendet und uns fortgeschickt hätte, wärst du dann hier und jetzt auf den Inspektor losgegangen?«, fragte Braeden.

Serafina schüttelte nur den Kopf. »Ich weiß es nicht«, gab sie dann zu. Gidean trottete neben ihnen her, während sie auf die Eingangshalle zugingen.

»Hast du sein Gesicht gesehen? Die vielen Narben?«, fragte Braeden. »Der Mann ist mir unheimlich! Wogegen hat er gekämpft?«

»Sein Nacken hat jedes Mal geknackt, wenn er den Kopf gedreht hat«, ergänzte Serafina.

»Er war schrecklich. Und er hat eine Frage nach der anderen gestellt. Ich dachte, es hört niemals auf! Was wird passieren, wenn er herausfindet, dass wir etwas mit Mr Thornes Tod zu tun hatten? Wird er uns dann verhaften?«

»Schlimmer als das«, erwiderte Serafina. »Ich befürchte, er ist nicht der, der er vorgibt zu sein.«

»Wie meinst du das?«, fragte Braeden alarmiert. Mit einem Blick auf ihre Verletzungen fuhr er fort: »Und was ist dir gestern Nacht zugestoßen?«

Sie wollte es ihm unbedingt erzählen, doch dann hörte sie Mrs Vanderbilt und Lady Rowena durch die Empfangshalle hereinkommen.

»Einer der Diener muss sie informiert haben, dass wir fertig sind«, murmelte Braeden. Es klang fast, als sei er traurig darüber.

»Musst du jetzt gehen?«, fragte Serafina leise.

»Komm mit!«, sagte er plötzlich und zog sie in die entgegengesetzte Richtung.

Lachend rannte Serafina mit Braeden die breite Prunktreppe hinauf, die in einem weiten Bogen in die oberen Etagen führte. Sie wusste nicht, wohin Braeden sie brachte, nur, dass sie auf der Flucht waren. Doch als sie im zweiten Stock ankamen, hatte sie eine Idee, wohin sie gehen und in Ruhe reden konnten.

»Hier lang!«, rief sie, als sie an etlichen elegant gekleideten Damen und Herren vorbei durch das Wohnzimmer liefen.

»Hallo miteinander!«, rief Braeden der Teegesellschaft fröhlich zu.

»Oh, guten Abend, Master Braeden«, sagte einer der Herren, als wäre es nicht weiter ungewöhnlich, dass zwei Kinder und ein Hund durch das Wohnzimmer stürmten.

»Wohin gehen wir?«, fragte Braeden atemlos, während er über einen Flur entlang hinter ihr herrannte.

»Das wirst du schon sehen«, erwiderte sie.

Am Ende des Ganges blieb sie genau dort stehen, wo er eine

scharfe Wendung nahm und in ein Zimmer im Nordturm führte. Zwei kleine Bronzestatuen und ein paar Bücher standen in einem Wandregal aus Eiche. Eine Statue stellte ein Pferd dar, das von einer Klapperschlange erschreckt wurde. Bei der anderen handelte es sich um eine schlanke, muskulöse Leopardin mit angelegten Ohren, sie hatte die Zähne in einem wilden Tier vergraben.

Serafina war im Laufe der Jahre aufgefallen, dass überall auf Biltmore Skulpturen und Bilder von Großkatzen verteilt waren: zwei Löwinnen aus Bronze streiften auf dem Sims über dem Billardtisch entlang, und zwei wilde Löwen hoben ihre Klauen über dem Kamin, an dem die Gäste ihr Frühstück einnahmen. Inzwischen war ihr bewusst, wie albern es war, aber als sie noch jünger gewesen war, hatte sie sich immer vorgestellt, es wären ihre Onkel und Tanten, ihre Großmütter und Großväter, so wie bei einem Familienporträt an der Wand. In der Bibliothek hing der alte Holzschnittdruck eines stolzen, urgroßväterlichen Löwen, und die Statuen am Eingangstor zeigten den Kopf und Oberkörper einer Frau, aber wenn man genau hinsah, was Serafina stets tat, dann konnte man den Unterkörper einer Löwin erkennen. Am meisten hatte sie schon immer die weiße Marmorstatue am Eingang zum italienischen Garten verblüfft, eine Frau mit einem Löwen um die Schultern und einem kleinen Mädchen an der Seite. Selbst die Klingel von Biltmores Eingangstür schmückte eine Großkatze. Serafina hatte sich schon oft gefragt, warum Mr Vanderbilt so viele Katzen gesammelt hatte. Aber von allen Katzen auf Biltmore hatte ihr die kleine Bronzeskulptur der Leopardin stets am besten gefallen.

»Was machen wir hier?«, fragte Braeden und sah die Skulpturen irritiert an.

Serafina beugte sich hinunter, um die Kabinetttür zu öffnen.

Dahinter waren noch mehr Bücher verborgen. Sie ging auf Hände und Knie und schob die Bücher beiseite, damit sie Zugang zur Rückwand des Schranks bekam. So wie sie es in Erinnerung hatte, drückte sie fest gegen die Holzvertäfelung, aber sie bewegte sich nicht.

»Warum machst du das?«, fragte Braeden.

»Komm schon, hilf mir«, sagte Serafina. Kurz darauf mühten sie sich Schulter an Schulter ab. Endlich gab die Rückwand des Kabinetts nach und öffnete sich zu einem dunklen Loch hin.

»Mir nach«, sagte Serafina. Ihre Stimme hallte ein wenig, weil sie schon in die Dunkelheit kroch. Seit Jahren hatte sie den Ort nicht mehr aufgesucht, aber als sie noch klein gewesen war, hatte er zu ihren Lieblingsplätzen gehört.

»Ich gehe da nicht rein, ehe du mir nicht …«, begann Braeden hinter ihr, doch sie kroch weiter voran.

»Serafina?«, rief Braeden vom Flur aus. »Na schön, ich komme.« Er musste sich umgedreht und Gidean getätschelt haben, denn im nächsten Moment wurde seine Stimme sanfter. »Du wartest hier, mein Junge«, sagte er. »Das sieht nicht nach einem geeigneten Ort für einen Hund aus.«

Gidean jaulte ein wenig, weil er nicht schon wieder zurückbleiben wollte.

Serafina schob sich durch den engen, staubigen Tunnel, bis sie die untersten Sprossen einer Leiter erreichte.

»Hier musst du etwas aufpassen, Braeden«, sagte sie, als sie ihn hinter sich auf Händen und Knien näherkriechen hörte.

»Hier entlang«, fuhr sie fort. Sie packte die erste Sprosse und begann mit dem Aufstieg. Die Leiter führte nicht gerade hinauf wie eine normale Leiter. Sie wand sich in einem Bogen in die Dunkelheit. Um sie herum war nichts als schwarze Leere; keine Wände, keine Decke, kein Boden, nur die Leiter, die sie hinaufstiegen und die Dunkelheit, die sie von allen Seiten umfing. Während sie immer höher kletterten, kribbelte es in Serafinas Bauch. Hier hinunterzufallen bedeutete den sicheren Tod.

»Wo sind wir hier, um Himmels willen?«, fragte Braeden auf der Leiter hinter ihr. Seine Stimme verlor sich in dem gewaltigen Raum, den sie nun betraten. »Es ist furchtbar dunkel hier drin!«

»Wir sind auf dem Dachboden über der Decke des Bankettsaals.«

»Oh mein Gott, ist dir klar, wie hoch das ist? Allein bis zur Decke sind es schon 20 Meter!«

»Ja, also fall besser nicht von der Leiter«, erwiderte Serafina. »An den Rändern ist die Decke offen.«

»Woher weißt du von diesem Ort?«

»Ich bin die O.R.F.«, sagte sie. »Es ist meine Aufgabe, alles über Biltmore zu wissen, insbesondere über seine Geheimräume und -gänge«

Endlich erreichten sie ein Gitter aus Stahlträgern und Balken, das hoch über der Decke hing. Serafina kletterte auf einen der schmalen Balken und lief darauf entlang. Der Ort war dunkel und tückisch. Ein einziger falscher Schritt bedeutete den tödlichen Sturz in die Dunkelheit.

»Ich sehe nichts!«, beschwerte sich Braeden, der sich langsam und unsicher einen der schmalen Balken vorwärtsschob. Das einzige Licht stammte von ein paar nadelstichgroßen Löchern in den Schieferschindeln des Daches. Für Serafina reichte das völlig aus, aber Braeden war beinah blind unterwegs. Serafina griff nach seiner Hand und führte ihn mit sich, bis sie einen guten Platz gefunden hatten und sich mit baumelnden Beinen rittlings auf dem Stahlträger niederließen.

»Nun, dies ist ein charmantes Plätzchen für den Nachmittagstee«, sagte Braeden fröhlich. »Es ist pechschwarz und wenn ich mich auch nur einen Zentimeter vom Fleck rühre, werde ich sterben, aber davon mal abgesehen bin ich sehr angetan von dem ganzen Ambiente.«

Serafina musste lächeln. Es war schön, wieder an der Seite des Freundes zu sein. Doch dann wandte sie ihre Gedanken ernsthafteren Dingen zu. Seitdem sie den Mann im schwarzen Umhang besiegt hatten, teilten Braeden und sie sämtliche Geheimnisse miteinander. Sie hatte Braeden erzählt, wie ihr Pa sie als Baby aufgenommen hatte und wer ihre Mutter war.

»Braeden, ich muss dir unbedingt erzählen, was passiert ist«, sagte Serafina.

Es dauerte eine gute halbe Stunde, bis sie ihm alles berichtet hatte, was in der Nacht zuvor geschehen war. Einiges davon hatte sie am Morgen ihrem Pa erzählt, aber als sie Braeden die Geschichte offenbarte, ließ sie nichts aus. Es war ein schönes Gefühl, ihrem Freund endlich alles anzuvertrauen. Manchmal kam es ihr vor, als wären die Dinge erst dann real und abgeschlossen, wenn sie sie Braeden anvertraut hatte.

»Das klingt grauenvoll«, sagte Braeden. »Du hast Glück, dass du da lebend rausgekommen bist, Serafina.«

Sie nickte zustimmend.

»Bist du sicher, dass Inspektor Grathan der Mann ist, den du in der Kutsche gesehen hast?«, fragte Braeden.

Serafina schüttelte den Kopf. »Das weiß ich nicht«, gab sie zu. »Ich nehme an, er muss es gewesen sein, aber ich habe die Person nicht richtig erkannt. Im Stall von Biltmore stehen vier Pferde, die so aussehen wie die Hengste, die die Kutsche gezogen haben. Könntest du herausfinden, wem sie gehören?«

»Ich werde Mr Rinaldi fragen«, versprach Braeden. »Wer immer dieser Inspektor Grathan ist, ich mag ihn nicht. Was machen wir jetzt? Wir dürfen nicht zulassen, dass er noch mehr über uns herausfindet, so viel steht fest.«

Es war eine gute Frage, und Serafina nahm sich Zeit, darüber nachzudenken. »Wir müssen uns unauffällig verhalten und herausfinden, wer er tatsächlich ist«, sagte sie. »Wir werden ihn genau beobachten und verfolgen, was er macht.«

»Hast du gesehen, was er dabei hatte?«, rief Braeden aus. »Die Silberschließe des schwarzen Umhangs!«

»Was wahrscheinlich heißt, dass er zur Höhle meiner Mutter gegangen ist. Ich habe sie gestern Nacht gesehen, daher nehme ich an, dass es ihr und den Jungen gut geht. Aber er war womöglich kurz davor, die Höhle zu entdecken. Vielleicht wollte sie deshalb unbedingt von dort weg.«

»Falls er die Höhle deiner Mutter entdeckt hat, war sein Leben vermutlich in sehr viel größerer Gefahr als ihres.«

»Es sind diese üblen Wolfshunde, die mir die größte Sorge bereiten«, sagte sie. »Das waren wahrhaft brutale Bestien.«

»Was ist mit dem Jungen, von dem du erzählt hast? Glaubst du, er ist ihnen entkommen? Wer war er, was meinst du? Es hat sich so angehört, als habe er richtig hart gekämpft.«

»Ich weiß es nicht«, erwiderte sie. »Aber ich muss es unbedingt herausfinden. Er hat mir das Leben gerettet.«

»Wir könnten uns nach ihm umhören«, schlug Braeden vor. »Vielleicht weiß einer der Einheimischen, die für uns arbeiten, wer er ist. Aber warum verlassen die Tiere die Berge? Im Fluss hat seit Jahren eine Otterfamilie gelebt, doch als ich vor zwei Tagen ausgeritten bin, habe ich gesehen, wie sie fortgeschwommen sind, alle miteinander. Gestern habe ich bei ihrem Bau nachgesehen, aber sie waren verschwunden, die Höhle war leer.

»Meine Mutter hat gesagt, dass auch andere Tiere den Wald verlassen, nicht nur die Lunamotten und Vögel, die ich gesehen habe. Aber ich habe sie nicht überreden können, mir mehr darüber zu verraten.«

»Sogar die Enten, die sonst im Teich schwimmen, sind weg«, erzählte Braeden.

In dem Moment meinte Serafina etwas zu hören. Ein schwaches Kratzgeräusch. Sie fuhr herum.

»Was ist denn?«, fragte Braeden.

Sie hielt inne und lauschte, hörte aber nichts mehr.

»Anscheinend nichts«, sagte sie. Vermutlich war sie nach der Begegnung mit Inspektor Grathan immer noch ein wenig schreckhaft.

»Das ist ein gutes Versteck«, sagte Braeden zufrieden. »Wir sollten öfter hierherkommen. Inspektor Grathan wird uns hier nie im Leben finden. Aber es ist wahrscheinlich spät geworden. Sie werden bald zum Abendessen läuten. Ich sollte besser gehen.«

Serafina musste daran denken, wie aufgeregt ihr Pa gewesen war, weil die Vanderbilts ihr eine Nachricht geschickt hatten, in der ihre Anwesenheit verlangt wurde. Aber am Ende hatte es sich nicht um eine Einladung zum Essen gehandelt. Es war die Vorladung zu einem Verhör gewesen.

»Ja, du gehst jetzt besser«, stimmte Serafina etwas zu betrübt zu.

»Meine Tante wird schon nach mir suchen«, sagte Braeden.

»Und Lady Rowena auch, schätze ich«, ergänzte sie.

Braeden sah sie an und kniff die Augen zusammen, weil er gerne ihr Gesicht gesehen hätte. »Sie ist nicht so schlimm, wie sie zunächst wirkt, musst du wissen.«

»Schon gut«, sagte Serafina.

»Ihr Vater hat sie ganz allein zu uns geschickt, während er auf Geschäftsreise ist«, fuhr Braeden fort. »Er ist irgendein wichtiger Mann, aber es kommt mir gemein von ihm vor, sie ganz allein hierherzuschicken, wo sie niemanden kennt.«

»Das finde ich auch«, sagte Serafina. Offenbar hatten die beiden sich unterhalten.

»Rowenas Mutter ist gestorben, als sie sieben war«, berichtete Braeden. »Und ihr Vater schenkt ihr kaum Aufmerksamkeit. Bevor sie hierhergekommen ist, hat sie außer London nicht viel gesehen. Ich weiß, sie wirkt arrogant, und vielleicht ist sie das auch, keine Ahnung, aber sie macht sich Gedanken wie jeder andere auch.«

»Wie meinst du das?«, fragte Serafina.

»Sie hat gesagt, sie mache sich Sorgen, dass sie die falschen Kleider für das Landleben mitgebracht hat und nichts zum Anziehen hat. Sie glaubt außerdem, dass einige andere Gäste Bemerkungen über ihren Akzent gemacht haben.«

Serafina verzog das Gesicht. Es wäre ihr nie in den Sinn gekommen, dass *Lady Rowena* sich Gedanken um ihre Kleidung und ihre Aussprache machen könnte.

»Ich weiß nicht recht«, sagte Braeden. »Aber ich halte sie nicht für einen schlechten Menschen. Sie ist nur nicht an all das hier gewöhnt. Sie scheint unsere Hilfe zu brauchen. Meine Tante hat mich gebeten, mich um sie zu kümmern, bis ihr Vater kommt. Aber das bedeutet nicht, dass ich nicht auch dein Freund bin.«

»Ich verstehe«, erwiderte Serafina nach einer Weile. Und so war es auch. Sie hatte Braeden stets als guten Menschen und Gentleman erlebt. »Vergiss mich nur nicht«, sagte sie lächelnd, dann wurde ihr bewusst, dass er ihr Lächeln nicht sehen konnte.

»Serafina …«, schimpfte Braeden aufgebracht.

»Ich werde dir die Wahrheit sagen«, sagte sie. »Im Laufe der vergangenen Woche kam es mir manchmal so vor, als wolltest du nichts mehr mit mir zu tun haben.«

»Und was ist mit dir?«, protestierte Braeden mindestens so heftig wie sie. »Was hast du getrieben? Du schläfst immer, wenn ich wach bin, und ziehst jede Nacht alleine los! Manchmal denke ich, eines Tages wirst du dich noch in ein wildes Tier verwandeln oder so …«

Nicht sehr wahrscheinlich, dachte Serafina missmutig.

»Also hast du nicht versucht, mir aus dem Weg zu gehen?«, fragte sie.

»Dir aus dem Weg gehen?«, fragte Braeden überrascht. »Du bist so ziemlich meine einzige Freundin.«

Serafina lächelte, als sie ihn das sagen hörte. Und dann lachte sie ein bisschen. »Wovon redetst du da? Du hast viele Freunde. Gidean, Cedric, deine Pferde …«

Braeden lächelte. »Und ich habe noch eine neue Freundin.«

»Ach ja?«

»Als mein Onkel und ich letztens zum Chimney Rock geritten sind, habe ich am Fuß des Felsens einen wunderschönen Wanderfalken mit gebrochenem Flügel gefunden, ein Weibchen. Ich weiß nicht, was ihr widerfahren ist. Vielleicht hat ein Jäger sie angeschossen oder sie war in einen Kampf verwickelt, aber sie war schlimm verletzt. Ich habe sie in meinen Mantel gehüllt und nach Hause gebracht. Ihr Name ist Kess. Sie ist einfach toll.«

Serafina nickte, während eine sanfte, beruhigende Wärme sich in ihr ausbreitete. Das war der Braeden, den sie kannte. »Ich kann es kaum erwarten, Kess kennenzulernen.«

»Ich habe ihren Flügel verbunden, und ich habe versucht, sie zum Fressen zu bringen.«

»Glaubst du, ihr Flügel wird mit der Zeit heilen und sie wird wieder fliegen können?«

»Ich befürchte, nein«, erwiderte Braeden bekümmert. »Mein Onkel hat mir ein Buch über Vögel aus seiner Bibliothek gegeben. Darin steht, dass der Flügel eines Raubvogels manchmal heile, wenn er unter dem Ellbogen gebrochen ist, doch wenn er über dem Ellbogen gebrochen ist, so wie der von Kess, sei das unmöglich. Sie wird nie wieder fliegen.«

»Das ist aber traurig«, sagte Serafina, die sich vorzustellen versuchte, wie schlimm es für einen Falken sein musste, nicht fliegen zu können. Und einen Moment lang grübelte sie über ihre eigene Lage nach, ihre eigenen Einschränkungen. »Aber wenigstens hat sich dich zum Freund.«

»Ich werde gut auf sie aufpassen«, sagte Braeden. »Wanderfalken sind erstaunliche Vögel. In dem Buch steht, dass sie überall auf der Erde hinfliegen können, wohin sie wollen. Manchmal jagen zwei Wanderfalken gemeinsam. Und sie sind die schnellsten Tiere auf dem Planeten. Wissenschaftler schätzen, dass sie sich mit über zweihundert Stundenkilometern auf ihre Beute stürzen, aber sie sind so schnell, dass es bis heute niemand genau messen konnte.«

»Das ist ja unglaublich«, sagte Serafina lächelnd. Sie hörte Braeden gerne von seinen Vögeln und anderen Tieren erzählen. *So sollte es immer sein,* dachte sie. Sie beide an einem dunklen, geheimen Ort, wo sie sich einfach unterhielten. Von so einem Freund hatte sie ihr Leben lang geträumt, von jemandem, der es kaum erwarten konnte, ihren Erzählungen zu lauschen, und der sich darauf freute, ihr Dinge zu erzählen, und es genoss, eine Weile mit ihr zusammen zu sein.

Aber sie wusste, dass es nicht von Dauer sein konnte. Als er gesagt hatte, er müsse gehen, hatte er recht gehabt.

Sie führte ihn durch die Dunkelheit über den Balken hinüber zur Leiter. Als er mit dem Abstieg begann, hielt er kurz inne, weil er sich zu fragen schien, warum sie nicht hinter ihm herkam.

»Pass heute bitte gut auf«, sagte sie zu ihm. »Halte dich von Grathan fern und lass nicht zu, dass er dich allein erwischt.«

»Du auch«, erwiderte Braeden und nickte. »Aber kommst du nicht mit?«

»Geh schon mal vor«, sagte sie. »Ich bleibe noch einen Moment hier.«

Nachdem er weitergeklettert war, fragte sie sich, warum sie ihn allein hatte gehen lassen, warum sie beschlossen hatte, hier im Dunkeln zu bleiben? Sie hatte ihm vorgeworfen, ihre Freundschaft sei ihm egal, doch er hatte den Spieß umgedreht und ihr dasselbe vorgeworfen. Vielleicht war sein Vorwurf berechtigter als der ihre. Mr und Mrs Vanderbilt wussten jetzt, wer sie war. Sie konnte offen auf Biltmore leben, wenn sie das wollte. Sie erhielt vielleicht keine Einladung zum Dinner, aber sie konnte mit ihm durchs Haus streifen. Und dennoch machte sie es nicht. Warum? Sie saß in der Dunkelheit und dachte lange Zeit darüber nach. Ihr ganzes Leben hatte sie in der Dunkelheit verbracht. Hier fühlte sie sich am wohlsten.

Ihre Momma hatte gesagt, sie gehöre zu den Leuten auf Biltmore, und womöglich stimmte das, aber es änderte nichts daran, wer sie war.

Während sie im Dunkeln saß, war ihr nur am Rande bewusst, wie die Zeit verstrich. Sie wusste, dass anderswo im Haus die Vanderbilts und ihre Gäste zu Abend gegessen hatten und ins Bett gegangen waren. Im Haus war es still. Für Serafina gab es keine fest umrissenen, von einander unterscheidbaren Tage – die Zeit war im Fluss. Sie überlegte, wie es wohl wäre, für lange Zeit zu schlafen, wenn die Sonne unterging, und jeden Morgen zu erwachen.

Inzwischen fiel nur noch Sternenlicht durch die nadelkopfgroßen Löcher im Dach, aber für ihre Augen bildeten die mit Licht gefüllten Löcher eine ganz eigene, neue Sternenkonstellation.

Sie stand auf und lief unter den Dachsparren entlang, sprang über den Abgrund hinweg von einem Balken zum anderen, die Dunkelheit war ihr Herrschaftsbereich.

Doch dann hörte sie etwas Ungewöhnliches und hielt inne.

Sie stand abwartend und lauschend in der Dunkelheit.

Anfangs vernahm sie nur den eigenen Herzschlag. Dann hörte sie es wieder.

Es war ein Kratzen, als würden lange Fingernägel oder Krallen langsam über eine Wand gezogen.

Serafina schluckte.

Sie blickte sich nach allen Seiten um, zum Dachfirst hinauf und zu den Wänden, aber sie entdeckte nichts, das nicht dorthin gehörte.

Dann hörte sie ein Klicken, gefolgt einem langen, heiseren Zischen. Sie spürte einen heißen Atem im Nacken. Serafina zuckte zusammen und fuhr herum. Aber da war niemand.

Was geht hier vor?, fragte sie sich. Wieder sah sie sich nach allen Seiten um, und noch während sie das tat, begannen die nadelkopfgroßen Sterne im Dach über ihr zu erlöschen.

Serafina runzelte irritiert die Stirn.

Es hatte den Anschein, als würden die Löcher von etwas zugedeckt. Irgendetwas oder sehr viele davon krochen das Dach entlang.

Mit einem Mal war es beinah stockfinster. Selbst sie sah nichts mehr.

Verängstigt tastete sie sich auf die Leiter zu. Ein falscher Schritt, und sie würde in den Tod stürzen, aber sie musste hier weg.

Ein kleines Tier prallte gegen ihren Kopf. Sie duckte sich, die Arme schützend über den Kopf gehoben, und krabbelte weiter. Ein weiteres Tier landete kreischend in ihren Haaren. Als sie versuchte, es zu packen, gruben sich scharfe Zähne in ihre Hand. Dann traf ein drittes Tier sie im Gesicht, und sie verlor das Gleichgewicht und fiel. Sie stürzte in die Dunkelheit.

15

Serafina versuchte, sich an etwas festzuhalten, während sie fiel. Im letzten Moment erwischte sie den Rand eines Stahlträgers und konnte so ihren Sturz abfangen. Ihre Finger umklammerten den Balken, sie baumelte in der Dunkelheit über dem Abgrund. Die schwarze Leere gähnte unter ihr wie riesiger Mund, der nur darauf wartete, sie zu verschlingen. Kalt und scharf schnitt die Kante des Stahlträgers in ihre Finger, doch loszulassen hätte das sichere Ende bedeutet. Die ganze Zeit umflatterten sie Hunderte fauchender Kreaturen, die wie ein schwarzer Tornado über den Dachboden schwärmten. Mit zusammengebissenen Zähnen schwang Serafina die Beine über den Balken. Sie hing nun kopfüber da. Dann zog sie sich auf den Balken hoch und kauerte sich hin, um sich vor den fliegenden Tieren zu schützen.

Das Fauchen wurde lauter. Ein Tier prallte gegen ihren Kopf und krallte sich mit schlagenden Flügeln in ihre Haare. Dann flog ein anderes in ihr Gesicht, und sie schlug es weg. Drei weitere klammerten sich an ihren Rücken. Eins zielte auf ihren Nacken und biss sich dort fest. Vor Schmerz und Wut knurrend, packte Serafina es.

Sie konnte es nicht fassen. Es waren Schornsteinsegler! Das ergab keinen Sinn!

Diese fliegenden Kreaturen waren mit den Fledermäusen verwandt, aber es handelte sich tatsächlich um zischende, kleine Vögel mit dunklem Gefieder. Sie verbrachten den Großteil der Abenddämmerung in der Luft, doch wenn sie landeten, ließen sie sich nicht auf Ästen nieder. Stattdessen hingen sie mit ihren winzigen Krallenfüßen in Schornsteinen und Höhlen. Ihre Schwänze waren nicht gefiedert, sondern bestanden aus Dornen. Die Segler füllten den Dachboden, Tausende von ihnen überzogen die Stahlträger und Wände wie eine gefederte, zischende graue Haut.

Plötzlich schwoll das heisere Fauchen der Segler zu einem Crescendo an, und sie erhoben sich alle gleichzeitig in die Luft. Eine große, wirbelnde Wolke umschwärmte Serafina. Sie warfen sich gegen sie, klammerten sich mit ihren winzigen Krallen an ihr fest, hackten mit den scharfen Schnäbeln auf sie ein, die dornigen Schwänze gruben sich in ihr Gesicht, die Flügel schlugen und verfingen sich in ihren Haaren.

Die Vogelflut war so dicht, dass sie weder hören noch sehen konnte. Schon bald würde sie die Orientierung verlieren. Sie wollte sich zusammenkrümmen, zu einem Ball rollen, Kopf und Gesicht schützen, aber sie wusste, wenn sie das tat, würde sie ihnen niemals entkommen. Daher kämpfte sie weiter, schlug mit den Armen und riss die Tiere von sich los. Mit beinah geschlossenen Augen hielt sie verzweifelt nach einem Fluchtweg Ausschau. Sie entdeckte einen Balken zwischen sich und der Leiter, machte einen Satz und schaffte es geradeso, auf den Füßen zu landen. Von dort schob sie sich den Stahlträger entlang durch die Vogelwolke. Endlich erreichte sie die Leiter und stieg sie so schnell hinunter, wie sie konnte, während sie sich gleichzeitig gegen die angreifenden Vögel zur Wehr setzte.

Schließlich schob sie sich durch die Öffnung an der Rückwand des Kabinetts und rollte atemlos und verängstigt auf den Flur. Sie fuhr herum und schlug die Vertäfelung mit der Schulter zu, sodass den Tieren der Weg versperrt war.

Einige Augenblicke lang lag sie einfach nur da und versuchte zu begreifen, was geschehen war. Schornsteinsegler waren seltsame kleine Tiere der Dämmerung, aber sie waren normalerweise harmlos. Sie hatte sie schon viele Male bei Sonnenuntergang über den Dächern von Biltmore bei ihren Flugkunststücken beobachtet, sie Mücken fangen sehen und fröhlich tschilpen hören. Noch nie hatten sie Serafina beachtet. Warum hatte sie nun ein ganzer Schwarm angegriffen? Hatte sich das Haus selbst gegen sie gewandt?

Serafina sah sich um. Im Haus war es dunkel und still. Es war weit nach Mitternacht und alle schliefen.

Als sie schließlich aufstand, zitterte sie noch immer vor Angst und brauchte einen Moment, um sich zu sammeln. Dann klopfte sie sich den Staub vom Kleid und zog Federn aus ihren Haaren.

Sie zuckte zusammen, als sie in einiger Entfernung ein Knarren vernahm. Sie hielt inne. Sollte das Ganze von Neuem beginnen? Doch alles blieb ruhig.

Sie ging durch die Dunkelheit den Flur entlang und kam in das geräumige Wohnzimmer. Vor einigen Stunden hatten etliche Gäste hier beim Tee zusammengesessen, doch nun lag es unheimlich verlassen, dunkel und still da. Serafina hatte das Gefühl, als wären alle verschwunden. Ein Schauer lief ihr den Rücken hinunter. Was, wenn Braeden fort war? Was, wenn sie *alle* verschwunden waren? Vielleicht war sie die Letzte hier, die Einzige, die den Angriff überlebt hatte. Was, wenn alle im Haus tot waren?

Sie hörte wieder etwas. Dieses Mal war es kein Knarren, sondern ein Schritt und dann noch einer. Irgendwo im Haus war jemand wach. Wurde sie verfolgt? Ihr schien es, als würde jemand in den Schatten auf sie lauern.

Als sie die oberste Stufe der großen Prunktreppe erreichte, fiel Mondlicht durch die schrägen, bleiverglasten Fenstern herein und warf ein silberblaues Licht auf die breite Treppe, die sich bis ins oberste Stockwerk hinaufwand. In der Mitte der kupfernen Kuppel, die sich über die prächtige, spiralförmige Treppe wölbte, war ein schmiedeeiserner Kronleuchter angebracht. Während Serafina hinunterlief, huschte ihr schwarzer Schatten im Mondlicht die Wand entlang wie ein fremdartiges Tier. Dann hörte sie, etwas die Treppe hoch auf sich zukommen.

Sie blieb stehen, unsicher, was sie da hörte. Ihr Herz schlug plötzlich schneller. Zweifellos kam jemand die Treppe hinauf. Aber es waren nicht einfach nur Schritte: das Geräusch stammte nicht von einem Menschen. Sie holte scharf Luft und kauerte sich hin, bereit zum Sprung.

Was immer es sein mochte, Serafina hörte die Füße der Kreatur über die Stufen aus Kalkstein kratzen.

Sie hatte vier Beine.

Und Krallen.

Serafina sog die Luft in raschen, regelmäßigen Atemzügen ein. So leise wie möglich ging sie die Stufen rückwärts hinauf, bis zum obersten Treppenabsatz.

Doch das Etwas war schnell und holte auf. Sie hörte es jetzt knurren.

Sein vielbeiniger Schatten wanderte die Außenwand hinauf wie eine riesige Spinne.

Als sie sich gerade umdrehen und wegrennen wollte, war es auf dem Treppenabsatz angekommen und damit in Sichtweite.

Es war keine Spinne.

Es war ein schwarzer Hund.

Der Hund blieb kurz stehen, dann kam er langsam auf sie zu. Mit gesenktem Kopf belauerte er sie, knurrte und fletschte die Zähne. Sie wich Schritt für Schritt zurück, während er immer näherkam.

Erst da sah sie, dass es sich nicht um einen der Wolfshunde oder einen anderen Hund handelte. Es war ihr Freund Gidean.

Erleichtert atmete sie auf. Sie lächelte und sagte voller Freude: »Gidean!«, da sie annahm, er habe sie fälschlicherweise für einen Eindringling gehalten.

Doch der Hund knurrte nur und schlich weiter auf sie zu, seine Körperhaltung verriet ihr, dass er zum Sprung ansetzte. Angst machte sich in ihr breit.

»Gidean, ich bin's!«, krächzte sie mit wachsender Verzweiflung. »Jetzt komm schon, Gidean. Ich bin es doch!«

Aber Gidean erkannte sie nicht.

Es überlief sie eiskalt.

Der große schwarze Hund mit den spitzen Ohren kam unaufhaltsam auf sie zu. Er knurrte mit gefletschten Zähnen, die langen Reißzähne schnappten immer wieder zu. Es war das furchterregendste Knurren, das sie je gehört hatte.

Gidean ging zum Angriff über, grollend setzte er zum Sprung an und warf sie auf den Rücken. Sie stürzte mit einem schmerzvollen Knall auf den Steinboden, ihr Kopf kam so hart auf, dass ihr beinah schwarz vor Augen wurde. Dann wand sie sich wild um sich schlagend und tretend unter den Beinen des Hundes hervor.

»Hör auf damit, Gidean!«, rief sie, während sie mit einem Satz vor ihm flüchtete. »Gidean, ich bin's! Serafina!«

Doch der Hund griff erneut an, er schnappte nach ihrem Arm

und schüttelte sie knurrend. Serafina hatte Gidean nur ein einziges Mal so entschlossen erlebt. In der Nacht, als er gegen den Mann im schwarzen Umhang gekämpft hatte. Es war, als wäre *sie* plötzlich die Böse.

»Gidean, nein! Schluss damit!«, rief sie, während sie mit Fäusten auf den Hund einschlug, damit er sie losließ. Sie trat zu und kreischte und schaffte es schließlich, sich loszureißen. Er ging sofort wieder zum Angriff über, schnappte nach ihren Beinen, während sie davonrannte. Sie schlug blitzschnelle Haken, aber wohin sie auch sprang, er folgte ihr. Er war unglaublich schnell. Sie wich ihm weiter aus, aber es gelang ihr nicht, ihn abzuschütteln. Sie wollte nicht gegen ihn kämpfen, aber er ließ ihr keine Wahl.

Sie wollte ihrem Freund nicht wehtun, doch sie wollte auch nicht sterben. Etwas hatte ihn verändert, ihn bis zum Wahnsinn verstört und in ein tollwütiges Tier verwandelt, das sie nicht mehr erkannte. Und sie wurde langsam müde. Lange würde sie ihn nicht mehr in Schach halten können.

Sie wehrte einen weiteren Angriff ab, dann drehte sie sich um und floh die Treppe hinauf, so schnell sie konnte.

Der knurrende Dobermann jagte hinter ihr her. Sie hatte gerade die Brüstung erreicht, als der Hund auf sie zusprang, bereit, sie in Stücke zu reißen.

16

Gidean riss Serafina mit sich und katapultierte sie beide über das Treppengeländer. Sie stürzten unaufhaltsam über vier Etagen dem marmornen Steinboden entgegen.

Sie konnte dieses Mal nicht springen oder beißen oder rennen oder schreien, um sich zu retten. Keine kluge Idee, kein spezieller Trick würde sie retten. Ihre Mutter konnte sie nicht retten. Ihr Pa konnte sie nicht retten. Es gab keine Falle, die sie stellen konnte, um den Feind zu besiegen.

Und sie verstand nicht einmal, wer der Feind war, oder warum.

Und dann geschah etwas Merkwürdiges.

Sie dachte nicht darüber nach. Es passierte einfach. Ihr Körper machte eine unwillkürliche Bewegung. Sie riss die Arme an den Körper, drehte sich um die eigene Achse, dann streckte sie die Arme aus und zog die Beine an, um die Drehung zu stoppen. Es war ein instinktiver Reflex, der in Sekundenbruchteilen erfolgte, so als schnappe sie sich eine Ratte in dem Moment, in dem sie versuchte davonzulaufen.

Sie traf hart, aber unversehrt auf dem Boden auf, fing den Aufprall mit federnden Armen und Beinen ab.

Sie war wohlbehalten gelandet.

Aber Gidean nicht.

Sein Körper schlug neben ihr auf dem Boden auf. Sie hörte und sah es nicht nur, sie fühlte den Aufprall und das Wimmern des Hundes am eigenen Leibe. Sie wusste sofort, dass der Kampf vorüber war.

Gidean lag neben ihr, sein Kopf ruhte auf dem kalten Marmor.

Gidean war Braedens ständiger Begleiter und engster Vertrauter gewesen, seit Braeden seine Familie verloren hatte. Der Hund war an seiner Seite gewesen, wo er auch hinging. Er war mit ihm gerannt, wenn er ausritt, und hatte in der Nacht seine Tür bewacht. Es hatte eine Zeit gegeben, da konnte Serafina Hunde nicht leiden und die Hunde sie ebenfalls nicht, aber sie und dieser Hund hatten Seite an Seite gekämpft. Gidean hatte den Mann im schwarzen Umhang angegriffen und ihr so das Leben gerettet. Doch nun lag er sterbend auf dem Marmorfußboden neben ihr.

Als ein Schatten über den mondhellen Boden huschte, nahm sie an, es sei eine Eule oder ein anderes Geschöpf der Nacht, das vor den Fenstern der großen Treppe herumschwirrte. Serafina wandte sich um und hob den Blick. Es war Lady Rowena in einem weißen Nachthemd, die vom ersten Stock aus schockiert auf sie herunterblickte. Rowenas Haare hingen offen und ungekämmt bis auf den Rücken, ihre Augen waren vor Angst weit aufgerissen. Sie hielt etwas umklammert, das wie ein Stift aussah oder vielleicht eine Haarnadel, und schwang es vor sich her wie eine Waffe.

»Rowena!«, rief Serafina ihr zu. »Hol den Tierarzt! Schnell!«

Rowena rührte sich nicht. Sie starrte entsetzt auf Gidean, der leblos auf dem Boden lag, und Serafina, die scheinbar unversehrt über ihm stand. Das Mädchen schien mit Serafinas Worten nichts anfangen zu können. Es lief nicht los, um den Tierarzt zu holen.

Stattdessen drehte es sich um und ging langsam auf Braedens Zimmer zu.

Was machte Rowena da? Was glaubte sie gesehen zu haben?

Als Rowena kurz darauf zurückkam, hörte Serafina, wie sich eilig Schritte näherten. Doch es war nicht der Tierarzt. Braeden kam die Treppe hinuntergerannt.

»Was ist passiert?«, schrie er verzweifelt. Er war vollkommen außer sich.

Braeden stürzte zu Gidean und ließ sich an seiner Seite auf die Knie fallen. »Er ist schlimm verletzt!«, rief er. »Serafina, was hast du getan?«

In Serafina tobte ein Sturm der Gefühle, der sie sprachlos machte.

Tränen strömten Braedens Gesicht hinunter, als er seinen sterbenden Hund umarmte. Trotz allem, was sie und Braeden gemeinsam durchgemacht hatten, hatte Serafina ihn noch nie weinen sehen. »Ach, Gidean, mein Junge, bitte verlass mich nicht … bitte nicht … nein … verlass mich nicht …«

Serafina brach in Tränen aus. Während sie schluchzte, hob sie den Kopf und erblickte aufs Neue Rowena, die einfach nur dastand und sie anstarrte. Sie hatte nicht den Tierarzt geholt; sie war zu Braeden gegangen.

Rowena hob langsam den Arm und zeigte auf Serafina. »Ich habe es gesehen«, sagte sie mit zitternder Stimme. »Ich habe gesehen, was sie gemacht hat! Sie hat den Hund über die Brüstung geworfen!«

»Das ist nicht wahr!«, brüllte Serafina.

Gäste und Bedienstete eilten aus den oberen Etagen ins Erdgeschoss. Mr und Mrs Vanderbilt waren darunter, zutiefst erschüttert von dem, was sie sahen. Der graubärtige, ältere Mann, den sie mit Mr Vanderbilt im Wald beobachtet hatte, ging auf seinen Stock gestützt langsam die Treppe hinunter. Er studierte die Szene genau. Mrs King kam in die Empfangshalle geeilt, ebenso wie Essie und viele andere Dienstmädchen, doch niemand schien zu wissen, was nun zu tun war.

»Wir brauchen den Tierarzt!«, rief Mr Vanderbilt, und der Butler rannte los, um ihn zu holen.

Serafina wischte sich die Tränen ab und sah zu den Leuten von Biltmore auf. Im zweiten Stock entdeckte sie die finstere Gestalt von Inspektor Grathan. Seine langen braunen Haare flatterten ihm um den Kopf wie eine dunkle Kapuze. Auf den Gehstock mit dem Geweihgriff gestützt, blickte er auf sie und den weinenden Jungen und den reglosen Hund auf dem Boden zwischen ihnen. Sie hätte ihn gerne angefaucht, ihn gebissen, aber er sah sie nur an, als wäre er schon viele Male Zeuge einer solchen Szene gewesen. Im Gegensatz zu den anderen stand ihm keine Angst ins Gesicht geschrieben. In seinem Blick lag Wissen.

Braeden sah Serafina schmerzerfüllt an. Sie wusste, er kam nicht umhin, die vielen neuen Kratzer in ihrem Gesicht zu bemerken. Offensichtlich hatten sie und Gidean gegeneinander gekämpft. »Wie konnte das passieren, Serafina?«, fragte er unter Tränen.

»Ich weiß es nicht, Braeden«, erwiderte sie.

»Sie lügt«, behauptete Lady Rowena, kam die Treppe hinunter und stellte sich hinter Braeden. »Sie hat mit dem Hund gekämpft und ihn dann so ausgetrickst, dass er über die Brüstung gesprungen ist.«

»Braeden, bitte glaub mir. So war es nicht«, flehte Serafina. »Gidean hat mich angegriffen. Wir sind beide über das Geländer gestürzt.«

»Sie ist nicht gefallen«, sagte Lady Rowena. »Das kann gar nicht sein. Sie steht ja direkt vor uns.«

»Gidean würde dich niemals angreifen«, sagte Braeden ungläubig zu Serafina, ließ den Kopf sinken und sah seinen schwer verwundeten Hund an.

»Ich … ich war das nicht«, stammelte Serafina. Erneut strömten Tränen ihre Wangen hinunter, die sie wütend wegwischte. Sie begriff nicht, wie das hatte passieren können. Braeden musste ihr einfach glauben. Sie streckte die Hand aus, um seinen Arm zu berühren.

»Lass ihn in Ruhe! Du hast schon genug angerichtet!«, schrie Rowena und wehrte sie ab. Serafina knurrte das Mädchen wütend an, dann wandte sie sich wieder ihrem Freund zu.

»Ich war das nicht, Braeden, das schwöre ich dir.«

Braedens Blick war voller Verzweiflung. »Er ist schlimm verletzt, Serafina.«

»Du gehst jetzt besser«, sagte Rowena zu Serafina. In ihrer Stimme schwangen Angst und Wut mit. »Du gehörst nicht zu uns zivilisierten Menschen. Sieh dich nur an! Du läufst rum wie ein wildes Tier. Du gehörst nicht hierher!« Dann sah sie die vielen eingeschüchterten Zuschauer an. »Wie ertragt ihr es nur, mit ihr unter einem Dach zu leben? Es wird noch etwas passieren! Nächstes Mal wird es nicht nur ein Hund sein. Sie wird einen Menschen verletzten!«

»Braeden, nein …«, flehte Serafina und umklammerte seinen Arm.

Aus den Augenwinkeln bemerkte sie zwei Diener, die sich ihr näherten, um den jungen Herrn vor ihr zu beschützen.

»Braeden, bitte …«

Mr Vanderbilt trat auf sie und Braeden zu und bedeutete den Dienern, ihm zu helfen. Serafina wusste nicht, was er vorhatte, aber als einer der Diener sie von hinten packte, fuhr sie herum, fauchte und biss ihn in die Hand, ehe sie sich zurückhalten konnte. Es war ein Instinkt, den sie nicht unter Kontrolle hatte. Ihre Zähne gruben sich in die Hand des Mannes. Er sprang mit einem Schmerzensschrei zurück. Serafina sah die entsetzten Mienen der anderen, die vor ihr zurückwichen. Mr und Mrs Vanderbilt starrten sie fassungslos an, kaum fähig zu begreifen, was sie gerade getan hatte. Sie hatte sich in ebendie wilde Bestie verwandelt, vor der Rowena alle gewarnt hatte.

Beschämt und verzweifelt sprang sie auf. Die Vanderbilts und ihre Gäste und Bediensteten schraken vor ihr zurück. Serafina rannte los. Die Menge geriet in Panik, als sie an den Menschen vorbei durch die Eingangshalle floh. Eine der Frauen kreischte. Serafina entkam durch die Vordertür und verschmolz mit der Dunkelheit. Ihr kam es vor, als bräuchte sie eine Ewigkeit, um die offene Rasenfläche zu überqueren und den Waldrand zu erreichen. Sie rannte und rannte mit blutendem Herzen und rannte immer weiter in den Wald hinein, in die Berge, verzweifelt weinend, verwirrter als jemals zuvor. Sie hatte einen Diener gebissen und alle angeknurrt. Sie hatte sie angefaucht wie ein Tier, das in der Falle saß.

Du gehörst nicht hierher! Rowenas Worte hallten in ihrem Kopf, ein Echo der Worte ihrer Mutter aus der Nacht zuvor. Niemand wollte sie. Sie hatte keinen Ort, an den sie gehen konnte.

Doch das Schlimmste war, dass sie Gidean schrecklich wehgetan und Braedens Herz gebrochen hatte. Sie hatte das Gefühl, die einzigen beiden Freunde verraten zu haben, die sie je gehabt hatte.

17

Serafina rannte in keine bestimmte Richtung, sie floh – vor dem verletzten Gidean, vor dem Anblick ihres besten, Seelenqualen leidenden Freundes, sie floh vor dem, was sie getan hatte und was sie zutiefst beschämte.

Als sie schließlich in einen langsameren Trott verfiel, fuhr sie sich mit dem Handrücken über das verweinte Gesicht. Sie ging zügig durch den Wald, vorbei an hohen Eichen, und ließ Biltmore immer weiter hinter sich. Doch allmählich wurde ihr klar, was sie tat und ihr drehte sich der Magen um. Sie verließ ihren Pa und Braeden und Mr und Mrs Vanderbilt und Essie und jeden anderen, den sie auf Biltmore kannte. Sie ließ alle zurück.

Als ihr in den Sinn kam, dass sie ihrem Pa nicht einmal auf Wiedersehen gesagt hatte, fing sie von Neuem an zu schluchzen. Es brach ihr das Herz, dass er von dem furchtbaren, beschämenden Vorfall erfahren würde. Ihr Pa würde von Mr Vanderbilt zu hören bekommen, dass sie dem Hund des jungen Herrn wehgetan habe und man sie aus dem Haus geworfen hätte. Sie dachte daran, wie sie in die Hand des Dieners gebissen hatte. Noch immer sah sie die entsetzten Gesichter der Menge vor sich, durch die sie gestürmt war. Vielleicht hatte Lady

Rowena ja recht. Vielleicht war sie tatsächlich ein wildes Tier. Sie gehörte nicht in ein zivilisiertes Heim.

Doch ihre Mutter hatte zu ihr gesagt, dass sie auch nicht in den Wald gehörte. Sie war zu sehr Mensch, zu langsam und zu schwach, um sich gegen Angreifer zur Wehr zu setzen. *Du gehörst nicht hierher, Serafina*, hatte ihre Mutter gesagt.

Sie gehörte weder in den Wald noch nach Biltmore. Sie gehörte *nirgendwohin*.

Serafina lief kilometerweit, getrieben von ihren tobenden Gefühlen. Als sie im Tal unterhalb von sich einen Lichtschimmer entdeckte, verlangsamte sie schließlich das Tempo. Hohe, rechteckige Formen ragten zwischen den Bäumen auf, einige von ihnen wurden von schwachen Lichtpunkten beleuchtet, andere lagen vollkommen im Dunkel. Ein schrilles Pfeifen ließ sie zusammenzucken. Und dann sah sie eine lange, dunkle Kette aus Schachteln, die sich den Berghang entlangschlängelte. Die Metallschlange wurde immer wieder von den Bäumen verschluckt, doch als sie eine Brücke überquerte, stieg ein weißer Rauchschwall zu den mondbeschienenen Wolken auf. *Das ist eine Eisenbahn,* dachte Serafina. *Eine echte Eisenbahn.*

Sie hatte von ihrem Pa viel über Lokomotiven, ihre Dampfkessel und Treibstangen erfahren, und sie hatte von Mr Vanderbilts Großvater gehört, dessen Schiffe und Eisenbahnen in ganz Amerika unterwegs gewesen waren. Selbst aus dieser großen Entfernung nahm sie das Grollen des eisernen Biests in der Erde unter ihren Füßen wahr und spürte die Macht, mit der es vorwärtsdrängte. Sie wagte sich nicht einmal vorzustellen, wie es sich anfühlte, direkt neben einem solchen Ding zu stehen. Aber sie fragte sich kurz, wie es wäre, auf so ein Monster zu springen und auf langen, glänzenden Schienen zu weit entfernten Orten zu fliegen. Dort unten in Asheville existierte eine fremde Welt voller Menschen und Maschinen und Lebensweisen, die sie nicht verstand, und von dort breitete sich in alle Richtungen ein ganzes Land aus. Was würde aus ihr werden, wenn sie diesen Weg wählte?

Sie lief weiter, während die Sonne aufging, wanderte weit hinauf in die Craggy Mountains, Kilometer um Kilometer. Wenn sie durstig war, trank sie aus einem Bach. Wenn sie Hunger bekam, jagte sie. Wenn sie müde war, kroch sie unter einen Felsvorsprung. Aus ihr wurde nun wirklich ein wildes Tier, wenn auch nicht in körperlicher Form, so doch in Herz und Geist.

Später am nächsten Abend, als sie ein Wäldchen durchquerte, das zwischen zwei Bergkämmen lag, wehte der Geruch eines Lagerfeuers durch die frische Herbstluft. Davon angezogen, stieß sie auf eine Reihe von Blockhütten, vor denen sich ein paar Familien um ein kleines Feuer versammelt hatten. Über dem Feuer grillten sie Maiskolben und Forellen, die sie im nahe gelegenen Fluss gefangen hatten. Serafina bewunderte einen Jungen in ihrem Alter, der ganz sanft auf dem Banjo spielte, und seine kleine Schwester, die ihn auf der Fiedel begleitete. Andere sangen leise mit und tanzten langsam wie der ruhige Fluss, an dem sie lebten.

Serafina zeigte sich dem Bergvolk nicht, aber sie saß direkt über ihnen in den Bäumen am Hang, lauschte eine Weile ihrer Musik und ließ ihren Gefühlen freien Lauf.

Sie sah und hörte zu, während die Leute Lied um Lied spielten. Alle sangen mit und tanzten Arm in Arm. Einige Lieder waren schnelle Jigs und Reels, bei denen alle pfiffen und jauchzten. Doch als die Nacht voranschritt, spielten sie hauptsächlich die leisen, gefühlvollen Lieder. Solche, die zu Herzen gingen. Sie tranken ihren selbst gebrannten Schnaps und ihren Apfelwein und schaukelten in ihren Stühlen, während sie sich Geschichten am Lagerfeuer erzählten. Als alle langsam einnickten, wusste Serafina, dass es Zeit für sie wurde zu gehen. Sie rappelte sich widerwillig auf und entfernte sich auf leisen Sohlen vom Leuchten des schwach glimmenden Lagerfeuers.

Erneut machte sie sich auf den Weg, langsamer diesmal, zunehmend weniger bestrebt, alles hinter sich zu lassen. Sie stieg hoch hinauf in die Black Mountains, folgte einem Kamm felsiger Gärten, in denen nur Rhododendron und Borstgras wuchs. Sie lief einen steinigen Abschnitt entlang, wo der Nebel im Mondschein den Berg hinunterwallte wie die Wogen eines silbernen Meeres. Sie wanderte über eine kahle Hochebene ohne Baumbewuchs, allein unter dem Mondlicht bis auf die Gänse, die den dunkelblauen Himmel entlangflogen. Sie folgte einem Fluss mit zerklüftetem Ufer und ließ den Blick auf einem Wasserfall ruhen, der fiel und fiel und fiel, von Fels zu Fels, spritzend und schäumend, bis er im Dunst des Waldes unter ihr verschwand.

Als sie gerade weitergehen wollte, blickte sie ans andere Ufer und entdeckte etwas auf dem Bergkamm, der parallel zu ihrem eigenen verlief. Es war ein Rotwolf, groß und schlank und wunderschön, der einen Pfad entlangtrottete. Überrascht registrierte sie, dass er stehen blieb und sie ansah. Doch dann wurde ihr klar, dass sie den Wolf wiedererkannte, und er sie.

Sie hatte ihn ein paar Wochen zuvor am Fluss gesehen, in der Nacht, als sie sich im Wald verlaufen hatte. So viel war seitdem geschehen.

Sie starrte den jungen Wolf lange Zeit an, und der Wolf starrte sie an. Er hatte dichtes, rotbraunes Fell, spitze Ohren und unglaublich wache Augen. Sie fragte sich, wie es ihm seit ihrem letzten

Treffen ergangen war. Die Wunde, die er sich in jener Nacht zugezogen hatte, war verheilt, und er wirkte viel stärker.

Dann erspähte sie etwas hinter ihm. Noch ein Wolf trabte auf den Pfad. Dann noch einer. Schon bald sah sie, dass viele Wölfe bei ihm waren, männliche und weibliche, junge und alte; sie alle waren mit ihm unterwegs. Doch manche von ihnen waren frisch verwundet und bluteten. Andere humpelten. Offensichtlich hatten sie eine gewaltige Schlacht gegen einen fürchterlichen Feind ausgetragen. Ihr Wolfsfreund war zum Anführer seines Rudels aufgestiegen. Das Wolfsrudel war nicht auf der Jagd, es war zu einer langen Reise aufgebrochen. Dies verriet die Art der Tiere zu laufen, mit gesenktem Kopf und eingezogener Rute. Sie verließen die Berge wie die Lunamotten und Singvögel, und sie gingen für immer.

Als sie den Rotwolf erneut anblickte, schien er die Trauer aus ihrer Miene herauszulesen, denn sie spiegelte sich in seiner.

Etwas tief in ihrem Innern fing an zu brennen. Ihr Wolfsfreund hatte die seinen gefunden. Er hatte seinen Platz gefunden. Die Wölfe des Rudels hielten zusammen. Sie kämpften Seite an Seite. Das machte eine Familie aus. Das machte wahre Verwandtschaft aus. Das gab man nicht so einfach auf.

Trotz der nächtlichen Kühle stieg ihr die Hitze in die Wangen. Sie dachte an Biltmore und ihre Familie dort. Sie wollte sie nicht verlassen, wollte nicht von ihnen getrennt sein. Sie wollte, dass sie alle zusammenhielten. Sie wollte Teil eines Wolfsrudels sein, eines Löwenrudels. Sie wollte Teil einer Familie sein.

Wie sie da auf dem Bergkamm stand, wusste sie plötzlich, was sie zu tun hatte.

Das Weglaufen würde sie in eine ferne Stadt oder auf den Gipfel eines Berges führen, aber letztendlich würde das Weglaufen sie nirgendwohin bringen. Es gab kein sinnvolles Ziel, solange man keine Familie hatte, zu der man zurückkehren konnte, mit der man seine Erlebnisse teilen konnte.

Als der Wolf und sein Rudel zwischen den Bäumen verschwanden, setzte sie sich dort, wo sie gestanden hatte, auf den Schotter und blickte im Sternenlicht über die Berge.

Etwas stimmte nicht. Das spürte sie.

Warum hatte ihre Mutter sie fortgeschickt? Das war nicht richtig.

Warum hatten die Schornsteinsegler sich auf sie gestürzt?

Warum hatte Gidean sie angegriffen?

Warum rannte sie fort von Biltmore?

Warum verließen die Wölfe ihr Revier?

Je mehr Fragen sie sich stellte, desto entschlossener wurde sie. All diese Dinge schienen nichts miteinander zu tun zu haben, doch vielleicht bestand eine Verbindung zwischen sämtlichen Fragen. Vielleicht war die Antwort jedes Mal dieselbe.

Sie wusste nicht, ob Gidean den Sturz überlebt hatte oder gestorben war. Sie wusste nicht, ob Braeden ihr je vergeben konnte. Aber sie würde ihre Familie nicht so einfach aufgeben. Familien mussten zusammenhalten, egal, was geschah. Kein Streit oder furchtbares Ereignis sollte sie entzweien. Ihr Pa hatte ihr wieder und wieder gezeigt, dass man etwas in Ordnung brachte, wenn es kaputt gegangen war. Und noch etwas hatte Serafina im Laufe ihrer zwölf Lebensjahre gelernt: Man musste die Ratte schütteln, bis sie tot war. Man gab nicht einfach auf. Sie würde kämpfen, und sie würde so lange weiterkämpfen, bis ihre Familie das endlich begriffen hatte.

Sie war jetzt überzeugt, dass im Wald etwas nicht stimmte. Etwas stimmte auf Biltmore nicht. Und sie würde herausfinden, was, und es in Ordnung bringen.

Sie stand auf, klopfte sich den Staub von den Kleidern und machte sich den Berg hinunter auf den Rückweg.

18

Serafina suchte sich ihren Weg den Bergkamm entlang, durch dichtes, struppiges Gewächs, das zwischen den Felsen sprießte, dann die Hänge des Graybeard Mountain hinunter in die tiefer liegenden, bewaldeten Höhen. Wenn es nötig war, machte sie Pausen, doch sie versuchte, in Bewegung zu bleiben. Sie war entschlossen, ihre Mutter zu finden und alles über die dunkle Macht, die sich in den Bergen ausbreitete, herauszufinden und sie zu bekämpfen…

Ihre Mutter und die Jungen hatte die Höhle bei der Engelslichtung verlassen, daher war der einzige Hinweis, dem sie folgen konnte, die kryptische Botschaft, die ihre Mutter in den Lehm gekratzt hatte.

»Falls du mich brauchst, sei es Frühling, Herbst oder Winter im Land«, sagte Serafina vor sich hin, »komm dorthin, wo, was du erklommen, der Boden ist und Regen die Wand.«

Sie nahm an, es müsse sich um ein Rätsel handeln, eines, das sie lösen konnte, ihre Feinde jedoch nicht. Aber es verwirrte sie. Ihre Mutter hatte gewollt, dass sie nach Biltmore ging, und nicht, dass sie ihr folgte, also warum hatte sie überhaupt eine Nachricht hinterlassen?

Auf dem Weg bergabwärts kam sie an einer dunklen Gruppe

uralter Kiefern vorbei, deren dicke, gerade Stämme mit schwarzem Schimmel überzogen waren. Die unteren Äste der Bäume waren alle verkümmert und verrottet, die Wurzeln wuchsen über den Boden wie lange, heimtückische Finger. Der Geruch feuchter Erde und vor sich hinrottenden Holzes stieg ihr in die Nase. Alles um sie herum klebte vor schwarzem Harz. Hier wuchsen keine anderen Pflanzen, weder Ableger noch Büsche hätten im immerwährenden Schatten dieser schwarzen Kiefern überlebt. Nichts als dunkelrote Kiefernadeln bedeckte den Boden.

Verstört von diesem toten Ort kauerte Serafina sich hin und spähte in die Finsternis der Nacht, darum bemüht zu erkennen, was vor ihr lag. Sie fragte sich, ob ein Weg zwischen den Tannen hindurchführte, oder sie sich einen suchen musste, der sie außen herum ging. Sie hörte Harz von den Ästen der Bäume tropfen. Eine böse Vorahnung beschlich sie. Auf dem Boden, unter den knorrigen Wurzeln der Kiefern, entdeckte sie ein dunkles, unnatürliches Gebilde.

Ihr Instinkt drängte sie, sich umzudrehen und in die andere Richtung zu gehen, sich so weit wie möglich von diesem unheimlichen Ort zu entfernen. Doch ihre Neugier hielt dagegen. Sie kroch langsam auf das Ding zu.

Es schien ein flacher, rechteckiger Stein zu sein. Daneben war ein niedriger, länglicher Eisenkäfig im Boden vergraben. Serafina schluckte schwer. Sie studierte den Käfig, versuchte zu verstehen, wofür er gedacht war. Er war nicht höher als sechzig Zentimeter. Am Ende des Käfigs war eine kleine Tür angebracht, die außen einen Riegel hatte. *Um etwas einzusperren,* dachte Serafina. Es schien sich um einen Tierkäfig zu handeln. Dann entdeckte sie noch einen Käfig und noch einen. Während sie leise weiterkroch, wurde ihr schlecht von dem, was sie sah. Es waren anscheinend hunderte Käfige.

Sie stieß auf einen kleinen Unterschlupf aus geflochtenen Ästen und knorrigen Schlingpflanzen. Sie hatte schon Holzfäller dabei beobachtet, wie sie sich aus Ästen einen Unterstand bauten, doch dieser hier sah nicht so aus, als wären die Äste abgeschnitten oder gesammelt worden, sondern als wären sie bis hierhin gewachsen, um Wände und Dach zu bilden. Die Schlingpflanzen und Äste waren zu einem unnatürlichen Gewebe verflochten, als wäre dies das Versteck einer kranken Bestie. Harz tropfte von den Bäumen auf das Dach der Hütte und überzog es mit einer stinkenden, schwarzen Schmiere. Die grauen Überreste eines Lagerfeuers rauchten vor dem Unterschlupf. In der qualmenden Asche stand ein schwarzer Eisentopf. Dutzende toter Krähen und Geier lagen auf der Erde, ihre krallenförmigen Füße waren geballt.

Serafinas Beine zitterten. Ihr Herz klopfte wild. Sie hatte Angst vor dem, worauf sie an diesem dunklen Ort stoßen würde. Aber sie musste es herausfinden. Sie musste weitergehen.

Sie kroch noch näher an den Unterschlupf heran. Sie spähte und horchte. Außer dem steten Tropfen des Harzes war kein Geräusch zu vernehmen.

Sie kroch in die Hütte.

Im Innern fand sie Drahtrollen vor, aber keinen Bewohner. Sie entdeckte Drahtschneider, Handschuhe und andere Werkzeuge, aber keinen Hinweis darauf, wofür das alles sein sollte, außer einem Stapel Felle, die auf dem Lehmboden der Hütte lagen. Schwarze Felle und braune und graue und weiße. Bei dem Anblick biss sie die Zähne zusammen und wandte die Nase angewidert von dem Geruch toter Haut ab. Ihr Nacken und ihre Schultern kribbelten, als kröchen hunderte Spinnen darauf herum.

Sie beeilte sich, die Hütte zu verlassen und hielt dabei nach

Gefahren Ausschau. Dies hier war ein äußerst verstörender Ort. Sie wandte sich schnell zum Gehen. Da hörte sie einen Laut und blieb wie angewurzelt stehen.

Ein Wimmern.

19

Serafina drehte sich um.

Hinter der Laubhütte befanden sich noch mehr Käfige.

Sie hörte das Wimmern erneut, ein lang gezogenes, flehendes Jaulen.

Während sie sich ängstlich umsah, zuckten ihre Beinmuskeln vor Spannung. Ihre Schläfen pochten. Sämtliche Signale ihres Körpers rieten ihr, sich nicht länger hier aufzuhalten, doch ihr Herz sagte ihr, dass sie auf das Geräusch zugehen musste.

Langsam kroch sie vorwärts. Die anderen Käfige waren leer gewesen, doch zu ihrem Entsetzen sah sie bräunliches Fell in einem der Käfige. Sie hätte jedoch noch nicht sagen können, um welches Tier es sich handelte.

Sie kroch näher.

Der Fellberg in dem Käfig war circa einen Meter lang und zitterte.

Da hörte sie das Wimmern erneut.

Serafina bemühte sich, stark zu sein, doch sie begann genauso schlimm zu zittern wie das arme Tier im Käfig. Sie konnte nicht anders. Sie blickte sich um, dann suchte sie den Wald ab, um sicherzugehen, dass niemand in der Nähe war. Es schien ihr ein furchtbar gefährlicher Ort zu sein. Die Kiefern wuchsen so dicht nebeneinander und der Bereich unterhalb der Baumkronen lag dermaßen im Dunkel, dass es schwerfiel, überhaupt etwas zu erkennen, das weiter entfernt war.

Auf Händen und Knien kroch sie zur Vorderseite des Käfigs.

Sie spähte durch die Gitterstäbe.

Und entdeckte das Tier.

Serafina blickte einem der schönsten Tiere ins Gesicht, das sie je gesehen hatte: einem Rotluchsweibchen. Es hatte große, eindrucksvolle Augen, lange Schnurrhaare und eine weiße Fellzeichnung im Bereich des Kopfs. Zu den buschigen, schwarz gepinselten Ohren hin wuchs das Fell dichter und üppiger als am Rest des Körpers, wo es grau-braun und schwarz gefleckt war. An den Beinen hatte das Rotluchsweibchen dunklen Streifen.

Doch so schön es auch war, es befand sich in einem schrecklichen Zustand. Offensichtlich hatte es sich mit Zähnen und Klauen zur Wehr gesetzt und an dem Metallkäfig herumgekaut, verzweifelt darum bemüht zu entkommen.

Als Serafina sich ihm näherte, wurde das Weibchen still und ruhig. Mit seinen großen, ruhigen Augen sah es sie an und schien zu begreifen, dass Serafina kein Feind war.

Serafina entdeckte noch andere Tiere in den Käfigen – ein Murmeltier, ein Stachelschwein, sogar ein paar Flussotter. Eines der traurigsten war ein Rotschwanzbussard, dessen Krallen zerfetzt und blutig waren. Seine Federn waren zerrissen und gebrochen, weil er mit den Flügeln wild kämpfend gegen den Maschendraht geschlagen hatte.

Serafina blickte sich hastig um, voller Sorge, der Besitzer des Lagers könne jeden Moment auftauchen. Diese grauenvollen Käfige gehörten ihr nicht, daher hatte sie kein Recht zu tun, wonach es sie verlangte. Aber brauchte sie eine Erlaubnis, um das Richtige zu tun? Erneut hielt sie nach Gefahr Ausschau. Ihr Herz klopfte so heftig, dass sie kaum Luft bekam.

Sie wusste, sie wäre besser davongerannt, aber wie hätte sie das tun können?

Sie schob sich näher an den Käfig des Rotluchsweibchens heran, löste den Riegel und öffnete die Tür.

»Komm heraus«, flüsterte sie.

Das Weibchen kroch langsam und vollkommen verängstigt aus dem Käfig. Serafina berührte das Fell der Katze mit der Hand. Das Rotluchsweibchen musterte sie mit den großen Augen, dann stahl es sich schnell in den Wald davon. Sobald es jenseits der Kiefern angelangt war und sich im sicheren, weiter entfernten Gestrüpp befand, wandte es den Kopf und sah Serafina an.

Danke, schien es zu signalisieren. Dann verschwand es im Unterholz.

»Bleib tapfer«, flüsterte Serafina. Das hatte der Junge, der ihr geholfen hatte, gesagt. Sie wusste nicht, warum, aber aus irgendeinem Grund bedeuteten diese einfachen Worte ihr sehr viel.

Schnell befreite sie das Murmeltier, das Stachelschwein und die Flussotter. Alle wirkten kräftig genug, um nach Hause zu finden. Serafina war überzeugt, dass die Otter den Weg zum nächsten Fluss kannten. Doch der Bussard war in einer schlechten Verfassung. Wahrscheinlich konnte er fliegen, aber ein Rotschwanzbussard war bei Nacht in großer Gefahr vor seinem natürlichem Feind, dem Virginia-Uhu.

Sie griff in den Käfig, packte den Bussard vorsichtig mit beiden Händen und zog ihn heraus. Er schlug mit den Flügeln und versuchte, sich zu befreien, da er es nicht mochte, angefasst zu werden. Sie rechnete damit, dass er krächzen und nach ihr hacken würde, aber das tat er nicht. Er sah sie mit seinem eindringlichen Raubvogelblick an und umklammerte mit einer Klaue ihr Handgelenk. Sein Griff war so kraftvoll, dass sie meinte, er würde ihr die Knochen brechen. Er schien irgendwie zu verstehen, dass sie ihm helfen wollte, war aber zugleich nicht bereit, die Kontrolle abzugeben.

Mit dem verwundeten Bussard in den Händen ließ sie den Kiefernwald und die grausigen Käfige hinter sich.

Als sie schließlich einen schöneren Teil des Waldes erreichten, wurde sie langsamer. Sie wünschte sich, sie hätte den Bussard bis nach Biltmore tragen und Braeden geben können, damit er sich um ihn kümmerte, aber mit ihm in den Händen war sie nicht schnell genug, und sie war sich ziemlich sicher, dass er nicht allzu glücklich darüber war, von jemandem wie ihr durch die Gegend getragen zu werden.

Sie entdeckte ein dichtes Gestrüpp und stopfte den Bussard dort hinein, wo er sich bis Tagesanbruch vor den räuberischen Uhus verstecken konnte. »Ruhe dich hier aus, dann fliege auf starken Schwingen davon, mein Freund«, flüsterte sie.

Von da an lief sie schneller. Sie wollte so viel Distanz wie möglich zwischen sich und die schrecklichen Käfige legen. Sie wusste, dass es sich beim Wald um einen wilden, ungezähmten Ort handelte, in dem täglich um Leben und Tod gerungen wurde, aber was für ein Mensch würde Tiere auf diese Weise fangen und einsperren? Warum ließ er sie dort, verängstigt und hungernd, verborgen unter den schwarzen Bäumen?

Nebelschwaden zogen durch den Wald und erschwerten es ihr, den Weg zu finden, aber sie lief weiter bergabwärts, so gut es ging.

Der Klumpen in ihrem Magen verriet ihr, dass sie soeben einer schrecklichen, dunklen Gefahr entronnen war.

Aus den Augenwinkeln bemerkte sie etwas im Nebel. Als sie den Kopf umwandte, entdeckte sie in einiger Entfernung eine Gestalt. Zuerst dachte sie, es wäre der Mann, den sie zusammen mit Mr Vanderbilt am Waldrand gesehen hatte. Sie verspürte einen Hoffnungsschimmer. Vielleicht war sie Biltmore viel näher, als sie angenommen hatte. Doch im nächsten Moment sank ihr Mut. Sie kauerte sich ins Gebüsch und beobachtete den Mann. Er trug einen langen, dunklen, wettergegerbten Mantel und einen Hut mit breiter Krempe. Es war der Bärtige, den sie vor einigen Nächten im Wald gesehen hatte! Voller Panik ließ sie sich auf die Erde fallen.

Serafina bemühte sich, keinen Mucks von sich zu geben, aber sie atmete stoßartig, während sie ihn nicht aus den Augen ließ. Er hatte einen dichten, dunkelgrauen Bart, der nicht lang und zottelig war wie der vieler Männer aus den Bergen, sondern in üppigen Wellen wuchs, wie das Fell eines Tieres. Sein Gesicht war durchzogen von Falten und Furchen, von Wind und Wetter gegerbt, so als lebe er seit Jahrzehnten im Wald. Serafina sah sich um, sie suchte nach Anzeichen der Wolfshunde, entdeckte aber keine. Er trug auch den Gehstock vom letzten Mal nicht bei sich. Doch sie wusste, dass er es war.

Sie verhielt sich absolut still und beobachtete ihn. Er tauchte in die Nebelschwaden ein, verschwand zwischen den Bäumen, um wieder aus dem Dunst hervorzukommen. Mal war er näher, dann wieder weiter entfernt, so als würden die Bäume selbst Serafinas Augen zum Narren halten. Er kam ihr eher wie ein Geist als wie ein Sterblicher vor. Als sie Gänsehaut auf den Armen bekam, wäre sie gerne davongerannt, doch sie befürchtete, die Geräusche ihrer Flucht würden seine Aufmerksamkeit erregen.

Aber sie musste hier weg. In dem Moment, als sie den Rückzug antrat und in die entgegengesetzte Richtung verschwinden wollte, blieb der Mann wie angewurzelt stehen. Sein Kopf fuhr mit überraschender, unmenschlicher Schnelligkeit zu ihr herum – wie der einer Eule auf Beutefang. Seine unheimlichen silbernen Augen spähten genau in ihre Richtung.

Sie kauerte auf dem Boden und presste den Rücken an den knorrigen Stamm einer alten Tanne. Die Erinnerung daran, wie sein Kopf zu ihr herumgeschossen war, jagte ihr eisige Schauer den Rücken hinunter.

Sie hörte, wie er auf sie zueilte.

Sie hätte weglaufen müssen, aber sie bekam kaum Luft und ihre Beine versagten ihr den Dienst. Ein scharfer Schmerz attackierte ihre Kehle, so als würgte sie jemand am Hals. Sie begann am ganzen Körper zu zittern, das Gefühl, das sie empfand, ging weit über Angst hinaus, es entzog sich ihrer Kontrolle vollkommen. Panik machte sich in ihr breit. Sie bekam keine Luft. Sie versuchte zu schreien, aber kein Laut drang durch ihre zugeschnürte Kehle.

Die Schritte kamen rasant näher. Sie hörte, wie seine Stiefel bei jedem Schritt in der feuchten Erde versanken. Plötzlich bemerkte sie eine Kälte im Boden unter sich und in der Luft. Als sie den Blick senkte, sah sie, dass die Erde auf einmal blutgetränkt war.

20

Serafina wollte aufspringen und davonlaufen, aber der Mann hatte sie verhext. Arme und Beine gehorchten ihr nicht. Sie waren vollkommen starr.

Während der Mann auf sie zueilte, beobachtete Serafina voller Entsetzen, wie die Wurzeln des Baumes aus der blutgetränkten Erde hervorbrachen, sich in Sekundenschnelle um ihre Handgelenke schlangen und ihre Hände an den Boden fesselten. Ohne ihre Hände konnte sie sich nicht zur Wehr setzen.

Verzweifelt bückte sie sich und zerbiss die Wurzeln, die ihre Hände gefangen hielten.

Plötzlich war der Wald, der sonst ihr Verbündeter und Rückzugsort war, zu ihrem Feind geworden.

Als der Mann um den Baum herumtrat, lag sein Gesicht, bis auf das silberne Blitzen seiner Augen, im Schatten. Mit zwei knochigen, nackten Händen, die wie die Fänge einer Eule zupackten, griff er nach ihr. Als seine langen, krallenähnlichen Fingernägel sich in ihre Handgelenke gruben, wand sie sich wild hin und her. Sie trat um sich und schaffte es schließlich, die Wurzelschlingen zu lösen. Sie riss sich los. Dann schoss sie davon.

Sie rannte, so schnell sie konnte, bis sie annahm, sie habe etwas Abstand zu ihrem Verfolger gewonnen. Doch als sie gerade einen Blick zurückwerfen wollte, hörte sie ein *Tick-Tick-Ticken*. Über ihrer linken Schulter ertönte ein entsetzliches, fauchendes Kreischen. Der Schrei jagte ihr eine solche Angst ein, dass sie zurücksprang und gegen einen Baum prallte. Eine große, boshaft aussehende weiße Schleiereule flog direkt über ihren Kopf hinweg, die unheimlichen schwarzen Augen auf sie gerichtet, den Schnabel weit geöffnet, während sie noch einen Schrei ausstieß, der Serafina das Blut in den Adern gefrieren ließ.

Serafina tauchte in ein Gestrüpp aus Schlingpflanzen und Brombeerranken, in das die Eule ihr nicht folgen konnte. Sie hielt sich für sehr clever. Doch dann verschwand die Schleiereule, und der Bärtige begann die Zweige wegzureißen. Er schob sich durch das Gestrüpp auf sie zu. Serafina ging auf Hände und Knie und kroch durch die Ranken in den dichtesten Teil des Gestrüpps. Sie hoffte, es würde ihr einen gewissen Schutz vor den Zaubersprüchen des Manns bieten. Doch stattdessen begannen die Ranken sich zu rühren. Sie schlangen und wanden sich um ihre Glieder und ihren Nacken.

Serafina kreischte und trat um sich und riss an den Ranken, während sie auf der anderen Seite aus dem Gestrüpp krabbelte. Sie sprang auf und rannte über eine offene Fläche.

Zu gerne hätte sie den Kampf gegen diesen schrecklichen Mann aufgenommen, aber es blieb ihr keine andere Wahl, als um ihr Leben zu rennen. Wie der Wind jagte sie im Schutz des Waldes dahin. Sie dachte, sie hätte es geschafft. Sie dachte, ihr wäre die Flucht gelungen.

Als sie einen Blick zurückwarf, sah sie, dass der Mann nicht hinter ihr herrannte. Er stand immer noch dort, wo er zuvor gewesen war. Er hielt einfach die gespreizte Hand an den Mund und blies über die Handfläche in ihre Richtung. Es war, als würde sie vom eiskalten Atem des Todes getroffen. Das Blut verließ ihren Kopf. Ihre Lunge wurde kalt. Ihre Muskeln versagten und sie brach zusammen, stürzte Hals über Kopf einen kleinen Abhang hinunter und landete schließlich leblos im Dreck.

Ihr ganzer Körper war bleich und kalt geworden. Ihre Lunge hatte aufgehört, ein- und auszuatmen. Ihr Herz hatte aufgehört zu pumpen. Ihr blieben ein paar Sekunden Gedankenklarheit, während das Blut ihren Kopf verließ, aber sie war ein totes Mädchen, ein Leichnam, der mit dem Gesicht nach unten auf der Erde lag.

Der Mann kam zu ihr, packte ihren schlaffen Körper wie den einer Stoffpuppe und zog sie auf einen alten Baumstumpf. Doch schon während er ihren leblosen Körper über die kalte Erde zerrte, spürte sie, wie die Wirkung des Zaubers nachließ – wie tausend Nadelstiche in Armen und Beinen. Sie verstand es nicht, aber sie war anscheinend viel härter im Nehmen, als er beim Wirken seines Bannes angenommen hatte. Ihre Brust brannte mit jedem Atemzug frischer Luft. Ihr Herz schlug plötzlich wieder und warmes Blut pulsierte durch ihre Adern.

»Jetzt lass dich mal anschauen«, sagte der Mann, als er sie ins Mondlicht setzte. »Was für ein Mädchen bist du eigentlich, dass du dich so an mich heranschleichst?«

Als er ihren leblosen Körper herumwarf, um ihr ins Gesicht sehen zu können, war sie zutiefst erschrocken, hielt die Augen aber geschlossen und gab vor, tot zu sein.

»Ah, ich verstehe«, sagte der Mann, als er ihr Gesicht sah. »Du schon wieder. Ich hätte es wissen sollen. Du bist uns schon öfter in die Quere gekommen, nicht wahr? Und ich habe genug von dir kennengelernt, um zu wissen, dass es nur schlimmer werden wird, falls ich dich groß werden lasse.«

Als Serafina spürte, wie die Kraft in ihre Muskeln zurückkehrte und Speichel ihren Mund befeuchtete, wusste sie, dass ihr nur eine Möglichkeit blieb. Der alte Rattentrick. Schlagartig zum Leben erwachend fuhr sie herum und biss so tief und fest in die rechte Hand des Mannes, wie sie nur konnte.

Der Mann zog die Hand reflexartig zurück. Aber sie ließ noch nicht los. Die ruckartige Bewegung seines Arms riss ihren Körper hoch. Da löste sie den Biss und flog durch die Luft. Sie landete auf dem Boden, rollte sich ab und rannte los.

21

Serafina rannte meilenweit, dann ging sie ein Stück, dann rannte sie wieder. Sie wollte möglichst weit weg von diesem Ort.

Währenddessen grübelte sie über alles nach, was sie erlebt hatte. Sie wusste, dass es sich um denselben bärtigen Mann gehandelt hatte, auf den sie wenige Nächte zuvor im Wald gestoßen war. Er war ihr fast wie ein Gespenst vorgekommen, wie eine Erscheinung im Nebel, die mal hier mal dort zwischen den Bäumen auftauchte. War er der Alte vom Wald, von dem die Einheimischen erzählten? Er schien sie zu kennen. Er hatte behauptet, sie wäre ihm in die Quere gekommen, so als hindere sie ihn an etwas. Aber woran? Was war sein Ziel? Wollte er tatsächlich den schwarzen Umhang finden? Oder ging es um mehr als nur das? Sie dachte an die vier Hengste, die eine führerlose Kutsche gezogen hatten, und die Schornsteinsegler, die sie als Schwarm angegriffen hatten, und Gidean, der sich auf sie gestürzt hatte. Kontrollierte der Mann die Tiere irgendwie? Was für ein Wesen er auch sein mochte, er konnte mit den Händen tödliche Zauber verbreiten, die Serafina niemals mehr am eigenen Leib spüren wollte.

Als sie von den felsigen Gärten herabgestiegen war, hatte sie vorgehabt, ihre Mutter zu finden und sie zu zwingen, ihr alles zu verraten, was sie wusste, und dann weiter nach Biltmore zu gehen. Aber was, wenn der Bärtige ihre Mutter und die Jungen schon gefunden hatte? Was, wenn er sie umgebracht hatte? Sie mochte gar nicht daran denken. Sie rannte schneller. Jetzt musste sie sie dringender denn je finden.

Während die Sonne aufging und Serafina den Weg durch den Wald fortsetzte, versuchte sie zu ergründen, wo ihre Mutter hingegangen sein könnte. Doch es drängten sich auch andere Fragen in ihre Überlegungen. Hatte ihre Mutter gewusst, dass eben dieser Eindringling ihr Territorium betreten hatte? Hatte sie sie fortgeschickt, um sie zu retten?

Serafina dachte wieder an die Botschaft, die ihre Mutter ihr hinterlassen hatte.

Sie schien keinen Sinn zu ergeben.

Wo, was du erklommen, der Boden ist?

Serafina zerbrach sich den Kopf. »Was habe ich erklommen?«, fragte sie sich laut.

Handelte es sich um einen Baum? Einen Boden aus Holz?

Sie dachte an den Kampf gegen die Wolfshunde zurück. Sie war auf einen Baum gesprungen, dann einen Ast entlanggerannt, hatte dann am Boden gegen die Hunde gekämpft, bis sie mit dem Rücken zur Wand am Fuß einer Klippe stand.

Und da hatte sie es.

Sie war eine Felswand hinaufgeklettert.

Also suchte sie vielleicht nach etwas, das einen Steinboden hatte.

Welches Zimmer hatte einen Steinboden?

Dann lächelte sie. Kein Zimmer. »Eine Höhle«, sagte sie.

Aber in den Bergen gab es viele Höhlen. Sie nahm sich die nächste Zeile des Rätsels vor.

»Was soll *und Regen die Wand* bedeuten? Das ergibt keinen Sinn.«

Während sie durch den Wald lief, murmelte sie immer wieder vor sich hin: »Wo Regen die Wand ist.«

»Wie kann Regen eine Wand sein?«, fragte sie sich. »Regen ist Wasser … Man trinkt Wasser. Man wäscht sich mit Wasser. Man schwimmt im Wasser.« Die Möglichkeiten waren endlos.

Und sinnlos.

Wasser war überall. Serafina hob den Blick zu den Wolken. Selbst dort oben war Wasser. Wasser kam aus den Wolken und fiel als Regen zu Boden und floss über die Erde in die Flüsse. Sie dachte über Flüsse nach.

Wann war ein Fluss eine Wand?

Wände waren vertikal.

Da wurde es ihr schlagartig klar.

»Ein Wasserfall!«, rief sie aus. Eine Wasserwand, eine Wand aus Regen.

In diesen Bergen existierten keine Seen oder Teiche, aber es gab viele Wasserfälle. Fließende Gewässer waren die Lebensadern der Berge. Die Berge waren von ihnen geformt worden, und es gab sie in sämtlichen Varianten: gewaltige Ströme, die sich brüllend über Klippen stürzten, und winzige Bächlein, die durch den tiefsten Wald rannen. Es gab dreistufige Fälle, die über Felsterrassen flossen, und Fälle, die sich Stein um Stein in eisige Becken in der Tiefe ergossen.

Doch sie benötigte einen Wasserfall mit einer Höhle. Sie kannte einige. Aber einer war unzugänglich. Der andere war zu leicht zu finden. Sie entschied sich für einen Wasserfall, der in einer kleinen geschützten Bucht versteckt lag. War ihre Mutter dorthin gegangen?

Es gab nur eine Möglichkeit, das herauszufinden. Also machte sie sich auf den Weg.

»Wo, was du erklommen der Boden ist, und Regen die Wand«, sagte sie beim Laufen vor sich hin. Es ergab Sinn. Es ergab tatsächlich Sinn. Und es war ein schönes Gefühl, dass endlich wieder etwas auf der Welt einen Sinn ergab.

Als sie den Wasserfall ein paar Stunden später erreichte, studierte sie ihn zunächst aus einiger Entfernung, da sie sich sorgte, dass ihr von dort womöglich Gefahr drohte. Das Wasser floss gleichmäßig und schnell über die Felskante. Sie roch, wie das klare blaue Wasser in das Becken in der Tiefe donnerte, und schmeckte die Tröpfchen im Wind, während der feine Sprühnebel ihre Wangen benetzte.

Langsam und vorsichtig kroch sie Richtung Eingang. Dabei hielt sie sich dicht am Boden und war sehr leise.

»Ich hatte gehofft, dass du kommen würdest!«, sagte eine laute Stimme im nächsten Moment hinter ihr.

Vollkommen überrumpelt wölbte sie den Rücken, sprang mit einem gewaltigen Satz in die Höhe und fuhr noch in der Luft fauchend herum, um sich zu verteidigen.

22

Serafina landete auf allen vieren auf einem Ast und blickte zu ihrem Angreifer hinunter.

Sie starrte ihn einen Moment an, bis ihr klar wurde, wen sie da sah.

Der Waldjunge saß gelassen auf dem Boden, nur wenige Meter von der Stelle entfernt, an der sie gestanden hatte.

»Möchtest du auf Bäume klettern?«, fragte er lächelnd. »Oder hast du Hunger?«

Sie spürte noch immer einen Rest der Angst, die sie durchzuckt hatte, und musterte den Jungen genau. Er besaß eine verblüffende Fähigkeit sich zu tarnen. Sie hatte ihn weder gehört noch auf irgendeine andere Art wahrgenommen.

Er sah noch genauso aus, wie sie ihn in Erinnerung hatte. Dünn, aber muskulös, mit hellbrauner Haut und zerzausten, dunklen Haaren. Sein Oberkörper war nackt, genau wie seine Füße, er trug nur eine einfache, abgenutzte Hose.

»Komm, lass uns was essen«, sagte er nur, stand auf und ging auf einem kaum sichtbaren Pfad auf den Wasserfall zu. Ihr fiel das Spiel seiner starken Rückenmuskeln auf, während er vor ihr herlief.

»Warte«, sagte sie.

Der Junge blieb stehen und sah sie an. Seine Augen waren kastanienbraun mit goldenen Flecken. »Ich bin Waysa«, sagte er. »Und du bist Serafina.«

»Woher weißt du …«, hob sie verwirrt an zu fragen.

»Hier sind wir in Sicherheit, zumindest für den Moment«, unterbrach er sie. »Wir sind uns ziemlich sicher, dass er diesen Ort nicht kennt.«

Serafina sah Waysa erstaunt an. Woher wusste er so viel über sie und ihre Lage? Und wen meinte er mit *wir*?

Sie runzelte die Stirn. »Also hast du mir die Botschaft hinterlassen?«

»Na klar«, sagte er mit einem angedeuteten Schulterzucken.

»Und du hast mit mir gegen die Wolfshunde gekämpft und mir das Leben gerettet.«

»Du hast dich gar nicht so schlecht geschlagen«, erwiderte er lächelnd. »Du warst sehr tapfer. Du hättest es womöglich allein geschafft.«

»Vielen Dank für deine Hilfe«, sagte sie ernst. Sie dachte daran zurück, wie mutig er gehandelt hatte und wie nahe sie dem Tod gewesen war.

»Gerne geschehen«, sagte er. »Los, komm. Man darf uns nicht sehen.«

Obwohl sie wusste, dass sie auf der Hut sein musste, fühlte sie sich in der Gegenwart dieses Jungen so wohl und zu Hause wie noch bei niemandem sonst.

Sie kletterte vom Baum herunter, sah sich nach allen Seiten um und folgte ihm in die Höhle hinter dem Wasserfall.

Sie hatte schon Höhlen gesehen, wo der Fluss sich mit einem

ohrenbetäubenden Tosen wildschäumenden Wassers in die Tiefe stürzte, doch hier floss das Wasser ruhig und gleichmäßig über die Felskante und wurde durch das hindurchfallende Sonnenlicht zu einer silbern schimmernden Wand.

Manchmal kam es Serafina so vor, als bestünde die ganze Welt aus Licht: das Mondlicht, das durch die Wolken fiel, der grüne Schimmer der Lunamotten, das silberne Leuchten eines Flusses bei Mitternacht, das blaue Licht des grauenden Morgens – und nun das Gleißen einer sonnendurchfluteten Wand aus Regen. Und natürlich gab es kein Licht ohne die Dunkelheit, keinen Wasserfall ohne Steine.

Als sie weiter in die Höhle hineintrat, entdeckte sie, dass die hintere Wand mit einer Kruste aus dunkelvioletten Amethysten überzogen war. Ein Blick in die Richtung, aus der sie gekommen war, zeigte ihr ein atemberaubendes Phänomen. Durch den Nebel, der vom Wasserfall aufstieg, fiel Sonnenlicht und warf eine Vielzahl von Regenbögen auf den Höhleneingang. Sie musste bei dem Anblick überwältigt lächeln.

»So etwas sieht man nicht alle Tage«, sagte sie staunend.

Ihr schwirrte der Kopf vor lauter Fragen, die sie dem Jungen gerne gestellt hätte, doch etwas in ihr kam an diesem Ort zur Ruhe, einem Ort, an dem sie sich beschützt und sicher fühlte und sich endlich eine Weile ausruhen konnte.

Als sie sich wieder umdrehte und den Blick über den sandigen Boden der Höhle schweifen ließ, sah sie, dass sich nicht viel darin befand. Doch sie machte einen geschützten, trockenen Eindruck, und der Junge verfügte über ein paar Decken und etwas Essen. Ein kleines Lagerfeuer glühte vor sich hin.

»Möchtest du dein Fleisch gebraten?«, fragte er mit einem kurzen Blick, als er neben dem Feuer in die Hocke ging.

»Ja, bitte«, sagte sie. Sie hatte ihm zuvor keine Antwort gegeben, aber sie hatte einen Bärenhunger und war sehr müde.

Als Waysa die Hände zu einem Trichter formte und in das Feuer blies, erwachte die Asche glühend zum Leben, und er legte ein paar Äste nach.

Sobald das Feuer gut brannte, hob er seine Beute in die Höhe. »Ich habe ein Kaninchen und einen Trommler.«

Der bräunliche Vogel sah aus wie das, was die Bewohner von Biltmore ein Kragenhuhn nannten. Der Vogel war dafür bekannt, sich mit den Flügeln auf die Brust zu schlagen. »Der Trommler sieht doch gut aus«, sagte Serafina.

»Gute Wahl«, meinte er. »Schmeckt sogar noch besser als Hühnchen.«

Sie sah sich in der Höhle um und fragte sich, wo genau dieser Junge lebte. Gehörte er zum Bergvolk, oder lebte er allein in der Wildnis?

»Du hast also schon mal Hühnchen gegessen …« sagte sie.

»Ich halte mich meistens von den Hütten fern, aber ich bin mir für einen Gelegenheitsraub nicht zu schade, falls du darauf hinauswillst.«

»Und ist das hier dein Zuhause?«, fragte sie.

»Nein. Deine Mutter würde mich nicht hier wohnen lassen, selbst, wenn ich es wollte. Das hier ist nicht mein Revier. Es ist ihres, zumindest war es das. Ich bin auf der Durchreise.«

»Meine Mutter?«, fragte sie und wandte sich ihm zu.

»Ihr geht es gut. Mach dir keine Sorgen. Wir haben alle überlebt.«

Eine Welle der Erleichterung durchströmte sie und ihr fiel ein Stein vom Herzen.

»Deine Mutter ist gerade auf der Suche nach einem neuen Revier«, berichtete Waysa.

Er zog die Lippen über die Zähne zurück und stieß drei kehlige Laute aus.

Hinter Serafina raschelte es. Als sie sich umdrehte, bemerkte sie zum ersten Mal den schmalen Riss im Felsen an der Rückwand der Höhle. Und etwas kroch daraus hervor.

23

Der kleine, gesprenkelte Kopf von Serafinas Halbbruder tauchte aus dem Loch auf und miaute. Er schob sich weiter, bis sein ganzer Körper draußen war. Stolz kam er auf sie zugetollt, er war froh sie zu sehen und schnurrte. Sie kniete sich hin, zog ihn an die Brust und schnurrte mit ihm, während er seinen Körper an ihrem rieb.

Als Waysa einen weiteren Laut ausstieß, kam Serafinas Halbschwester in vollem Tempo herangestürmt und stürzte sich voller Freude auf sie. Serafina lachte, fing die Schwester auf und rollte auf den Steinboden der Höhle, damit die Jungen auf ihr herumspringen konnten.

»Ihr seid hier! Euch geht es gut!«, rief sie glücklich.

Die Jungen schlugen mit den weichen Pfoten nach ihr, kitzelten sie, taten, als würden sie ihr in den Arm beißen, und rangelten mit ihr. Dann stürzten sie sich aufeinander und ein neues Balgen begann.

Waysa hatte das Kragenhuhn schon bald gebraten und sie aßen es am Feuer. Es schmeckte köstlich, und Serafina gab den Geschwistern gerne ein paar Stücke ab.

»Du bist ein guter Koch«, sagte sie zu Waysa. Er war im Wald zu Hause, erjagte sich sein Essen, lebte in einer Höhle. Sie dachte daran zurück, wie entschlossen er gekämpft hatte, wie tapfer er gewesen war, wie lautlos er sich durch den Wald bewegt hatte, als er sich von hinten an sie herangeschlichen hatte. Sie hatte es schon die ganze Zeit gespürt, aber nicht zu hoffen gewagt – Waysa war nicht nur der Junge, der sie vor den Wolfshunden gerettet hatte. Er war nicht einfach verschwunden. Er hatte ihre Mutter geholt. Er war zu ihr zurückgekommen, hatte sie am Flussufer gefunden, auf den Rücken der Mutter geschubst und war mit ihr durch den Wald gelaufen. Er war der dunkle Löwe! Er war derjenige, vor dem ihre Mutter sie gewarnt hatte. Das hieß, dass ihre Mutter nicht der einzige Katzbergen der Welt war. Es gab noch andere!

»Du hast gesagt, du wärst auf der Durchreise«, sagte sie. »Wo kommst du denn her?«

»Cherokee, südwestlich von hier.«

»Lebt dort deine Familie?«

»Ursprünglich ja, aber jetzt nicht mehr«, sagte er verbittert. Er stand auf und wandte ihr den Rücken zu und einen Moment hatte sie Angst, er würde sogar die Höhle verlassen.

»Es tut mir sehr leid«, sagte sie, weil ihr klar wurde, dass etwas Schreckliches passiert sein musste. Waysa war so lässig gewesen, so mutig, so voller Leben, doch jetzt schien sich eine dunkle Wolke über ihn gelegt zu haben.

Der Junge machte eine Pause und schüttelte den Kopf, so schwer fiel es ihm fortzufahren. Schließlich sagte er langsam und bedrückt: »Es ist vor drei Wochen passiert. Wir kamen gerade von der Jagd. Uns ging es gut, wir waren alle zufrieden, und meine Brüder, meine Schwester und ich wären schon bald ausgezogen, um eigene Reviere zu gründen. Doch dann griff uns der Zauberer an. Zuerst brachte er meinen großen Bruder um, ehe wir wussten, wie uns geschah. Mein

Vater kämpfte mit Zähnen und Klauen gegen ihn, fiel ihm aber am Ende auch zum Opfer. Schließlich wurde meine Mutter getötet und dann meine kleinen Brüder. Ich hätte es beinah geschafft, meine kleine Schwester zu retten.« Waysa hielt inne, er bedeckte das Gesicht mit der Hand. »Wir haben alle gegen ihn gekämpft«, fuhr er mit rauer Stimme fort. »Aber seine Zauber waren viel zu mächtig.«

»Es tut mir leid, Waysa«, flüsterte Serafina. Ihr standen Tränen in den Augen. Sie bemühte, sich stark zu bleiben, aber Waysas Schmerz zerriss ihr das eigene Herz.

»Ich bin geflohen«, sagte er mit vor Scham zitternder Stimme. »Als ich meine Schwester habe sterben sehen, wusste ich nicht, was ich sonst hätte tun sollen. Es war niemand mehr da. Es gab niemanden mehr, für den ich hätte kämpfen können. Ich wollte nur noch sterben. Ich rannte und rannte immer weiter, tagelang. Dann betrat ich das Revier deiner Mutter, und sie hätte mich fast umgebracht.«

Serafina nickte. Sie erinnerte sich noch gut daran, wie ihre Mutter sie angegriffen hatte, als sie sich das erste Mal begegnet waren. »So ist sie«, sagte sie. »Sie verteidigt ihr Revier mit aller Macht.«

Er nickte. »So wie es sein sollte. Meine Mutter hatte ihr eigenes Revier und mein Vater seins. Und bald hätten meine Brüder und meine Schwester auch eines gehabt. Meine Schwester war …«

Waysa verstummte. Er zog es vor, den Satz nicht zu beenden.

»Also hat meine Mutter dich vertrieben, als du ihr Revier betreten hast«, sagte Serafina, die versuchte, das Thema zu wechseln. »Aber jetzt kümmerst du dich um ihre Jungen.«

»Sie hat gesehen, dass ich dir gegen die Hunde des Zauberers beigestanden habe. Und als er gestern Nacht die Jungen angegriffen hat, habe ich an ihrer Seite gekämpft, um sie zu verteidigen. Wir haben beschlossen ab jetzt zusammenzuhalten, komme was wolle. Das hier ist der sicherste Ort, den wir kennen, daher war ich einverstanden, mich hier zu verstecken und die Jungen zu beschützen, während sie auf Erkundungstour ist. Sie wollte sie nicht allein lassen, aber sie ist ohne sie sehr viel schneller, und sie wusste nicht, was sie dort, wo sie hingeht, erwartet.«

Serafina blickte zu ihrem Halbbruder und ihrer Halbschwester hinüber, während weitere Fragen auf sie einstürmten. Die beiden waren ihre Familie. Sie standen ihr auf vielerlei Weise so nahe und waren gleichzeitig so anders als sie. Sie waren für immer Berglöwen. Und sie war für immer ein Mensch. Sie teilten dasselbe Schicksal: für immer das zu bleiben, als das sie geboren worden waren.

»Du wirkst erschöpft«, sagte Waysa. »Und du siehst aus, als hätte man dich durch ein Schlammloch geschleift. Du musst dich ausruhen. Aber vorher solltest du dich waschen.«

»Jetzt gleich?«, fragte sie und drehte sich zu ihm um.

Doch im nächsten Moment war er schon auf sie zugestürmt und riss sie kopfüber mit sich in den Wasserfall. Der Schock des eiskalten Wassers raubte ihr den Atem, dann stürzten sie in die Tiefe.

24

Serafinas Magen schlug Saltos, als sie mit dem Wasserfall in die Tiefe stürzte, auf die Felsen und das Wasser zu. Ihr explodierte schier der Schädel vor Angst, was passieren würde, wenn sie unten ankam.

Sie war noch nie in tiefem Wasser geschwommen. Sie war nicht einmal sicher, ob sie es konnte. Und sie wollte es ganz bestimmt nicht auf diese Art und Weise herausfinden.

Doch innerhalb von Sekundenbruchteilen tauchte sie so tief in das eiskalte, tiefblaue Wasser, das sie von allen Seiten umschloss. Die beißende Kälte traf sie als erster, unmittelbar Schock. Die Wucht ihres Sturzes ließ sie tiefer und tiefer in das tosende Wasser sinken, ein Wirbel aus Schaumblasen. Sie ruderte mit Armen und Beinen, sank aber nur tiefer. Ihre Lunge drohte zu platzen, so verzweifelt sehnte sie den nächsten Atemzug herbei.

Eine Hand packte ihr Handgelenk und zog sie hoch.

Sobald ihr Gesicht die Wasseroberfläche durchbrach, schnappte sie keuchend nach Luft und begann, hektisch mit den Armen zu rudern.

Waysa hielt sie. »Keine Panik! Ich hab dich!«

»Ich kann nicht schwimmen«, stieß sie hervor.

»Beweg deine Beine«, wies Waysa sie an, und sie fing an, Wasser zu treten. »Gut. Jetzt paddle mit den Armen vor dem Körper, nah an der Brust, so etwa. Gut. Man paddelt mit Armen und Beinen gleichzeitig, so als würde man so schnell kriechen, wie man kann. Verstehst du?«

Serafina blieb keine Wahl, als seine Anweisungen zu befolgen. »Weiter paddeln!«, befahl er. »Gut. Ich werde dich jetzt loslassen.«

»Nein, lass mich nicht los!«, schrie sie.

»Ich lasse jetzt los …«

Als Waysa seine Hände wegnahm, paddelte sie wie wild und trat Wasser und reckte den Kopf nach oben, von der schrecklichen Angst gepackt, dass jeder Atemzug ihr letzter sein könnte. Doch schon bald kam sie zurecht. Sie ging nicht gleich unter! Sie konnte schwimmen. Sie konnte tatsächlich schwimmen!

»Genau so! Super!«, rief Waysa.

»Es ist so kalt«, beschwerte sie sich, halb lachend, halb wütend.

»Paddel einfach weiter. Du wirst dich daran gewöhnen«, versprach Waysa, der neben ihr schwamm.

Serafina schwamm mal hierhin, mal dorthin, während das Wasser über ihre Haut strömte. Ihr war, als flöge sie langsam durch weiche, dichte, eiskalte Luft.

Als sie fertig waren, kletterte Waysa aus dem Becken auf die Steine und Felsen am Flussufer. Dann drehte er sich um und streckte die Hand aus.

Sie hielt sich daran fest, und er zog sie auf einen Felsen. Von dort aus hangelten sie sich gemeinsam bis zur Höhle hinauf. Sie warfen noch mehr Äste aufs Feuer, nahmen die warmen, kuscheligen Jungen auf den Arm und kauerten sich dicht an die Flammen.

»Du hättest mich warnen können!«, sagte sie.

»Hättest du es dann gemacht?«, fragte er lachend.

»Nein!«

»Siehst du«, erwiderte er stolz. »Du wirst Schwimmen noch sehr nützlich finden, wenn du auf langen Reisen einen Fluss durchqueren musst.«

Es war ein schönes Gefühl, wieder sauber und warm zu sein. Das eiskalte Wasser schien eine mächtige, wiederbelebende Wirkung zu haben.

Eine Weile saßen sie am Feuer und redeten über sich. Sie wusste, dass sie ihn nach dem bärtigen Mann fragen sollte, den er den Zauberer genannt hatte, und danach, wo ihre Mutter hingegangen war, und nach allem anderen, was ihr im Kopf herumging. Aber sie war so lange gerannt und hatte so lange gekämpft, dass sie eine Weile das Gefühl haben wollte, alles würde gut. In der Höhle schien es, als gäbe es nur sie beide auf der Welt, und diese Welt war gut. Sie stellte ihm Fragen nach seiner Schwester und den anderen Mitgliedern seiner Familie, und er erzählte dankbar von ihnen. Er erkundigte sich nach ihrem Leben auf Biltmore, nach ihrem Pa und ihrer Kindheit. Sie erzählte ihm von Braeden und Gidean und davon, wie sie schamerfüllt geflohen war. Mit Waysa zu reden war leicht. Es war wie eine lindernde Salbe auf den Wunden ihres Herzens.

Als sie und Waysa sich auf gegenüberliegenden Seiten des Lagerfeuers unter den Decken zusammenrollten, war sie froh, endlich ein wenig schlafen zu können. Sie träumte von Wäldern – von hohen, wunderschönen Bäumen und fließendem Wasser, von felsigen Abhängen und tiefen Schluchten. Und sie träumte vom Schwimmen.

Kurze Zeit später erwachte sie mit den schlafenden Jungen zu einem Ball zusammengerollt. Sie waren warm und weich, schnurrten leise vor sich hin, den Kopf an ihrer Brust und an ihren Beinen vergraben.

Waysa war ebenfalls wach. Er sah sie von der anderen Seite des Feuers her an.

Lange Zeit sprachen weder sie noch er.

Als sie schließlich doch etwas sagte, waren ihre Worte sanft. »Du bist von dort, wo du zu Hause bist, geflohen. Du bist sehr weit gerannt. Als du hierherkamst, hättest du weiterrennen können. Was hat dich davon abgehalten, Waysa?«

Waysa wandte den Kopf ab und blickte zum Wasserfall.

»Warum bist du geblieben?«, fragte sie sacht.

»Ich habe auf dich gewartet«, sagte er leise.

Sie sah ihn mit zusammengezogenen Augenbrauen an. »Das verstehe ich nicht.«

»Ich wäre schon vor Tagen weitergereist, aber nachdem ich dir in jener Nacht im Wald begegnet bin ...«

»Was?«, drängte sie ihn, fortzufahren. »Was ist passiert, nachdem du mir im Wald begegnet bist?«

»Da wollte ich auf dich warten.«

»Wie meinst du das, auf mich warten?«, fragte sie behutsam.

»Ich dachte, wir könnten gemeinsam von hier fortgehen.«

Serafina hörte seiner Stimme an, wie ernst es ihm damit war.

»Du kennst mich doch noch gar nicht richtig«, sagte sie.

»Da hast du recht«, erwiderte er. »Das tue ich nicht. Ich kenne niemanden mehr auf der Welt, außer dir, deiner Mutter und den Jungen.«

Serafina wusste nicht, was sie darauf antworten sollte. Es lag in der Natur junger Berglöwen, die Mutter zu verlassen und sich ein eigenes Revier zu suchen, aber es lag in der Natur der Menschen, Freunde und Familie haben zu wollen.

Während Serafina Waysa ansah, erkannte sie, dass in ihm viel mehr steckte, als sie gedacht hatte. Er bat sie darum, diesen Ort mit ihm zu verlassen, im Wald zu leben, durch Farnwedeln zu rennen und Trommler zu jagen und in Wasserbecken zu schwimmen. Er hatte gehofft, sie wiederzusehen. Er hatte auf sie gewartet.

Sie sah ihn lange an, erwiderte einfach nur seinen Blick. Dann sagte sie: »Ist dir bewusst, dass ich die Gestalt nicht ändern kann?«

»Natürlich kannst du das«, sagte er.

»Ich habe es versucht. Es gelingt mir nicht.«

»Du siehst nur nicht vor dir, was du sein möchtest.«

»Das verstehe ich nicht.«

»Sobald du dir vorstellen kannst, was du sein möchtest, wirst du einen Weg finden, es in die Tat umzusetzen.«

»Das glaube ich nicht«, sagte sie.

»Ich werde es dir beibringen«, versprach er mit so großem Selbstvertrauen und solcher Güte, dass es beinah unmöglich war, ihm nicht zu glauben.

Als sie sich von ihm abwandte und mit den Geschwistern kuschelte, dachte sie über das nach, was Waysa gesagt hatte. Allmählich wurde ihr klar, dass sich für sie ein neuer Weg auftat. Der Gedanke erstaunte sie. Ein Weg würde sie zurück nach Hause führen, so wie sie es geplant hatte, zu den Menschen, die sie kannte und liebte, aber gleichzeitig würde dieser Weg Konflikte, Schmerz und Unsicherheit bedeuten. Doch ein Leben mit Waysa würde sie von hier fortführen, vielleicht für immer. Sie wusste, sie würde ihren Pa und Braeden vermissen, aber sie fragte sich, wie es wäre, von vorn anzufangen. Würde sie Waysa irgendwann so gut kennen wie die beiden? Würde sie ausziehen, um neue Berge und Wasserfälle zu erkunden? Gab es an diesen weit entfernten Orten andere Bäume und Tiere? Würde sie endlich einen Ort finden, an den sie gehörte? Was würde aus ihr werden? Konnte sie mit Waysas Hilfe tatsächlich lernen, die Gestalt zu wandeln?

Während sie versuchte, sich ihre Zukunft vorzustellen, erkannte sie, dass es viele Wege gab, viele verschiedene Arten, sein Leben zu führen, und dass es zum Erwachsenwerden, ja, zum *Leben* gehörte, sich für einen zu entscheiden und diesem zu folgen. Vor ihr erstreckten sich zwei sehr unterschiedliche Wege, die zu zwei sehr unterschiedlichen Leben führen würden.

Sie stand langsam auf und bemühte sich, es zu durchdenken. Sie wusste, dass sie klug wählen musste und mutig. Aber vor allem musste sie dem Ruf ihres Herzens folgen.

25

Serafina stand mit Waysa in der Höhle und malte sich aus, was passiert war, als der Zauberer ihre Mutter und die Löwenjungen angegriffen hatte. Der Mann, der mit Zaubern bannte und Wurzeln und Schlingpflanzen seinem Willen unterwarf. Die Jungen mussten starr vor Angst gewesen sein.

»Hat er deshalb zugeschlagen?«, fragte sie Waysa. »Wollte er die Jungen?«

»Er hat alle möglichen Tierarten gefangen«, sagte er. »Deshalb fliehen sie von hier. Sie spüren die herannahende Gefahr. Und deshalb müssen du und ich die Jungen nehmen und diesen Ort verlassen, Serafina. Sobald du dich genug ausgeruht hast, müssen wir deiner Mutter folgen und uns mit ihr zusammentun.«

Waysas Worte waren ein Schock für Serafina. Sie sehnte sich danach, ihre Mutter wiederzusehen, aber die Vorstellung, alles zurückzulassen, tat ihr in der Seele weh.

»Wir können diese dunkle Macht nicht bekämpfen, Serafina«, sagte Waysa warnend, der zu ahnen schien, was sie dachte. »Wir müssen aus diesen Bergen fliehen.«

»Aber ich begreife das nicht«, erwiderte Serafina. »Sag mir, was los ist. Warum passiert das alles? Warum hat meine Mutter mich zurück nach Biltmore geschickt?«

»Deine Mutter liebt dich und ihre Jungen mehr als alles andere auf der Welt. Sie ist davon ausgegangen, du wärst auf Biltmore in Sicherheit. Aber damit hatte sie Unrecht.«

»Ist Biltmore in Gefahr?«, fragte Serafina alarmiert.

»Alle sind in Gefahr. Besonders Biltmore.«

»Dann müssen wir ihnen helfen, Waysa.«

»Das können wir nicht«, widersprach er kopfschüttelnd. »Der Zauberer ist viel mächtiger, als uns klar war. Er ist sogar noch stärker als vor drei Wochen, als er meine Familie getötet hat. Er sammelt auf dem Weg hierher immer mehr Kräfte. Seine Macht ist an das Land gebunden, an den Wald und die Menschen und die Tiere, die er darin kontrolliert. Aber Vanderbilt und sein weitläufiges Anwesen stehen ihm bei der Unterwerfung dieser Region im Weg.«

»Aber wer ist er? Wer ist dieser Mann?«, fragte sie. Langsam wurde sie panisch.

»Er ist ein Gestaltwandler, wie die Katzbergen. Er kann sich nach Belieben in eine Eule mit weißem Gesicht verwandeln. Aber er nutzt diese Macht für das Böse, um den Wald zu kontrollieren, ihn zu bestehlen, seine Tiere und Bäume mit Magie an sich zu binden und seinem Willen zu unterwerfen. Meine Leute nennen ihn die Finsternis, weil er eine Zukunft bedeutet, die für sie im Finstern liegt. Gestaltwandler erben ihre Gabe, sie geben sie von einer Generation zur nächsten weiter, aber er hat seine Kräfte weiterentwickelt. Er hat Jahre damit verbracht zu lernen, die Welt, wie wir sie kennen, zu verdrehen, Flüche auszusprechen und Zauberbanne zu wirken. Er möchte diesen Wald unterwerfen, uns alle zu Sklaven machen, von der kleinsten Maus bis hin zum größten Bär. Er hasst uns Katzbergen am meisten, weil er uns nicht kontrollieren kann. Wir stellen uns ihm entgegen. Er wird alles in diesen Bergen zerstören, das ihm im Weg steht.«

»Willst du damit sagen, dass er Biltmore angreifen wird?«

»Ich weiß nicht, wie er es anstellen wird oder mit welcher Trickserei«, sagte Waysa. »Er ist ein Zauberer der dunklen Künste. Er kämpft nicht mit Zähnen und Klauen wie du und ich. Er kämpft nicht offen und fair. Er benutzt List und Tücke, um ans Ziel zu gelangen. Er fliegt lautlos. Er beobachtet alles wie eine Eule und hält sich in sicherer Entfernung verborgen. Er lässt seine Kräfte in Waffen fließen und schickt dann seine Dämonen aus, sein Werk zu vollenden.«

Serafina hakte nach: »Meinst du damit … eine Waffe wie den schwarzen Umhang?«

Waysa nickte. »Der schwarze Umhang war ein Seelensammler, eines der ersten Dinge, die er mit dunklen Kräften aufgeladen hat. Ich weiß nicht, welcher Zauber diesmal wirken wird, aber das Zerreißen des schwarzen Umhangs hat eine schreckliche Wut in ihm entfacht. So hat alles angefangen. Das hat ihn hierhergebracht.«

»Du sagst also, der Schöpfer des schwarzen Umhangs ist von den Toten auferstanden? Nicht Mr Thorne, sondern der eigentliche *Schöpfer?*«

»Er war nie tot«, sagte Waysa.

»Das verstehe ich nicht. Wo kommt er dann her?«

»Mein Vater hat mir erzählt, der Alte vom Wald habe vor langer Zeit in diesen Bergen gelebt. Er wurde mit außergewöhnlichen Kräften geboren, und es verlangte ihn danach, diese Kräfte weiterzuentwickeln und zu kontrollieren. Er reiste in die alte Welt, wo er von den dortigen Geisterbeschwörern in den dunklen Künsten unterrichtet wurde. Als er schließlich zurückkehrte, war ein mächtiger Zauberer aus ihm geworden. Er fand eine abgelegene Höhle, in der er lebte wie eine Spinne, die ihr Netz fertigt. Er belegte die Leute im nahe gelegenen Dorf mit Zauberbannen und versklavte die Tiere des Waldes. Er …«

»Warum hat niemand versucht, ihn aufzuhalten?«, unterbrach Serafina ihn.

»Das haben sie. Die Katzbergen erhoben sich und kämpften in einer gewaltigen Schlacht gegen ihn. Sie hätten ihn fast besiegt. Er verlor seine Stärke und war nicht mehr als ein Schatten seiner selbst. Er war lange weit weg von hier, um in fernen Ländern neues Wissen und mehr Macht anzuhäufen, doch jetzt ist er mächtiger denn je zurückgekehrt. Während wir dieses Gespräch führen, versteckt er sich wie eine Klapperschlange unter einem Baumstamm und hortet sein Gift, bis zu dem Augenblick, in dem er wieder zuschlagen wird.«

»Dann müssen wir ihn bekämpfen!«, rief Serafina.

Waysa packte sie so blitzschnell an den Schultern, dass sie zusammenzuckte. »Hör mir zu, Serafina«, sagte er und sah sie fest an. »Er hat einen Stab für seine bösen Zwecke geschaffen, in dem sich seine Macht konzentriert. Er erlaubt dem, der ihn schwingt, Tiere zu kontrollieren, die dann gegen ihren Willen tun müssen, was er verlangt. Und nicht nur das, er hat einen neuen Verbündeten, einen Zauberer mit Kräften, die seinen beängstigend gleichen. Wenn die zwei zusammenarbeiten, wird sie niemand aufhalten können. Sie betrachten dies hier als ihr Land – ihren Wald und ihre Berge –, und sie haben vor, sich alles zurückzuholen. Und je mehr sie sich holen, desto mächtiger werden sie. Wir können sie nicht bekämpfen!«

»Meine Mutter wird sie besiegen!«, stieß Serafina hervor. Doch noch während die Worte aus ihr hervorbrachen, ereilte sie die schmerzliche Erkenntnis. »Meine Mutter hat schon einmal gegen den Zauberer gekämpft, oder?«

Waysa nickte langsam.

»Deshalb will sie es nicht noch einmal versuchen …«, sagte Serafina.

»Du hast recht«, bestätigte Waysa. Dann zögerte er.

Sie sah ihn an. »Was ist? Verrat es mir.«

Waysa hob den Blick und sah ihr in die Augen. »Vor zwölf Jahren hat der Zauberer deinen Vater umgebracht«, sagte er leise.

»Meinen Vater?«, fragte Serafina verblüfft. »Meinen leiblichen Vater?« Sie vermochte es sich nicht einmal vorzustellen. »Aber wie? Warum? Woher weißt du das über meinen Vater?«

»Dein Vater war ein Katzbergen wie wir. Alle Katzbergen kannten ihn. Deine Mutter hat es vor dir verborgen, weil sie nicht wollte, dass du in seine Fußstapfen trittst, aber er war ein großer Krieger, der wildeste Kämpfer und stärkste Anführer, den die Katzbergen je hatten. Meine Mutter und mein Vater und alle Tiere des Waldes kämpften vor zwölf Jahren an seiner Seite gegen den Zauberer. Damals wurde er fast besiegt. Dein Vater führte die Schlacht gegen ihn an. Er war derjenige, der meinen Vater den Ausdruck lehrte, den mein Vater wiederum mir beigebracht hat.«

»Den Ausdruck?«, fragte Serafina verwirrt. »Welchen Ausdruck?«

»*Bleibt tapfer!*, sagte dein Vater stets, wenn die anderen den Mut verloren. Es ist seitdem das Motto der Katzbergen. *Bleibt tapfer!*«

»Mein Vater hat damit angefangen?«, fragte Serafina erstaunt. »Aber was ist ihm zugestoßen?«

Waysa schüttelte mitleidig den Kopf. »Deine Mutter und dein Vater scharten alle Verbündeten des Waldes um sich und führten den Angriff gegen den Zauberer an. Sie schwächten ihn stark, raubten ihm fast all seine Kräfte. Sie hätten ihn beinah ganz zerstört. Doch seinesgleichen ist selten tot, auch wenn es so scheint. Sein Geist lebte weiter. Er verbarg sich in einer Dunkelheit, die für uns übrige nicht sichtbar ist. Und im letzten Moment der Schlacht wurde deine Mutter vom schwarzen Umhang verschlungen und dein Vater niedergestreckt. Dein Vater blieb bis zum Schluss sehr tapfer. Er rettete in jener Schlacht die Katzbergen und die anderen Geschöpfe des Waldes. Aber er verlor dabei sein Leben.«

»Wie kann das alles wahr sein?«, fragte Serafina. »Meine Mutter hat mir nichts davon erzählt.«

»Deine Mutter wollte dich beschützen, Serafina. Sie wollte nicht, dass du Kämpfe austrägst, die du nicht gewinnen kannst. Sie dachte, du wärst auf Biltmore gut versteckt und in Sicherheit. Aber jetzt ist klar, dass auch dort alles verloren ist. Wir können diese Schlacht nicht gewinnen.«

»Aber wer ist er, Waysa?«, fragte sie wieder. »Wer ist der Alte vom Wald? Und wer ist dieser Mr Grathan? Ist das der andere Zauberer, von dem du erzählt hast? Oder ist er einer seiner Dämonen?«

»Ich weiß nicht, in welcher Gestalt und unter welchen Namen seine Verbündeten und er dieses Mal erscheinen werden«, sagte Waysa. »Aber ich weiß, dass der Zauberer zurückgekehrt ist. Und er wird jeden töten, der sich ihm in den Weg stellt. Obwohl deine Mutter ihr Revier bisher immer entschlossen verteidigt hat, wusste sie, dass nun der Zeitpunkt gekommen war, ein neues Revier für sich und die Jungen zu suchen, egal, wie gefährlich das sein würde. Sie ist tief in die Smoky Mountains gewandert, wo sie unbekannte Wälder für uns auskundschaftet und mit den dortigen Katzbergen spricht. Sie hofft, einen Ort zu finden, an dem wir leben können. Wir werden in diesen weit entfernten Bergen ein neues Revier gründen, einen lichten und freien Ort, und wir werden es gut bewachen. Die Great Smoky Mountains werden die letzte Bastion unserer Art sein, Serafina, die letzte Heimat für die wenigen unter uns, die überlebt haben.«

Serafina lauschte Waysas Worten voller Staunen. Sie kannte die Gefahren, von denen er sprach. Sie hatte am eigenen Leib erfahren, wie es war, unter dem Bann des Zauberers zu stehen. Sie wusste, wie es war, wenn er einem die Luft zum Atmen raubte. Und sie hatte den Stab der Macht in Aktion erlebt. Aber so verlockend es auch gewesen wäre, mit Waysa und den Jungen zu ihrer Mutter in die weit entfernten Berge zu ziehen – sie wusste, dass sie nicht dem Ruf ihres Herzens folgen würde, wenn sie diesen Weg beschritt. Sie wollte zu ihrem Vater und Braeden zurückkehren, und zu Essie und Mr und Mrs Vanderbilt. Biltmore war ihr Zuhause. Wenn der Alte vom Wald es vermochte, einem den Atem rauben und Tiere zu unterwerfen, konnte er unendliches Leid über sie alle bringen. Er konnte Cedric zwingen, sich gegen Braeden zu wenden. Er konnte Mr Vanderbilt durch einen Wolfsbiss töten lassen. Sein Spion, Mr Grathan, hatte sich bereits Zugang zum Haus verschafft wie eine Ratte, die sich durch ein Abflussrohr zwängt. Vielleicht benutzte Grathan den Stab, von dem Waysa gesprochen hatte, so wie Mr Thorne den schwarzen Umhang benutzt hatte. Sie wusste nicht genau, was die Zauberer planten, aber sie musste sie aufhalten.

»Wir müssen uns etwas einfallen lassen, wie wir sie bekämpfen können«, sagte sie entschlossen. »Ich werde den Menschen von Biltmore nicht den Rücken zuwenden.«

»Du hast doch erlebt, wie seine Bannsprüche wirken, Serafina«, beschwor Waysa sie. »Dagegen kommen wir nicht an. Ich habe mitangesehen, wie er meiner Schwester den letzten Atem nahm. Geh mit mir und den Jungen zu deiner Mutter. Wir gehen hinauf in die

Smoky Mountains, wo wir in Sicherheit sind. Dort gibt es meilenweit nur Bäume und Täler und Flüsse.«

Serafina schüttelte langsam den Kopf. »Es tut mir leid, Waysa«, sagte sie. »Ich muss nach Biltmore zurück.«

»Du hast mir erzählt, dass die Leute dort gesagt haben, du gehörtest nicht zu ihnen«, meinte Waysa. »Du hast mir erzählt, dass du von dort weggelaufen bist. Du bist ein Katzbergen, Serafina. Du hast jetzt uns. Du brauchst sie nicht mehr!«

Waysas Worte schlugen tiefe Wunden, aber sie versuchte, nicht auf sie zu hören. Sie *durfte* nicht darauf hören. Sie kniete sich hin, um ihre Geschwister zu umarmen. »Geh ohne mich«, bat sie Waysa. »Pass gut auf die Jungen auf. Folge meiner Mutter, so wie du es vorhattest.«

»Serafina!«, sagte Waysa heftig. »Du brauchst sie nicht!«

Serafina wurde von Gefühlen überwältigt, die kaum zu ertragen waren. Sie stand auf und umarmte Waysa. Sie drückte ihn eine ganze Weile an sich. Und dann ließ sie ihn in dem Wissen los, dass es womöglich das letzte Mal war, dass sie ihn sah. »Doch, ich brauche sie sehr wohl«, sagte sie. »Und davon abgesehen brauchen sie mich.«

Sie sah ihre Katzbergenfamilie ein letztes Mal an, dann wandte sie sich ab und machte sich auf den Weg nach Biltmore.

»Du kannst Biltmore nicht ganz allein retten!«, rief Waysa ihr hinterher, als sie im Gebüsch verschwand.

»Ich werde nicht allein sein«, erwiderte sie.

26

Kurz vor Morgengrauen schlich Serafina durch den dunklen Wald, der Biltmore umgab. Während das Licht allmählich die Dunkelheit ablöste, herrschte kein Wind, kein Laut, nur Stille, kalte Luft und das Atmen der Erde. Nebelschwaden wallten als lang gezogene graue Schleier zwischen den Ästen der Bäume. Serafina konnte es kaum erwarten, das Haus zu erreichen. Aber dann entdeckte sie im Dunst die Silhouette einer Gestalt im Kapuzenumhang. Sie duckte sich, spähte durch den Morgennebel und versuchte herauszufinden, wen oder was sie da sah. War sie zu spät gekommen? War der Zauberer schon eingetroffen?

Bei der Gestalt handelte es sich um einen graubärtigen Mann mit Gehstock, der langsam zwischen den Bäumen umherwanderte. Während sie ihn beobachtete, schien er in den Nebel ein- und wieder daraus aufzutauchen. Er war ein paar Herzschläge fort, dann wieder da. War er der Alte vom Wald? Dann sah sie, wie er seinen Gehstock in die Erde bohrte, etwas Kleines aus einem Tornister nahm, sich hinkniete und es vergrub.

Als sie näher schlich, erkannte sie, dass der Mann keinen Umhang trug, wie sie gedacht hatte, sondern einen langen, leichten

Mantel, der ihn vor der morgendlichen Kälte schützen sollte. Es war der ältere Fremde, den sie mit Mr Vanderbilt in den Wald hatte gehen sehen. Und sie hatte ihn an dem Abend, als sie weggelaufen war, unter den Gästen entdeckt.

Sie musterte ihn und versuchte zu begreifen, was er da tat. Er ging ein paar Meter weiter, sah sich um, schien eine Entscheidung zu treffen und kniete sich erneut nieder. Serafina brauchte einen Moment, um zu erkennen, dass es sich bei den kleinen Dingen, die er aus seinem Tornister nahm, um Eicheln handelte. Er pflanzte Bäume!

Erinnerungen durchfluteten sie plötzlich wie Wasser, das viele Jahre lang von einem Damm zurückgehalten worden war. Der Mann war gar kein Fremder. Sie hatte ihn schon vor vielen Jahren beobachtet. Er hieß Mr Frederick Law Olmsted. Er war der Landschaftsarchitekt, der das Außengelände des Biltmore-Anwesens entworfen hatte, und er zählte zu den engsten Freunden und Beratern von Mr Vanderbilt. Biltmore war sein letztes und ehrgeizigstes Projekt gewesen, bevor er in den Ruhestand ging. Serafina überlegte, wann sie ihn das letzte Mal gesehen hatte. War es vor drei Jahren gewesen? Oder vor vier? Mr Olmsteds Gesicht war viel älter, als sie es in Erinnerung hatte, und sein Körper viel gebrechlicher, so als wäre ihm etwas widerfahren, während er fort gewesen war.

Bei ihren Streifzügen über das Gelände hatte sie Mr Olmsted dabei erlebt, wie er hunderte Männer beaufsichtigte, die nach seinen Entwürfen die Gärten und Außenbereiche anlegten. Aber es hatte auch andere Zeiten gegeben, ruhigere Moment wie diesen, in denen sie ihn allein gesehen hatte und er sich unbeobachtet glaubte. Er spazierte mit seinem Gehstock in der Hand und dem Lederranzen über der Schulter durch Wiesen und Wälder und pflanzte Baum um Baum, so als wolle er die Zukunft des Waldes gestalten. Wahrscheinlich malte er sich aus, wie es in hundert Jahren hier aussehen würde. Und obwohl er ein berühmter Mann war, der Großprojekte entwarf und Hunderte Arbeiter unter sich hatte, gefiel es ihm immer noch, insgeheim bestimmte Samen und Schösslinge selbst zu pflanzen. Als Mr Vanderbilt und Mr Olmsted das Gelände zum ersten Mal in Augenschein genommen hatten, waren die meisten Bäume abgeholzt gewesen, die Farmen heruntergekommen und das Land karg und abgewirtschaftet. Ihr Pa hatte Serafina erzählt, dass Mr Olmsted und Mr Vanderbilt beschlossen hatten, dies alles zu ändern.

Während Mr Olmsted durch den Wald lief, erkannte Serafina, dass er vermutlich auf dem Weg zur Squatter's Clearing war, eine der wenigen freien Flächen des Anwesens, auf der bisher weder Garten noch Farm noch Wald angelegt worden waren. Serafina war erleichtert, dass es sich bei dem älteren Wanderer um Mr Olmsted handelte, aber sie fragte sich, warum er nach so vielen Jahren Biltmore einen Besuch abstattete. Und was hatte dieser sonst so gelassene Mann sich in den Kopf gesetzt, dass er deshalb noch vor Sonnenaufgang aufstand?

Serafina überließ Mr Olmsted sich selbst und huschte in der Dunkelheit leise durch die Gärten von Biltmore.

Auf dem Weg durch den Staudengarten roch sie die Winterblüte des Carolina-Jasmins. Da seine Blüte mit der frischen Luft der Jahreszeit und der Explosion von grünen und roten Stechpalmen und Misteln in den umliegenden Wäldern zusammentraf, erinnerte sie die gelbe Blüte des Jasmin stets daran, dass bald Weihnachten war. *Aber genug von Mr Olmsted und Misteln und Weihnachten,* dachte sie und rief sich zur Ordnung. Es würde überhaupt kein Biltmore mehr geben, wenn sie Mr Grathan und die dunklen Mächte, denen sie im Wald begegnet war, nicht aufhielt.

Sie kroch auf der Rückseite des Hauses in den Luftschacht, kletterte ihn hinauf und durch das Metallgitter am Ende auf den Gang. Nach den Nächten im Wald empfand sie den dunklen, abgelegenen Kellerflur als ein Zuhause, das sie willkommen hieß.

Der Duft nach Backwaren und frisch gewaschenen Laken und all den anderen Dingen, mit denen sie aufgewachsen war, weckten schöne Erinnerungen, und ihr wurde warm ums Herz.

Sie lief in die Werkstatt, vorbei an Werkbänken und Geräten bis nach hinten zu den Materialregalen, wo sie ihren Pa leise schnarchend auf seiner Matratze vorfand. Geräuschlos rollte sie sich neben ihm zusammen. Sie war noch nie so glücklich gewesen, zu Hause zu sein.

Sie weckte ihn nicht auf, weil sie sich immer noch schämte. Sie wusste nicht, wie er reagieren würde, wenn er aufwachte. Aber sie war überzeugt, dass er selbst im Schlaf wahrnahm, dass sie hier neben ihm war, dass sie immer noch am Leben war, immer noch in der dunklen Nacht in Haus und Wald umherstreifte, und dass sie ihn immer noch von ganzen Herzen liebte.

Als ihr Vater die Augen aufschlug, fuhr er von seinem Bett hoch und starrte sie an, als wüsste er nicht, ob er noch träumte.

»Pa …«, sagte sie leise.

Er riss sie in die Arme, zog sie an seine breite Brust und wirbelte sie im Zimmer herum, als wolle er sie nie wieder loslassen. »Ich habe mir solche Sorgen gemacht«, sagte er erleichtert.

Sie erzählte ihrem Pa, warum sie weggelaufen war und dass sie niemandem hatte wehtun wollen. Während ihr Vater Frühstück machte, schimpfte er liebevoll mit ihr.

»Wenn was Schlimmes passiert, Sera, egal, wie schrecklich oder schmerzhaft es ist, darfst du nicht einfach davonrennen«, schalt er sie.

»Du kommst nach Hause. Du kommst zu mir, und wir reden darüber, was es auch ist. Wir sind schließlich eine Familie. Verstanden?«

Sie nickte. Sie wusste, dass er recht hatte. »Verstanden, Pa.«

Während sie aßen, wandten Serafinas Gedanken sich finsteren Dingen zu. »Verrate mir, was hier los war, während ich weg war, Pa. Geht es allen gut? Was macht Braeden?«

Ihr Vater schüttelte den Kopf. »Ich befürchte, der Junge macht Schlimmes durch.«

»Ist Gidean gestorben?«, fragte sie mit zitternder Stimme.

»Der Hund war schrecklich zugerichtet, der Tierarzt konnte nichts für ihn tun. Ich weiß nicht, ob sie entschieden haben, sein Leid zu beenden.«

Serafina schossen heiße Tränen in die Augen. Sie holte tief Luft, um sie zurückzuhalten, und legte ihre Hände vor das Gesicht. Nach einer Weile nahm sie einen zweiten Anlauf. »Geht es allen anderen gut?«

»Nein, es gibt noch mehr schlechte Neuigkeiten«, sagte ihr Vater. »Leider ist der Stallmeister, Mr Rinaldi, gestorben, während du weg warst.«

»Was ist passiert?«, fragte Serafina. »War er krank?«

Ihr Pa schüttelte den Kopf, als könne er es immer noch nicht fassen. »Er ist von einem Pferd getreten worden, und das hat ihn umgebracht.«

Serafina sah ihn alarmiert an. »War es einer der Hengste?«

»Ich weiß nicht, welches Pferd es war, aber es war eine merkwürdige Sache. Niemand konnte es glauben.«

»Das tut mir so leid«, sagte Serafina.

»Davon abgesehen sind noch mehr Gäste für die Weihnachtsfeier eingetroffen und Mr Vanderbilt hat alle Hände voll zu tun.«

»Was ist mit Mrs Vanderbilt? Geht es ihr besser?«

»An manchen Tagen war sie recht munter, aber an anderen habe ich sie gar nicht zu Gesicht bekommen.«

»Ist Inspektor Grathan noch da?«, fragte Serafina.

»Er war gestern hier bei mir und hat nach dir gesucht«, berichtete ihr Pa.

»Was hast du ihm erzählt?«, fragte Serafina aufgeregt.

»Ich habe ihm gesagt, du wärst weg, und ich wüsste nicht, wohin, was ja die Wahrheit war.«

»Gut«, erwiderte sie. Etwas Besseres hätte ihr Pa nicht sagen können. Je weniger dieser Grathan wusste, desto besser. »Was er auch sagt oder tut, trau diesem Mann auf gar keinen Fall, Pa.«

Sie ließ den Blick durch den Raum schweifen, um zu sehen, woran ihr Vater arbeitete. »Hast du es geschafft, den Aufzug zu reparieren, so wie du es vorhattest?«

Ihr Pa nickte zufrieden. »Das Getriebe ist so gut wie neu und arbeitet einwandfrei. Ich wusste ja, dass es möglich ist. Aber dein Viehzeug hat neue Schandtaten begangen.«

»Was meinst du damit?«, fragte Serafina verwirrt.

Er ging zu einer seiner Werkbänke hinüber und zeigte ihr ein Bündel schwarz ummantelter Drähte.

»Was ist das?«, fragte sie und stellte sich neben ihn.

»Das Haus wird durch ein Feueralarmsystem geschützt, dessen Drähte alle an einem zentralen Punkt zusammenlaufen, aber sieh dir das mal an …«

Zuerst dachte Serafina, er zeige ihr einen Draht, der mit der Schere durchgeschnitten worden war, aber als sie genauer hinsah, entdeckte sie winzige Bissspuren. Der Draht war *zerkaut* worden.

»Wenn du aus dem Haus bist, tanzen die Ratten auf dem Tisch«, sagte ihr Pa. »Diese verdammten Viecher haben die Isolierung abgeknabbert und den Kupferkern mitten durchgebissen. So etwas habe ich noch nie gesehen. Wenn es mir nicht aufgefallen wäre, und ich es nicht repariert hätte, wäre das ganze Alarmsystem nutzlos gewesen. Es hätte ein Brand entstehen und vollkommen außer Kontrolle geraten können, ehe wir es geschafft hätten, das Feuer zu löschen. Und noch viel schlimmer, die Leute hätten es nicht rechtzeitig aus dem Haus geschafft.«

»Ich kümmere mich darum, Pa«, versprach Serafina. Sie war schrecklich wütend, weil die Ratten die kurze Zeit ihrer Abwesenheit genutzt hatten, um nach Biltmore zurückzukehren.

Während ihr Vater und sie sich auf den neusten Stand brachten, erkannte sie, wie dumm es von ihr gewesen war, ihm nicht unter die Augen zu treten. Er machte ihr keine Vorwürfe und war auch nicht wütend auf sie. Er liebte sie und sorgte sich um sie, das war alles.

»Du warst lange weg«, sagte er, als spüre er, was sie beschäftigte. »Wie weit bist du gegangen?«

»Bis hinauf in die Black Mountains«, erwiderte sie.

»Die Blacks?«, fragte er perplex. »Das ist ganz schön hoch in den Bergen. Muss um diese Zeit furchtbar kalt dort gewesen sein.«

»Es ging«, sagte sie. »Sind der Gutsverwalter und seine Männer in den Wald gegangen, um den Wilderer zu suchen?«

Ihr Pa nickte. »Sie sind losgezogen, haben aber nichts gefunden und sind zurückgekommen. Dafür haben sie alle möglichen anderen Spuren entdeckt.«

»Etwas Schlimmes kommt auf uns zu, Pa«, eröffnete sie ihm.

»Was redest du da?«, fragte er mit ernstem Blick. Es hatte eine Zeit gegeben, da er ihren Geschichten kein Gehör geschenkt hatte, aber diese Zeit gehörte der Vergangenheit an.

Doch schon während er die Frage stellte, wurde ihr bewusst, wie schwierig es sein würde, ihm alles zu erläutern, was sie in Erfahrung gebracht hatte. »Ich habe im Wald einen Blick auf etwas Übles erhascht, und es kommt in unsere Richtung«, sagte sie. »Pass einfach gut auf, Pa. Und sag mir, falls dir etwas Ungewöhnliches auffällt, einverstanden?«

Ihr Vater betrachtete sie schweigend und unverwandt. Ihre Antwort gefiel ihm offensichtlich kein bisschen. Sie hatte jetzt seine volle Aufmerksamkeit. »Du benimmst dich, als hättest du einen Geist oder dergleichen gesehen«, stellte er ruhig fest.

»Das habe ich, Pa«, erwiderte sie. »Das habe ich.«

Sie meinte damit nicht, dass sie tatsächlich einen Geist gesehen hatte, aber nur so ließ sich der Kern der Sache beschreiben. Ein Mann, ein Spuk, ein Dämon, ein Geist – sie hatte keine Ahnung, was er in Wirklichkeit war, aber sie wusste, er würde kommen. Und Grathan schlich bereits unter ihrer Nase herum. Als Erstes musste sie irgendwie Braedens Vertrauen zurückgewinnen, ihn vor dem warnen, was sie in Erfahrung gebracht hatte, und einen Angriffsplan entwickeln. Ihr drehte sich der Magen um, wann immer sie daran dachte, was sie zu Braeden wegen der Sache mit Gidean sagen sollte, aber sie wusste, dass sie mit ihm darüber reden musste.

Als Serafina und ihr Pa die ersten Geräusche der Dienerschaft vernahmen, wurde es Zeit für sie, den Tag zu beginnen.

Serafina verabschiedete sich von ihm und trat auf den Flur hinaus.

Als sie an der offenen Tür des Angestelltenwaschraums vorbeikam, sah sie sich in dem kleinen Spiegel über dem Waschbecken. Sie gönnte ihrem Spiegelbild nur einen kurzen Blick, doch dann blieb sie stehen, ging zurück und sah erneut hin, so überrascht war sie von dem, was sie gesehen hatte.

Wenn man bedachte, was sie erlebt hatte, überraschte es nicht, dass das Kleid, das Essie ihr geliehen hatte, zerrissen und verdreckt war. Sie musste sich bei Essie entschuldigen, und es ihr irgendwie ersetzen. Und sie sah auch, dass ihr Gesicht von einer Reihe ziemlich übler Schnitte und Kratzer überzogen war, die gut zu der Narbe der Nackenwunde passten, die sie sich vor einigen Wochen zugezogen hatte. Es war kein schöner Anblick. Aber was sie innehalten ließ, waren ihre Augen. Ihr Leben lang war ihre Augen bernsteinfarben gewesen und hatten golden geschimmert. Doch nun waren sie leuchtend gelb. Serafina runzelte die Stirn und stieß ein ungläubiges Knurren aus. Sie schien sich von jemanden, der merkwürdig aussah, in jemandem zu verwandeln, der schlichtweg unmöglich aussah.

Sie nahm die Hintertreppe ins Erdgeschoss, zwängte sich durch die Öffnung eines Heizungsschachts und schlängelte sich den Metalltunnel hinauf bis in den ersten Stock. Während sie den Schacht entlang zu Braedens Zimmer kroch, dachte sie an ihr gemeinsames Abenteuer zurück. Sie erreichte die Öffnung, durch die warme Luft in Braedens Zimmer strömte, und spähte durch die Metallabdeckung unter seinem Schreibtisch ins Zimmer.

Ihr Herz schwoll an, als sie sah, dass Braeden da war. Sie hätte so gerne die Abdeckung aufgestoßen und mit ihm gesprochen, ihm erklärt, was passiert war, und ein weiteres Mal versucht, ihn zu überzeugen, dass sie Gidean auf gar keinen Fall hatte wehtun wollen. Doch dann sah sie etwas, das sie vor Freude zusammenzucken ließ. Gidean lag neben Braeden auf dem Boden. Er lebte! Sie verstand nicht, wie das möglich war, aber sie war so froh und erleichtert. Gidean lag auf einem Bett aus weichen Kissen, das Braeden für ihn gemacht hatte. Seine Augen waren geschlossen, während Braeden ihm über den Kopf strich. Er war zweifellos schwer verwundet, aber er lebte!

»Ich bin hier bei dir, Junge«, sagte Braeden zu seinem Hund, während er ihm sanft die Ohren kraulte.

Als Tränen aus Serafinas Augen tropften, wich sie rasch von dem Heizungsgitter zurück und kroch den Schacht ein Stück weiter. Sie saß allein in der Dunkelheit, schlang die Arme um die Knie und vergrub das Gesicht in den Händen. Wenn sie Braeden und Gidean noch länger betrachtet hätte, hätte sie angefangen zu schluchzen – vor Traurigkeit, aber vor allem vor Erleichterung, darüber, dass er noch lebte –, und niemand wollte laute Schluchzer aus seinem Heizungsschacht dringen hören.

Serafina registrierte das Geräusch sich nähernder Schritte. Sie kroch zur benachbarten Heizöffnung, die auf den Flur hinausging.

Um wen es sich auch handeln mochte, er war vor Braedens Tür stehen geblieben. Was machte er da?

Sie sah aus ihrer niedrigen Position heraus seine Schuhe und seine Hose, aber nicht sein Gesicht. Sie wusste, dass es nicht Mr Vanderbilt war, weil sie seine Schuhe genau kannte. Sie drückte sich eng an den Boden und spähte nach oben. Jetzt konnte sie sehen, dass der Mann vor Braedens Tür einen Gehstock mit einem Geweihgriff in der Hand hielt und zottelige, rattenbraune Haare hatte.

Plötzlich spürte sie die Enge des Schachtes, in dem sie sich versteckt hielt. Sie merkte, wie die staubige Luft in ihre Lunge drang. Sie versuchte, die Ruhe zu bewahren, aber das Atmen fiel ihr immer schwerer, während sie wartete und zusah.

Sie ging davon aus, dass der Mann anklopfen würde, aber das tat er nicht.

Er beugte sich vor, drückte sein Ohr an die Tür und lauschte.

Die Ratte spionierte Braeden hinterher.

27

Serafina beobachtete das Ganze. Ihr Herz schlug ruhig und gleichmäßig in ihrer Brust, während sie abwartete. Als Braeden aus dem Zimmer kam, trat der Spion in den Schatten einer Nische und verbarg sich darin.

Serafina holte rasch Luft und bereitete sich darauf vor, das Heizungsgitter aufzustoßen und loszustürmen, aber als Braeden vorbeiging, blieb der Mann in seinem Versteck. Er attackierte ihn nicht.

Zu Serafinas großem Erstaunen lief Gidean an Braedens Seite. Der Hund bewegte sich langsam und vorsichtig, aber er lief ohne Hilfe. Serafina konnte es nicht glauben. Wie war das möglich? Sie war nur ein paar Tage weg gewesen. Wie konnten die gebrochenen Knochen des Hundes so schnell verheilt sein?

Der Spion wartete, bis Braeden verschwunden war, dann stahl er sich leise in sein Zimmer.

Diese dreckige Ratte, dachte Serafina und kroch zurück zur anderen Heizungsverkleidung, um den Mann zu beobachten.

Der Eindringling durchsuchte hastig Braedens Schreibtisch und öffnete seine Kommodenschubladen. Serafina sorgte sich, er könne die Verkleidung abnehmen, hinter der sie sich verbarg, sie sehen oder sie atmen hören, aber sie musste an Ort und Stelle bleiben, um zu wissen, was er machte. Als er sich bückte, um unter Braedens Bett zu schauen, sah sie eine vernarbte Gesichtshälfte. Wie sie vermutet hatte, handelte es sich um Grathan.

Angst machte sich in ihr breit.

Warum durchsuchte er Braedens Sachen? Suchte er tatsächlich nach Beweisen dafür, dass Mr Thorne ermordet worden war? Oder suchte er nach Hinweisen auf den Verbleib des schwarzen Umhangs?

Oder gab es am Ende eine andere Verbindung zu Braeden, von der sie nichts wusste? Grathan entdeckte eine kleine Karte mit den Reitwegen, auf denen Braeden gewöhnlich unterwegs war, schnaufte dann aber wütend, da er offenbar nichts anderes fand. Als er endlich Braedens Zimmer verließ, atmete Serafina erleichtert auf.

Sie rutschte den Lüftungsschacht ins Erdgeschoss hinunter und spähte durch eine Verkleidung in die Eingangshalle, wo Gidean neben Cedric, dem großen Bernhardiner des Hausherrn, in der Morgensonne lag. Das hieß, dass Braeden nicht allzu weit entfernt sein konnte. Doch ihn zu finden, ohne dabei gesehen zu werden, würde nicht einfach sein.

Viele der elegant gekleideten Gäste machten gerade einen Spaziergang. Dienstboten eilten geschäftig durch das Haus, liefen treppauf und treppab. Diverse Vanderbilt-Familienmitglieder trafen aus New York ein, um die Feiertage auf Biltmore zu verbringen. Serafina schlich von Versteck zu Versteck, umging eine Schar schnatternder Hausmädchen und huschte dann hinter ein paar Dienern vorbei. Am Nachmittag ging es im Haus so wild zu, dass sie sich in eine Geheimkammer unter der Treppe im ersten Stock flüchten musste. Als sie zwei Zimmermädchen erwähnen hörte, der junge Herr wäre draußen auf der Veranda, rannte sie los.

Sie huschte zu einer Seitentür hinaus und flitzte die Säulen an der Vorderseite des Hauses entlang.

Dann rannte sie die Stufen zu dem langen Laubengang hinunter, der die südliche Terrasse begrenzte, ein flacher, offener, grasbedeckter Hof, von dem aus sich ein wunderschöner Blick auf das Flusstal und die dahinterliegenden Berge bot. Braeden und Lady Rowena standen allein auf der Terrasse und blickten auf die Landschaft vor ihnen. Serafina hatte gehofft, Lady Rowenas Vater wäre inzwischen eingetroffen und hätte sie mitgenommen, aber das war ganz offensichtlich nicht der Fall.

Serafina wollte unbedingt mit Braeden sprechen und ihn vor dem warnen, was ihr in den Bergen begegnet war, aber sie konnte es nicht, solange Lady Rowena an seiner Seite war. Sie lief den Laubengang entlang, kroch die Stufen am anderen Ende hinauf und spähte auf den Hof.

Lady Rowena trug ein pfauenblaues Spazierkleid mit kunstvollem, dreifachen Aufschlag, schwarzer Spitze am Halsausschnitt und einem Kragen, der im Nacken so hoch aufragte, als wollte er die Masse ihrer roten Locken stützen. Dazu hielt sie einen passenden Sonnenschirm in der Hand, der verspielt auf ihrer Schulter ruhte. Sie erinnerte Serafina an die Mädchen, die in den Frauenzeitschriften abgebildet waren. Sie schien neue Kleider für jeden Anlass und jede Tageszeit zu besitzen.

Aber das Verblüffendste war nicht, Braeden und Lady Rowena zusammen zu sehen. Was Serafina überraschte war, dass Braeden einen großen Greifvogel auf der mit einem Lederhandschuh bedeckten linken Hand trug. *Das musste Kess sein, Braedens Wanderfalke mit dem gebrochenen Flügel.*

Kess war ein auffallend schöner Vogel mit blaugrauen Flügeln und blaugrauem Rücken und hellem Brustgefieder mit dunklen Balken. Ihr Hals war weiß, aber der größte Teil ihres Kopfes schwarz, so als trüge sie einen Helm und eine Maske, bereit für den Luftkampf. Doch was Serafina am besten gefiel, waren die mächtigen, gelben Klauen mit den langen, gebogenen, schwarzen Krallen, perfekt dazu geeignet, die Beute vom Himmel zu holen.

»Er macht einen bedrohlichen Eindruck, nicht wahr?«, bemerkte Lady Rowena.

Als Serafina sie das über einen so schönen Greifvogel sagen hörte, musste sie an sich halten. Sie hätte am liebsten gebrüllt: *Das ist das Dämlichste, was ich je gehört habe!* Aber sie war ziemlich sicher, dass dann mindestens einer der beiden gewusst hätte, wer sich im Gebüsch versteckte.

»Ich finde sie wunderschön«, sagte Braeden gelassen.

Sein Tonfall verwunderte Serafina. Obwohl sie fest damit gerechnet hatte, schien Braeden weder empört noch wütend zu sein. Wenn überhaupt, dann war er ein wenig abwesend, so als beschäftigten ihn gerade andere Dinge. Aber im nächsten Augenblick riss er sich zusammen und konzentrierte sich ganz auf den Moment.

»Also gut«, sagte er. »Mal sehen, was sie heute bewerkstelligt …«

Braeden hatte ihr erzählt, der Falke würde nie wieder fliegen können. Serafina fand es nett von ihm, Kess nach draußen in die Sonne mitzunehmen, damit sie sich wenigstens umsehen und an bessere Tage erinnern konnte. Doch dann senkte Braeden zu ihrem Erstaunen den Arm und warf den Falken in die Luft. Kess flog nicht nur, sie schlug kräftig mit den Flügeln, stieg hoch in die Luft und ließ sich vom Wind tragen. Dabei stieß sie laute Freudenschreie aus. Serafina sah das Lächeln in Braedens Gesicht, als er auf den Vogel zeigte und aufgekratzt auf Lady Rowena einredete, um ihr die vielen

Dinge mitzuteilen, die er über Habichte und Falken wusste. Kess' Flug hatte seine Stimmung vollkommen verändert.

Der Wanderfalke hatte lange spitze Flügel, die ihn durch die Luft trugen, und einen langen Schwanz, den er zum Steuern und Abbremsen nutzte. Serafina sah, dass er noch immer den verletzten Flügel schonte, aber er war zufrieden zumindest für eine Weile in den Himmel steigen zu können. Serafina jedoch war über alle Maßen verwundert. Wie hatte Braeden einen Flügel geheilt, der nicht zu heilen war?

Lady Rowena betrachtete den fliegenden Falken schweigend, so als würde sie der Anblick nicht im Mindesten beeindrucken. Mehr denn je hätte Serafina ihr am liebsten die Augen ausgekratzt. Doch genau in diesem Moment geschah etwas Außergewöhnliches. Ein roter Fuchs lief die Treppe hinauf, strich an Serafina vorbei und trottete über den offenen Hof auf Braeden und Lady Rowena zu. Der Fuchs hatte ein wunderschönes rötlich-silbern schimmerndes Fell mit schwarzen Beinen, einem weißen Bauch und einem langen, buschigen roten Schwanz. Seine Nase war spitz, seine Ohren waren aufgerichtet, und seine Augen blickten wachsam.

Als Lady Rowena den Fuchs auf sich und Braeden zu kommen sah, schrie sie entsetzt: »Ein Tier!«

Der perplexe Fuchs hielt inne und setzte sich ein paar Meter von den beiden entfernt hin, so als täte es ihm leid, das Mädchen in dem eleganten Kleid erschreckt zu haben.

Aber Braeden hockte sich hin und sah den Fuchs an. »Komm her, Kleiner. Wir tun dir nichts«, sagte er mit ausgestreckter Hand. »Gesell dich ruhig zu uns. Wie geht es deiner Pfote?«

Der Fuchs lief zu Braeden und setzte sich zu seinen Füßen.

Serafina beobachtete es mit Erstaunen. Ein Hund oder Pferd

waren das eine, aber wie hatte Braeden es geschafft, sich mit einem wilden Fuchs anzufreunden?

Auf ihre Deckung bedacht, kroch sie ein paar Stufen höher, um besser sehen zu können.

Der Falke kreiste weiter in der Luft über der Mauer, an der Braeden und Lady Rowena standen. Als Braeden pfiff, neigte der Vogel den Flügel und wandte ihm den Kopf zu.

Braeden lächelte. »Hast du das gesehen? Hast du gesehen, wie sie uns angeschaut hat? Sie ist so glücklich!«

»Nun, ich muss zugeben, er scheint dich zu mögen«, sagte Lady Rowena mit einem Lächeln, während sie dem Vogel dabei zusahen, wie er am Himmel kreiste.

»Es ist ein Weibchen«, sagte Braeden freundlich. »Ihr Name ist Kess.«

Er schien bereit, Lady Rowena etwas über Tiere beizubringen und ihr Verständnis für sie zu wecken, so als wäre ihm bewusst, dass sie aus der Stadt kam und nicht denselben Zugang zu Tieren hatte wie er. Serafina fand ihn weitaus geduldiger, als sie es je hätte sein können.

»Macht sie alles, was du ihr sagst?«, fragte Lady Rowena. »Hört sie auf deine Kommandos?«

»Nein«, entgegnete Braeden. »Sie ist meine Freundin. Ich mache Dinge für sie, und sie tut Dinge für mich.«

»Ich verstehe …«, sagte Lady Rowena mit einem nachdenklichen Blick auf den Vogel. Plötzlich zeigte sie Interesse. Sie wandte sich um und deutete auf den Dachfirst des Hauses. »Kannst du sie dazu bringen, eine der Brieftauben da oben zu töten?«

»Das sind Trauertauben, keine Brieftauben«, erwiderte Braeden, sah aber zu den Vögeln hinauf und dann zu Kess hinüber. »Ich nehme es an«, sagte er unsicher, »aber ich möchte ihren Flügel nicht überstrapazieren. Und ich glaube nicht, dass sie Hunger hat. Ich habe sie vorhin mit etwas Hühnchen gefüttert, und sie schien es sehr zu mögen.«

Serafina lächelte. Typisch Braeden. Stibitzte dem französischen Küchenchef von Biltmore das Gourmetessen unter der Nase weg, um seine tierischen Freunde zu füttern. Als Serafinas Magen knurrte, fiel ihr auf, dass auch sie nicht Nein gesagt hätte, wenn man ihr etwas von dem Hühnchen angeboten hätte.

»Also kann sie nichts Brauchbares«, sagte Lady Rowena. »Du hast ihr keine Tricks beigebracht.«

Braeden kniete sich wortlos hin und streichelte den Kopf und die Ohren des Fuchses. Allmählich war er doch etwas entmutigt von Lady Rowenas Kommentaren. »Ich habe eine Idee«, sagte er und erhob sich wieder. »Lass uns das hier versuchen …« Er ging ein paar Schritte und hob einen Stock auf.

»Was hast du damit vor?«, fragte Lady Rowena.

»Kess' Flügel heilt noch, aber vielleicht möchte sie ein bisschen spielen.«

Braeden schleuderte den Stock hoch in die Luft, dann stieß er einen lauten, langen Pfiff aus.

Der Pfiff und der durch die Luft wirbelnde Stock erweckten sogleich die Aufmerksamkeit des Falken. Kess legte die Flügel an und setzte zum Steilstoß an. Sie ließ sich mit hohem Tempo durch die Luft fallen. Erst im letzten Moment breitete sie die Flügel aus und schnappte sich den Stock mit den Krallen.

»Sie hat ihn!«, rief Braeden aus.

Serafinas Herz machte einen Satz, so sehr freute sie sich mit ihm und Kess.

»Da sieh einer an«, sagte Lady Rowena.

Selbst Miss Etepetete ist beeindruckt, dachte Serafina lächelnd.

Doch dann segelte der Falke auf Kopfhöhe zu Lady Rowena.

»Was macht er da?«, fragte Lady Rowena, wich zurück und hielt den Sonnenschirm schützend über sich. »Warum fliegt er auf mich zu? Befehle ihm, damit aufzuhören!«

Der Falke flog über ihren Kopf hinweg und ließ den Stock auf sie niederfallen. »Hilfe, er greift mich an!«, kreischte Lady Rowena, als der Stock ohne Schaden anzurichten von ihrem Sonnenschirm abprallte und zu Boden fiel. Der Fuchs schoss herbei, schnappte ihn sich und trottete zu Braeden, so als würden sie alle zusammen eine Runde Stöckchen holen spielen.

»Sie spielen nur mit dir«, versicherte Braeden Lady Rowena.

Während er sich erneut hinkniete und den Fuchs tätschelte, blickte er zu dem fliegenden Falken auf. »Sie ist so ein prächtiger Vogel«, sagte er. Serafina hörte die Bewunderung in seiner Stimme und auch eine Spur Traurigkeit. »Sobald ihr Flügel verheilt ist, wird sie wieder weite Strecken fliegen können und ihre Wanderung nach Südamerika fortsetzen. Kannst du dir vorstellen, den ganzen Weg bis nach Peru in den Dschungel zu fliegen?«

»Nun, ich muss sagen, nach all der Arbeit, die du in den Vogel gesteckt hast, erscheint es mir jammerschade, ihn einfach ziehen zu lassen«, meinte Lady Rowena. »Du willst ihn doch nicht verlieren. Vielleicht kannst du ihn mit einer Schnur an einen Ast binden, damit er nicht weg kann.«

»Wenn ich sie festbinde, könnte sie nicht mehr fliegen«, sagte Braeden entsetzt.

»Dann ein langer Faden oder ein Drahtseil, etwas, womit du ihn kontrollieren kannst. Ein Drahtseil würde sicherlich funktionieren.«

Während Serafina noch vor Wut über diesen entsetzlichen Vorschlag kochte, stieß Braeden ein langes Trillern aus.

Der Falke kehrte um und flog auf ihn zu.

»Achtung!«, rief Lady Rowena.

Doch der Vogel setzte zu einer annähernd perfekten Landung auf Braedens Arm an.

»Kess ist meine Freundin«, sagte Braeden. »Freundschaft ist viel mächtiger als der stärkste Draht.«

Als der Fuchs wieder in den Wald trottete, kehrten Braeden und Lady Rowena zum Haus zurück. Braeden trug Kess auf dem Arm. »Würdest du mich zu den Ställen begleiten, um Kess wegzubringen?«

»Selbstverständlich nicht«, sagte Lady Rowena mit gerümpfter Nase.

»Komm«, drängte Braeden sie. »Ich zeige dir das Falkenhäuslein, das wir für Kess gebaut haben.«

»Ich gehe auf gar keinen Fall in den Stall. Mein Kleid könnte schmutzig werden«, sagte Lady Rowena hochmütig. »Ich werde ins Haus zurückkehren und mich für unseren Spaziergang zurechtmachen.« Mit diesen Worten verabschiedete sich Lady Rowena von Braeden und ging ins Haus.

Rasch folgte Serafina Braeden, der auf die Ställe zuhielt. Sie hoffte, dass sie ihn allein erwischen würde. Doch als sie direkt hinter ihm war, schlug ihr Magen Saltos. Was sollte sie zu ihm sagen? Welche Worte würden einen Unterschied machen? Wie sollte sie ihm erklären, was passiert war? Ehe sie ihren Mut zusammennehmen und ihn ansprechen konnte, kam ein Stallbursche auf Braeden zu, und die Gelegenheit war vorüber.

Kurz darauf, die Sonne begann gerade unterzugehen, traf Braeden Lady Rowena vor dem Haus wieder.

Wie Serafina überrascht bemerkte, hatte das englische Mädchen die kurze Zeit genutzt, um ihr Erscheinungsbild vollständig zu verändern. Ihre Frisur, ihre Kleidung und ihre Ausstattung waren anders. Offenbar benötigte man für einen Spaziergang auf den waldigen Pfaden des Anwesens ein völlig anderes Outfit als für das Luftschnappen auf einer Veranda.

Lady Rowena trug nun etwas, das wie eine Wanderkluft für Mädchen aus einem teuren Londoner Laden aussah. Dazu gehörten eine passgenaue, geknöpfte Jacke, ein langer, dunkler Rock und todschicke, knöchelhohe Lederstiefel. Und natürlich wurde das Kostüm durch einen passenden Hut, ein kleines Opernglas – vermutlich, um sich besser an der wunderschönen Landschaft erfreuen zu können – und einen modischen, offensichtlich nutzlosen, mit Federn geschmückten Wanderstab komplettiert.

Braeden und Lady Rowena gingen Seite an Seite die breiten, perfekt gepflegten Wege des Anwesens entlang. Sie entsprachen genau dem Typus wohlhabender Leute, für die Mr Olmsted die Pfade entworfen hatte. Er hatte ihnen den Eindruck vermitteln wollen, draußen in der Natur zu sein, mitten im Wald, aber ohne die dazu gehörenden Unbequemlichkeiten oder Unannehmlichkeiten. Serafina folgte in sicherem Abstand, während sie überlegte, was sie tun sollte. Sie musste unbedingt mit Braeden reden, aber Lady Rowena kam ihr schon wieder in die Quere!

Während Braeden sich mit Lady Rowena unterhielt, lief Serafina ein Schauder den Rücken hinunter. Anfangs dachte sie, es läge am nervigen Tonfall von Lady Rowenas hochtrabendem Akzent oder dem ständigen Wippen ihres extravaganten Huts, doch schnell wurde ihr klar, dass es sich um etwas viel Ernsteres handelte.

Serafina sah sich im Wald um. Sie entdeckte einen dunklen

Umriss auf einem Ast, hoch oben in einem Baum. Der Anblick schnürte ihr die Kehle zu, und sie erstarrte, weil sie sich keinen Millimeter vom Fleck rühren wollte, damit er sie nicht bemerkte. Der Umriss war tief im Blätterwerk verborgen und schwer auszumachen, aber es schien sich um eine Eule oder einen anderen großen Vogel zu handeln. Serafina erkannte einen runden Kopf ohne Ohrpinsel. Eulen schliefen normalerweise tagsüber, doch während die Nacht allmählich hereinbrach, hockte diese hier in den Baumwipfeln und beobachtete reglos Braeden und Lady Rowena auf dem Waldboden unter sich.

Serafina beschloss, dass sie nicht länger warten durfte, egal, ob Rowena dabei war oder nicht. Sie musste mit Braeden reden.

Als sie sich aufrichtete, um zu ihm zu gehen, hatte sie Braeden vor Augen, der neben Gidean gekniet und verzweifelt geweint hatte, und Rowena, die sie angeschrien hatte, sie solle Biltmore verlassen. Sie dachte daran, wie sie den Diener gebissen hatte und schamerfüllt davongerannt war. Ihr wurde heiß. Ihre Beine zitterten. Aber sie zwang sich weiterzugehen. Sie trat zwischen den Büschen hervor, näherte sich Braeden und Rowena von hinten und sagte: »Hallo, Braeden, ich bin's …«

28

Serafina«, sagte Braeden sanft. Er machte keinen Schritt auf sie zu und sagte nichts weiter. Es war, als studiere er ein seltenes Tier und wolle es nicht verscheuchen.

Sie stand stocksteif da. »Hallo, Braeden«, wiederholte sie mit zitternder Stimme. Ihr ganzes Gefühlsleben schwang in diesen zwei Wörtern mit – die Trauer über das, was mit Gidean geschehen war, und ihren Anteil daran und die Angst vor seiner Reaktion.

»Du bist zurückgekommen«, sagte Braeden. Als sie leise Unsicherheit verbunden mit einer Spur Überraschung und Hoffnung in seiner Stimme wahrnahm, erkannte sie, dass er sie nicht hasste; er hatte sie *vermisst,* und das war weitaus mehr, als sie zu hoffen gewagt hatte.

Sie nickt bestätigend. »Was passiert ist, tut mir sehr leid«, sagte sie.

Braeden ging auf sie zu, und Serafinas Blick fiel auf Lady Rowena, die hinter ihm gestanden hatte. Serafina hätte erwartet, dass das Mädchen wütend wäre, ihr vielleicht sogar zubrüllen würde, sie solle zurück in den Wald gehen, wo sie hingehörte, aber so war es nicht. Rowenas Gesicht war schneeweiß vor Angst. »Was machst du hier?«, fragte sie argwöhnisch. »Warum bist du nach dem, was du getan hast, überhaupt zurückgekommen?«

»Rowena«, sagte Braeden und hob beschwichtigend die Hand.

»Du bist hier nicht willkommen«, schleuderte Rowena Serafina entgegen.

»Hör auf damit, Rowena«, fiel Braeden ihr ins Wort und fasste sie am Arm. »Das stimmt nicht. Sie ist hier willkommen.«

»Danke«, sagte Serafina leise. Sie wusste, dass sie Braedens Loyalität nicht verdient hatte, aber sie war froh, sie zu haben. »Ich denke, ich weiß, was mit Gidean los war; warum er mich angegriffen hat.«

Braeden schien ihren Worten kein Gehör zu schenken. »Hast du schon gehört, was mit Mr Rinaldi geschehen ist?«, fragte er mit bebender Stimme. Er klang unglücklich und verwirrt.

»Mein Pa hat mir erzählt, er wäre von einem Pferd totgetreten worden. War es einer der vier Hengste?«

»Nein«, erwiderte Braeden und die Scham in seiner Stimme war so herzzerreißend, dass sie ihn am liebsten umarmt hätte. »Es war eins von *meinen* Pferden.«

»Es ist nicht deine Schuld, Braeden«, versicherte Serafina ihm mitfühlend.

»Aber ich habe sie ausgebildet«, sagte Braeden und senkte den Kopf. »Ich hätte es nie für möglich gehalten, dass eines meiner Pferde so etwas macht.«

»Genau das sage ich ja«, meinte Serafina. »Dein Pferd konnte nichts dafür. Und es war nicht Gidean, der mich angegriffen hat. Der Wille der Tiere ist von jemandem kontrolliert worden.«

Braeden hob den Kopf. »Wie meinst du das?«

Rowena schob sich plötzlich zwischen sie. »Sie redet von Hexenwerk. Sie versucht uns hereinzulegen!«

»Sie will uns nicht hereinlegen«, widersprach Braeden.

»Du kannst diese Kreatur unmöglich in deiner Nähe haben wollen«, sagte Rowena.

»Oh doch. Ich möchte sie bei mir haben«, entgegnete Braeden. »Sie ist meine Freundin.«

»Aber du hast sie doch gesehen«, protestierte Rowena. »Sie beißt!«

»Das machen viele meiner Freunde, wenn sie in die Enge getrieben werden«, erwiderte Braeden knapp.

Serafina lächelte. Rowena dagegen musterte Braeden mit gerunzelter Stirn. Ihr Gesichtsausdruck verriet Serafina, dass sie wahrhaftig versuchte zu begreifen, was gerade vor sich ging. Aber wie hätte sie es verstehen sollen? So viele schreckliche, unbegreifliche Dinge geschahen derzeit auf Biltmore.

Serafina wandte sich ihr zu. »Ich weiß, dass alles muss dir sehr merkwürdig erscheinen«, sagte sie. »Aber ich hatte nicht vor, Gidean zu verletzen. Ich würde niemals etwas tun, das ihm oder Braeden schadet, und auch niemand anderem auf Biltmore.«

Rowena sah sie an und schien über das nachzudenken, was sie zu ihr gesagt hatte, aber sie war immer noch misstrauisch. Sie warf Braeden einen unsicheren Blick zu. »Was sie dir über die Tiere erzählt hat, kann unmöglich wahr sein. Schwarze Magie gibt es nicht.«

»Glaub mir«, sagte Braeden fest. »Manchmal gibt es sie doch.«

»Willst du damit sagen, du glaubst ihr das etwa?«, fragte Rowena. Sie klang nicht wütend, sondern ehrlich verblüfft.

»Das tue ich«, sagte er. »Es passt alles zusammen.«

»Das alles ergibt Sinn für dich?«, fragte Rowena ungläubig.

»Braeden und ich haben so etwas schon einmal durchgemacht, Lady Rowena«, sagte Serafina. »Wir haben gelernt, einander zu vertrauen.«

»Und wir haben gelernt, unseren Augen zu trauen, selbst wenn das, was wir sehen, unmöglich erscheint«, ergänzte Braeden.

Rowena sah Braeden an. »Und das ist es tatsächlich, was du willst, Braeden? Du suchst die Gesellschaft dieses zerlumpten Mädchens?«

»Genauso ist es«, erwiderte Braeden. »Ich hätte niemals an ihr zweifeln dürfen. Sie ist meine beste Freundin, Rowena. Aber das heißt nicht, dass Serafina und ich nicht auch deine Freunde sein können.«

Rowenas Miene drückte pure Ablehnung aus, und sie wandte sich um. Sie entfernte sich sogar ein paar Schritte. Serafina dachte schon, sie würde allein zurück nach Biltmore gehen, obwohl die Nacht hereinbrach.

Doch dann blieb Rowena stehen.

Serafina hatte Rowena vom ersten Moment an, als sie Braeden mit ihr hatte ausreiten sehen, nicht leiden können, und sie verabscheute, dass Rowena alles ablehnte, was sie nicht verstand. Und das Mädchen hatte jede Menge voreilige Schlüsse gezogen, was *sie* anging. Doch als Serafina Rowena mitten auf dem Weg stehen sah, dachte sie, dass diese womöglich viel klüger und härter im Nehmen war, als es anfangs ausgesehen hatte. Vielleicht war sie nicht die Einzige, die voreilige Schlüsse gezogen hatte. Rowena schien über alles nachzudenken und die Situation verstehen zu wollen, in der sie sich befand.

Serafina sah, wie Rowena lange und zitternd ausatmete. Dann drehte sie sich um und sah sie und Braeden an.

Ihre Rüstung aus Unnahbarkeit und Arroganz hatte kleine Risse bekommen und ließ etwas anders durchscheinen. In ihrem Blick lag eine Ernsthaftigkeit, die Serafina bis dahin nicht aufgefallen war. Sie vermittelte den Eindruck eines Mädchens, das nicht aufgeben würde, das entschlossen war herauszufinden, wo es hingehörte. Und das war etwas, das Serafina gut nachempfinden konnte.

Serafina trat langsam auf Rowena zu.

»Ich weiß, dass wir sehr verschieden sind«, sagte sie. »Aber ich bin nicht dein Feind.«

Lady Rowena erwiderte nichts, doch sie sah Serafina das erste Mal richtig an und hörte ihr wirklich zu.

»Wir haben beide Dinge gesagt und getan, die nicht nett waren«, fuhr Serafina fort. »Aber Biltmore wird von einer Gefahr bedroht, die sehr viel bedeutender ist als das. Schwarze Magie, böse Zauberbanne, wie man es auch nennen mag. Aber das alles ist sehr real. Und wir müssen es aufhalten.«

Rowena musterte sie eine Weile wortlos. Serafina wusste nicht, ob Misstrauen, Skepsis oder Angst der Grund dafür war, oder ob sie zu ihr durchgedrungen war. Doch dann beendete Rowena ihr Schweigen.

»Also, ich muss schon sagen, du bist ganz schön hartnäckig.«

»Und du bist viel zu gut angezogen«, entgegnete Serafina. »Wir haben alle unsere Fehler.«

Lady Rowena sah Serafina an und ihre Mundwinkel hoben sich zu einem winzigen Lächeln. »In der Tat«, erwiderte sie.

Während sie miteinander sprachen, war das Licht der untergehenden Sonne allmählich schwächer geworden, sodass die Farben in ihrer Umgebung langsam verblassten und die Eigenschaften des Waldes in den Vordergrund traten, an die Serafina gewöhnt war.

»Jetzt erzähl uns, was du herausgefunden hast, Serafina«, forderte Braeden sie auf. »Was ist mit den Tieren los?«

»Erzähl mir zuerst von Gidean«, sagte Serafina. »Wie ist es möglich, dass er schon wieder läuft?«

29

Gidean ist noch immer schwach, aber der Heilungsprozess verläuft sehr schnell«, erwiderte Braeden auf Serafinas Frage.

»So etwas habe ich noch nie gesehen«, warf Rowena ein.

»Das sind tolle Neuigkeiten«, sagte Serafina erleichtert, aber sie spürte, wie durcheinander Braeden war.

»Als ich Gidean am Fuß der Treppe liegen sah, hätte ich schwören können, dass er tot war, oder es bald sein würde«, meinte Braeden. »Seine Knochen waren gebrochen, seine Augen geschlossen. Ich ging auf die Knie und beugte mich vor, um ihm ein paar letzte Worte ins Ohr zu flüstern. Als ich ihn mit den Händen berührte, war sein Körper so reglos, so leblos. Ich dachte, ich wäre zu spät gekommen, dass er meine Worte nie hören würde und schon von uns gegangen wäre. Doch dann merkte ich, wie sein Herz zu schlagen begann. Und ein paar Augenblicke später öffnete er die Augen und sah mich ganz liebevoll an.«

Serafina schluckte. »Wie ist das möglich?«

»Ich weiß es nicht«, gab Braeden zu.

Ein Schauer lief Serafina den Rücken hinunter und sie hob den Blick gerade noch rechtzeitig, um zu sehen, wie die Eule die Flügel ausbreitete und in der Dunkelheit verschwand.

»Weißt du noch, wie es mit dem schwarzen Umhang war, Braeden?«, fragte sie. »Ich glaube, es geschieht schon wieder. Nicht das mit dem Umhang, aber etwas sehr Ähnliches. Ich bin dem Bärtigen wiederbegegnet. Er ist ein Zauberer. Die Einheimischen nennen ihn den Alten vom Wald. Die Cherokee nennen ihn die Finsternis. Ich glaube, dass Grathan sein Spion auf Biltmore ist. Oder vielleicht einer seiner Dämonen oder sein Lehrling. Ich weiß es nicht genau. Aber sie arbeiten zusammen. Wir müssen Grathan beobachten und herausfinden, wie wir ihn besiegen können.«

Braeden nickte. »Wir sollten in Erfahrung bringen, in welchem Zimmer er untergebracht ist, und es durchsuchen, wenn wir sicher sein können, dass er nicht drin ist.«

»Redet ihr über Inspektor Grathan?«, fragte Lady Rowena. »Er übernachtet im Van-Dyck-Zimmer im zweiten Stock.«

Serafina und Braeden sahen sie beide überrascht an, weil sie etwas wusste, dass sie selbst noch nicht in Erfahrung gebracht hatten.

»Ich habe ihn zum Personal sagen hören, er würde heute Abend ausgehen und erst am Morgen zurückkommen«, fuhr Rowena fort.

Braeden lächelte beeindruckt.

»Ich könnte sehr viel nützlicher sein, wenn ich tatsächlich verstünde, worüber wir hier reden«, sagte Rowena.

»Wenn es stimmt, was du sagst, hast du uns schon sehr geholfen«, versicherte Braeden.

»Moment mal«, sagte Serafina zweifelnd. »Du hast gesagt, er wolle heute *Abend* ausgehen?«

»Ja«, erwiderte Lady Rowena selbstsicher.

»Aber warum?«, fragte Serafina. »Welchen Grund hat er dafür genannt? Das Haus ist meilenweit von nichts anderem als Gärten und Wald umgeben.«

»Er hat dem Personal gesagt, er würde mit der Kutsche in die Stadt fahren«, sagte Rowena. »Aber mir war natürlich klar, dass er lügt.«

»Ach, wirklich?«, fragte Serafina verblüfft. »Warum?«

»Er hatte die falschen Schuhe an. Er trug diese alten, rissigen, lehmverkrusteten Stiefel. Vollkommen schauderhaft. Niemand, der bei klarem Verstand ist, würde sich mit so unmöglichen Schuhen in die Stadt wagen.«

Serafina lächelte. Sie konnte Rowena von Minute zu Minute besser leiden. »Erzähl uns, was dir noch aufgefallen ist.«

»Nun, es handelt sich bei ihm um eine extrem schlecht gekleidete Person, so viel kann ich euch gleich sagen. Sein Mantel ist verschlissen und völlig aus der Mode. Jemand sollte dem Mann sagen, dass wir das Jahr 1899 schreiben.«

Serafina nickte. Die Modekritik war zu erwarten gewesen, doch Lady Rowena war noch nicht am Ende.

»Gestern ist mir der Widerling durch den Rosengarten gefolgt. Er hat vermutlich gedacht, ich wüsste nicht, dass er da war, aber eine Dame weiß, wenn ein Mann ihr folgt, sei es ein feiner Herr oder eine gewöhnliche Person wie Mr Grathan. Er hat auch Braeden sehr genau beobachtet. Und er hat nach dir gesucht, Serafina. Wusstest du das? Er hat mich vor zwei Tagen beim Abendessen gefragt, ob du Biltmore tatsächlich verlassen hättest. Er hält sich von Mr Vanderbilt und Mrs King fern, aber er hat den Dienstboten aufgelauert und Fragen über jemanden namens Mr Thorne gestellt und über die Skulptur eines Engels im Wald. Ich weiß nicht, was das alles soll, aber er zerrt beim Abendessen jedes Mal Gäste beiseite und unterzieht sie praktisch einem Verhör.«

Serafina starrte Lady Rowena staunend an. Das Mädchen war ein wandelndes Lexikon in Sachen Klatsch und Tratsch.

»Nun«, entgegnete Lady Rowena auf Serafinas überraschten Blick hin, »ich habe mich hier so ganz allein ziemlich gelangweilt. *Irgendeine* Freizeitbeschäftigung habe ich da gebraucht, wenn du verstehst.«

»Was ist mit Mr Olmsted?«, ermunterte Serafina sie sogleich.

»Was hat er mit alldem zu tun?«, fragte Braeden.

»Was hast du beobachtet, Rowena?«, hakte Serafina nach, ohne auf Braedens Frage einzugehen.

»Er treibt sich spätnachmittags in den Gärten herum. Nach dem Abendessen verbringt er endlose Stunden in der Bibliothek, wo er über alten Zeichnungen und Fotografien brütet, als trauere er vergangenen Tagen nach. Aber jeden Morgen beim Frühstück fragt Mr Vanderbilt ihn, wohin er an diesem Tag spazieren wird, und er behauptet, er würde einfach dorthin wandern, wo der Wind ihn hinträgt. Aber er lügt, genau wie Mr Grathan.«

»Er lügt?«, rief Braeden.

»Mr Olmsted lügt Mr Vanderbilt an?« fragte Serafina.

»Aber ja. Zweifellos. Er sagt, er wolle nur einen Spaziergang machen, aber er geht jeden Tag schnurstracks in dieselbe Richtung, als warte eine Aufgabe dort draußen im Wald auf ihn.«

»Die Beobachtungen sprudeln ja geradezu aus dir heraus«, sagte Braeden amüsiert.

Serafina nahm alles zur Kenntnis, was Rowena gesagt hatte, und konzentrierte sich dann auf den nächsten Schritt. »Braeden, erinnerst du dich an die vier Hengste, von denen ich dir erzählt habe?«

Braeden nickte. »Ich bin zum Stall gegangen und habe nachgesehen, aber die Hengste waren nicht mehr da. Die Stallburschen haben mir erzählt, sie wären nur kurze Zeit bei uns gewesen, und sie hätten sie seitdem nicht mehr zu Gesicht bekommen.«

Serafinas Miene verdüsterte sich. »Kannst du herausfinden, wem genau sie gehört haben?«

»Normalerweise würde ich Mr Rinaldi fragen, möge er in Frieden ruhen. Aber ich könnte noch mal hingehen und nachsehen, ob er den Besitzer in seinem Betriebsbuch vermerkt hat.«

»Gut, bitte mach das«, sagte Serafina. »Es könnte uns einen Hinweis darauf liefern, wie alles zusammenhängt.«

»Was ist mit mir?«, fragte Lady Rowena. »Wenn Braeden eine Aufgabe bekommt, möchte ich auch eine haben.«

Serafina musterte sie. Es war schwer zu glauben, dass dies dieselbe Rowena war wie zuvor, aber es machte den Eindruck, als wolle sie wirklich helfen und Teil ihrer Gruppe sein.

»Wenn es darum geht, etwas auszuspionieren, bin ich genau die Richtige«, versprach Rowena. »Was soll ich tun?«

Serafina war nicht sicher, inwieweit sie Rowena vertrauen konnte, aber sie würde sie mit einem Auftrag auf die Probe stellen.

»Ich möchte, dass du eine Liste sämtlicher Gäste erstellst, die sich derzeit auf Biltmore aufhalten, und herausfindest, in welchem Zimmer sie untergebracht sind, genauso wie du es mit Mr Grathans Zimmer getan hast. Und falls jemand Neues eintrifft, müssen wir das auf jeden Fall erfahren. Wir müssen außerdem wissen, worüber beim Abendessen gesprochen wurde, besonders wenn es mit Mr Grathan in Zusammenhang steht.«

»Selbstverständlich«, sagte Rowena. »Ich bin hocherfreut, etwas beitragen zu können. Das hier ist so viel besser, als mit den alten Damen beim Tee Konversation zu treiben. Denken wir uns einen geheimen Handschlag aus?«

»Bitte was?«, fragte Serafina verwirrt.

»So wie echte Spione.«

»Verstehe ich nicht«, sagte Serafina.

»Dann vielleicht geheime Decknamen?«

Grinsend sah Braeden Serafina an. »Ja, wie wäre es mit ein paar Decknamen?«

»Hört zu«, sagte Serafina, »falls einem von euch etwas Ungewöhnliches auffällt, wie die Ankunft eines Unbekannten oder ein unerklärlicher Schatten im Garten zum Beispiel, alles, was in diese Richtung geht, dann müsst ihr mich suchen und es mir sofort erzählen.«

»Verstanden.« Braeden nickte.

»Du kannst dich auf mich verlassen«, versicherte Rowena.

»Und, Rowena«, fügte Serafina hinzu, »das hier ist wirklich wichtig: du darfst niemandem verraten, was wir machen. Niemandem. Hast du verstanden?«

»Ja.«

»Schwöre es!«

»Ich schwöre.«

»Für jeden von uns gilt zu jeder Zeit, falls etwas passiert und es sich um einen Notfall handelt, dann haltet die Hauptuhr an, und die anderen beiden werden es sehen.«

Braeden nickte, ihm gefiel der Plan.

»Um Himmels willen, wie sollen wir das anstellen?«, fragte Rowena erstaunt.

»Im Hof des Kutscherhauses steht eine große Uhr«, erläuterte Braeden. »Sie hat ein mechanisches Uhrwerk mit mehreren Zahnradgetriebestufen und kontrolliert vierzehn weitere Uhren im Haus, sodass in jedem Zimmer die Standardzeit abgelesen werden kann, wie in den Bahnhöfen meines Urgroßvaters früher.«

»Welch herrliche Methode, um sicherzustellen, dass die

Dienstboten keine Entschuldigung haben, wenn sie zu spät kommen!«, rief Lady Rowena aus.

Serafina schüttelte den Kopf.

»Also, wie stelle ich es an?«, fragte Rowena.

»Im zweiten Stock des Kutscherhauses gibt es einen kleinen Raum, in dem sich das Uhrwerk befindet«, erklärte Braeden. »Betätige einfach den Hebel, um die Uhr anzuhalten. Aber mach nichts kaputt, oder Serafinas Pa wird dir die Hölle heiß machen.«

»Vergiss deinen Onkel nicht«, ergänzte Serafina. »Falls einer das Signal setzt, treffen wir uns alle sofort auf dem Dach. Aber macht es wirklich nur im äußersten Notfall.«

»Auf dem Dach?«, rief Lady Rowena. »Wie gelange ich auf das Dach?«

»Nimm die Treppe bis in den dritten Stock, geh quer durch die große Halle, biege in den Flur zu deiner Linken und klettere aus dem zweiten Fenster«, sagte Braeden, als wäre es das Einfachste der Welt.

»Denkt daran, haltet die Uhr nur im äußersten Notfall …«, wiederholte Serafina, doch ehe sie ihren Satz beenden konnte, hörte sie jemanden den dunklen Weg entlangkommen. Ihre Nackenhaare sträubten sich.

»Runter!«, zischte sie und zog Lady Rowena und Braeden ins Gebüsch.

»Was soll das?«, beschwerte sich Lady Rowena. »Mein Kleid könnte an einer Distel hängen bleiben!«

»Sch!«, machte Serafina, zog das Mädchen zu Boden und legte ihm die Hand über den Mund.

Serafina sah die tanzende Flamme einer herannahenden Fackel durch die Blätter der ringsum stehenden Bäume. Sie hörte Schritte, die sich näherten, schwere Stiefel, die über den Boden stapften.

Eine dunkel gekleidete Gestalt kam den Weg entlang, genau auf sie zu. Serafina atmete schwerer, als sie den langen, zerschlissenen Mantel des Mannes sah. Als Nächstes erspähte sie seinen Gehstock und die dunklen Haare. Ihr Herz pochte wild. Er war es! Es war der teuflische Grathan. Rowena hatte recht gehabt. Er war nicht in die Stadt gefahren. Er kam geradewegs auf sie zu!

Während er mit großen Schritten den Weg entlangeilte, stand ihm eine mörderische Entschlossenheit ins vernarbte Gesicht geschrieben. Er schien an neue Informationen gelangt zu sein. Er würde nicht länger nachforschen, die Leute aushorchen oder ihnen hinterherspionieren. Er würde jemanden umbringen. Er hielt den Gehstock so fest umklammert, als würde er ihn jeden Moment in eine tödliche Waffe verwandeln.

Serafina warf einen Blick zu Braeden hinüber, der dicht am Boden kauerte und den Feind fixierte. Lady Rowena begann, sich panisch zu winden, ihre Brust hob und senkte sich im Korsett, aber Serafina hielt sie weiter fest. Sie war darauf bedacht, dass alle möglichst leise waren, aber sie atmete jetzt ebenfalls hektischer, während ihr Körper sich auf den Kampf vorbereitete. Ihre Muskeln prickelten vor Energie, bereit zu explodieren.

Grathan war nur noch zehn Meter entfernt. Serafina hörte, wie seine Kleidung bei jedem Schritt raschelte.

Noch fünf Meter …

Sie ging davon aus, dass sie schnell genug rennen konnte, um ihm, wenn nötig, zu entkommen, doch Rowena in ihrem langen Kleid vermochte das nicht.

Noch drei Meter …

Serafina beschloss, augenblicklich anzugreifen, sollte Grathan einen von ihnen entdecken.

Er war nun direkt vor ihnen. Sie kauerte sprungbereit im Gebüsch.

Zunächst passierte nichts. Serafina dachte schon, er würde an ihnen vorbeigehen, ohne sie zu entdecken. Doch dann heulte in einiger Entfernung ein Tier.

Braeden und Lady Rowena erschraken, sie rissen die Augen weit auf. Serafina packte sie am Arm und hielt sie unten.

Nicht.

Bewegen.

Als er das Heulen vernahm, blieb Grathan wie angewurzelt stehen. Serafina hörte nur noch sein Atmen und das Zischen der Flamme seiner Fackel. Sie spähte zwischen Farnwedeln zu ihm hinauf und verlangsamte ihre Atmung, bis sie absolut reglos verharrte. Doch ihre Begleiter rutschten nervös hin und her. Selbst ihre raschelnden Kleider machten noch zu viel Lärm.

Grathan blickte in Richtung des Heulens. Die Narben in seinem Gesicht sahen aus wie die Krallenspuren eines wilden Tieres. Als Serafina die lodernde Flamme der Fackel in seinen Augen gespiegelt sah, wurde sie von Furcht gepackt.

30

Serafina behielt Grathan im Auge, der auf dem Weg stand und mit schief gelegtem Kopf auf ein weiteres Heulen lauschte. Nach einigen langen Sekunden eilte er weiter. Als er schließlich um eine Wegbiegung verschwand, blieb Serafina, wo sie war. Sie spürte, dass Braeden und Rowena es kaum erwarten konnten, sich wieder rühren zu dürfen. Sie waren es nicht gewohnt, so lange still zu halten wie sie, aber Serafina hielt sie noch einige Minuten fest, bis sie überzeugt war, dass es wirklich ungefährlich war, auf den Weg zurückzukehren.

Dann sah sie die beiden an, hob den Finger an die Lippen und zeigte auf Biltmore. Zu dritt rannten sie ohne ein Wort nach Hause.

Serafina hätte mit Leichtigkeit schneller rennen können als die anderen, aber sie lief hinterdrein und hielt dabei Ausschau nach Grathan, um sicherzugehen, dass er nicht umgekehrt war. Sie wusste, sie würde in naher Zukunft gegen ihn kämpfen müssen, aber das Letzte, was sie wollte, war, ihm völlig unvorbereitet im dunklen Wald mit zwei Begleitern an der Seite entgegenzutreten. Sie musste eine Möglichkeit finden, ihm gegenüber einen Vorteil zu gewinnen.

Als sie die Gärten erreichten, war sie froh, in der Ferne die Lichter von Biltmore zu sehen.

»Das war unglaublich, oder?«, sagte Lady Rowena stolz, während sie auf die Seitentür des Hauses zueilten. »Er ist direkt an uns vorbeigegangen und hat uns nicht gesehen!« Sie ging in die Knie und bewegte die Hände vor dem Gesicht hin und her, als wäre sie ein Meister der Tarnung. »Ich war völlig unsichtbar! Ich war wie ein Dieb in der Nacht!«

Serafina lächelte, Braeden dagegen guckte ratlos in die Runde. »Wo ist er hingegangen?«, fragte er. »Was ist da draußen im Wald?«

»Ich habe euch ja gesagt, wir dürfen diesem Mann nicht trauen«, sagte Rowena.

»Lasst uns schnell ins Haus zurückkehren«, mahnte Serafina, als sie über den Rasen liefen.

»Heute steht ein Festempfang an«, sagte Braeden, der zu ahnen schien, was sie dachte. »Also wird im Haus sehr viel los sein.«

»Sobald es ruhiger wird, der Empfang vorbei ist und alle ins Bett gegangen sind«, sagte Serafina, »schleiche ich mich in den zweiten Stock und durchsuche Grathans Zimmer.«

Sie schlichen zum Seiteneingang hinein und verbargen sich im Schutz der großen Prunktreppe, um von dort aus die Eingangshalle auszukundschaften.

Das ganze Haus erstrahlte im warmen Licht der Kerzen, die überall auf den Kaminsimsen und Tischen verteilt worden waren und den Räumen eine beinah märchenhafte Atmosphäre verliehen. Es war sehr still, bis auf leise Geigen- und Cellomusik, die aus dem Bankettsaal drang. Serafina freute sich, dass die Vanderbilts mit Familie und Freunden feierten. Sie war hin und weg von den funkelnden Roben der Damen. Bis zum Weihnachtsabend waren es nur noch wenige Tage.

»Ihr geht besser nach oben und zieht euch um«, flüsterte Serafina ihren Begleitern zu. »Passt heute Nacht auf euch auf. Schließt die Türen ab. Beschafft dann morgen die Informationen, über die wir gesprochen haben. Und haltet die Augen offen.«

»Geht klar«, sagte Braeden.

»Wird gemacht«, erwiderte Lady Rowena.

Als Lady Rowena sich von ihnen trennte und die Treppe hinauflief, musste Serafina sich eingestehen, dass sie von dem Mädchen überrascht war. Rowena war überhaupt nicht so, wie sie gedacht hatte.

»Was wirst du jetzt machen, Serafina?«, fragte Braeden, als Rowena fort war.

»Ich werde Wache halten«, sagte sie.

»Ich leiste dir dabei Gesellschaft«, verkündete er.

Serafina sah Braeden an. »Das musst du nicht, Braeden. Geh mit deiner Familie essen und dann ins Bett. Sieh zu, dass du etwas Schlaf bekommst. Ich bin einfach nur froh, wieder zu Hause zu sein.«

»Ich konnte nicht schlafen, solange du fort warst, und ich werde jetzt, da du wieder da bist, erst recht nicht schlafen gehen«, sagte er.

Die Wärme seiner Worte bewegte sie. »Danke, Braeden«, erwiderte sie. »Mir ging es genauso. Ich bin nicht wild darauf, nochmal wegzulaufen, glaub mir.«

Lächelnd meinte Braeden: »Ich sage nur kurz meinem Onkel Bescheid, dass ich wieder da bin, dann treffen wir uns hier.«

»Was ist mit deinem Essen?«, fragte sie und zeigte auf die schillernde Gesellschaft, die sich im Bankettsaal versammelte.

»Und was ist mit deinem?«, entgegnete er. Seine Hand vollführte eine einladende Geste Richtung Saal. »Es findet sich bestimmt ein Abendkleid, das du anziehen kannst.«

Serafina lächelte unbehaglich, eine ganz neue Angst ergriff von ihr Besitz. »Danke«, sagte sie zögernd, »aber so weit bin ich noch nicht.«

Er nickte verständnisvoll. »Wo wirst du dann essen?«

»Mein Pa grillt Hühnchen auf dem Ofen in der Werkstatt.«

»Hört sich gut an, würde es dir und deinem Pa etwas ausmachen, ein weiteres Maul zu stopfen?«

»Äh ja … also nein … gerne«, stammelte sie überrascht und ein wenig verunsichert von der Vorstellung, dass Braeden mit ihr und ihrem Vater zu Abend essen würde. »Was ist mit Lady Rowena? Wird sie dich nicht beim Bankett vermissen?«

»Oh, Lady Rowena mag im Wald auf uns angewiesen sein, aber sie benötigt uns nicht bei einem Festbankett. Da ist sie in ihrem Element und wird sich auch ohne uns wunderbar zurechtfinden. Lass mich nur kurz meinen Onkel bitten, mich beim Essen zu entschuldigen, und Rowena eine Nachricht schicken, damit sie nicht denkt, ich wäre von einem schwarzen Umhang verschluckt worden oder so etwas.«

Serafina lächelte, und ehe sie ihn davon abhalten konnte, ging er davon und machte genau das, was er angekündigt hatte. Er sprach kurz mit seinem Onkel und kam zu Serafinas Erstaunen umgehend zu ihr zurück, ohne dass es zu einer Diskussion gekommen wäre.

»Zeig mir den Weg«, sagte er grinsend. »Ich bin am Verhungern.«

Als sie mit Braeden die Werkstatt betrat, wäre ihr Pa vor Überraschung beinah umgefallen, aber er machte das Beste aus der Situation. Er zog einen Schemel für Braeden herbei und wischte ihn sauber. Dann reichte er ihm sein schärfstes Taschenmesser, um das Hühnchen zu schneiden. Es gelang ihm sogar, etwas herbeizuholen, das beeindruckende Ähnlichkeit mit einer Serviette hatte. Serafina lehnte sich zurück, aß ihr Hühnchen und genoss lächelnd den Anblick der beiden, wie sie dasaßen und sich um eine Unterhaltung bemühten.

Braeden benutzte ein geschliffenes Englisch, während ihr Pa immer wieder Redewendungen der einheimischen Bergbevölkerung gebrauchte. Ab und zu musste sie den beiden helfen, einander zu verstehen. Zum ersten Mal in ihrem Leben hatte sie nicht nur das Gefühl dazuzugehören, sondern diejenige zu sein, die alles zusammenhielt.

Nach dem Essen lud Serafina Braeden ein, mit ihr auf Rattenjagd zu gehen.

»Mein Pa hat mir erzählt, dass irgendein Ungeziefer die Drähte durchgebissen hat«, erklärte Serafina.

»Dann lass uns Ratten fangen«, sagte Braeden.

Während sich auch die letzten schillernden Damen und Herren in ihre Zimmer zurückzogen und die Diener den Bankettsaal aufräumten, führte Serafina Braeden durch die hinteren Kellerwinkel. Wenn erst einmal alle schliefen, würde sie sich in Grathans Zimmer schleichen, aber bis dahin stand die Jagd an. Sie schlichen durch die dunklen Flure und düsteren Lagerräume ihres alten Reviers.

Nach allem, was im Laufe der vergangenen Wochen passiert war, hatte sie erwartet, schnell ein paar kabelkauende Ratten zu schnappen. Doch sie und Braeden suchten und suchten und konnte keine finden. Während die Nacht voranschritt, wurde es immer sonderbarer. Serafina nutzte wie stets ihre Augen und Ohren und die Nase, aber es war nirgends eine Ratte zu entdecken. Ihr Pa hatte gesagt, es wären Ratten im Haus. Und sie war die Oberste Rattenfängerin. Sie hatte die Ratten noch jedes Mal gefunden. Doch aus irgendeinem Grund konnte sie sie in dieser Nacht nicht aufstöbern.

»Liegt es an mir?«, fragte Braeden. »Bin ich zu laut?«

»Nein, ich glaube nicht, dass es damit zusammenhängt«, sagte Serafina. »Wir haben all ihre Lieblingsverstecke abgegrast. Wenn sie hier unten wären, hätten wir sie zumindest gesehen.«

»Was ist mit den oberen Etagen?«

Sie schüttelte den Kopf. »Da oben gibt es keine Ratten. Ich habe sie noch nie so weit kommen lassen.« Sie verzog ratlos das Gesicht.

»Vielleicht hat sich dein Vater geirrt«, überlegte Braeden.

»Das kann schon sein«, sagte sie. »Aber ich habe die Kabel gesehen, und sie waren eindeutig zerkaut.«

Kurz nach Mitternacht gaben sie und Braeden die Suche auf und kehrten ins Erdgeschoss zurück. Niemand sonst war dort. Sämtliche Lichter waren aus und die Kerzen erloschen. Die Dienstboten waren in ihre Zimmer gegangen. Die Musiker hatten die Geigen- und Cellokästen geschlossen und waren über Nacht nach Hause gefahren. Der Bankettsaal und alle übrigen Räume im Erdgeschoss lagen verlassen im Dunkeln.

»Komm«, sagte Serafina und winkte Braeden zu, ihr zu folgen, als sie sich die dunkle Treppe hinaufstahl. »Wir durchsuchen Grathans Zimmer.«

Im ersten Stock angekommen kauerten sie sich auf den Treppenabsatz und spähten nach oben, um sicherzustellen, dass die Luft rein war, dann tapsten sie leise in den nächsten Stock.

Als sie die zweite Etage erreichten, gingen sie im Schutz der Dunkelheit und der sich über ihnen emporwindenden Treppe erneut in die Hocke. In dem Moment wurde Serafina bewusst, dass sie sich genau an der Stelle befanden, an der sie und Gidean über das Geländer gestürzt waren. Sie warf einen Blick in das dunkle, leere Wohnzimmer. Der Mond schien durch die Fenster herein und tauchte das Zimmer in ein gespenstisches silbernes Licht.

Es überlief sie eiskalt.

Sie hörte etwas vom gegenüberliegenden Ende des Wohnzimmers.

Als sie Braeden ansah, verriet ihr sein Gesichtsausdruck, dass er es auch gehört hatte.

Es war ein schwaches Geräusch und schwer auszumachen. Sie hielt die Hände hinter die Ohren, um das Geräusch zu verstärken.

Da war es wieder.

Ein kaum hörbares Schlittern direkt vor ihnen.

Das Krabbeln winziger Füße auf dem nackten Boden.

Sie berührte Braeden lieber am Arm, als ihre Stimme zu gebrauchen, und gemeinsam schlichen sie an der Wand entlang.

Wenn das Geräusch aufhörte, blieben sie stehen. Wenn es wiederkehrte, krochen sie weiter.

Jetzt hörte sie die Tiere atmen, das Kratzen ihrer Krallen auf dem Boden und das Hinterherschleifen ihrer Schwänze. Sie spürte das vertraute Kribbeln in den Fingern und die Spannung in den Beinmuskeln.

»Es sind die Ratten«, flüsterte sie Braeden zu.

Sie krochen langsam und leise durch das Wohnzimmer, bis sie den Flur zwischen dem Nord- und dem Südturm erreichten. Als Serafina um die Ecke lugte, wurde sie von einer schlimmen Angst gepackt. Am Ende des Flurs stand das Kabinett mit der Geheimtür, die auf den Dachboden führte. Dort hatten die Schornsteinsegler sie attackiert.

Waren die Ratten da drinnen?

Sie trat zögernd vorwärts, immer noch lauschend, sich immer noch fragend, wo genau die Biester waren. Sie vernahm etwas, das wie die malmenden Zähne hunderter Ratten klang.

Jetzt stand sie genau da, wo Gidean in jener Nacht auf sie losgegangen war.

»Serafina …«, flüsterte Braeden starr vor Schreck und tastete zitternd nach ihrem Arm.

Und dann sah sie es auch. An der Wand hing ein großer Feueralarmkasten aus Holz mit einer Glasfront. Darin befanden sich Messinginstrumente. Der Kasten hing seit vielen Jahren dort. Doch in dieser Nacht war er bis obenhin voll mit einer Masse sich windender, zuckender, dunkler Felle und Schwänze. Ihre nagenden Zähne erzeugten das klickende Geräusch. Die Ratten zerbissen die Stromkabel.

Serafina starrte die Ratten entsetzt an, zu schockiert, um sich zu rühren. Braeden umklammerte ihren Arm.

Dann erstarb das Geräusch plötzlich.

Die Ratten drehten alle auf einmal den Kopf und sahen sie an.

Eine große, besonders widerliche Ratte kroch aus dem Kasten. Eine weitere folgte. Die Ratten, die anscheinend nicht ganz bei Sinnen waren, stellten sich auf die Hinterbeine und starrten Serafina an. Dann liefen sie alle los, auf sie zu.

Serafina konnte nicht fassen, was sie da sah. Nicht sie jagte die Ratten – die Ratten jagten *sie!*

Wutentbrannt sprang sie auf sie zu, ohne zu wissen, wie sie alle auf einmal fangen sollte. Doch sie verhielten sich nicht wie normale Ratten. Sie rannten bei ihrem Anblick nicht panisch auf und davon. Sie hielten weiter auf sie zu.

»Serafina!«, raunte Braeden von Grauen erfüllt.

Als Serafina den Blick senkte, sah sie, was er sah: Hunderte Spinnen und Tausendfüßler krochen aus der Holzvertäfelung.

»Serafina!«, rief Braeden wieder, während er hektisch die Spinnen von seinen Beinen fegte.

Serafina hörte ein grässliches *Tick-Tick-Ticken* und ein lang gezogenes, heiseres Zischen. Sie spürte einen heißen Atem im Nacken. Panisch fuhr sie herum, aber da war nichts außer einem dunklen Flur.

»Braeden, lauf!«, brüllte sie.

Sie drehten sich um und rannten los. Sie schossen durch das Wohnzimmer und die Prunktreppe hinunter. Serafina warf einen Blick über die Schulter. Ein brauner, sich windender Teppich glitt hinter ihnen die Treppe hinunter. Es war wie ein Wasserfall aus Ratten. Sie zog das Tempo noch einmal an, aber Braeden konnte nicht annähernd so schnell rennen wie sie. Die Ratten würden ihn bei lebendigem Leibe auffressen.

Aber als sie langsamer wurde, um auf ihn zu warten, flitzte etwas an ihr vorbei.

»Komm schon, du lahme Ente!«, rief Braeden, der mit unerhörter Geschwindigkeit den glatten, hölzernen Handlauf der spiralförmigen Treppe hinuntersauste.

Die Rattenwoge schwappte über ihre Füße und verkrallte sich in ihren nackten Beinen. Sie versuchte, sie wegzureißen, aber es brachte nichts, es waren einfach zu viele. Sie sprang aus dem Lauf auf das Geländer, hielt sich fest und rutschte hinter Braeden her.

Ihr war, als wäre sie von einer Klippe gesprungen. Der Rausch der rasanten Abfahrt ließ ihren Magen Purzelbäume schlagen. Sie und Braeden rutschten in einem großen Bogen abwärts ins nächste Stockwerk. Sie rannten und sprangen wieder auf und rutschten erneut, bis hinunter ins Erdgeschoss.

Als sie dort waren, sprangen sie vom Geländer und rannten in den Keller.

Wider besseren Wissens drehte Serafina sich am Fuß der Kellertreppe noch einmal um und warf einen Blick zurück.

31

Die Ratten waren weg.

Die dreckigen, verrückten Biester hatten sie drei Stockwerke hinuntergejagt und waren dann einfach verschwunden.

Hatten sie sich in Luft aufgelöst oder waren sie in die Wände zurückgekrochen? Waren sie von jemandem heraufbeschworen worden?

Serafina knurrte aufgebracht, so wütend war sie über das, was geschehen war. Sie war die Oberste Rattenfängerin! Auf Biltmore hätte es gar keine Ratten geben dürfen. Sie sorgte schließlich seit Jahren dafür. Und jetzt rannten hier plötzlich hunderte boshafte Biester von gewaltiger Größe umher, die sie in dieser Art noch nie zuvor gesehen hatte!

Und seit wann krochen Spinnen aus den Wänden und griffen sie an? Es kam ihr vor, als wäre die einzige Absicht der Tiere gewesen, sie aus dem zweiten Stock zu vertreiben.

Braeden sank an der Wand entlang neben ihr zu Boden. Er rang keuchend um Luft.

»Oh Gott!«, rief er kopfschüttelnd aus. »Wenn die Rattenjagd jedes Mal so läuft, bin ich raus!«

»Komm mit«, sagte sie und berührte aufmunternd seine Schulter.

»Sag mir erst, wo wir hingehen«, entgegnete er, während er sich aufrappelte.

»Wir gehen nach oben zurück.«

»Wie bitte?«, stieß er ungläubig hervor, ohne sich vom Fleck zu rühren. »Bitte sag, dass das ein Scherz ist.«

»Möchtest du nicht wissen, ob sie noch da oben sind? Wir reden hier von der Prunktreppe von Biltmore! Wie kann es sein, dass Ratten darauf herumrennen?«

»Ich schwöre, deine Neugier bringt dich eines Tages noch um, Serafina, und mich gleich mit.«

»Komm schon«, sagte sie. »Wir müssen nachsehen.«

Sie nahmen ihren ganzen Mut zusammen, schlichen die Kellertreppe bis ins Erdgeschoss hinauf und blickten vorsichtig um die Ecke zur breiten Treppe hinüber. Es waren weder Ratten noch Spinnen oder Tausendfüßler zu sehen. Nichts deutete auf sie hin. Sie waren fort.

Während sie von einer düsteren Vorahnung gepackt, die leere Treppe anstarrten und sich ihnen die Nackenhaare sträubten, wussten sie beide, dass sie in dieser Nacht keine zehn Pferde zurück in den zweiten Stock bringen würden. Es war der letzte Ort auf Erden, an dem sie in diesem Moment sein wollten.

»Es dürften nicht dermaßen viele Ratten im Haus sein«, flüsterte Braeden.

»Im Haus dürften überhaupt keine Ratten sein!«, entgegnete Serafina entrüstet. »Hier stimmt etwas nicht, Braeden.«

»Und zwar eine ganze Menge vierbeiniger, widerwärtiger Biester«, sagte Braeden zustimmend. »Komm, lass uns ein sicheres Plätzchen suchen gehen, wo wir uns ausruhen können.«

Sie nahmen die Hintertreppe, um in den ersten Stock zu gelangen, dann trotteten sie schweigend zu Braedens Zimmer.

Gidean begrüßte Braeden freudig an der Tür. Als Nächstes kam er, mit dem kurzen Stummelschwanz wedelnd, zu Serafina herüber. Sie kniete sich vor ihn hin. Mit geschlossenen Augen umarmte sie ihn und tätschelte seinen Kopf. Ihr wurde warm ums Herz. Sie war so froh, dass er keinerlei Erinnerung an den Kampf zu haben schien, den sie in jener furchtbaren Nacht ausgetragen hatten.

Während Braeden in seinem Bett schlief, war Serafina damit zufrieden, sich neben Gidean im warmen Schein des Kaminfeuers zusammenzurollen und nicht von wild gewordenen Ratten zu träumen.

Ein paar Stunden später, kurz vor Tagesanbruch, wachte sie auf. Sie hatte die Dinge mit ihrem Pa und Braeden und selbst mit Lady Rowena ins Reine gebracht, aber nach allem, was passiert war – der zerbrochenen Mingvase, ihrem Kampf mit Gidean, dem Biss in die Hand des Dieners, den verängstigen Gästen und allem anderen –, war sie nicht überzeugt, dass jeder im Haus sich freuen würde, ihr zu begegnen. Daher hatte sie sich im Verborgenen gehalten. Aber es gab einen weiteren Menschen, dem sie vertraute. Und vielleicht war es die perfekte Gelegenheit, gefahrlos in Inspektor Grathans Zimmer zu gelangen, solange er nicht da war.

Serafina rannte schnell die Hintertreppe in den dritten Stock hinauf, huschte über den Gang und schlüpfte zur dritten Zimmertür auf der Rechten hinein.

»Oh Miss, Sie sind es!«, rief Essie freudig überrascht. Sie hatte sich soeben ihre Dienstboten-Uniform angezogen und bereitete sich auf den neuen Arbeitstag vor. Rasch legte sie die Haarbürste aus der Hand und ging zu Serafina hinüber. »Ich habe gehört, was passiert ist, und mir solche Sorgen um Sie gemacht. Wo sind Sie hingegangen?«

»Ich bin in die Berge gerannt«, erwiderte Serafina.

»Oh Miss, das hätten Sie nicht tun sollen«, sagte Essie. »Das ist viel zu gefährlich für ein kleines Ding wie Sie. Da oben gibt es Panther!«

Serafina lächelte. »Die waren das geringste meiner Probleme.«

»Wirklich? Was ist denn passiert?«, fragt Essie und fasste sie besorgt am Arm.

»Mir geht es gut«, versicherte Serafina. Doch dann trat sie einen Schritt zurück und präsentierte ihren bedauernswerten Zustand. »Es tut mir leid, dass ich dein schönes Kleid ruiniert habe, Essie.«

»Ach, nicht doch, Miss«, sagte Essie und zog sie mit sich. »Kommen Sie, setzten Sie sich aufs Bett. Ich sehe doch, dass sie etwas beschäftigt.«

»Kennst du diesen Mann, Inspektor Grathan?«

»Ja, ich bin ihm begegnet«, erwiderte Essie. »Er hat alle möglichen Fragen über Mr Vanderbilt und Mr Olmsted gestellt und über Sie auch und den jungen Herrn und die Hunde.«

»Er hat nach Gidean und Cedric gefragt?«

»Oh ja! Er hat insbesondere nach dem Hund des jungen Herrn gefragt. Eines kann ich Ihnen sagen, wir alle sind den Mann von Herzen leid.«

Am Abend zuvor war Serafina sich noch nicht sicher gewesen, ob sie Lady Rowena trauen konnte, aber bisher hatte sich alles, was das Mädchen über Inspektor Grathan gesagt hatte, als wahr herausgestellt.

»Reinigst du sein Zimmer?«, fragte Serafina und kam damit auf den Zweck ihres Besuches zu sprechen.

Essie guckte wütend. »Maggie und ich sollen es sauber halten, aber er lässt uns einfach keine Chance.«

»Wie meinst du das?«

»Er schließt seine Tür immer ab und hat uns strikt angewiesen, sein Zimmer nicht zu betreten. Er könnte eine Leiche darin versteckt haben, und wir könnten nichts dagegen tun.«

»Eine Leiche?!«, fragte Serafina alarmiert.

»Das sagt man doch nur so«, meinte Essie.

»Hast du einen Generalschlüssel oder so etwas?«

»Oh nein, Miss, das übersteigt meine Befugnisse. Die meisten Gäste schließen ihre Zimmertüren nicht ab. Dafür gibt es keinen Grund. Aber Mrs King sagt, wenn ein Gast seine Privatsphäre möchte, sollten wir sie ihm lassen.«

Serafina schüttelte frustriert den Kopf. Schon wieder eine Sackgasse.

»Woher stammt das große Interesse an Inspektor Grathan?«, fragte Essie.

»Ich glaube, er führt etwas Ungutes im Schilde, und ich möchte ihn dabei erwischen«, sagte Serafina.

»Dann seien Sie bloß vorsichtig«, mahnte Essie beunruhigt. »Ich halte ihn für einen furchtbar schrecklichen Mann.«

Serafina nickte. Sie dachte an die Ratten vom Vorabend. »Ich werde mein Bestes geben.« Dann fiel ihr noch etwas ein.

»Welches Zimmer ist das von Inspektor Grathan?«, fragte sie Essie. Sie dachte, es wäre besser, die Information zu überprüfen, die sie von Rowena hatte.«

»Als er hier eintraf, hat Mrs Vanderbilt uns angewiesen, ihm das Sheraton-Zimmer zu geben, ein sehr schönes Zimmer, aber Inspektor Grathan hatte irgendein Problem damit.«

»Was hat er gesagt?«

»Niemand konnte nachvollziehen, worüber er sich dermaßen

beklagt hat, aber er hat sich rund um die Uhr beschwert, bis sie schließlich nachgegeben und ihm die freie Wahl gelassen haben. Man stelle sich nur vor, wie unhöflich, bei jemandem Gast zu sein und dann ein spezielles Zimmer zu verlangen!«

»Welches Zimmer wollte er denn?«, fragte Serafina.

»Das Van-Dyck-Zimmer im zweiten Stock direkt an der Treppe.«

Es war dasselbe Zimmer, das Lady Rowena ihr genannt hatte, also war die Information nicht neu für sie, doch als Serafina Essie diese Worte sagen hörte, begann ihr Herz wild zu klopfen. *Das Zimmer im zweiten Stock direkt an der Treppe.* Das war genau die Stelle, an der sie und Braeden den Ratten begegnet waren und genau dort, wo Gidean sie angegriffen hatte, und davor die Schornsteinsegler. Dann fiel ihr ein, dass auch der Mann im schwarzen Umhang, Mr Thorne, in diesem Zimmer gewohnt hatte.

»Auf dem Rückweg von der Toilette heute Morgen«, fuhr Essie fort, »habe ich die anderen Mädchen über Inspektor Grathan reden hören.«

»Was haben sie denn gesagt?«

»Nun, er hat das Bankett gestern verpasst, was gegenüber Mr und Mrs Vanderbilt einfach unerhört ist. Er kam spät zurück, ging direkt auf sein Zimmer, wobei er überall Dreck verteilte, den die arme Betsy aufwischen musste, bevor Mrs King es am Morgen gesehen hätte, und dann hat er seine Glocke geläutet. Er besaß die Dreistigkeit, noch ein Abendessen aufs Zimmer zu verlangen. Der Koch musste wieder aufstehen, die Küche aufmachen, einen Teller für ihn warmmachen und einen Diener damit nach oben schicken. Das wäre überhaupt kein Problem gewesen, wenn er auch nur einen Funken Dankbarkeit gezeigt hätte, aber er ließ den Diener nicht einmal ins

Zimmer. Er brüllte ihm zu, er solle das Tablett vor der Tür auf den Boden stellen und verschwinden.«

Serafina lauschte gebannt. »Inspektor Grathan ist also zurück ...«

»Oh ja, er ist zurück, aber ich würde ihm keine Träne nachweinen, falls Mr Vanderbilt ihn sofort wieder vor die Tür setzte. All die anderen Gäste sind so nett und dankbar, besonders wenn es auf Weihnachten zugeht, aber er ist bloß ein rüpelhafter und unverschämter Mann.«

»Danke für die vielen Informationen, Essie«, sagte Serafina und drückte dabei ihren Arm. »Du bist mir eine gute Freundin. Ich ersetze dir dein Kleid so schnell wie möglich.«

»Ich weiß, dass Sie das tun werden«, sagte Essie. »Ich habe ein paar Minuten, ehe ich losmuss. Möchten Sie, dass ich Ihnen die Haare frisiere? Es sieht so aus, als hätten Sie viel durchgemacht.«

Serafina lächelte und nickte dankbar. »Ja, das wäre schön.«

Nach dem Gespräch mit Essie begab sich Serafina in die unteren Stockwerke. Sie huschte von einem Versteck zum nächsten und beobachtete den Rest des Morgens das geschäftige Treiben im Haus. Aber sie entdeckte nichts Verdächtiges oder Außergewöhnliches. Von Inspektor Grathan war weit und breit nichts zu sehen. Die Ratte schien untergetaucht zu sein. Sie fragte sich, ob ihre Verbündeten etwas herausgefunden hatten. Irgendwie mussten sie sich etwas überlegen, um Grathan ein für allemal zu besiegen. Sie konnten ihm nicht weiterhin aus dem Weg gehen. Aber bisher war es ihnen nicht einmal gelungen, in sein Zimmer zu kommen. Es passierte jedes Mal etwas Schreckliches, wenn Serafina es versuchte. Sie kam zu dem Schluss, dass sie eine Falle benötigte.

Am Nachmittag ging sie nach draußen, um auf dem Gelände einen Wachrundgang zu machen. Sie überlegte, ob der Zeitpunkt kommen würde, an dem der Alte vom Wald offen angreifen würde. Aus welcher Richtung und in welcher Gestalt würde er kommen? Oder würde der Angriff durch Grathan selbst erfolgen, hier im Haus?

Sie entdeckte Mr Vanderbilt und Mr Olmsted, die gemeinsam einen Gartenweg entlangschritten, und eilte zu ihnen, um sie zu belauschen.

»Hast du den Pflanzteams einen Besuch abgestattet, die unten am Fluss arbeiten?«, fragte Mr Vanderbilt Mr Olmsted.

»Sie machen gute Fortschritte«, erwiderte Mr Olmsted. »Mr Schenck hat ein gutes Auge für das Land.« Serafina erkannte den Namen des Oberförsters, den sie angestellt hatten, um Biltmores Wälder zu verwalten.

»Was wir jetzt noch brauchen, sind ein paar Jahrzehnte, dann werden wir hier wieder einen wunderschönen Wald haben«, sagte Mr Olmsted.

Die beiden Männer lachten auf, aber Serafina bemerkte in Mr Olmsteds Miene, in den Fältchen um seine Augen, eine gewisse Ernsthaftigkeit. Der alte Mann verbarg etwas vor Mr Vanderbilt, genau wie Lady Rowena gesagt hatte.

»Ich möchte nur weiter Fortschritte machen«, sagte Mr Vanderbilt zu Mr Olmsted, während die zwei Freunde nebeneinander hergingen.

»Mach dir keine Sorgen, George. Wir bleiben dran«, versicherte Mr Olmsted ihm. »Wir werden Biltmore so wunderschön gestalten, dass niemand ahnen wird, wie es vorher war. Du und deine Familie und eure Gäste werdet euch noch viele Jahre an den Gaben der Natur erfreuen können.«

»Das bedeutet mir sehr viel, Frederick«, sagte Mr Vanderbilt.

»Ich habe vor langer Zeit gelernt«, fuhr Mr Olmsted fort, »dass Pflanzen zu setzen und gedeihen zu lassen, unermessliche Geduld erfordert, ob es sich um eine zarte Teerose handelt oder eine stämmige Eiche.«

»Diese Geduld habe ich nur leider nicht immer«, sagte Mr Vanderbilt.

»Ich genauso wenig«, gab Mr Olmsted zu.

Serafina dachte bei sich, dass Mr Olmsted bei diesen Worten hätte glucksen oder lächeln müssen, aber das tat er nicht. Ihm haftete eine Düsternis an, die sie nicht verstand. Ihn beschäftigte etwas, das er Mr Vanderbilt nicht anvertraute. Serafina fragte sich erneut, warum er ausgerechnet jetzt nach Biltmore zurückgekehrt war.

Während sie den beiden Männern zusah und sie belauschte, dachte sie über ihr eigenes Leben nach. Vor vielen Jahren hatte sie die Freunde oft zusammen gesehen, wie sie spazieren gingen und Pflanzen setzten und darüber sprachen, welche Sorte Baum in einem Bereich wachsen würde, wie sie mehr Wasser hinschaffen oder ein Gebiet vor Wind schützen konnten, wie Hüter des Waldes. Sie hatte noch nie darüber nachgedacht, aber in letzter Zeit war ihr allmählich bewusst geworden, dass all die Annehmlichkeiten, die Gebäude und Maschinen um sie herum einst nichts weiter gewesen waren als eines Menschen Traum. Vor nicht allzu langer Zeit hatte jemand sich diese Dinge ausgemalt. Als Mr Vanderbilts Großvater aufgewachsen war, mussten die Leute große Entfernungen noch zu Fuß oder zu Pferd überwinden. Doch er hatte die Vision von Zügen gehabt, die kreuz und quer durch Amerika fuhren. Allein mithilfe dieser Züge hatte es sein Enkel vermocht, von New York in die Wildnis des westlichen North Carolina aufzubrechen. Und dann hatte sein Enkelsohn eigene Träume gehabt und ein herrschaftliches Haus in den Bergen gebaut. Mr Edison hatte sich die Glühbirne ausgedacht, die selbst die dunkelste Nacht erhellte. Andere Menschen hatten den Aufzug erfunden und den Dynamo und all die Maschinen, mit denen ihr Pa jeden Tag zu tun hatte. Doch im Gegensatz zu diesen Männern hatte Mr Olmsted von weitläufigen Gärten und endlosen Wäldern geträumt. Dies waren die Dinge, die er der Welt hinterließ. Serafina kam in den Sinn, dass die Berge und Flüsse und die Wolken und sogar die Menschen vor vielen Millionen Jahren womöglich *Gottes* Traum gewesen waren.

Während sie über all das nachdachte, kam sie nicht umhin, sich zu fragen, was mit ihr selbst war. *Sobald du dir vorstellen kannst, was du sein möchtest, wirst du einen Weg finden, es in die Tat umzusetzen*, hatte Waysa in der Höhle hinter dem Wasserfall zu ihr gesagt. Serafina wusste, dass sie keine Maschine erfinden und kein großes Haus bauen würde, aber sie musste sich darüber klar werden, wer und was sie sein wollte. Sie musste sich ihre Zukunft ausmalen und dafür sorgen, dass sie Wirklichkeit wurde.

Als sie sich an diesem Abend zurück ins Haus stahl, verkroch sie sich im Luftschacht auf der ersten Etage und überlegte, wie sie es anstellen konnte, Grathan in die Falle zu locken. Sie hatte es nicht geschafft, in sein Zimmer zu gelangen. Die meiste Zeit wusste sie nicht einmal, wo er sich aufhielt. Aber irgendeine Schwäche musste er haben!

Keinen Plan zu haben, machte sie rastlos, daher kroch sie durch den Schacht zu Braedens Zimmer. Es war leer. Als Nächstes sah sie in der Bibliothek nach. Wie gewöhnlich verschaffte sie sich Zugang durch einen Belüftungsschlitz in Deckennähe. Sie machte gerade Anstalten, die Bücherregale nach unten zu klettern, als sie hörte, wie sich Schritte näherten. Serafina flitzte in ein Versteck, machte sich ganz klein und wartete darauf, dass jemand den Raum betreten würde.

Aber das geschah nicht.

Gespannt wartete sie. Ganz sicher hatte sie etwas gehört. Es schien, als sei die Person direkt vor der Tür stehen geblieben und käme nicht herein. Je länger es dauerte, desto verwunderter wurde Serafina. Hatte sie sich geirrt?

Plötzlich stand jemand im Raum, aber er war nicht durch die Eingangstür gekommen, wie sie erwartet hatte, sondern hinter dem Sims des großen Kamins hervorgetreten. Es war Lady Rowena! Serafina erkannte, dass sie den Geheimgang benutzt haben musste, der vom ersten Stock des Hauses aus auf die oberste Bibliotheksebene führte.

Serafina hatte eigentlich vor, sich Rowena zu zeigen, doch das Verhalten des Mädchens hatte etwas Verstohlenes, also blieb sie, wo sie war, und beobachtete es.

Rowena rannte eilig die schmiedeeiserne Wendeltreppe zur Hauptebene der Bibliothek hinunter. Die üppigen Stoffbahnen ihres tiefrosafarbenen Kleides bauschten sich hinter ihr. Sie sah sich nach allen Seiten um, als wolle sie sichergehen, dass niemand sonst im Raum war, dann schoss sie zur walnussvertäfelten Wand links neben dem Kamin.

Serafina schlich am Geländer entlang, aber bevor sie zu einer Stelle gelangte, von der aus sie alles besser sehen konnte, hörte sie ein schwaches, metallisches Schnarren, ein Drehgeräusch und dann ein deutliches *Klick*, gefolgt von einem Angelquietschen. Rowena musste ein kleines Geheimfach in der Wand entdeckt haben. Papier raschelte.

Rowena kam mit einem Bündel zusammengerollter Dokumente in der Hand in Serafinas Blickfeld zurück. Sie brachte die Rollen zu einem der Tische und öffnete sie. Aus der Ferne war nur schwer zu beurteilen, um was für Dokumente es sich genau handelte, aber es schienen Baupläne zu sein.

Wonach suchte Rowena? Studierte sie eine Zeichnung des Hauses, damit sie sich darin genauso gut auskannte wie Serafina und Braeden? Oder vielleicht hatte sie die Gästeliste gefunden und ordnete sie nun den diversen Räumen des Hauses zu, so wie Serafina es von ihr verlangt hatte. Es kam ihr falsch vor, dass Rowena in der Bibliothek herumschnüffelte, doch dann wurde Serafina bewusst, dass sie genau dasselbe machte. Vielleicht ging Rowena einer Theorie über Inspektor Grathan nach. Als Serafina Rowena gebeten hatte, sich ihr und Braeden anzuschließen, hatte sie nicht mit so viel Einsatz von ihrer Seite gerechnet. Es schien ihr wirklich zu gefallen, Spionin zu spielen. Serafina konnte es kaum erwarten zu erfahren, was sie herausgefunden hatte.

Sie war gerade im Begriff, sich Rowena zu zeigen, als sie Schritte vor der Bibliothekstür hörte. Lady Rowena stopfte die Zeichnungen schnell zurück in das Geheimfach, setzte sich vor dem Feuer aufs Sofa und tat so, als würde sie ein Buch lesen.

Das Mädchen ist gut, dachte Serafina mit einem Lächeln. Das war ein Trick, den sie selbst noch nie angewandt hatte. Der alte Tu-so-als-wäre-alles-in-bester-Ordnung-Trick.

Ein Diener betrat den Raum. »Ich bitte um Entschuldigung«, sagte er mit einer leichten Verbeugung. »Das Abendessen wird heute zur üblichen Zeit um acht Uhr serviert, doch bitte nehmen Sie zur Kenntnis, dass die meisten Uhren im Haus stehengeblieben sind, daher informieren wir die Gäste, dass es momentan sieben Uhr ist, falls sie wünschen, sich noch für das Abendessen zurechtzumachen. Danke sehr.«

Serafina zuckte zusammen, als sie die Worte des Dieners vernahm. Die Uhren waren stehengeblieben! Lady Rowena war hier in der Bibliothek, was bedeutete, dass Braeden den Alarm ausgelöst hatte! Er steckte in Schwierigkeiten!

Rowena schien zu demselben Schluss gekommen zu sein, denn sie schob sich sofort an dem Diener vorbei und eilte aus dem Zimmer.

Serafina schoss aus ihrem Versteck und rannte los zum Treffpunkt auf dem Dach.

32

Serafina kletterte durch das Fenster im dritten Stock auf das Dach des Hauses und lief an der kupfernen Kuppel entlang, die sich über der Prunktreppe wölbte. Sie suchte sich ihren Weg zwischen den schrägen Schieferdächern, in die Höhe ragenden Schornsteinen, spitzen Türmen und steinernen Wasserspeiern, die Biltmores Dachreich bevölkerten.

Als sie am Dachrand angelangt war, konnte sie über das gläserne Dach des Wintergartens und die vielen Innenhöfe und Gärten des Anwesens sehen, die tief unter ihr lagen. Zusammen mit den funkelnden Sternen über ihr und den bewaldeten Bergen, die sich so weit erstreckten wie das Auge reichte, bot das Dach einen atemberaubenden Blick.

Da hörte sie ein lautes Poltern hinter sich und fuhr herum.

»Die Uhren sind alle stehengeblieben!«, sagte Lady Rowena atemlos. Es gestaltete sich nicht so einfach, in einem eleganten Kleid aus dem Fenster zu klettern.

Serafina ging zu ihr, um ihr zu helfen. Lady Rowenas Kleid, das von einer Fülle von Taftrosen geschmückt wurde, war so lang und unförmig, dass ihre Beine sich darin verfingen, als sie versuchte, durch die Fensteröffnung zu steigen. Zu zweit bemühten sie sich, den Stoff beiseite zu schieben, nicht auf den blumenbedeckten Rocksaum zu treten und sie durch das schmale Fenster zu bugsieren, ohne das Kleid zu zerreißen.

»Wir haben es fast geschafft«, stöhnte Lady Rowena. »Nur noch ein kleines Stück.«

Endlich glitt sie durch die Öffnung und fiel auf das Dach.

»Hier bin ich«, sagte sie und rappelte sich auf, um im nächsten Moment strammzustehen wie ein Soldat. »Jemand hat die Uhr angehalten!«

»Das war ich«, sagte Braeden, der problemlos durch das Fenster auf das Dach trat.

»Was ist denn los?«, fragte Serafina. »Hast du etwas beobachtet?«

»Gidean und Cedric sind verschwunden«, sagte Braeden. Seine Stimme brach.

»Wie meinst du das, sie sind verschwunden?«, fragte Serafina. Es gab Hunde, die regelmäßig auf Wanderschaft gingen, aber dass ein verwundeter Dobermann und ein riesiger Bernhardiner nicht auffindbar waren, kam ihr fast unmöglich vor.

»Wir haben das ganze Haus und die Außenanlagen abgesucht. Cedric verlässt so gut wie nie die Seite meines Onkels, und Gidean ist bisher noch nie verschwunden. Niemand kann die beiden finden«, sagte Braeden verzweifelt.

Serafina dachte nach. Sie ging zum Rand des Daches und blickte hinunter, zuerst in die Gärten mit den vielen Statuen und Wegen und dann weiter bis zum Wald.

Sie erinnerte sich an die Käfige, die sie im Schatten der dunklen Tannen gesehen hatte, als sie zuletzt dort draußen gewesen war.

Sie wollte nicht darüber nachdenken.

Sie wollte nicht, dass es wahr war.

Aber die Erinnerung ließ sie nicht los.

»Ich denke, ich weiß vielleicht, wo sie sind …«, sagte sie, und allein bei diesen Worten drehte sich ihr schon der Magen um. Es war der letzte Ort auf Erden, an den sie noch einmal gehen wollte.

33

Danke, dass Sie sich bereit erklärt haben, uns zu treffen, Sir«, sagte Serafina, als Mr Vanderbilt die Bibliothek betrat.

»Braeden hat mir berichtet, du hättest wertvolle Informationen bezüglich der verschwundenen Hunde«, erwiderte Mr Vanderbilt ernst. Er war offensichtlich sehr besorgt über Cedrics Verschwinden.

»Serafina kann uns helfen, Onkel«, versicherte Braeden. »Ich würde ihr mein Leben anvertrauen und Gideans und Cedrics ebenso. Die seltsamen Dinge, die auf Biltmore geschehen sind, Gidean, der Serafina angegriffen hat, Mr Rinaldis Tod, Cedric und Gideans Veschwinden … sie stehen alle in einem Zusammenhang.«

»In welcher Weise?«, fragte er.

»Mr Vanderbilt«, schaltete Serafina sich ein, »Sie sind mir vor ein paar Wochen zum ersten Mal begegnet, als die Kinder verschwanden.«

Mr Vanderbilts Miene wurde noch düsterer, als sie ohnehin schon war. »Ja«, sagte er und sah ihr in die Augen. »Geschieht hier dasselbe?«

»Nicht genau dasselbe«, erwiderte sie. »Aber Sie haben damals die Erfahrung gemacht, dass Sie mir vertrauen können.«

»Das stimmt«, bestätigte er.

Serafina erwiderte offen Mr Vanderbilts Blick. »Ich wollte Gidean niemals wehtun. Und ich glaube auch nicht, dass er mir wehtun wollte. Ich bin nicht ganz sicher, aber ich denke ich weiß, wo die Hunde sein könnten. Sie sind im Wald. Aber ich möchte nicht allein dorthin gehen. Ich bin dafür, dass wir eine Jagdtruppe aus Männern mit Pferden und Waffen zusammenstellen, die ich dorthin führe. Was uns auch erwartet, wir sollten es dieses Mal gemeinsam bekämpfen.«

Mr Vanderbilt sah sie lange an, sichtlich betroffen von ihren Worten. Er schien zu begreifen, wie verängstigt sie war. »Es ist also *dermaßen* gefährlich …«, sagte er schließlich ruhig.

Sie nickte langsam, ohne seinem Blick auszuweichen.

Mr Vanderbilt dachte über alles nach, was sie gesagt hatte, dann blickte er zu Braeden.

»Wir müssen die Hunde retten, Onkel«, sagte dieser. »Und Serafina ist die Einzige, die uns zu ihnen bringen kann.«

»Was erwartet uns dort, wo wir hingehen?«, fragte Mr Vanderbilt Serafina.

»Ich weiß es nicht genau«, sagte sie, »Aber ich rechne damit, Tiere in engen Käfigen vorzufinden.«

»In engen Käfigen …«, wiederholte er bestürzt, und seine Miene verdüsterte sich bei der Vorstellung. »Wann möchtest du aufbrechen?«

Serafina schluckte. »Sofort, Sir«, sagte sie, obwohl ihr bei diesen Worten flau im Magen wurde.

»Es ist stockdunkel«, gab er zu bedenken.

»Ich glaube, wir dürfen keine Zeit verlieren, Sir. Falls ich richtig liege, sind die Hunde in großer Gefahr. Ich glaube, er wird sie umbringen. Wir müssen heute Nacht dorthin. Und noch etwas: Es sollten nur Sie und Ihre vertrauenswürdigsten Männer mitkommen.«

»Viele Männer werden helfen wollen«, sagte Mr Vanderbilt. »Und falls etwas Kriminelles vor sich geht, wird Inspektor Grathan darauf bestehen, dabei zu sein.«

Serafina schürzte die Lippen. »Gerade er sollte am wenigsten mitkommen, Sir. Ich glaube, dass Mr Grathan eine große Gefahr für uns darstellt.«

Mr Vanderbilt fixierte sie einige Sekunden mit seinen hellwachen, dunklen Augen, während er über alles nachzudenken schien, was sie ihm erzählt hatte. Sie hielt seinem Blick stand und wartete darauf, dass er etwas erwiderte.

Schließlich nickte er. »Ich verstehe. Wir machen es genauso, wie du gesagt hast.«

Eine halbe Stunde später hatte Mr Vanderbilt einen Jagdtrupp im Hof versammelt, der aus elf handverlesenen Reitern sowie Serafina und zwei Fährtenlesern mit Hunden bestand, die zu Fuß unterwegs waren. Viele der Männer trugen Fackeln, deren Flammen in der Dunkelheit flackerten und knisterten. Als Serafina sah, wie Braeden auf seinem Vollblut in den Hof ritt, wurde ihr das Herz schwer, aber seine entschlossene Miene offenbarte ihr, dass er sich nicht davon abbringen lassen würde, mitzukommen. Und Lady Rowena an seiner Seite wirkte ebenso entschlossen. Sie ritt nicht länger im Damen-, sondern im Herrensattel und hatte jedes Vorspiegeln vornehmer Geziertheit abgelegt. Ihre Wangen waren von der kalten Luft gerötet. Sie trug einen modischen Reitrock, aber er war dunkel und schwer und gut geeignet für die vor ihnen liegende Aufgabe. Die roten Haare hatte sie zurückgebunden und unter die Kapuze des Reitrocks gesteckt. Ihre Hände steckten in Lederhandschuhen und sie führte eine

Gerte mit sich wie viele der Männer. Sie sah aus, als gehörte sie hierher. Serafina überraschte es nicht, dass sie darauf bestanden hatte mitzukommen. Sie hoffte nur, Lady Rowena würde ihre Entscheidung nicht bereuen, wenn sie erst einmal dort waren.

Mr Vanderbilt und der Jagdführer riefen zum Aufbruch, und die Pferde trabten los. Die Jagdgesellschaft verließ Biltmore kurz nach Mitternacht im schwindenden Schein eines wolkenverhangenen Mondes.

34

Als Serafina mit ihrer Reittruppe durch den Wald lief, kam sie sich vor wie ein Feldherr, der eine Armee in die Schlacht führte. Die klappernden Hufe, quietschenden Sättel, klirrenden Trensen und schnaufenden Männer machten so viel Lärm, dass sie alle anderen Geräusche übertönten. Serafina löste sich von den anderen und ging voraus, damit sie den Wald um sich herum besser hören konnte.

Sie wusste, dass sie sich nicht zu weit von den anderen entfernen sollte. Nebelschwaden zogen tief über das Land und hingen zwischen den Bäumen. Sie bewegten sich durch den Wald wie Geisterwolken, waberten zwischen Felsen und Baumstümpfen und versperrten immer wieder den Blick auf die Pferde.

Serafina warf einen Blick zu Braeden, Rowena und Mr Vanderbilt zurück, die mit den anderen Reitern eine lose Keilformation bildeten. Sie wusste, dass der Herr von Biltmore sich seit jeher gerne draußen in der Natur aufhielt, aber er war kein passionierter oder erfahrener Jäger und hatte daher den Jagdführer des Anwesens gebeten, die Reiter und Fährtenleser bei der Suche anzuführen. Der Jagdführer ritt vor den beiden Vanderbilts und allen anderen Reitern her. Er war ein großer Mann mit rauer Stimme und handfestem Auftreten und sah aus, als hätte er den Großteil seines Lebens im Sattel verbracht. Er ließ sie keine Sekunde aus den Augen, sein Blick folgte ihr durch das Gebüsch. Sie war die einzige, die den Weg kannte.

Die Fährtenleser – zwei robuste Männer in schweren Mänteln – waren wie sie zu Fuß unterwegs und führten eine Meute von sechs Jagdhunden an der Leine, große, wendige schwarz gescheckte Hunden, die seit dem 17. Jahrhundert für die Bärenjagd in den Bergen gezüchtet wurden.

Doch als sie den Suchtrupp den Berg hinauf zu dem Tannenwäldchen führte, in dem sich die Käfige verbargen, guckten die Fährtenleser bestürzt. Ihre Hunde hatten die Nase am Boden, schienen aber verwirrt. Sie bellten aufgeregt und schnüffelten herum. Anstatt einen Geruch aufzunehmen, dem sie folgen konnten, begannen sie zu knurren.

»Ruft die Hunde zur Ordnung!«, befahl der Jagdführer den Männern streng.

»Jesse benimmt sich, als hätte er eine Wildkatze aufgespürt«, sagte einer der Fährtenleser und deutete auf die Hunde. »Bax sieht aus, als wäre er einem Bären auf der Spur. Und der alte Roamer hier knurrt, als läge hinterm Hügel da etwas, das er noch nie gerochen hat.«

Der Jagdführer sah Serafina an.

Sie waren endlich bei der Tannengruppe angekommen, nach der sie gesucht hatte, aber die Bäume standen so dicht und die Äste hingen so tief, dass die Pferde auf keinen Fall hindurchkommen würden. Und Serafina kannte sich gut genug aus, um zu wissen, dass der Jagdführer nichts mehr ablehnte, als seinen Reitern zu befehlen, vom Pferd zu steigen. Er wäre viel lieber um die Tannen herumgeritten, aber sie war überzeugt, dass die Käfige *zwischen* den Tannen standen.

»Mitten hindurch«, sagte sie mit ausgestrecktem Arm.

Sie hatte keinerlei Berechtigung, dem Mann zu sagen, wie er seinen Job zu machen hatte, aber sie musste ihm mitteilen, was sie wusste. Sie warf Mr Vanderbilt einen Blick zu, der sein Pferd neben dem des Jagdführers zum Halten gebracht hatte.

Doch bevor der Jagdführer den Befehl zum Absteigen geben konnte, erschallte zwischen den Bäumen ein seltsames Heulen. Die bellenden, jaulenden, kreischenden Laute ließen Serafina die Haare zu Berge stehen. Es war nicht das Heulen eines Wolfs oder Wolfshundes, sondern etwas anderes. Die Reiter blickten sich mit weit aufgerissenen Augen um, ihre Pferde versuchten auszubrechen und stießen dabei gegeneinander.

Glühende Augenpaare kamen durch die Dunkelheit auf sie zu. Es waren mindestens fünfzig, und sie bewegten sich mal hierhin, mal dorthin.

Die Jagdhunde bellten und knurrten kampfbereit.

»Ruhe bewahren, Männer!«, brüllte der Jagdführer, darum bemüht, die Situation in den Griff zu bekommen, die rasant außer Kontrolle geriet. »Bleibt fest im Sattel!«

Eine grollende, wolfsähnliche Kreatur sprang aus dem Dunkel heraus das Pferd des Jagdführers an. Das Pferd stieg panisch wiehernd auf die Hinterbeine und keilte aus.

»Rückzug!«, rief der Jagdführer, als immer mehr wolfsähnliche Kreaturen über sie hereinbrachen, sich in den Beinen der Pferde verbissen oder die Reiter ansprangen und sie aus dem Sattel rissen.

Angst breitete sich so rasend schnell in Serafina aus wie ein Buschbrand. Das hier waren weder Hunde noch Wölfe. Es waren *Kojoten,* eine ungeheure Anzahl von ihnen, von einer widernatürlichen Macht in die Berge gebracht. Kojoten kamen normalerweise nicht in diesen Wald, weil die Wölfe ihre Feinde waren.

Voller Angst rannte sie an auskeilenden Pferden, knurrenden Kojoten und kreischenden Männern vorbei zu Braeden, Rowena und Mr Vanderbilt, mitten hinein in die Schlacht. Sie duckte sich und wich den wilden Kojoten aus.

Die Kojoten warfen die beiden Fährtenleser zu Boden, obwohl die Jagdhunde sie bei lebendigem Leibe zerrissen, aber es waren viel zu viele Kojoten, als dass die Hunde gegen alle hätten kämpfen können.

Braeden und Mr Vanderbilt waren erfahrene Reiter und auf die Gefahr vorbereitet gewesen, daher war bei dem Überraschungsangriff keiner von ihnen aus dem Sattel gefallen. Aber Mr Vanderbilts Pferd bockte und warf sich wild herum und lief dabei immer wieder in die tief hängenden Äste hinein, wodurch der arme Mr Vanderbilt beinah aus dem Sattel geworfen wurde. Es schien, als wären selbst die Pferde zu ihren Feinden geworden.

»Rückzug!«, brüllte der Jagdführer und zog einem Kojoten mit der Fackel eins über.

»Los komm, Braeden!«, rief Rowena, die darum kämpfte, ihr um sich tretendes Pferd unter Kontrolle zu bekommen.

»Wir müssen weiter!«, schrie Braeden. Er war fest entschlossen, Cedric und Gidean zu helfen, aber am Ende war auch er gezwungen, mit den anderen den Rückzug anzutreten.

Viele der Männer, die von ihren Pferden abgeworfen worden waren, flohen zu Fuß. Diejenigen, denen es gelungen war, im Sattel zu bleiben, rissen die Pferde herum und preschten davon. Aber die Kojoten verfolgten sie, schnappten nach ihren Beinen und versuchten, die stolpernden Pferde in die Enge zu treiben und sie im dichten Gestrüpp einzukesseln.

Während die Jagdtruppe den ungeordneten Rückzug nach

Biltmore antrat, kauerte Serafina am Boden hinter einem Baum. Sie wusste nicht, was sie machen sollte. Sie fand sich ganz allein an einem düsteren, stillen Flecken des Waldes wieder. Von dort beobachtete sie das Chaos und hörte, wie es nach und nach vom Schleier des Nebels verhüllt wurde. Hoffnungslosigkeit überkam sie. Gegen eine ganze Bande Kojoten konnte sie nicht allein kämpfen. Sie konnte die panischen Pferde nicht beruhigen oder den flüchtenden Männern neuen Mut einflößen. Ein Kloß bildete sich in ihrer Kehle, als sie einen letzten Blick auf Braeden, Rowena und Mr Vanderbilt erhaschte, die sich nun ebenfalls zurückzogen. Serafina wäre ihnen so gerne nach Hause gefolgt. Die Vorstellung, an diesem Ort zurückgelassen zu werden, jagte ihr eine Heidenangst ein.

Aber sie rührte sich nicht vom Fleck.

Der einzige Weg, Gidean und Cedric zu retten, war, allein weiterzumachen, heimlich unter den schwarzen Ästen der pechbedeckten Bäume entlangzukriechen, während die Männer gegen die Kojoten kämpften. Ihre einzige Hoffnung bestand darin, ungesehen und ungehört in die dunkle Höhle des Feindes zu schleichen.

Während sie den Plan in Gedanken durchging, hörte sie etwas langsam auf sich zukriechen. Zuerst meinte sie, vier Füße auf dem Boden wahrzunehmen, doch dann erkannte sie, dass es kein Kojote oder Wolfshund war. Die beiden Vorderbeine waren leichtfüßiger, behutsamer. Die hinteren zwei trotteten mit, klangen schwerer. Es waren nicht *vier Füße*. Es waren zwei Hände und zwei Knie.

35

Braedens Kopf schob sich durch das Gebüsch.

»Braeden, du hättest nicht zurückkommen dürfen!«, sagte Serafina entgeistert. »Was machst du hier?«

»Ich bin vom Pferd gefallen«, behauptete er unschuldig.

»Du Lügner«, widersprach sie. »Du fällst nie vom Pferd!«

»Aber die Kojoten haben uns angegriffen!«

Sie schüttelte den Kopf. »Nein, so war es nicht. Ich habe dich gesehen, Braeden. Du bist nicht vom Pferd gefallen!«

»Na schön«, räumte er schließlich ein. »Ich habe mich vom Rest der Gruppe abgesetzt, aber mein Pferd war zu verängstigt, um hierher zurückzukommen. Ich konnte es nicht überreden weiterzugehen, also bin ich abgestiegen und habe es zu den anderen zurückgeschickt. Er wird es schon schaffen.«

»Es ist nicht das Pferd, um das ich mir Sorgen mache!«, sagte sie entrüstet. »Du hättest bei den anderen bleiben sollen.«

»Ich wollte dich nicht hier im Dunkeln an diesem schrecklichen Ort allein lassen.«

»Ich bin in der Dunkelheit zu Hause«, sagte sie. »Du aber nicht.«

Braeden deutete auf die Tannen. »Ich kann vielleicht nicht so gut im Dunkeln sehen wie du, Serafina, aber falls die Hunde hier sind, muss ich ihnen helfen.«

»Was ist mit Lady Rowena und deinem Onkel? Geht es ihnen gut?«

»Ja. Sie sind beim Rest der Truppe geblieben.«

»Und genau dort solltest du auch sein.« Sie starrte ihn an, aufgebracht über seine Sturheit. Er machte sich keine Vorstellung davon, worauf er sich eingelassen hatte. Aber sie wusste, dass sie es ihm nicht würde ausreden können.

»Na gut«, sagte sie schließlich und kroch hinüber zu ihm. »Wir gehen zusammen rein, aber du musst dicht bei mir bleiben und darfst keinen Laut von dir geben.«

Die beiden tauchten unter den tief hängenden Ästen durch und schlichen Seite an Seite in das Tannenwäldchen. Der ekelerregende Duft des klebrigen Harzes strömte ihnen entgegen. Die oberen Äste der Bäume verdeckten den Mond und die Sterne und verwandelten den Bereich darunter in schwarze Finsternis. Selbst Serafina fiel es schwer, etwas zu erkennen.

Sie musste die Hand vor sich ausstrecken, um nicht in die herunterhängenden, toten Zweige hineinzulaufen. Doch jedes Mal, wenn sie im Dunkeln etwas berührte, blieb das klebrige Harz an ihren Fingerspitzen hängen und überzog die Hände nach und nach mit einem zähflüssigen Schleim. Ihre Füße und Hände blieben immer wieder am Boden haften, um sich im nächsten Moment mit saugenden, schmatzenden Geräuschen zu lösen.

Ihr war bewusst, dass Braeden absolut blind sein musste, daher nahm sie seine Hand und legte sie sich auf die Schulter. »Halte dich einfach an mir fest«, flüsterte sie. Seine Hand zitterte. Es musste schrecklich für ihn sein, blind an diesem Ort herumzukriechen.

Während sie sich vorwärtsbewegten, stieg ihr ein fauliger Geruch in die Nase. Zuerst dachte sie, er stamme von dem Tannenharz, doch dann wurde ihr klar, dass der Gestank von Tieren herrührte, von Tierabfällen. Plötzlich wurde der Gestank noch viel schlimmer.

Sie hörte ein Zischen, Gurgeln und Brodeln direkt vor sich und sah in einiger Entfernung das orangefarbene Flackern eines Kochfeuers.

»Was ist das?«, flüsterte Braeden verunsichert. Jetzt sah auch er endlich wieder etwas.

»Unser Ziel«, erwiderte sie.

Als sie auf die Rauchschwaden des Feuers zukrochen, berührte Serafinas Hand unabsichtlich die kühle, glatte Oberfläche von etwas, das sie für einen flachen Stein hielt. Sie senkte den Blick und sah, dass es sich um einen Grabstein handelte, der flach am Boden lag und so alt und verwittert war, dass die Zahlen und Buchstaben sich abgeschliffen und eine blanke Oberfläche zurückgelassen hatten.

Vor dem Grabstein, in dem Bereich, wo der Körper zur Ruhe gebettet worden war, stand ein alter Mortsafe – ein schwerer, verriegelter Käfig aus Eisen, der tief in den Boden gesunken war und die langen und schmalen Proportionen eines Körpers besaß. Serafina wusste nicht, ob Mortsafes dazu da waren, Grabräuber draußen oder Leichname drinnen zu halten, aber er diente inzwischen einem noch viel grausameren Zweck. Eine kleine Tür war am Ende des eisernen Käfigs eingebaut worden. Im Käfig lagen eine Hirschkuh und zwei gesprenkelte Rehkitze, die zu ihr hinübersahen. Sie wurden von den Stäben so eingezwängt, dass sie nicht einmal stehen konnten.

Als sie sich umblickte, erkannte sie,, dass es hier noch viele dieser alten Grabsteine und Eisenkäfige gab, Hunderte von ihnen, soweit sie es beurteilen konnte. Ein paar Nächte zuvor war sie auf die Käfige gestoßen, hatte aber nicht erkannt, dass es sich um die Mortsafes eines alten Friedhofs handelte. Unter dem dichten Tannenwald befand sich ein ganzes Gräberfeld. Der Friedhof war vor langer Zeit aufgegeben worden, und der Tannenwald war darüber gewachsen. Serafina sah sich um. In den Käfigen saßen alle möglichen Tiere. In einem benachbarten rannte ein Nerz hin und her, der verzweifelt nach einem Ausweg suchte. Der Käfig neben Braeden hielt einen Freund von ihm gefangen: der kleine roten Fuchs, der sich eng zusammengerollt hatte und vor Angst zitterte. Er starrte Braeden flehend an.

»Wir müssen sie befreien!«, sagte Braeden mit bebender Stimme.

»Warte«, flüsterte Serafina. Die zahlreichen, gefangenen Tiere verrieten ihr, dass der Feind nahe war. Sie hatten nur begrenzt Zeit, das zu tun, wofür sie hergekommen waren. Als sie zwischen den Käfigen auf das Feuer zukrochen, kamen sie an einem Wiesel und einer Waschbärenfamilie vorbei. Serafinas Schläfen begannen zu pochen und ihre Glieder zu zittern. Sie sah sich nach allen Seiten um, suchte die Käfige ab. Irgendwo da draußen in den wabernden Nebelschwaden, unter den tief hängenden, tropfenden Zweigen der Tannen lagen Gidean und Cedric hilflos in einem Käfig.

Plötzlich umklammerte Braeden ihre Schulter so fest, dass es wehtat. Sie hielt den Atem an, als sie in der Ferne die Silhouette eines Mannes entdeckte. Es war der graubärtige Alte vom Wald in seinen Stiefeln und dem langen, wettergegerbten Mantel. Er schritt entschlossen und zielstrebig voran, ganz auf seine Arbeit konzentriert. Als er eine Handvoll Äste ins Feuer warf, stiegen wirbelnde Funken auf. Die lodernden Flammen knallten und zischten im brennenden Harz. Dann entdeckte Serafina den Ursprung des grauenvollen Gestanks: der Mann kochte etwas in einem gusseisernen Topf, der im Feuer stand.

Serafinas Muskeln zuckten. Sie wäre am liebsten davongerannt. Aber in dem Moment hörte sie ein *Tick-Tick-Ticken,* gefolgt von einem schrecklichen, fauchenden Kreischen und eine Schleiereule flog herbei. Serafina schubste Braeden zu Boden und duckte sich verängstigt unter den suchenden Augen der Eule weg, die tief unter den Ästen der Tannen entlangsegelte, direkt an ihnen vorbei, hinüber zum Feuer und dem Bärtigen. Die Eule ließ einen gekrümmten Zweig vor die Füße des Mannes fallen und flog weiter.

Als Antwort auf die vorbeifliegende Eule hob der Bärtige das Kinn und stieß einen fürchterlichen Schrei aus, der aus dem *Tick-Tick-Ticken* und einem tiefen, selbstzufriedenen Zischen bestand. Da erkannte Serafina, dass die Eule nicht nur seine Vertraute war oder eine Dienerin, die seinen Befehlen gehorchte. Das Zischen drückte eine enge Verbundenheit aus, eine dunkle, entsetzliche Liebe.

»Wir werden jene Behausung niederbrennen!«, rief er der Eule zu. Serafina konnte sein ledriges, zerfurchtes Gesicht erkennen. Er war ein Mann, der von einem Hass besessen war, der mörderisch war.

Braeden neben ihr zitterte, er war gespenstisch weiß und rang um Luft. Sie hielt ihn fest an sich gedrückt, um ihm Mut zu geben.

Der Mann beugte sich hinunter und hob den Zweig auf, den die Eule fallen gelassen hatte. Serafina nahm an, er würde ihn zu den anderen ins Feuer werfen, aber im nächsten Augenblick spielten die Augen ihr einen Trick, sie zuckte zusammen, und der kleine Zweig verwandelte sich in einen langen, robusten Wanderstock. Es war der Stab der Macht, von dem Waysa ihr erzählt hatte. Der Stab war verrußt, dornig und sehr knorrig. Es sah aus, als wände sich eine Schlange oder Schlingpflanze darum. Und in diesem Moment ging eine überschäumende, pulsierende, dämonische Energie von ihm aus, so als spüre er, dass er in Kürze noch sehr viel mehr davon in sich tragen würde.

Zu Füßen des Mannes lag ein dunkler Haufen abgezogener Tierfelle, schwarze, braune und weiße, Überbleibsel der Tiere, die er für sein entsetzliches Gebräu benutzt hatte. Serafina hatte keine Vorstellung davon, was er Schreckliches damit vorhatte, doch dann hob er den Stab hoch und tauchte ihn in den Topf, überzog ihn wieder und wieder mit der zähflüssigen Substanz und murmelte dabei Worte, die sie nicht verstand.

Dann zog er den tropfenden Stab aus der fauligen Mixtur und ging zu einem nahe stehenden Käfig hinüber. Serafina sah mit Entsetzen, wer sich darin befand. Es war Gidean! Ihr Freund kauerte auf den Hinterbeinen, er knurrte wütend, aber sein Blick war angsterfüllt, als der Mann sich dem Käfig näherte. Der Bärtige zeigte mit dem Stab auf den Käfig. Die Käfigtür sprang auf. Gidean kroch am ganzen Körper zitternd auf den Mann zu. *Beiß ihn, Gidean!,* wollte Serafina ihm zurufen. *Beiß ihn und renn weg!* Aber das konnte Gidean nicht. Der Mann nutzte den Stab, um ihn zu kontrollieren.

Als sie eine Hand nach hinten ausstreckte, um sie über Braedens Mund zu legen, wusste sie, dass es zu spät war. Gidean unter der Kontrolle des Stabs zu sehen, war zu viel für Braeden. Er stieß einen verzweifelten Laut aus. Der Kopf des Bärtigen fuhr herum, und er sah Braeden direkt an. Seine silbernen Augen funkelten.

Serafina ging zum Angriff über. Sie rannte auf den Mann zu, weil sie wusste, dass ihre einzige Chance darin bestand, ihn zu Boden zu werfen, bevor er die Hand heben und sie mit einem Bann belegen konnte.

Doch der Mann hob die Hand an die Lippen und blies über die offene Handfläche.

Serafina spürte, wie der Atem des Todes sie durchfuhr. Ihr Körper wurde kalt. Ihre Muskeln erschlafften. Und sie stürzte zu Boden.

Braeden brach hinter ihr zusammen.

Sie lag mit dem Gesicht zur Seite im Dreck, die Luft zum Atmen war ihr geraubt worden, ihr Herz hatte aufgehört zu schlagen und sie blickte starr geradeaus. Braeden lag neben ihr auf der Erde, nur wenige Zentimeter entfernt, die Augen weit aufgerissen und glasig. Sein Blick war voller Entsetzen. Sie konnte den Kopf nicht drehen, aber auf den Baumstämmen der pechschwarzen Tannen sah sie den flackernden Schatten des Bärtigen auf sich zukommen.

36

Nach und nach wurde Serafina bewusst, dass sie wach war, doch sie konnte die Augen nicht öffnen und sich nicht bewegen. Sie spürte die kalte Erde unter sich und die Luft, die im Zeitlupentempo in ihre Lunge strömte und wieder hinaus, aber es gelang ihr nicht, ein Geräusch von sich zu geben.

Sie roch abgestorbene Tannennadeln und den Harz bedeckten Boden, auf dem sie mit dem Gesicht lag. In ihrem Mund schmeckte sie Erde.

Sie lag auf der Seite, der rechte Arm befand sich neben dem Kopf, der linke unter ihrem Körper, unnatürlich abgewinkelt. Die Beine lagen eng angezogen am Körper. Ihre Haut kribbelte an den nackten Armen und Beinen und im Gesicht von dem nassen, klebrigen Boden, aber sie konnte nicht aufstehen.

Sie hörte nichts außer dem Wind, der schwach und trostlos durch die Bäume fuhr.

Werde ich so sterben?, fragte sie sich. Und dann dachte sie, dass es so sein müsste. Sie merkte, wie sie in die Dunkelheit abglitt.

»Serafina!«, flüsterte ihr jemand drängend zu, als wäre er entschlossen, sie nicht die Hoffnung verlieren zu lassen. Die Stimme besaß keinen Körper, kein Gesicht. Es war nicht die von Braeden oder ihrem Vater. Und schon bald verwehte die Gewissheit, dass sie die Stimme überhaupt vernommen hatte, mit dem Wind.

Sie verlor das Bewusstsein und wurde irgendwann erneut wach. Sie wusste nicht, wie viel Zeit vergangen war. Es hätte sich um Sekunden, Minuten oder Stunden handeln können.

Als es ihr endlich gelang, die Augen zu öffnen, konnte sie den Kopf noch immer nicht heben. Sie sah hauptsächlich schwarze Erde und direkt darüber ein Gitterwerk aus Eisenstäben und Stacheldraht und durch die Stäbe in einen anderen Käfig, in dem einer der weißen Schwäne lag, die sie einige Abende zuvor auf Biltmores Teich gesichtet hatte.

»Serafina!«, rief die Stimme wieder.

Sie drang von der anderen Seite des Schwans zu ihr herüber.

Ihr gelang es, langsam den Kopf zu heben.

Es brach ihr das Herz, in dem Käfig dort einen braunhäutigen Jungen mit langen, zerzausten, dunklen Haaren zu sehen. Er sah so klein und schwach in dem Käfig aus, dass sie ihn fast nicht wiedererkannt hätte, aber seine braunen Augen erwiderten ihren Blick entschlossen und ungebrochen wie die einer gefangenen Wildkatze.

»Bleib tapfer, Serafina!«, sagte er mit rauer, bewegter Stimme.

»Waysa …«, stieß sie hervor, vernahm aber selbst kaum ihre trockene, krächzende Stimme. Als sie versuchte, sich aufzurichten, stieß sie mit dem Kopf gegen die Eisenstäbe, die sie am Boden festhielten. Der Bärtige hatte sie in einen Mortsafe gesperrt wie die übrigen Tiere.

Sie reckte den Hals und spähte zwischen den Gitterstäben hindurch. In der Nähe konnte sie den Mann sehen, der in seinem Lager arbeitete. Bei seinem Anblick durchzuckte sie Angst, aber der

Käfig hielt sie gefangen. Sie konnte nicht entkommen. Das fauchende, knisternde Feuer glühte orange, die Funken stieben wirbelnd gen Himmel und der Rauch zog durch die knorrigen Äste der Bäume.

Der Mann ging um das Feuer herum, gab ihm Nahrung und hütete den gusseisernen Topf. Erinnerungsfetzen stürmten auf sie ein und fügten sich zu Bildern zusammen, während ihr langsam alles wieder einfiel, was sie gesehen hatte: die Eule, den Stab, die Wolfshunde, die Kutsche, die Pferde, die Ratten, die Kojoten. Was hatte das alles zu bedeuten? Der Mann tauchte den Stab immer wieder in das Gebräu und tränkte ihn darin.

»Was ist passiert, Waysa?«, fragte sie leise. »Wie bist du hierhergeraten?«

»Ich musste die Jungen retten«, sagte er ernst. Serafina nahm an, dass Waysa sich dem Mann entgegengestellt hatte, als er angriff, und so der Mutter und den Löwenjungen den entscheidenden Vorsprung verschafft hatte, den sie benötigten, um zu entkommen.

Die Flut der Gefühle, die sie durchströmte, verlieh ihr etwas Stärke. Sie versuchte, sich umzudrehen.

Die Augen eines Wolfs sahen sie durch die Gitterstäbe eines benachbarten Käfigs an. Es war ihr alter Freund, den sie auf dem Bergkamm gesehen hatte. Trotz seiner tapferen Anstrengung, das Rudel in die Sicherheit des Hochgebirges zu führen, hatten sie es nicht aus dem Wald heraus geschafft. Während der Wolf sie durch die Stäbe ansah, wurde ihr schwer ums Herz. Es gab nichts, das sie für ihn hätte tun können, oder er für sie.

Mit einer Mischung aus Erleichterung und Entsetzen entdeckte sie Braeden im Käfig neben sich. Er lag mit dem Gesicht nach unten ausgestreckt da. Es machte den Eindruck, als wäre ein toter Junge aus seinem Grab geklettert, dann aber nicht weitergekommen, weil die

Gitterstäbe des Mortsafes ihn gefangen hielten. Sein Körper wirkte völlig leblos, seine Haut war blass und feucht, doch seine Augen waren geöffnet und starrten verwundert ins Leere.

»Ich bin's, Braeden«, flüsterte sie ihm zu, in der Hoffnung, er käme dann zu sich. Sie war sich ziemlich sicher, dass er noch lebte, aber der Zauberbann hatte ihn hart getroffen. »Wach auf! Ich bin's! Serafina!«

Während sie sich bemühte, ihn wach zu bekommen, fragte sie sich, was sie nun tun sollten. Was würde als Nächstes kommen? Sie war von gefangenen Tieren umgeben. Sie *war* ein Tier in Gefangenschaft. Die eisernen Stäbe und der Maschendraht dazwischen waren viel zu stark, als dass sie sie hätte überwinden können. Sie warf sich gegen den Käfig und zog an den Gitterstäben. Sie trat dagegen und rammte sie mit der Schulter. Aber es machte keinen Unterschied. Sie kam nicht heraus.

37

Serafina versuchte, einen Tunnel zu graben, vorbei an den Gitterstäben. Sie grub, bis ihre Finger bluteten, aber es brachte nichts. Der Mortsafe reichte tief in die Erde. Auch wenn sie lange grub, würde sie doch nur auf verrottetes Holz und Knochen stoßen.

Die Eisenstäbe des Mortsafe lagen dicht genug beieinander, um einen Erwachsenen daran zu hindern, sich hindurchzuzwängen, aber viele der Käfige – auch derjenige, in dem sie sich befand –, waren zusätzlich mit Maschendraht umwickelt, damit kleinere Tiere nicht durch die Eisenstäbe entkommen konnten.

»Ich habe versucht, den Maschendraht kaputtzumachen«, sagte Waysa, während sie den Draht an ihrem Käfig in Augenschein nahm. Er fing an, mit voller Kraft gegen den Maschendraht zu treten. Dieser rührte sich kaum, aber als Serafina sah, wie er durch die Wucht der Tritte federte, hatte sie eine Idee.

Sie drückte sich dicht an die untere Seite ihres Käfigs. Der Maschendraht bestand aus Vierecken, die gerade groß genug waren, dass ein paar Finger hindurchpassten. Sie packte eine Strebe des Drahts und begann sie hin- und herzubiegen. Wieder und wieder.

»Was machst du da?«, flüsterte Waysa.

Serafina antwortete nicht, sie bog das Drahtstück nur weiter vor und zurück. Vor und zurück. Ihre Finger wurden rau, und ihre Muskeln schmerzten. Aber endlich erwärmte sich der Draht. Sie bog ihn, so schnell sie konnte, hin und her. Dann gab er nach! Sie hatte den Draht gebrochen.

Sie musste lächeln, als sie Waysas verblüfftes Gesicht sah. Sie hatte soeben mit bloßen Händen Metall zerbrochen. Sie war eine Zauberin.

Sofort machte sie mit dem nächsten Draht weiter, bog ihn und bog ihn und bog ihn, bis er in ihren Fingern zerbrach. »Danke, Pa!«, flüsterte sie bei sich, als sie den nächsten Draht in Angriff nahm. Sie arbeitete sich Stück für Stück weiter und befreite allmählich einen Bereich dicht am Boden von Draht, wo der Abstand zwischen den Gitterstäben am größten war. Sie versuchte, durch das so entstandene Loch zu kriechen, aber es war sehr eng. Sie kam nicht hindurch.

»Runter, Serafina!«, flüsterte Waysa warnend.

Serafina erstarrte, sie presste sich in den Boden wie ein verängstigtes Tier, als sie das *Tick-Tick-Ticken* und den heiseren Schrei der Eule hörte. Sie flog direkt über ihre Köpfe in das Lager. Der Mann schleuderte den Stab in die Luft. Er verschwamm und verwandelte sich in einen Zweig. Die Eule fing ihn im Flug mit den Klauen und verschwand zwischen den Bäumen.

Serafina verstand nicht, was da geschah, aber sie war entschlossener denn je, ihrem Käfig zu entfliehen. Sie drückte das Gesicht in die Erde und schob den Kopf in das Loch. Dann suchte sie mit den Füßen am anderen Ende des Mortsafe Halt und nutzte die Stärke ihrer Beine und ihres Körpers, um den Kopf durch das Loch zu schieben. Dabei zerschrammte sie sich beide Ohren so, dass sie bluteten. Sie drehte den Hals, klappte ihr nur durch Muskeln und Sehnen mit der Wirbelsäule verbundenes Schulterblatt ein und zwängte sich in das Loch. Sobald sie einen Teil des Kopfes, der Schulter und einen Arm durch das Loch bekommen hatte, suchte sie nach etwas, an dem sie sich festhalten konnte, um den restlichen Körper durch das Loch zu ziehen, aber da war nichts, woran sie sich hätte festhalten können. Sie krallte sich in die Erde, fand aber keinen Halt. Jetzt steckte sie in dem Loch fest. Sie kam weder vor noch zurück.

Als sie sich nach einem Ast oder Felsbrocken umsah, an dem sie sich festhalten konnte, entdeckte sie, dass Braeden im Käfig neben ihr sich verbissen abmühte, die Maschendrahtstreben so hin und her zu biegen, wie sie es getan hatte.

»Halte durch, Serafina!«, flüsterte Braeden, doch ihr war klar, dass es nichts bringen würde. Sein Körper war größer als ihrer. Selbst wenn er es durch den Maschendraht schaffte, würde er nicht zwischen den Eisenstäben hindurchpassen.

Nichts, was sie versuchte, klappte. Panik machte sich in ihr breit, und sie rang keuchend um Luft. Ihr Herz klopfte wild. Sie bemühte sich, nicht den Kopf zu verlieren, aber sie atmete schneller und schneller. Sie blickte zum Feuer hinüber. Wie viel Zeit blieb ihnen, bis der Bärtige sie holen würde?

Endlich gelang es Braeden, ein kleines Loch in den Maschendraht zu brechen, der seinen Käfig sicherte. Genau wie sie vermutet hatte, passte er nicht durch den engen Spalt zwischen den Gitterstäben. Aber er streckte seinen Arm durch das Loch und hielt ihr die Hand hin. Anfangs verstand Serafina nicht, was er da machte, aber dann ging ihr ein Licht auf. Sie drückte sich gegen die Stäbe ihres Käfigs und streckte den Arm zu ihm aus. Sie schob und schob mit ausgestreckten Fingern, bis ihre Hände sich schließlich in der Mitte zwischen den Käfigen trafen. »Hab dich!«, sagte er, als er ihre Hand ergriff. Dann zog er sie auf sich zu.

Jetzt, da Braeden an ihrem Arm zog und sie sich mit den Füßen abstieß, hatte sie die Hebelkraft, die sie brauchte. Es gelang ihr, sich durch das Loch zu zwängen und auf der anderen Seite hervorzukriechen. Sie hatte es geschafft! Sie war entkommen!

Rasch kroch sie zu Braedens Käfig, um den Riegel von außen zu öffnen.

»Er kommt!«, flüsterte Waysa drängend.

Serafina hörte die schweren Schritte des bärtigen Mannes hinter sich.

Ihr gelang es endlich, Braedens Käfig zu öffnen und ihn herauszuziehen. »Geh die Hunde holen!«, flüsterte sie ihm zu. Dann eilte sie weiter zu Waysas Käfig und öffnete ihn.

Der Mann würde jeden Moment bei ihnen sein.

Während Waysa ins Freie kroch, warf Serafina einen Blick zu Gidean und Cedric hinüber. Sie hockten auf den Hinterbeinen und sahen Braeden freudig an, der im Begriff war, ihre Käfige zu öffnen. Serafina nutzte den letzten Moment, um rasch noch den Käfig des Wolfs zu entriegeln. Ihr junger Wolfsfreund sah sie dankbar an. Dann rannte sie in dem Wissen davon, dass der Bärtige nur wenige Schritte hinter ihr war.

Sie und Braeden und die anderen flohen von dem alten Friedhof, sie liefen tief geduckt unter den Ästen der Tannen hinweg.

Hinter sich hörte sie den wütenden Angriff des befreiten Wolfs, der aus seinem Käfig auf den bärtigen Mann zusprang. Sie wusste nicht, was als Nächstes geschehen würde, aber zumindest hatte der Wolf die Möglichkeit erhalten zu kämpfen.

Serafina, Braeden, Waysa und die beiden Hunde rannten im

Schutz der Bäume davon. Waysa führte sie an, er lief immer wieder voraus, um nach Gefahren Ausschau zu halten. Serafina wusste nicht, wie es möglich war, aber Gidean schien einiges von seiner alten Kraft und Schnelligkeit wiedererlangt zu haben. Cedric war ein behäbiger Hund, der es nicht gewohnt war, weite Strecken zurückzulegen, aber er hielt entschlossen mit. Serafina rannte neben Braeden her, um sicherzustellen, dass er nicht zurückfiel. Sie ließen die schwarzen Tannen endlich hinter sich und liefen zwischen Eichen her, aber sie behielten das hohe Tempo bei. Die Furcht trieb sie an. Sie rannten meilenweit.

Doch auf halbem Weg nach Biltmore brach Braeden vor Erschöpfung zusammen. Serafina ließ ihn sich einen Moment ausruhen, dann zog sie ihn wieder auf die Füße. »Steh auf, Braeden!«, befahl sie ihm. »Wir müssen nach Hause!«

Sie rannten noch ein Stück, doch schließlich stürzte Braeden erneut zu Boden. Obwohl er zu erschöpft war, um weiterzulaufen, gab er nicht auf oder bat die anderen, das Tempo zu drosseln. Er rief Cedric zu sich. »Ich brauche deine Hilfe, mein Freund«, sagte er, kletterte auf den Rücken des Bernhardiners und klammerte sich fest.

»Auf geht's, Cedric! Komm schon, Junge! Auf geht's!«, rief Serafina dem Hund zu und gemeinsam rannten sie weiter. Da er einer langen Linie von Rettungshunden entstammte, schien Cedric genau zu begreifen, was sie von ihm wollten. Er preschte mit neuer Kraft und Entschlossenheit voran und trug den jungen Herren mit sich nach Hause.

38

Sie rannten vorbei an Hickorybäumen und Schierlingstannen, an Erlen und Ulmen. Sie kämpften sich durch Gestrüpp, liefen über Wiesen, durchquerten Schluchten und Flüsse, angetrieben von einer Angst, die gewaltiger war, als jede bisher gekannte.

Als sie bei Morgengrauen schließlich die schwachen Lichter von Biltmore erblickten, spürte Serafina, dass sie dem Schrecken entkommen waren. Sie wurde langsamer und sah Waysa an. Schwer atmend liefen sie nebeneinander her.

»Ich muss zurück nach Biltmore«, sagte sie.

Waysa nickte. »Ich werde deine Mutter und die Jungen suchen gehen, um sicherzugehen, dass sie außer Gefahr sind.« Dann hielt er sie fest und sah sie mit neuer Entschlossenheit im Blick an. »Du hattest recht. Wir können vor diesem Kampf nicht davonlaufen. Ich werde mich euch später wieder anschließen. Bleib tapfer, Serafina.«

»Bleib tapfer, Waysa«, erwiderte sie, und sie umarmten sich kurz. Im nächsten Moment war Waysa im Gebüsch verschwunden.

Braeden, der ihren Abschied beobachtet hatte, sagte: »Wie ich sehe, hast du den Waldjungen gefunden.«

»Er hat sich meiner Mutter und den Jungen angeschlossen. Er heißt Waysa.«

»Er erinnert mich an dich«, sagte Braeden. Seine Stimme war müde und schwach, aber erfüllt von einer Freundlichkeit, mit der sie nicht gerechnet hatte.

»Mich auch«, sagte sie zustimmend.

»Möchtest du mit ihm gehen?«, fragte Braeden unsicher. Er warf einen Blick zum Haus. »Die Hunde und ich schaffen es von hier aus allein nach Biltmore.«

»Nein«, sagte sie. »Ich möchte mit euch nach Hause gehen.«

Braeden nickte und sie setzten ihren Weg mit Gidean und Cedric an der Seite gemeinsam fort.

»Sieh mal«, sagte Serafina, als sie einen Reiter in hohem Tempo über den Rasen vor dem Haus galoppieren sahen. Der Reiter stand in den Steigbügeln, beugte sich im Sattel vor und galoppierte unglaublich schnell, die langen roten Haare flogen hinter ihm her.

Lady Rowena ritt in den Stallhof.

Als Serafina und Braeden kurze Zeit später mit den beiden Hunden in den Hof kamen, versammelte sich dort gerade eine Truppe aus dreißig Männern, einige zu Fuß, einige zu Pferde.

»In den Sattel, Männer«, rief Mr Vanderbilt von seinem Pferd aus. »Wir brechen wieder auf.«

Serafina und Braeden warfen einen Blick auf die mitgenommene Gruppe. Viele der Männer der ursprünglichen Jagdtruppe waren verwundet und erschöpft. Sie hatten die ganze Nacht im Wald gegen die Koyoten gekämpft. Die Pferde hatten das meiste abbekommen, und die Fährtenleser hatten alle Jagdhunde bis auf einen verloren. Der erschütterte Jagdführer war von seinem schweißgebadeten, verstörten Pferd gestiegen und saß zusammengesunken am Boden, offensichtlich zu schockiert von dem, was sie erlebt hatten, um aufzustehen. Aber die meisten Männer stiegen gerade auf frische Pferde, und neue Männer kamen zur Unterstützung hinzu.

Rowena befand sich auf einem neuen Pferd an Mr Vanderbilts Seite, bereit zum Aufbruch. Ihre Haare hingen herunter, ihr Gesicht war zerkratzt, und sie wirkte erschöpft, aber sie schien fest entschlossen, bei der Suche zu helfen.

»Kommt schon, Beeilung!«, rief Rowena den anderen zu. »Wir müssen los und sie suchen!«

Serafinas Pa, etliche Stallburschen und ein Dutzend weiterer Dienstboten hatten sich ebenfalls zu der Truppe gesellt.

Aber als Mr Vanderbilt sein Pferd wendete, sah er Braeden, Serafina und die Hunde auf sich zukommen.

»Gott sei Dank!«, rief er. Er stieg ab, ließ die Zügel fallen und nahm den erschöpften Braeden in die Arme.

»Serafina«, sagte ihr Pa erleichtert, eilte auf sie zu und zog sie an seine Brust.

»Mir geht es gut, Pa«, versicherte sie ihm. »Ich bin nicht verletzt.«

Während sie sich an ihren Pa lehnte, sah Serafina, wie Rowena vom Pferd stieg und Braeden umarmte. Offenbar war sie sehr erleichtert, dass er noch lebte. Die anderen Männer klopften dem jungen Herrn auf die Schulter und begrüßten ihn zu Hause.

Mr Vanderbilt ging in die Hocke und tätschelte Cedrics Nacken. »Es ist schön, dich zu sehen, Junge«, sagte er bewegt. Dann hob er den Blick zu Serafina auf.

»Es tut mir sehr leid, Sir«, sagte sie mit zitternder Stimme. Sie befürchtete, dass er wütend auf sie war, weil sie die Gruppe ins Verderben geführt hatte. Ihr Pa und sie wandten sich Mr Vanderbilt zu, und sie fuhr fort: »Ich hatte keine Ahnung, dass so etwas passieren würde.«

»Dergleichen hat noch niemand von uns je erlebt«, sagte er. Er war nicht wütend auf sie. In seiner Stimme schwang die Überzeugung mit, ein gemeinsames Ziel zu haben. Sie waren ein Rudel. Sie würden das hier zusammen durchstehen.

»Könnten die Kojoten mit Tollwut infiziert gewesen sein?«, fragte ihr Pa.

»Ich hoffe nicht«, sagte der Tierarzt, der sich in der Nähe um das verletzte Bein eines Pferdes kümmerte und ihr Gespräch mitangehört hatte. »Wenn es sich um Tollwut handelte, wären alle Männer, Pferde und Hunde, die letzte Nacht gebissen wurden, innerhalb von wenigen Tagen tot, und es gäbe nichts, was wir dagegen tun könnten.«

»Für mich sah es nicht nach Tollwut aus«, widersprach Mr Vanderbilt. »Es müssen um die fünfzig Kojoten gewesen sein, und ihnen stand der Vorsatz ins Gesicht geschrieben.«

Der Jagdführer schüttelte den Kopf. »Diese Tiere waren besessen«, murmelte er mit ungläubigem Blick.

»Wir müssen dorthin zurück, Onkel«, sagte Braeden.

»Zurück?«, fragte Mr Vanderbilt verblüfft.

»Da oben werden immer noch Tiere gefangen gehalten, die unsere Hilfe benötigen.«

Mr Vanderbilt schüttelte den Kopf. »Es tut mir leid, Braeden. Wir werden jetzt nicht dorthin zurückkehren. Das können wir nicht riskieren. Alle sind erschöpft. Wir müssen uns ausruhen und neu aufstellen.«

»Es war schrecklich, Onkel«, sagte Braeden und fuhr dann fort, den bärtigen Mann und die Tiere in den Käfigen zu beschreiben.

»Serafina hat mich und die Hunde da rausgeholt, und dann sind wir gerannt.«

Als Mr Vanderbilt Serafina ansah, erkannte sie die Dankbarkeit, die in seinem Blick lag, aber sie wusste, dass der Kampf noch nicht vorüber war. »Wir müssen Mr Grathan finden«, sagte sie. »Er ist in all das verwickelt.«

»Ich war ihm gegenüber von Anfang an misstrauisch«, sagte Mr Vanderbilt. »Er hat sich als Kriminalbeamter ausgegeben, daher habe ich mich nicht in seine Ermittlungen eingemischt. Aber ich habe einen Privatdetektiv engagiert, um seine Angaben zu überprüfen.«

»Was hast du herausgefunden?«, fragte Braeden.

»Mr Grathan ist bei keiner Stadt oder Bundesbehörde angestellt. Er ist ein Hochstapler.«

»Was machen wir jetzt, Onkel?«, erkundigte sich Braeden.

»Ich habe die Polizei von Asheville gebeten, sofort zu uns herauszukommen. Sie werden ihn verhaften.«

»Aber wo ist Grathan jetzt?«, fragte Serafina.

»Wir haben nach ihm gesucht. Er ist nicht im Haus«, sagte Mr Vanderbilt. »Aber er könnte sich immer noch auf dem Gelände befinden.«

»Ich halte Grathan für viel gefährlicher, als er scheint, Sir«, sagte Serafina. »Und ich fürchte, die Polizei wird die gleichen Probleme haben wie wir, wenn sie mit Pferden oder der Kutsche hierherkommen.«

Mr Vanderbilt nickte. »Wir werden ein paar Gruppen bilden, sie mit Waffen ausrüsten und auf dem Anwesen nach Grathan suchen lassen. Wenn die Polizei eintrifft, kehren wir in den Wald zurück, befreien die Tiere und zerstören die Käfige. Ich möchte, dass ihr bis dahin alle im Haus bleibt, wo ihr in Sicherheit seid.«

Während die Männer sich weiter beratschlagten, drängten sich Serafina, Braeden und Rowena unter dem Bogen der Wagenauffahrt zusammen.

»Was ist passiert?«, fragte Rowena mit zitternder Stimme.

»Uns geht es gut«, versicherte Braeden. »Wir haben die Hunde wieder. Das ist das Entscheidende.«

»Ich habe mir solche Sorgen um euch gemacht«, sagte sie. Serafina wurde bewusst, dass Gefahr und Tod die Klassenunterschiede aufhoben. Plötzlich waren alle gleich, sie kämpften gemeinsam um ihr Leben. Sie erkannte es an Mr Vanderbilt, ihrem Pa, dem Jagdführer, den Fährtenlesern und den Männern auf den Pferden, die bereit gewesen waren, große Gefahr auf sich zu nehmen, um sie und Braeden zu retten. Und nun sah sie es auch an Lady Rowena.

»Danke für deine Hilfe, Rowena«, sagte Braeden.

»Als mein Vater mich hierher nach Biltmore geschickt hat, hat er mir geraten, Freundschaften zu schließen«, erzählte Lady Rowena, sah die beiden an und lächelte schwach. »Ich glaube, das ist mir nun gelungen.«

»Das glaube ich auch«, sagte Braeden. »Wird dein Vater bald nach Biltmore kommen?«, fragte er dann.

»Ich denke, er wird schneller hier eintreffen, als wir alle denken«, erwiderte Rowena. »Er kommt zu Weihnachten.«

Serafina vermeinte etwas Seltsames an Rowena wahrzunehmen, als sie dies sagte. War es eine Spur Traurigkeit? Sorge? Sie wusste es nicht genau.

»Freust du dich darauf, ihn zu sehen?«, fragte Serafina.

»Wenn ich ehrlich bin, hält mein Vater mich für ein albernes, kleines Mädchen«, sagte Rowena.

»Bestimmt nicht«, widersprach Braeden.

Rowena schüttelte den Kopf. »Doch, es stimmt. Ich fürchte, mein Vater hat noch nie besonders viel von mir gehalten.«

»Er wäre sehr stolz auf dich, wenn er wüsste, wie tapfer du heute Nacht warst«, sagte Serafina, um ihr Mut zu machen.

Noch während sie dies sagte, wirkte Rowena mit einem Mal, als würde sie jeden Moment vor Erschöpfung zusammenbrechen. Braeden streckte die Hand aus, um sie zu stützen.

»Wenn ihr mich bitte entschuldigen würdet«, sagte Lady Rowena schließlich, hielt sich an Braedens Arm fest und schloss kurz die Augen. »Die Müdigkeit droht mich zu übermannen. Ich werde auf mein Zimmer gehen, ein Bad nehmen und saubere Kleider anziehen.«

Braeden nickte. »Ruh dich etwas aus, das machen wir auch. Mein Onkel und seine Männer werden sich um alles kümmern.«

Zwei Dienstmädchen halfen der mit Lehm bespritzten Lady Rowena langsam zum Haus zurück. Serafina hörte sie schockiert murmeln: »Ach, du liebes Bisschen, ist das etwa Dreck auf meinem Kleid?« Sie war so entkräftet, dass sie kaum noch wusste, was sie sagte.

Serafina blieb bei Braeden. Sie warf einen Blick auf Mr Vanderbilt, der mit ihrem Pa und den anderen Männern sprach und sicher vernünftige Entscheidungen traf. Aber irgendetwas sagte ihr, dass dies nicht ausreichen würde; dass sie alle etwas Entscheidendes übersahen. Es war, als würden sie ein Puzzle zusammensetzen und dächten, sie seien beinah fertig damit, obwohl es da noch eine Schachtel mit Teilen gab, von denen sie gar nichts ahnten.

Serafina sah zu, wie die Stallknechte das Blut von den Pflastersteinen im Hof spülten und die Dienstmädchen die Treppenstufen, die ins Haus führten, vom Lehm säuberten.

»Komm mit«, sagt sie zu Braeden. »Wir müssen das Rätsel lösen.«

»Wer das im Wald auch gewesen sein mag, er war zweifellos geisteskrank«, meinte Braeden.

»So als wäre er von Feindseligkeit oder Rache besessen.«

»Er hat gesagt, er würde jene Behausung niederbrennen«, sagte Braeden.

Serafina erinnerte sich, wie die Worte ihr das Blut in den Adern hatten gefrieren lassen.

»Was glaubst du, was er damit gemeint hat?«, fragte Braeden.

»Ich bin mir nicht sicher«, sagte sie.

»Glaubst du, er hat von Biltmore gesprochen?«, fragte Braeden.

Sie erreichten die Vorderseite des Hauses und Serafina blickte zu dem Bogen über dem Eingangsportal hinauf. In den Stein war die Darstellung eines merkwürdig aussehenden, bärtigen Mannes gemeißelt, der einen langen Speer oder eine Art Stab schwang.

»Ich weiß es nicht, aber es wäre gut möglich. Haben die Vanderbilts denn Feinde?«, fragte sie. »Was ist mit deinem Onkel? Gibt es jemanden, der ihn hasst oder ihm schaden will?«

»Nicht, dass ich wüsste«, sagte Braeden. »Er ist ein guter Mensch.«

»Das weiß ich«, versicherte Serafina. »Aber vielleicht gibt es etwas in seiner Vergangenheit, von dem wir keine Kenntnis haben. Was wissen wir überhaupt von seinem Leben in New York, ehe er hierherkam? Oder von seinen Reisen nach Europa und in die ganze Welt? Könnte es nicht sein, dass er einen Grund hatte, in die abgeschiedenen Berge von North Carolina zu ziehen?«

»Du meinst, er ist vor etwas davon gelaufen?«

»Oder vor *jemandem*. Ich weiß es nicht«, sagte sie.

»Komm mit«, sagte Braeden und führte sie ins Haus. »Ich habe eine Idee.«

Die zwei waren müde, völlig verdreckt und hungrig, aber sie

wollten nicht aufgeben, sondern unbedingt das Rätsel lösen. Serafina folgte Braeden die Galerie entlang und in die Bibliothek.

»Wonach suchen wir?«, fragte Serafina, als sie eintraten.

»Mein Onkel bewahrt hier seine Reisetagebücher auf«, sagte Braeden und lief zu einem der Schränke. »Vielleicht finden wir darin etwas.«

Serafina ging zu Braeden hinüber und versuchte, ihm bei der Suche zu helfen.

Nach einer Weile entdeckte sie einige in Leder gebundene schwarze Notizbücher. *Bücher, die ich gelesen habe – G. W. V.* stand in Schreibschrift darauf. Als sie die Seiten durchblätterte, sah sie, dass Mr Vanderbilt den Titel und Autor eines jeden Buches festgehalten hatte, das er seit seinem zwölften Lebensjahr gelesen hatte. Im Laufe der Jahre waren tausende Einträge zusammengekommen, in Englisch, Französisch und weiteren Sprachen.

Braeden stieß auf Belege für die vielen Reisen seines Onkels durch die Vereinigten Staaten und ins Ausland, nach England, Frankreich, Italien, China, Japan und viele andere Länder. Und Serafina wusste, dass sich überall im Haus Gemälde, Skulpturen und andere Kunstwerke befanden, die er von seinen Reisen mitgebracht hatte. Eins davon hatte sie vor Kurzem zerschmettert. Jeder dieser Gegenstände hätte irgendwie verhext oder verflucht sein können, was eine Rache gegen Mr Vanderbilt erklärt hätte.

Aber je länger sie darüber nachdachte, desto hartnäckiger verfolgte sie ein spezieller Gedanke. Der Mann, den sie in jener ersten Nacht auf der Straße gesehen hatte, war ihr nicht wie ein New Yorker oder Nordstaatler oder Fremder erschienen. Seine Haut war zerfurcht und wettergegerbt von den Winden, die hier in den Bergen herrschten. Sein Bart war lang und grau wie der vieler älterer

Einheimischer, und seine Stimme war gefärbt vom Klang der hiesigen Region. Serafina hätte es nach den kurzen und schrecklichen Begegnungen nicht mit Sicherheit sagen können, aber er kam ihr wie ein Mann der Appalachen vor.

Sie dachte an die verstörenden Worte, die er der Eule zugerufen hatte: »Wir werden jene Behausung niederbrennen!«

»Lass uns in die Unterlagen des Hauses schauen«, schlug sie vor.

»Nicht in die Reisetagebücher meines Onkels?«

»Nein, wir konzentrieren uns besser auf Biltmore«, sagte sie mit wachsender Überzeugung.

»Die Aufzeichnungen sind hier drüben«, sagte Braeden und führte sie zu einer Reihe Schachteln.

Während sie die Papiere durchgingen, war es nur schwer vorstellbar, dass sie hier auf Antworten stoßen würden. Aber als Braeden eine Schachtel mit alten, verkratzten Fotografien öffnete, beugte Serafina sich gespannt vor.

Auf dem ersten Foto, dass sie in die Hand nahm, war ein großes, abgeholztes Gebiet zu sehen, mit nichts als Baumstümpfen und Gräsern, außerdem zwanzig bis dreißig Maulesel, ein paar Wagen, auf denen sich Feuerholz türmte, und etliche Männer mit Äxten. Nach den Bergen im Hintergrund zu urteilen, schien es sich um die Hügelkuppe zu handeln, auf der Biltmore erbaut worden war. Das Gelände war noch offen, nackt und baumlos. Es gab keine Gärten, keinen Wald, nur das zerstörte, öde Land. So hatte es hier ausgesehen, als Mr Vanderbilt das Land vor vielen Jahren kaufte.

Auf dem nächsten Foto waren hunderte Steinmetze, Maurer, Schreiner und andere Handwerker zu sehen, die die unteren Geschosse des Hauses errichteten. Es waren Männer und Frauen, Weiße und Schwarze, Amerikaner und Ausländer, Nord- und Südstaatler und viele Einheimische. Ihr wurde warm ums Herz, als sie auf einem der Fotos ihren Vater entdeckte, der mit vielen anderen Männern an einer Krananlage arbeitete. Sie lächelte, weil sie sich stets vorgestellt hatte, ihr Vater habe allein gearbeitet und Biltmore beinah ganz für sich errichtet, denn so hatte sie ihn immer erlebt. Ihr wurde bewusst, wie dumm sie gewesen war. Er war einer unter Tausenden gewesen, die für die Arbeit sechs Jahre gebraucht hatten. Es war verblüffend, die eingerüsteten Wände von Biltmore Foto um Foto aus dem Nichts emporwachsen zu sehen.

Nach einer Weile warf Serafina einen Blick zu Braeden hinüber. Er war völlig erschöpft in einem der Sessel eingeschlafen. Serafina ließ ihn schlafen, suchte selbst aber weiter nach Hinweisen in Biltmores Unterlagen.

»Ich bin am Verhungern«, verkündete Braeden, als er aufwachte. Rasch holten sie sich etwas zu essen aus der Küche. Doch sobald sie gegessen und sich frisch gemacht hatten, kehrten sie an die Arbeit zurück.

Später am Nachmittag reichte Braeden ihr ein Foto, dass er in einer der Schachteln gefunden hatte. »Sieh dir das hier mal an.«

Wie auf den anderen Fotografien waren auch auf diesem zahlreiche Männer und Holzgerüste und ein halb fertiges Biltmore im Hintergrund zu sehen. Serafina war sich nicht einmal sicher, was der Fotograf hatte einfangen wollen, abgesehen von der Baustelle an sich. Einige der Männer auf dem Foto arbeiteten, andere unterhielten sich, einige sahen in die Kamera, andere nicht. Doch etwas daran weckte ihr Interesse. Als sie das Foto genauer studierte, fiel ihr ein Mann ins Auge. Sein Abbild war klein und nur schwer zu erkennen, aber er hatte ein sehr faltiges Gesicht und einen langen grauen Bart. Er trug keinen langen Mantel und hatte auch keinen Gehstock bei sich, aber er blickte in die Kamera, und seine Augen sahen wie silberne Punkte aus. Es war ihr Feind! Der Mann, den sie im Wald gesehen hatte. Sie war sich ganz sicher. Das bedeutete, dass er kein Waldgeist oder Schreckgespenst war, sondern eine reale Person. Zumindest war er es vor vielen Jahren gewesen.

»Braeden, sieh nur«, sagte Serafina und zeigte ihm ihre Entdeckung. »Wir müssen unbedingt herausfinden, wer dieser Mann ist.«

»Dann müssen wir mit Mr Olmsted reden«, sagte Braeden.

39

Als Braeden Mr Olmsted in die Bibliothek führte, studierte Serafina den graubärtigen alten Mann mit der Glatze genau. Er stützte sich auf seinen hölzernen Gehstock.

»Wie kann ich euch beiden weiterhelfen?«, fragte er. »Es klang, als wären gestern schlimme Dinge passiert, und ihr zwei hättet viel mitgemacht.«

Braeden blickte zu Serafina hinüber, die neben dem großen Globus stand. Er wirkte überrascht, dass Mr Olmsted so genau zu wissen schien, was auf Biltmore vor sich ging.

Serafina schüttelte langsam den Kopf. *Erzähl ihm nichts. Stell ihm nur unsere Fragen.*

»Sir«, sagte Braeden, »da Sie während der Errichtung von Biltmore die Aufsicht über etliche Arbeitertrupps geführt haben, hoffen wir, dass sie uns mit ein paar Fotografien helfen können, die wir entdeckt haben.«

»Ich kann es gerne versuchen, Braeden«, erwiderte Mr Olmsted und nahm auf dem Sofa vor dem Kamin Platz. »Das sieht wie ein bequemes, warmes Plätzchen aus.«

»Also, das hier ist die Fotografie, von der …«

»Wie wäre es mit einer schönen Tasse Tee, ehe wir beginnen?«, fragte Mr Olmsted, der scheinbar nicht mitbekommen hatte, dass Braeden das Wort ergriffen hatte.

»Ähm …« Braeden zögerte, doch dann sagte er: »Selbstverständlich!« Er ging zur Wand hinüber, um auf den Knopf zu drücken, mit dem er das Personal herbeirufen konnte.

»Während wir auf den Tee warten, könnten wir ja vielleicht schon mal einen Blick auf dieses Foto werfen«, sagte Serafina, nahm Braeden das Foto aus der Hand und ging damit zu Mr Olmsted.

»Das können wir ganz gewiss, Serafina«, sagte Mr Olmsted. Es überraschte sie, als Mr Olmsted ihren Namen benutzte. Ihr war nicht einmal klar gewesen, dass er von ihrer Existenz wusste. Doch dann klopfte er auf das Kissen neben sich und lud sie ein, sich zu ihm zu setzen. Erstaunt nahm sie neben ihm auf dem Sofa Platz und legte die Fotografie in seine Hände.

»Oh, das ist eine sehr alte Aufnahme«, sagte Mr Olmsted und betrachtete die Fotografie interessiert. Seine Hände zitterten, während er sie festhielt.

»Erkennen Sie diesen Mann hier?«, fragte Serafina und deutete auf den Bärtigen.

Ein Diener betrat in seiner schwarz-weißen Uniform die Bibliothek. »Sie haben geläutet, Sir?«

»Mr Olmsted hätte gerne eine Tasse Tee«, sagte Braeden.

»Wird umgehend erledigt, Sir«, versprach der Diener und eilte aus dem Zimmer.

Serafina beobachtete Mr Olmsted dabei, wie er das Gesicht auf der Fotografie musterte. Seine Miene offenbarte zunächst mildes Interesse, so als erinnere er sich an die guten, alten Tage zurück, als er die Gärten entworfen, die Landschaft geformt und die Aufsicht über die

Arbeiter geführt hatte, die abertausende Bäume, Büsche und Blumen gepflanzt hatten. Doch dann veränderte sich seine Miene. Er kniff die Augen zusammen und hielt sich die Fotografie dicht vors Gesicht.

»Vielleicht wird Ihnen das hier helfen, Sir«, sagte Braeden. Er reichte ihm ein Vergrößerungsglas, das er aus der Schublade eines nahe stehenden Tisches gezogen hatte.

»Oh ja, danke sehr«, erwiderte Mr Olmsted und studierte die Fotografie ausgiebig. »Ja, ich erinnere mich an diesen Kerl«, sagte er schließlich.

»Wer war er?«, fragte Serafina gespannt.

Eine Weile schien Mr Olmsted in seinen Gedanken versunken zu sein, so als überlegte er, wie er ihre Frage beantworten sollte. »Ich werde euch jetzt eine Geschichte über ein Stück Land gar nicht weit von hier erzählen«, sagte er dann. »Vor vielen Jahren reiste George Vanderbilt mit seiner Mutter durch das Land. Er war noch ein junger Mann, nur sechsundzwanzig Jahre alt. Eines Tages ritt er in die Berge und hielt auf einem Hügel an. Der Ausblick gefiel ihm ausnehmend gut. Ihm kam der Gedanke, dass er an dieser Stelle gerne eines Tages ein Haus bauen würde. Er bat seinen Anwalt herauszufinden, ob es möglich wäre, dieses spezielle Stück Land zu kaufen. Der Preis kam ihm niedrig vor, und der Besitzer war sehr erpicht darauf zu verkaufen, daher wies er seinen Anwalt an, das Land und alles, was daran grenzte, zu kaufen. Nachdem er sich viele Tausend Morgen gesichert hatte, lud George mich dorthin ein und nahm mich mit auf jenen Hügel. Er sagte zu mir: »Ich habe dich hierhin mitgenommen, damit du dir das Land ansiehst und mir sagst, ob ich etwas ausgesprochen Dummes getan habe.«

Mr Olmsted lächelte bei der Erinnerung an die Worte seines Freundes.

»Was haben Sie ihm geantwortet?«, fragte Braeden. »War es dumm von ihm gewesen?«

»Nun, ich habe ihm die ungeschminkte Wahrheit gesagt. Das Grundstück verfügte über einen schönen Ausblick, doch das Land selbst war durch viele Jahre des Raubbaus geplündert, die Erde war ausgelaugt, und um den Wald stand es sehr schlecht. Die Hänge senkten sich ab, weil Bäume und Unterholz fehlten. Die illegalen Siedler, die hier lebten, besaßen das Land zwar nicht, aber sie hatten Bäume für ihre Blockhütten und Holzöfen gefällt und viele weitere, um das Holz in der Stadt zu verkaufen. Ich habe selbst mitangesehen, wie diese Leute klafterweise Holz auf ihren Karren hinter sich her in die Stadt zogen und an denjenigen verkauften, der ihnen das meiste Geld dafür bot. Ihr müsst wissen, dass Holz damals fast so etwas wie ein Zahlungsmittel war, und diese Männer stahlen es direkt aus dem Wald, bis kein Wald mehr da war, und dann nahmen sie sich den nächsten Berg vor. Sie hatten einen Großteil des Waldes in dieser Region gerodet und abgebrannt.«

»Abgebrannt?«, fragte Braeden entsetzt.

Mr Olmsted nickte. »Nachdem sie die Bäume gefällt hatten, schufen sie Weideland für ihre Rinder und Schweine. Die ursprünglich hier wachsenden Kirschen, Tulpen, Schwarznussbäume, der Wunderbaum und die Birken, die so lebensnotwendig für diese Berge waren, gab es nicht mehr. Es waren Jahr um Jahr Mais, Getreide und Tabak angebaut worden, bis die Erde völlig ausgelaugt war. Das war nach dem Krieg nichts Ungewöhnliches in den Baumwollstaaten. Weite Teile des Landes waren verwüstet und in einem schlimmen Zustand.«

»Also hatte mein Onkel einen furchtbaren Fehler begangen, genau, wie er befürchtet hatte«, sagte Braeden ungläubig. »Hat er den

Besitz dann aufgegeben und das Stück Land mit den vielen schönen Bäumen entdeckt, auf dem Biltmore jetzt steht?«

Mr Olmsted verzog die Lippen unter seinem Schnäuzer zu einem schwachen, aber diebischen Grinsen, so als freue er sich über Braedens Worte. »Nicht ganz. Ich habe deinem Onkel gesagt, dass der Hügel, auf dem er sein Haus zu errichten hoffte, in der Tat über einen wunderschönen Ausblick verfügte und die weiter entfernten Morgen Land Potenzial hatten. Ich erläuterte ihm, dass wir die Natur, die verloren gegangen war, durch flächendeckende Anpflanzungen wieder zum Leben erwecken konnten. Es würde Zeit und Geld brauchen, Abertausende Setzlinge und Jahre des Wachstums. In dieser Größenordnung war so etwas noch nie versucht worden, aber wenn es uns gelänge, würde es dem ganzen Süden, wenn nicht sogar ganz Amerika, ein Beispiel im Wiederaufforsten setzen. Wir würden allen den Weg zeigen, unsere Wälder zu bewahren und zu hegen, anstatt sie einfach abzuholzen.«

»Moment mal«, hakte Braeden nach. »Das verstehe ich nicht. Wollen Sie damit sagen, das war *Biltmore?*«

Mr Olmsted lächelte. »Du stehst gerade an genau dem Fleck, an dem dein Onkel auf seinem Pferd saß, den Ausblick auf die Berge genoss und beschloss, an dieser Stelle ein Haus zu bauen.«

»Aber die vielen wunderschönen Bäume und die Gärten …«

»Die haben wir gepflanzt«, sagte Mr Olmsted schlicht.

Serafina hörte Mr Olmsted fasziniert zu. Im Gegensatz zu Braeden, der ein relativer Neuling auf dem Anwesen war, war sie hier aufgewachsen und kannte die Geschichte daher, aber sie hörte sie immer wieder gerne. Es verblüffte sie, dass Mr Olmsted in so gewaltigen Dimensionen dachte. Ihr kam es vor, als würde sie den Großteil ihrer Zeit in dem Bemühen verbringen, die nächsten Sekunden zu überleben. Es war unvorstellbar für sie, wie man sich eine Landschaft ausmalen konnte, die erst Jahrzehnte später Realität werden würde.

Aber ihre Gedanken wandten sich rasch wieder den finsteren Dingen zu, die sie hierhergebracht hatten.

»Wer ist der Mann auf dem Foto, Mr Olmsted?«, fragte sie.

»Ach ja«, sagte Mr Olmsted und wurde wieder ernster. »Mit ihm geht unsere Geschichte weiter. In demselben Jahr, in dem wir mit unserem Vorhaben begannen, erfuhren wir, dass die Rodung und der Verkauf des Holzes nicht zufällig geschah. Es waren nicht ein paar einzelne Landstreicher auf der Durchreise. Es existierte ein verdorbener, hinterhältiger Mann namens Uriah, der alles organisierte. Wie die anderen hatte er keinerlei Recht auf das Land, aber er war ein Trickser, ein Scharlatan. Er tat den Leuten Gefallen, damit sie in seiner Schuld standen. Er verlieh Geld zu Wucherzinsen. Die meisten Siedler in der Gegend waren ihm auf die eine oder andere Weise verpflichtet, und die übrigen fürchteten ihn, denn diejenigen, die sich ihm widersetzten, starben eines gewaltsamen Todes. Als wir hier eintrafen, kontrollierte er sie alle. Ich nehme an, er muss einst ein Sklavenhalter gewesen sein, weil er es dermaßen genoss, Macht über andere zu haben. Er schien davon besessen zu sein, *alles* zu kontrollieren.«

»Aber mein Onkel hatte das Land doch gekauft«, sagte Braeden verwirrt.

»Das ist richtig. Über 125 Tausend Morgen, die sich über vier Staaten erstreckten. Er hatte es rechtmäßig von den ursprünglichen Besitzern erworben, aber diese Waldräuber kümmerte es nicht, wer das Land besaß, und Uriah genauso wenig. Sie hatten die Bäume seit vielen Jahren abgeholzt, und niemand würde sie davon abhalten, es weiter zu tun. Uriah sah dieses Land als sein Revier an, und zwar seins allein. Keiner von uns ahnte damals, dass wir es mit diesem Uriah zu tun bekommen würden. Trotz der Macht, die er seit Jahren über die örtlichen Siedler ausübte, war es offensichtlich für uns, dass seine besten Tage hinter ihm lagen. Ich vermute, er hatte sich eine Kriegsverletzung zugezogen, oder er wurde von einer tödlichen Krankheit geschwächt. Er war in einem schlechten Zustand. Während der Verhandlungen mit uns schien er verzweifelt, so als klammere er sich mit letzter Kraft an die Überreste des korrupten Reiches, das er errichtet hatte. Wir verstanden nicht, warum er seine unrechtmäßigen Ansprüche nicht einfach aufgab und fortging. Es war, als hinge sein Leben davon ab. Auf jeden Fall war er ganz offensichtlich nicht die Sorte Mann, die einfach aufgibt. Er begann einen erbitterten Kampf.«

»Was hat mein Onkel da gemacht?«, fragte Braeden.

»Nun, wir ließen einen Mann wie Uriah natürlich nicht in die Nähe deines Onkels. Aber Mr McNamee, der Gutsverwalter, hatte viele Auseinandersetzungen mit dem Schuft, genau wie Mr Hunt, der Architekt des Hauses, und ich. Wir fingen an, Uriah zu übergehen und direkt mit den Siedlern zu verhandeln. Wir gaben ihnen Arbeit und Ackerland, das sie bestellen konnten. Wir brauchten Hilfe, und sie schlossen sich uns gerne an. Viele von ihnen zogen in Hütten auf dem Anwesen oder fanden in der Stadt ein Zuhause. Uriah jedoch hasste uns, forderte uns ständig heraus, sagte uns, was wir zu tun hatten und was nicht, welche Grenzen wir übertreten durften und welche nicht, so als gehöre ihm das Land. Wir hatten das Recht auf unserer Seite, sowohl moralisch als auch auf dem Papier, also wäre es ein Leichtes gewesen, den Mann zu ignorieren, aber ich bemühte mich, ihm mit Fairness zu begegnen. Ich traute ihm nicht über den Weg, aber ich spürte, dass er noch sehr viel böser war, als er zunächst erschien, und ich hätte ihn nur ungern zum Feind gehabt. Es gibt nichts Gefährlicheres als einen zum Äußersten entschlossenen Mann. Doch Mr Hunt teilte meine Befürchtungen über Uriah nicht. Er behandelte ihn mit dem Respekt, den er verdiente. Also mit gar keinem. Und Uriah hasste Mr Hunt dafür.«

»Aber Uriah kannte Mr Vanderbilt nicht?«, fragte Serafina irritiert.

»Nicht persönlich, nein, aber er wusste, wer er war. Uriah hasste George Vanderbilt am meisten von allen, da er ihn für sein ganzes Unglück verantwortlich machte.«

»Aber mein Onkel konnte doch nichts dafür!«, protestierte Braeden.

»Ganz recht«, bestätigte Mr Olmsted, »aber Uriah sah das anders.«

Serafina und Braeden verstummten, weil der Diener den Raum mit einem Silbertablett in der Hand betrat, auf dem sich das gute Teeservice mit dem Monogramm der Biltmore-Familie befand. Bedächtig begann er, Mr Olmsted den Tee zu servieren. Er stellte nacheinander eine wunderschön bemalte Untertasse, eine Teetasse, eine Teekanne, eine Zuckerdose und ein Milchkännchen auf den Tisch, legte dann noch einen Löffel dazu und goss langsam den dampfenden Tee ein, während alle schweigend zusahen. Es schien eine Ewigkeit zu dauern. Als der Diener endlich gegangen war, nahm Serafina den Gesprächsfaden sofort wieder auf.

»Was ist am Ende aus Uriah geworden?«, fragte sie.

Mr Olmsted trank einen Schluck von seinem Tee und stellte die Tasse dann mit einem leisen Klirren auf die Untertasse. »Nun, er forderte uns ein Mal zu viel heraus und wir alle verloren die Geduld mit ihm. Ich fürchte, es fielen ein paar sehr unschöne Worte. Schließlich befahl Mr McNamee seinen Sicherheitsleuten, über zwanzig bewaffneten, berittenen Männern, Uriah die Hände auf den Rücken zu binden und ihn gewaltsam fortzuschaffen.«

»Was haben sie mit ihm gemacht?«, fragte Braeden.

»Sie haben ihn mit dem Zug bis zur Küste gebracht. Ich meine, sie erwähnten etwas davon, ihn auf ein Schiff gebracht zu haben, das zu weit entfernten Ufern aufbrach. Wir waren auf jeden Fall froh, ihn los zu sein.«

»Uriah muss darüber furchtbar wütend gewesen sein«, sagte Serafina.

»Wut trifft es nicht einmal annähernd. Ich werde die vielen Obszönitäten nicht wiederholen, die er uns an den Kopf warf, aber er verfluchte uns mehrfach und schwor, er würde zurückkehren und uns alle töten. ›Selbst wenn es hundert Jahre dauert‹, kreischte er. ›Ich werde zurückkommen und euer Haus in Schutt und Asche legen!‹«

»Moment mal«, sagte Serafina. »Hat er das tatsächlich genau so gesagt?« Ein Kloß bildete sich in ihrem Hals, da sie die Antwort bereits kannte. Es fiel ihr nicht schwer sich vorzustellen, wie er diese Worte kreischte. In der Tat war sie sich ziemlich sicher, dass sie ihn diese Worte selbst hatte brüllen hören.

Sie holte scharf Luft. Zu guter Letzt hatte sie den Feind endlich identifiziert. Dieser Mann, Uriah, war ein Gestaltwandler und Zauberer, wie Waysa gesagt hatte, verwandt mit der weißgesichtigen Eule, Meister der schwarzen Künste, seine Macht war ans Land gebunden. Er war der Alte vom Wald, über den sich die Einheimischen am Lagerfeuer Geschichten erzählten. Er war der Herrscher über die baumfällenden Siedler, von denen Mr Olmsted erzählt hatte. Und er war der Feind, gegen den ihre Mutter und ihr Vater und die anderen Katzbergen zwölf Jahre zuvor gekämpft hatten. Zu dem Zeitpunkt, als Biltmore errichtet wurde, war es Uriah nicht länger gelungen, seine Herrschaft des Bösen aufrechtzuerhalten. Aber als er in die Welt hinaus verschifft wurde, begann er, neue Kräfte zu sammeln, entdeckte neue schwarze Künste und verwandelte seinen Schmerz und seinen Hass in eine abgrundtief böse Magie, die mächtiger war als je zuvor – damit er eines Tages in diese Berge zurückkehren, Biltmore in Schutt und Asche legen und seine Herrschaft des Bösen aufs Neue errichten konnte.

Sie wusste jetzt, dass der schwarze Umhang sie getäuscht hatte, als sie ihn anlegte. Er hatte versucht, sie zu überzeugen, dass er geschaffen worden war, um Gutes zu tun. Aber das entsprach nicht der Wahrheit. Uriah hatte Mr Thorne in sein Lügennetz verstrickt und nach Biltmore geschickt, um Seelen und Macht zu sammeln. Und nun hatte Uriah den Stab der Macht geschaffen, der ihm die Kontrolle über die Tiere schenkte. Uriah wollte die Menschen, die Tiere, den Wald und das Land für sich, und er würde seine Dämonen und Werkzeuge benutzten, um dieses Ziel zu erreichen. Er wollte die absolute Kontrolle.

»Geht es dir gut?«, fragte Braeden und berührte ihren Arm.

Sie blinzelte, riss sich von ihren Gedanken los und sah ihn an. »Ja, mir geht es gut. Tut mir leid, mach weiter.«

»Mr Olmsted«, fragte Braeden, »wäre es tatsächlich möglich, dass jemand Biltmore in Schutt und Asche legt?«

»Ich bin nicht der Architekt, aber ich kann euch sagen, was ich weiß.«

»Entschuldigen Sie, Mr Olmsted«, warf Serafina plötzlich ein. Ihr war ein Gedanke gekommen. »Was ist aus Mr Hunt geworden?«

»Im letzten Jahr des Hausbaus, nur wenige Monate, bevor sein größtes Werk vollendet war, ging unser Freund Mr Hunt leider von uns.«

»Er ist gestorben?«, fragte Braeden entgeistert.

»Ja, wir waren alle sehr überrascht und entsetzt über diese schreckliche Wendung.«

»Woran ist er gestorben?«, fragte Serafina.

»Er hatte zunächst eine Erkältung bekommen und dann einen schlimmen Husten, und dann hatte er einen Gichtanfall. Die Ärzte waren sich nicht sicher, aber am Ende sah es danach aus, als wäre er an Herzversagen gestorben.«

»Eine Erkältung?«, fragte Braeden ungläubig. »Es hat mit einer Erkältung begonnen?«

Diese Information erfüllte Serafina mit neuer Angst. Niemand starb an einer Erkältung. Geschah das gerade mit Mrs Vanderbilt? War es dieselbe Erkrankung? Hatte Uriah die Herrin von Biltmore mit einem Fluch belegt?

»Sie waren im Begriff, uns etwas über die Gefahren eines Feuers auf Biltmore zu erzählen«, drängte Braeden Mr Olmsted.

»Wie ihr euch vorstellen könnte, machte Mr Hunt sich große Sorgen, dass es auf Biltmore brennen könnte, und da er ein kluger Mann war, dachte er sich etliche Gegenmaßnahmen aus. Erstens sorgte er dafür, dass das Fundament des Hauses aus Stahlträgern, Backsteinmauern und Stein bestand und nicht aus Holz. Zweitens teilte er das Haus in sechs getrennte Bereiche auf, sodass ein Feuer sich nicht würde ausbreiten können. Und drittens brachte er überall im Haus Feuermelder an, die durch eine elektrische Alarmanlage miteinander verbunden sind.«

Als Mr Olmsted diese Worte sagte, wechselten Serafina und Braeden einen erschrockenen Blick. *Die Ratten …*

»Mir war das natürlich alles zu hoch«, fuhr Mr Olmsted fort. »Ich pflanze Bäume, ich bin kein Ingenieur, aber ich erinnere mich, dass alles sehr fortschrittlich war.«

»Aber was wäre, wenn jemand absichtlich ein Feuer legen würde?«, fragte Serafina.

Mr Olmsted schüttelte den Kopf. »Das könnte er versuchen, aber dank Mr Hunt hätte er damit nur schwer Erfolg. Er müsste zuerst einmal den Feueralarm überlisten, und dann müsste er die vertraulichen Angaben zu den sechs Bereichen des Hauses kennen, um zu wissen, wo genau er die Feuer entzünden müsste.«

»Hat Uriah das alles mitbekommen, als das Haus erbaut wurde?«, fragte Braeden.

»Oh nein, er hatte keinerlei Zugang zu diesen Informationen.«

»Gibt es eine Möglichkeit, wie man sich diese Informationen beschaffen kann?«, fragte Braeden.

»Ich denke schon. Mr Hunt hat die Einzelheiten seiner Konstruktion in den Bauzeichnungen festgehalten.«

»Und wo sind die?«, fragte Serafina.

»Keine Sorge«, versicherte Mr Olmsted. »Niemand hat Zugang zu den Plänen. Sie werden in diesem Raum hier in einem Versteck unter Verschluss gehalten.«

40

Nachdem Mr Olmsted die Bibliothek verlassen hatte, sah Braeden Serafina an. »Was machen wir jetzt?«

»Als Erstes musst du deinem Onkel berichten, was wir herausgefunden haben. Ich werde meinen Vater bitten sicherzustellen, dass die Feueralarm-Anlage funktioniert. Aber bevor ich das mache, erledige ich noch etwas anderes. Erinnerst du dich an die Nacht, in der wir von den Ratten angegriffen wurden?«

»Ja. Wir wollten eigentlich Grathans Zimmer durchsuchen.«

»Aber die Ratten haben uns daran gehindert«, ergänzte sie. »Dann sind die Hunde verschwunden. Ich weiß nicht, wohin Grathan verschwunden ist, aber ich werde mich in sein Zimmer schleichen und es durchsuchen.«

»Sei aber vorsichtig«, sagte Braeden mit einem zustimmenden Nicken.

Er warf einen Blick aus dem Fenster auf die untergehende Sonne. »Wenn ich mit meinem Onkel gesprochen habe, mache ich mich auf die Suche nach Rowena. Sie wird sich fragen, wo wir geblieben sind.«

»Lady Rowena war gestern sehr mutig«, sagte Serafina. »Geh und finde sie. Wir treffen uns dann in einer halben Stunde auf der hinteren Veranda.«

»Einverstanden«, erwiderte Braeden.

Während Serafina die Hintertreppe in den zweiten Stock nahm, ging sie in Gedanken noch einmal alles durch. Es war klar, dass Uriah den Stab geschaffen hatte, damit er ihm half, Biltmore und die Vanderbilts auszulöschen. Doch genau wie Waysa gesagt hatte, kämpfe Uriah nicht mit offenem Visier. Er benutzte den Stab nicht persönlich. Dazu hatte er Grathan eingeschleust, seinen Gehilfen und Spion. Als sie den Flur betrat, der zum Van-Dyck-Zimmer führte, hielt sie inne und atmete tief durch. Sie hatte schon mehrfach versucht, in den Raum zu gelangen und war gescheitert, doch dieses Mal war sie fest entschlossen, es zu schaffen.

Sie schlich den Flur bis zum Van-Dyck-Zimmer entlang und presste ein Ohr an die Tür. Als sie nichts hörte, drehte sie am Türknauf. Es war abgeschlossen. Sie rannte den Flur hinunter, huschte in einen Heizungsschacht und nahm den Weg durch die Wand. Sie brauchte eine Weile, um sich in den Schächten zurechtzufinden, doch endlich entdeckte sie die Messingabdeckung, nach der sie gesucht hatte, und schob sich in Mr Grathans Zimmer. Ihr war, als würde sie in eine Drachenhöhle kriechen.

Sie fand sich in einem elegant eingerichteten Zimmer wieder, das über eine Goldrautentapete aus Damast, Holzparkett und einen persischen Teppich verfügte. Der Raum war mit einem kleinen Kamin und Möbel aus Kastanienholz ausgestattet. Die Wände waren mit Van-Dyck-Drucken dekoriert, die an langen Drähten aus Stahl hingen. Es überraschte sie, aber augenscheinlich war an dem Zimmer nichts ungewöhnlich oder verkehrt. *Ich schätze, hier gibt es keine Leiche*, dachte sie.

Doch das Zimmer war auch nicht völlig leer. Ein getragenes Hemd und eine verknitterte Hose lagen über einem Stuhl. Drei Lederkoffer standen auf dem Boden. Serafinas Handflächen wurden feucht, als sie daran dachte, dass Mr Grathan jeden Moment zurückkommen konnte.

Sie durchsuchte das Zimmer, so schnell sie konnte. Sie hielt Ausschau nach Schuhen und Kleidung mit Tannenharzflecken oder solchen, die von einem Kohlenfeuer stammten. Ihr kam in den Sinn, dass sie womöglich belastende Behälter finden würde, die das leicht entflammbare Harz enthielten. Sie nahm an, dass der Tannenwald Uriah und Grathan nicht nur als Versteck diente, sondern Teil ihres Plans war, Biltmore auszulöschen. Ihr Pa hatte ihr einmal erzählt, dass es nichts Heißeres gäbe als einen Waldbrand, der sich durch die Tannen fraß; dass die Baumstämme sogar explodierten, wenn das Harz zu kochen begann. Es wäre die ideale Möglichkeit, ein Feuer im Haus zu legen, selbst in einem Haus, dessen Konstruktion jeden Brand verhindern sollte.

Als sie nicht fand, wonach sie suchte, öffnete sie einen der Lederkoffer und durchwühlte ihn. Es waren nur Kleider darin. Sie öffnete den nächsten Koffer. Wieder entdeckte sie nichts. Nachdem sie den dritten durchsucht hatte, gab sie auf und sah sich frustriert im Zimmer um.

Hier ist nichts …

Das, was sie vorgefunden hatte, legte nahe, dass es sich bei Mr Grathan um einen ganz gewöhnlichen Mann handelte. Serafina schürzte die Lippen und schnaubte.

Das ergibt einfach keinen Sinn …

Wo waren die Streichhölzer und Harzbehälter? Wo waren die Bücher mit den Pentagrammen, Runen und bösen Zaubersprüchen?

Grathan hatte dermaßen entschlossen verhindert, dass jemand sein Zimmer betrat, doch was hatte er hier drin getrieben? Seine dämliche Zahnbürste versteckt?

Hier muss etwas sein …

Sie fing noch einmal von vorn an und überprüfte die Lederkoffer erneut. Sie durchsuchte sie noch gründlicher als beim ersten Mal und hielt Ausschau nach ungewöhnlichen Nähten oder Details. Und dann entdeckte sie es. In einem der Koffer verbarg sich ein kleines Geheimfach im Futter.

Jetzt wird es interessant …

Darin fand sie Zeitungsausschnitte – einige waren Jahre alt und vergilbt, andere neueren Datums –, doch sie alle handelten von Heimsuchungen, merkwürdigen Vermisstenfällen und schauerlichen Morden. Viele der in den Artikeln genannten Namen und Städte waren unterstrichen.

Wozu das Ganze, Mr Grathan?

Neben den Ausschnitten entdeckte sie noch eine alte, abgegriffene Karte der Vereinigten Staaten. Jeder Ort, der in einem Artikel Erwähnung gefunden hatte, war umkreist und mit einem kleinen X versehen. Das waren kleine Kreuze! Und noch verstörender war, dass manche Orte mit mehr als einem markiert waren.

Ihr erster Gedanke war, dass er besessen davon war, Berichte über das Okkulte und Übernatürliche zu verfolgen. Doch dann wurde ihr klar, dass er diese womöglich nicht verfolgte. Vielleicht hatte er all diese Vorfälle *verursacht*.

Wo immer er hingeht, sterben Leute.

Ihr Herz klopfte schneller. Sie ging die Zeitungsausschnitte erneut durch. Die Überschrift des neusten Artikels lautete: *Das mysteriöse Verschwinden des Montgomery Thorne.*

Grathan war also tatsächlich nach Biltmore gekommen, um das Verschwinden von Mr Thorne zu untersuchen, aber er war kein Polizist. Warum also war er hier?

Abgesehen von Mr Thorne wurden in dem Artikel drei Namen erwähnt, die aktenkundigen Bewohner von Biltmore: George, Edith und Braeden Vanderbilt.

Das ist gar nicht gut …

Die meisten Kreise auf der Karte waren im Laufe der Zeit verblasst, aber einer stach hervor: derjenige, der das Biltmore-Anwesen markierte. Daneben war kein Kreuz zu sehen.

Nachdem er an all diesen anderen Orten war, ist er hierhergekommen …

Sie sah sich im Zimmer um, versuchte logisch zu denken.

Das Zimmer ist so leer, bietet so wenig Anhaltspunkte. Aber irgendetwas muss sich noch finden lassen …

Sie drehte sich im Kreis.

Wie kann ich das Unsichtbare sichtbar machen?

Sie bemerkte eine leichte Farbabweichung auf dem Boden vor einem der gepolsterten Stühle. Sie ging auf Hände und Knie und schnüffelte an der Stelle am Teppich.

Es ist Erde von einem Schuh … Hier ist der Teppich abgewetzt … Mr Grathan hat auf diesem Stuhl gesessen …

Sie arbeitete sich auf der Suche nach Gerüchen mit der Nase an der Armlehne des Stuhls entlang nach oben. Zuerst roch sie nur Stoff. Dann erhaschte sie einen schwachen, aber sehr eigentümlichen Geruch.

Den Geruch kenne ich …

Es roch nach einem pulverigen Stein. Und nach einer Spur von Metall. Die Kombination kam ihr so vertraut vor. Sie sah ein Bild vor sich, doch ihr fiel das Wort dazu nicht ein. Es handelte sich um einen kleinen, rechteckigen, glatten grauen Stein.

Ein Wetzstein! So hatte ihr Pa ihn genannt.

Sie hatte ihn so einen benutzen sehen, um eine Stahlschneide zu wetzen, bis sie rasiermesserscharf war.

Sie schluckte.

Grathan hatte auf diesem Stuhl gesessen und die Schneide einer Waffe gewetzt …

Ihre Brust hob und senkte sich rascher, ihre Lunge schrie nach Luft. Sie ging das Ganze in Gedanken durch.

Uriah hat Grathan hierhergeschickt. Aber Grathan ist nicht nur ein Spion …

Er ist ein Attentäter!

Er ist nicht bloß ein Mordermittler. Er ist der Mörder!

Sie konnte nicht anders, als sich noch einmal im Raum umzusehen. Aber sie hatte ihn bereits durchsucht. Von einer Waffe war weit und breit nichts zu sehen.

Wie gelingt es ihm, die Waffe verborgen bei sich zu tragen?

Und noch viel wichtiger: Wen will er damit töten?

Sie erinnerte sich, dass Essie und Rowena ihr erzählt hatten, Grathan habe viele Fragen über Mr Thorne, Gidean und Braeden gestellt. Einer von ihnen war bereits tot. Einer war ein Hund.

Es war nur noch ein Name übrig …

Als sie ein Geräusch vor der Tür hörte, warf sie sich zu Boden und schlüpfte unter das Bett.

Sie wartete und lauschte.

Sie hörte gedämpfte Laute.

Auf dem Gang herrschte eine Art Tumult, Leute redeten durcheinander, waren alarmiert.

Panik machte sich in ihr breit. Sie schnüffelte nach Rauch, entdeckte aber kein Anzeichen dafür.

Schnell kroch sie unter dem Bett hervor und ging zur Tür. Als sie Essies Stimme vernahm, verließ sie rasch das Zimmer.

»Oh Miss, Sie sind es!«, sagte Essie überrascht. »Was machen Sie hier?«

»Brennt es irgendwo?«, fragte Serafina. »Was ist los?«

»Wir haben nach *Ihnen* gesucht, Miss«, sagte Essie.

»Nach mir? Wieso?«

»Jemand hat dem jungen Herrn erzählt, Sie wären schlimm verletzt im Garten gesehen worden. Der junge Herr Braeden war ganz aufgelöst und schickte uns hierher, um nach Ihnen zu suchen, während er sich draußen umsehen wollte.«

»Verletzt?«, fragte Serafina perplex. »Ich bin nicht verletzt. Wer hat ihm das erzählt?«

In dem Moment fiel Serafina die Nacht ein, in der sie die Buschratte gefangen hatte. Jedes Mal, wenn diese versucht hatte davonzulaufen, hatte sie sie reflexartig wieder eingefangen. Als sie von der Prunktreppe gefallen war, hatten ihre Reflexe dafür gesorgt, dass sie auf den Füßen landete. Reflexe waren sehr mächtig und ausgesprochen nützlich. Aber sie konnten gegen einen verwendet werden.

Wenn sie plötzlich vermisst würde und davon auszugehen war, dass sie verletzt wäre, wer würde als Erster reagieren? Wer würde augenblicklich auf sein Pferd springen und ganz auf sich gestellt blindlings in die Nacht hinausreiten, um sie zu retten?

Sie malte sich aus, wie sie in den Garten lief und Braedens leblosen Körper auf der Erde fand, von einem Mann mit einem gewetzten Messer in den Hinterhalt gelockt und umgebracht.

Sie packte Essies Arm. »Ich werde hinausgehen, Braeden suchen und ihn zurückbringen. Aber du musst etwas sehr Wichtiges für mich tun. Renne so schnell du kannst nach unten und suche meinen Pa, Mr Olmsted und Mr Vanderbilt. Sie sollen sich die Bauzeichnungen des Hauses ansehen und nach den Stellen Ausschau halten, an denen es am verwundbarsten für Feuer ist. Geht dorthin und sucht nach Tannenharz auf dem Boden und an den Wänden oder jeglichem anderen brennbaren Material. Sie sollen Wachen aufstellen, um diese Bereiche zu schützen. Sorgt dafür, dass niemand ein Feuer entzünden kann.«

»Das mache ich. Das mache ich auf der Stelle!«, sagte Essie.

Serafina drückte Essies Arm ein letztes Mal, dann rannte sie los. Es war ihr vollkommen egal, wer sie sah oder hörte. Sie rannte von Panik getrieben durch das Haus und die Treppe hinunter.

Als sie durch die Eingangshalle sprintete, hörte sie die Hufe von Braedens Pferd über den Hof vor dem Haus klappern. Sie stürmte genau in dem Moment zur Tür hinaus, als Braeden vorbeigaloppierte. Er hing weit vorgebeugt über dem Hals seines Pferdes und trieb es angsterfüllt an. Sie hatte ihn noch nie so schnell reiten sehen. Doch er hielt kopflos auf die in völlig dunklen Gärten zu.

»Braeden!«, brüllte sie ihm hinterher. »Komm zurück! Ich bin hier! Es geht mir gut!« Aber er hörte sie nicht.

Serafina rannte ihm nach. Als sie in die dunkle Nacht eintauchte, vernahm sie zwischen den Bäumen das laute, markerschütternde Heulen eines Wolfshundes. Von Grauen gepackt, rannte sie schneller. Es klang, als hätte ein Wolfshund Braeden entdeckt und rufe nun seine Brüder zur gemeinsamen Hatz herbei.

Dann hörte sie den lang gezogenen, kläffenden Ruf eines Kojoten. Als Antwort erschallte von überall her das Heulen hunderte weiterer Kojoten.

Ihr kam ein furchtbarer Gedanke. Das ganze verräterische Tun und die Verschleierungstaktik dienten nicht nur dem Wiederfinden des schwarzen Umhangs und der Zerstörung von Biltmore. Sie wollten Braeden. Und sie würden den Jungen schon bald in ihren Fängen haben.

Sie hörte ein weiteres gespenstisches Geräusch aus der Ferne, das sie nur allzu gut kannte: das Geklapper von vier Pferden und das Rattern einer Kutsche auf dem Weg nach Biltmore.

Sie kamen. Sie kamen alle.

Dann erspähte sie am Rand des Gartens eine Bewegung. In den Schatten verbarg sich eine bucklige schwarze Gestalt, die langsam vorwärtsschlich. Es war Grathan. Er hielt seinen Gehstock wie einen Degen.

»Braeden!«, schrie Serafina, als sein Pferd und er in Biltmores ausgedehnte Gärten preschten und außer Sicht verschwanden. Er war zu weit von ihr entfernt, um ihren Ruf zu hören.

Als Grathan sich hinter Braeden in die Gärten stahl, nahm er seinen Gehstock in beide Hände und zog einen langen, spitzen, schwertähnlichen Dolch daraus hervor. Da war sie. Die Waffe, die er so lange versteckt hatte, war endlich zum Vorschein gekommen! Von der frisch gewetzten Klinge ging im schimmernden Mondlicht ein machtvolles Funkeln aus. Grathan folgte Braeden die Klinge schwingend in den Garten. Er würde ihn umbringen!

Von schrecklicher Angst getrieben rannte Serafina noch einmal schneller. Als sie den Weg in den Garten endlich erreichte, sah sie etwas aus den Augenwinkeln. Eine Eule mit weißem Gesicht glitt im Tiefflug über den Hof und verschwand zwischen den Bäumen im Garten.

Serafinas Angst stieg ins Unermessliche.

Grathan, die Wolfshunde, die Kojoten, die Hengste, die Eule – nun fügte sich alles zusammen.

Die Falle hatte zugeschnappt. Und Braeden und sie waren die Mäuse.

41

Serafina rannte den Weg entlang, den Braeden und Grathan genommen hatten, doch als sie um die Ecke bog, bot sich ihr ein unerwarteter Anblick.

Grathan stand völlig regungslos auf dem Weg. Er drehte ihr den Rücken zu und starrte vor sich auf den Boden. Was immer sich dort befand, hatte dafür gesorgt, dass er wie angewurzelt stehen geblieben war.

»Keine Bewegung«, sagte er zitternd mit einem raschen Blick über die Schulter.

Serafina verstand nicht, was vor sich ging, bis sie die Waldklapperschlange erspähte, die sich auf dem Weg vor ihm wand. Es war eine dicke, gefährlich aussehende Schlange von eineinhalb Metern mit braunem Zickzackmuster. Sie hatte den scheußlichen, keilförmigen Kopf gehoben, die gelben Augen fixierten Grathan, und die schwarze Zunge schnellte immer wieder hervor.

Serafina war vollkommen verwirrt. Warum hatte er sie gewarnt?

»Beweg dich bloß nicht, Serafina«, wiederholte er, als die Schlange zu klappern begann.

Da sah Serafina, dass es nicht bloß eine Schlange war. Es waren sehr viele. Sie lagen überall auf dem Weg und dem angrenzenden Rasen verteilt. Eine ekelhafte Grubenotter schlängelte sich nur wenige Zentimeter von ihren nackten Beinen entfernt davon. Ihr Kopf schwang vor und zurück, als würde sie jeden Moment zuschnappen.

Grathan umklammerte den Gehstock mit der einen Hand und den Dolch mit der anderen.

Er versuchte zurückzuweichen, doch sobald seine Beine sich rührten, schlug die Klapperschlange, die ihm am nächsten war, so blitzschnell zu, dass selbst Serafina es kaum sah, und hinterließ zwei blutende Löcher in seinem Bein. Grathan wollte sich mit einem Satz nach hinten vor der Attacke retten, landete aber abseits des Weges mitten auf einer zweiten Klapperschlange. Diese warf sich mit weit geöffnetem Maul vorwärts und grub die giftigen Fänge tief in seine Wade. Als er aufschrie und sich ruckartig von ihr befreien wollte, ging eine dritte Schlange auf seinen Oberschenkel los. Grathan schrie schmerzerfüllt auf und stolperte rückwärts. Er ließ den Dolch fallen. Die übrigen Schlangen begruben ihn unter sich, bissen ihn ins Gesicht, in den Hals und in die Brust. Ihre Fänge pumpten Gift in sein Blut. Grathans Arme und Beine, ja sein ganzer Körper wurde von Krämpfen geschüttelt. Serafina wusste nicht, ob sie die Schlangen bekämpfen oder vor ihnen davonlaufen sollte. Sie konnte nichts tun, als einfach dazustehen und das Ganze voller Entsetzen zu verfolgen.

Grathan lag jetzt mit dem Gesicht nach oben auf der Erde, Arme und Beine ausgebreitet, während die Schlangen um ihn herumkrochen. Sein Gesicht war aufgrund des Giftes stark geschwollen und violett angelaufen, aber seine Augen standen offen und sahen sie an.

»Sie ist … nicht … wer sie … scheint …«, stieß er mit schwacher, heiserer Stimme hervor.

»Wie bitte?«, fragte Serafina durcheinander. »Das verstehe ich nicht!«

»Lauf weg!«, keuchte er.

»Sagen Sie mir, wovon Sie da reden!«, rief sie. Sie wäre gerne näher an ihn herangegangen, um zu hören, was er ihr zu sagen hatte, aber sie musste Abstand zu den Schlangen wahren. Sie wusste, dass sie in Gefahr schwebte, aber sie brauchte unbedingt ein paar Antworten. »Wer sind Sie? Über wen reden Sie da?«

Doch Grathan antwortete nicht. Er starb direkt vor ihren Augen.

Serafina wich Stück für Stück zurück, bestürzt über das, was sie gerade gesehen hatte.

Sie hatte Grathan für ihren Todfeind gehalten, für den zweiten Insassen der Kutsche, Uriahs Spion und Meuchelmörder. Doch mit einem Mal war sie seltsam traurig, weil gerade etwas geschehen war, das nicht hätte geschehen dürfen. Und es war alles ihre Schuld. Sie blickte zu dem Mann auf der Erde hinunter. Hatte sie schrecklich falsch gelegen, was ihn anging? Es schien, als habe er ihr am Ende helfen wollen, ihr etwas sagen wollen.

Die silberne Schließe des schwarzen Umhangs lag in seiner offenen, toten Hand. Sie hätte sie sich gerne geschnappt, aber die Schlangen wanden sich um seinen Arm.

Obwohl sie entsetzt über das war, was sie mitangesehen hatte, versuchte sie sich einzureden, dass das Richtige passiert war, dass die Schlangen gerade ihren Feind getötet hatten. Es war vorbei. Ihr Feind war tot.

Doch dann schüttelte sie knurrend den Kopf. In den Gärten von Biltmore gab es keine Klapperschlangen. Ottern jagten nicht in Gruppen und griffen Leute auf den Pfaden des Staudengartens an. Sie waren von übernatürlichen Kräften herbeigerufen worden. Aber wenn er der Böse gewesen wäre, hätte Grathan die Schlangen *kontrollieren* müssen und nicht von ihnen umgebracht werden dürfen! Das Rätsel war nicht gelöst. Es gab nur noch mehr Puzzleteile!

In diesem Moment hörte sie ein *Tick-Tick-Ticken* hinter sich, gefolgt von einem langen, heiseren Zischen, das nicht wie das einer Schlange klang, sondern wie das Kreischen einer Schleiereule. Sie spürte einen heißen Atem in ihrem Nacken.

»Ich dachte, ich wäre dich losgeworden«, sagte eine Stimme hinter ihr.

42

Serafina fuhr kampfbereit herum.

Doch es war Lady Rowena, die wenige Schritte hinter ihr stand. Serafinas erster Gedanke war, dass sie sich geirrt haben musste. Lady Rowena stand mit einem Zweig in der Hand vor ihr, als wolle sie sich damit verteidigen. Serafina war im Begriff, sie zu fragen, was sie da machte, als Rowena sprach.

»Wie ich sehe, ist der Schwarze hier«, sagte Rowena mit sonderbarer Betonung. Als sie die Worte sagte, blickte Serafina unwillkürlich auf die silberne Schließe des schwarzen Umhangs hinunter, die immer noch in Grathans Hand ruhte.

Rowenas Blick folgte dem ihren, und ihre Augen wurden groß. Dann lächelte sie. »Danke. Die haben wir schon vermisst.«

Rowena ging zu Grathan hinüber, scheinbar unberührt davon, dass er tot auf dem Boden lag und von Klapperschlangen übersät war. Sie trat zwischen die Schlangen, die sich wanden und den Kopf hoben und sie mit den glühenden gelben Augen ansahen, aber sie klapperten nicht und bissen sie auch nicht. Rowena bückte sich, um die Schließe aufzuheben. »Ich nehme Ihnen die netterweise ab«, sagte sie zu Grathans totem, geschwollenem Gesicht.

Während sie Rowena zuhörte, wurde Serafina bewusst, dass diese anders klang als sonst. Ihr überheblicher englischer Akzent war einem gewöhnlichen, knurrenden Tonfall gewichen, als sei sie die Täuschung leid geworden.

»Ich befürchte, Mordermittler Grathan hat ein wenig zu viel ermittelt«, sagte Rowena. »Er war gefährlich kurz davor, Vanderbilt seine Theorien zu offenbaren. Ich schätze, die arme, verlorene Seele verstand sich selbst als Dämonenjäger, als Kämpfer gegen das Böse. Der Dummkopf hat geglaubt, er könne mich mit einem Dolch umbringen.«

Plötzlich ertönte lautes Jaulen aus dem Wald. Es war der Ruf eines Wolfshundes, aus solch überraschender Nähe, dass Serafina blitzschnell herumfuhr. Rowena jedoch schien der Ruf nicht zu beunruhigen.

Als Serafina ihr den Blick wieder zuwandte, hatte sich der kleine Zweig in ihrer Hand in einen knorrigen, krummen Stab verwandelt. Da fielen Serafina Lady Rowenas hölzerne Haarnadel und der Sonnenschirm, der Wanderstock vom Waldspaziergang und die Reitgerte ein. *Aber sie gehört zu meiner Ausstattung*, hatte sie hochmütig verkündet. Bei jeder Begegnung hatte Lady Rowena etwas anderes angehabt, aber sie hatte stets etwas Langes, Hölzernes mit sich geführt.

Serafina wurde klar, dass Mr Grathan sich nicht in den Garten geschlichen hatte, um Braeden mit dem Dolch zu töten sondern Lady Rowena. Er war kein polizeilicher Ermittler, wie er vorgegeben hatte, sondern ein Okkultist auf den Spuren des Mysteriösen und Übernatürlichen. Und er hatte es gefunden.

»Dahin und dahin«, befahl Rowena und deutete mit dem Stab auf zwei Stellen des Gartenwegs, und die Schlangen krochen gehorsam dorthin.

Anschließend wandte Rowena sich wieder Serafina zu. »Ja, ich dachte, ich wäre dich losgeworden.«

»Wann genau soll das gewesen sein?«, fragte Serafina, die sich bemühte, tapfer zu bleiben, obwohl sie sich fürchtete und sehr durcheinander war.

»Als du und der Hund den Abgang über das Treppengeländer gemacht habt.«

»Schätze, so leicht ist das bei mir nicht«, sagte Serafina mit festem Blick.

»Ich war nicht gerade erfreut darüber, glaub mir.«

»Ehrlich gesagt, hast du ängstlich ausgesehen.«

»Jetzt bilde dir ja nichts ein«, fauchte Rowena. »Ich war nur überrascht. Du bist zäher, als du aussiehst. Aber bei deinesgleichen hätte ich es mir denken müssen.«

Während der Unterhaltung blickte Serafina unwillkürlich zum Haus, um festzustellen, ob Feuer oder Rauch zu sehen waren, aber sie bereute es sogleich.

»Wonach hältst du Ausschau?«, fragte Rowena. »Es ist zu spät, musst du wissen. Ich habe die Brände schon gelegt. Es gibt nichts mehr, was du dagegen tun kannst. Dein geliebtes Haus wird zu Schutt und Asche brennen. Ich habe dir doch versprochen, dass ich endlich etwas tun würde, um meinen Vater stolz zu machen.«

Serafina wollte mit einem Satz davonspringen und wegrennen, aber sie konnte die Beine nicht bewegen. Sie blickte an sich hinunter. Zu ihrer Verblüffung schlangen sich Efeuranken um ihre Knöchel und wucherten rasant ihre Beine hinauf.

Bevor sie das Efeu wegreißen konnte, hörte sie ein Pferd den Weg entlangtraben.

Rowena wandte sich dem Hufgetrappel zu.

Braeden kam auf dem Pferderücken um die Ecke geritten. »Serafina, ich habe schon überall …«

»Weg hier, Braeden!«, schrie Serafina, so laut sie konnte, als Rowena den Stab in die Höhe riss.

43

Die Klapperschlangen gruben ihre Giftzähne in die Fesseln des Pferdes. Das Pferd stieg wiehernd in die Höhe und schlug wild aus, es warf panisch den Kopf hin und her. Braeden stürzte mit voller Wucht zu Boden.

Serafina wollte ihm zur Hilfe eilen, aber die Efeuranken behinderten sie, und sie fiel der Länge nach hin.

Während sie sich hektisch das Efeu von den Beinen riss, erhob sich eine Schlange zischelnd und klappernd vor ihrem Gesicht, bereit, jeden Moment zuzubeißen. Mit einer raschen Handbewegung schlug sie ihr gegen den Kopf. Klapperschlangen waren zwar schnell, aber sie war schneller. Als eine zweite Schlange zum Angriff überging, sprang sie hoch in die Luft, um ihr auszuweichen, ließ sich dann auf sie fallen und zerquetschte sie.

Aber noch während sie die Schlange tötete, rankte sich der Efeu wieder um ihre Füße und hielt sie gefangen. Serafina bemühte sich, die Ranken wegzureißen, und warf erneut einen Blick zum Haus. Dunkle Rauchwolken stiegen dort gen Himmel. Biltmore brannte!

Serafina sah, wie Braeden sich auf der Erde hin und her rollte, um den stampfenden Hufen des immer wieder aufsteigenden Pferdes auszuweichen. Es hatte nicht nur Angst vor den Klapperschlangen. Auf einmal wollte es Braeden töten. Die Erde bebte jedes Mal, wenn seine gewaltigen, schwarzen Hufe auf den Boden trafen. Braeden war es bisher nur knapp gelungen, nicht von ihnen zermalmt zu werden. Ein Tritt, und es war aus mit ihm. Und Serafina konnte nichts tun!

In diesem Moment sprang ein schlanker, dunkler Berglöwe aus der Dunkelheit auf das Pferd zu und die beiden Tiere gingen in einem wilden Gerangel zu Boden.

Waysa war eingetroffen. Der Katzbergen war verglichen mit dem riesigen Pferd nicht groß, aber er kämpfte mit der Geschmeidigkeit und Kraft eines Löwen. Er bewegte sich so schnell, dass er nichts weiter als ein verschwommener, brauner Blitz war.

Die fünf Wolfshunde stürzten sich mit in den Kampf. Rowena zeigte mit dem Stab auf Braeden, der im Begriff war, sich aufzurappeln. Die Hunde gingen auf ihn los und warfen ihn mit Leichtigkeit wieder um. Sie packten ihn mit den Zähnen und schleiften den kreischenden Braeden über die Erde.

Serafina riss sich fauchend und zischend den Efeu von den Beinen. Waysas Ankunft schenkte ihr neue Hoffnung. Sobald sie frei war, rannte sie zu Braeden, packte einen der Wolfshunde an den Hinterbeinen und schleuderte ihn weg. Als der wütende Hund herumfuhr und mit aufgerissenem Maul auf sie zusprang, wich sie dem Angriff aus und schlug ihm auf den Kopf.

»Nimm ihr den Stab ab!«, rief sie Braeden zu, aber er lag immer noch um sich tretend und brüllend auf der Erde und war vollauf damit beschäftigt, um sein Leben zu kämpfen. Ein Wolfshund hatte sich seine rechte Hand geschnappt, ein anderer das linke Handgelenk. Und ein dritter hielt sein Bein fest. Sie bissen nicht einfach zu und zerfleischten ihn, sie zerrten ihn fort. Serafina wusste, dass

Braeden Rowena noch gar nicht richtig wahrgenommen hatte, geschweige denn die Komplexität all dessen erfasst hatte, was gerade vor sich ging. Die Schlangen hätten ihn beißen können. Die Hunde hätten ihm die Kehle durchtrennen können. Aber das taten sie nicht. Die Hunde zerrten ihn weg.

Aber erst, als Serafina das fürchterliche Klappern der Hufe der vier Hengste auf dem Pflaster von Biltmore vernahm, fing sie an zu verstehen. Die Wolfshunde, der Stab, die Hengste und die Kutsche. Uriah und Rowena wollten Serafina für immer aus dem Weg räumen, aber Braeden wollten sie *lebendig!*

Waysa stürmte aus dem Gebüsch auf Rowena zu, die den Stab schwang. Als sie die Waffe auf zwei Wolfshunde richtete, warfen sie sich dem Löwen in den Weg. Der Katzbergen und die beiden Wolfshunde stürzten sich mit reißenden Zähnen und fetzenden Krallen in eine erbitterte Schlacht.

Rowena schwang den Stab Richtung Wald und rief etwas, das Serafina nicht verstand. Doch sie ahnte, dass Rowena weitere Tiere ihrem Befehl unterwarf, und raste auf sie zu. Der einzige Weg, Rowena zu besiegen, war, ihr den Stab zu entreißen.

Ein riesiger Bär preschte zwischen den Bäumen hervor. Serafina schnappte nach Luft, sie traute ihren Augen kaum. Schwarze Bären waren normalerweise die stillen Bewohner des Waldes und wurden selten aggressiv. Sie hatte keine Ahnung, wie sie diese knurrende, Fünfhundert-Pfund-Bestie besiegen sollte.

Der Bär warf sich mit weit aufgerissenem Schlund auf sie. Sie wich seinem ersten Angriff aus, doch das Tier war verblüffend wendig und stürzte sich laut brüllend erneut auf sie. Es schlug mit seinen gewaltigen Tatzen nach ihr, seine Zähne knirschten. Immer wieder tauchte sie weg – es überraschte sie selbst, wie schnell sie sein konnte, wenn ihr Leben davon abhing. Sie wusste, dass es ihr Ende wäre, wenn der Bär sie erwischte.

Sie schoss hierhin und dorthin, unter ihm durch und um ihn herum, so dicht, dass sie sein Fell roch. Doch auch wenn seine Klauen sie verfehlten, krachten seine Schultern schmerzhaft in ihren Brustkorb hinein.

Währenddessen zerrten die Wolfshunde Braeden zur Kutsche mit den vier schwarzen Hengsten, die auf Rowenas Befehle warteten. Serafina verstand die Hintergründe nicht, aber sie wusste, dass sie ihm helfen musste, oder ihn für immer verlieren würde. Doch sie konnte ihn nicht retten. Sie konnte ja nicht einmal sich selbst retten!

Rowena und die Wolfshunde zogen Braedens inzwischen leblosen, ohnmächtigen Körper in die schwarze Kutsche und verschwanden in ihrem Innern. Die Hengste stießen ein markerschütterndes Wiehern aus, so als wären sie von schmerzhaften Peitschenhieben getroffen worden. Dampfwolken stiegen aus ihren Mäulern und Nüstern auf. Dann stürmten sie los und zogen die Kutsche mit sich, während in der Ferne Rauchwolken den Himmel verdeckten.

Serafina flitzte und rollte und schoss zwischen den weit ausholenden Tatzenhieben des Bären hin und her. Sie tauchte unter den zuschnappenden, tödlichen Zähnen weg, aber an ein Entkommen war nicht zu denken.

Sie erhaschte kurze Blicke auf Waysa, der noch immer mit den Wolfshunden kämpfte. Rowena konnte viele Dinge kontrollieren, aber ihn nicht. Seine Seele war noch immer halb Mensch, was die Katzbergen zu besonders gefährlichen Feinden für Rowena und den Stab machte.

Der Bär stürzte sich erneut auf sie. Serafina wich zur Seite aus und versuchte davonzuflitzen. Als er herumfuhr und zu einem mächtigen Tatzenhieb ausholte, sprang sie einen steilen Hang hinauf. Bären konnten viel schneller rennen als Menschen, daher konnte sie ihm nicht davonlaufen. Sie kletterten blitzschnell Bäume hinauf, also war auch das keine Möglichkeit. Sich totzustellen würde den sicheren Tod bedeuten. Sie verfügte auch nicht über die nötige Stärke oder die Klauen, um einen Bären zu verletzen, und sie hatte keine Waffe zur Hand. Alles, was sie hatte, waren ihre Beweglichkeit und ihr Verstand. Sie schoss in ein Gebüsch, weil sie dachte, der steile Anstieg und das dichte Gestrüpp böten eine Möglichkeit, dem Bären zu entkommen. Aber für den Bären war auch das kein Problem. Er setzte mit gewaltigen Sprüngen den Abhang hinauf und brach laut brüllend durch das Gestrüpp, als wäre es gar nicht vorhanden.

24

Serafina wusste, dass der Bär ihr fast auf jede Weise überlegen war, doch dann hatte sie eine Idee. Es gab immer noch ein paar Dinge, die sie besser konnte als ein Bär.

Sie drehte sich um und rannte. Genau wie sie erwartet hatte, ließ der Bär sich auf alle viere fallen und stürmte hinter ihr her. Sie wusste, dass ihr nur wenige Schritte blieben, bis der Bär sie eingeholt haben und von hinten angreifen würde. Sie hörte das Hämmern seiner galoppierenden Tatzen und das Knurren, das er mit jedem Atemzug ausstieß, hinter sich. Entsetzt warf sie einen Blick über die Schulter. Da war er, er jagte in einem irren Tempo hinter ihr her, seine Muskeln zeichneten sich unter dem dichten, schwarzen Pelz ab. Ihre raschen, panischen Atemzüge brannten wie Feuer in ihrer Lunge. Sie rannte so schnell sie konnte, aber der Bär würde sie innerhalb von Sekunden einholen.

Endlich erreichte sie das ersehnte Ziel und sprang. *Gott danke Mr Olmsted,* dachte sie, als sie durch die Luft flog. Sie landete auf dem Schotter des langen, rechteckigen Italienischen Gartens, der tief in die natürliche Umgebung eingebettet und von einer vier Meter hohen Mauer umgeben war.

Sobald ihre Füße den Boden berührten, drehte sie sich um und blickt nach oben. Der Bär blieb nicht stehen. Er schoss mit einem Satz über die Kante und landete direkt neben ihr, entschlossen, sie zu fangen und zu töten. Sie rollte gerade noch rechtzeitig aus dem Weg, als sein riesiger Körper neben ihr so hart auf den Boden donnerte, dass die Erde erzitterte. Er holte sofort mit seinen mächtigen Tatzen aus und warf sich dann mit weit aufgerissenem Maul auf sie. Sie flitzte die weiße Marmorstatue einer griechischen Göttin hinauf, die neben der Gartenmauer stand, kletterte auf ihren Kopf und sprang von dort aus weiter.

»Es ist kein Italienischer Garten, Mr Olmsted«, sagte sie, als sie oben auf der Mauer landete. »Es ist ein Bärenzwinger!«

Der Bär brüllte und preschte vor, um ihr zu folgen, doch als er versuchte, die Statue zu erklimmen, zerbrach die griechische Göttin unter seinem gewaltigen Gewicht in tausend Stücke, und die Bestie ging zu Boden. Der Bär sprang auf, sah sie an und brüllte erneut los, doch er konnte die Steinmauer nicht hinaufklettern. Der Bär konnte *in* den von Mauern umgebenen Garten springen, aber nicht wieder *hinaus*.

Sie hatte es geschafft. Sie war ihm entkommen!

Serafina rannte schnell auf der Mauer entlang und verschwand im Gebüsch, ehe der Bär auf der anderen Seite des Gartens den Weg hinaus entdeckte. Sie ließ den Italienischen Garten hinter sich, brach durch das Gebüsch und erreichte die Straße. Aber sie war leer. Die Kutsche war schon lange fort. Serafina war seit der Begegnung mit Rowena völlig durcheinander. Wer war sie in Wirklichkeit? Und wo war Uriah?

Serafina warf einen Blick auf die Dächer von Biltmore, das sich in einiger Entfernung erhob. Dunkle Rauchschwaden wallten über den Hügel und schränkten ihre Sicht auf das Haus ein. Es machte den Eindruck, als lägen die Türme und Dächer von Biltmore unter dem Bann eines Zaubers. Rowenas Feuer brannte! Serafina wäre am liebsten zum Haus gerannt und hätte um Hilfe geschrien, aber das durfte sie nicht. Sie musste ihr ganzes Vertrauen in Essie setzen und Braeden retten.

Sie wandte sich ab und rannte in die Richtung, in die Rowena ihn entführt hatte. Aber obwohl sie der Kutsche nachlief, wusste sie, dass es nichts bringen würde. Die Hengste, die die Kutsche zogen, waren schnell. Sie würde sie niemals einholen. Sie hörte, wie sich ihr Hufschlag in der Ferne verlor.

Wieder einmal benötigte sie sehr viel mehr Tempo, als ihre zwei Füße ihr geben konnten. Während sie die Straße entlanglief und die unmittelbare Angst vor dem Bären allmählich von ihr abfiel, wurde ihr bewusst, wie dumm sie gewesen war. Wieso hatte sie nicht bemerkt, dass Rowena nicht die war, für die sie sich ausgegeben hatte? Serafina war wütend auf sich. Sie war dumm. Sie war schwach. Sie war langsam. Ihre Füße waren schwer, ihr Lauf schleppend.

Aber irgendwie musste sie Braeden retten!

Ich will schnell sein, dachte sie frustriert. *Ich will stark sein! Niemand soll mich aufhalten können!*

Waysas Worte kamen ihr in den Sinn. *Sobald du dir vorstellen kannst, was du sein möchtest, wirst du einen Weg finden, es in die Tat umzusetzen.*

Sie hatte sich viele Male ihre Mutter in Löwengestalt vorgestellt, und es hatte ihr nie etwas gebracht. Doch als sie jetzt voller Verzweiflung die Straße hinter der Kutsche herrannte, die ihren Freund entführte, schossen Erinnerungsfetzen durch ihren Kopf.

Sie erinnerte sich daran, wie Uriah gesagt hatte: *Findet den*

Schwarzen!, als er den Wolfshunden ein Stück Tuch zum Schnüffeln hingehalten hatte.

Sie erinnerte sich an die schwarzen Strähnen, die Essie ihr abgeschnitten hatte.

Sie erinnerte sich an die gelben Augen, mit denen ihr Spiegelbild sie angesehen hatte.

Sie erinnerte sich daran, wie Rowena gesagt hatte: *Der Schwarze ist hier*, und dann auf Grathans Hand hinuntergeblickt hatte, aber erst *nachdem* Serafina dorthin geschaut hatte.

Ein starkes Gefühl durchflutete sie. Sie musste rennen und rennen und immer weiter rennen, ihre ganze Verzweiflung und ihren ganzen Schmerz in die Muskeln pumpen, Luft in die Lunge ziehen, Blut durch ihr hämmerndes Herz jagen und Kraft in die Beine schicken.

Sie hatte sich die ganze Zeit über bemüht, ihre Mutter vor sich zu sehen, doch nun erkannte sie, dass es nicht die Mutter war, die sie sich vorstellen musste.

Sie merkte, wie sie das Tempo verdoppelte, verdreifachte, wie ihre Muskeln plötzlich vor Kraft strotzten. Sie machte einen Satz von der Straße und brach durch den Wald. Sie setzte über eine Schlucht und legte auf der anderen Seite noch einmal an Geschwindigkeit zu.

Als sie um eine Biegung kam, die die Straße nahm, entdeckte sie die Kutsche in einiger Entfernung, gezogen von den wutschnaubenden Hengsten. Die stählernen Hufeisen schlugen Funken auf der Straße, während sie galoppierten.

Serafina merkte, dass sie aufholte. Sie hörte sich knurren. Sie spürte die Länge und Schärfe ihrer Reißzähne. Ihre Krallen gruben sich tief in die Erde. Mächtige Atemzüge pumpten Luft in ihre Lunge.

Und obwohl sie so schnell rannte wie nie zuvor, nahmen ihre Augen und Ohren alles um sich herum wahr.

Sie sah etwas Graues und Braunes von rechts und links auf sich zuschießen. Es waren schnelle Läufer. Mit langen Schwänzen. Gefletschte Zähne blitzten auf. Dutzende Kojoten stürzten sich auf sie, bissen sie in die Flanken.

Serafina hätte sich gerne umgedreht und sich zur Wehr gesetzt, aber sie wusste, dass sie dann die Kutsche verlieren würde. Sie würde Braeden verlieren. Also rannte sie weiter, jagte wie der Blitz durch den Wald. Zwei Kojoten klammerten sich an ihr fest. Dann verbiss sich ein dritter in ihrer Hüfte. Sie stolperte, gewann das Gleichgewicht wieder und rannte weiter, doch dann sprang noch ein Kojote auf sie los.

Plötzlich erschien ein honigfarbener Blitz an Serafinas Seite und ein halbes Dutzend Kojoten wirbelte sich überschlagend von dannen. Sie jaulten verängstigt und schmerzerfüllt, viele von ihnen gingen blutend zu Boden. Serafinas Mutter rannte neben ihr her, schlug sich durch, machte ihr den Weg frei. Ihre Mutter war zurückgekehrt! Die Löwin sprang auf den Kojoten, der ihr am nächsten war, vergrub die Krallen in seinem Fell und schickte ihn als heulenden, Salto schlagenden Ball ins Gebüsch. Serafina rannte weiter, kämpfte sich durch, wurde endlich schneller. Ihre Mutter erschien wieder an ihrer Seite und zerrte einen weiteren Kojoten von ihr herunter, dann noch einen. Schon bald rannten Serafina und ihre Mutter unbehelligt Seite an Seite, zwei Katzbergen jagten mit Höchstgeschwindigkeit durch den Wald und ließen die Kojoten weit hinter sich.

In dem Moment, als die Kutsche eine Steinbrücke überquerte, sprang Serafina auf die Rücken der vier Hengste. Ihr Klauen fügten ihnen tiefe Schnittwunden zu. Die Pferde versuchten zu steigen und sich zu wehren. Sie verrenkten die Köpfe in den Ledergeschirren und schnappten mit alles zermalmenden Zähnen nach ihr, aber sie konnten es nicht mit ihren Säbelzahnfängen und rasiermesserscharfen Krallen aufnehmen. Ihre panische Bemühung, auszubrechen, brachte die Pferde vollkommen aus dem Gleichgewicht. Die Kutsche schleuderte von der Straße und überschlug sich, der erbitterte Kampf zwischen Serafina und den Hengsten nahm erst ein Ende, als die Kutsche am Grund der Schlucht zerschellte.

Sie konnte nur werden, was sie sich vorzustellen vermochte.

Und das war ihr endlich gelungen.

Findet den Schwarzen!, hatte Uriah seinen Hunden befohlen. Aber es war nicht der schwarze Umhang gewesen, nach dem er gesucht hatte.

Sondern *sie*.

Er hatte gewusst, dass sie ihm in die Quere kommen würde.

Als sie auf den Rücken der vier Pferde gesprungen und mit ihnen in die Schlucht gestürzt war, hatte Serafina erkannt, dass ihr Vater kein Berglöwe gewesen war wie ihre Mutter.

Er war ein *schwarzer Panther* gewesen.

Und jetzt war sie einer.

In ihren Gedanken fügte sich alles zusammen. Ihre Mutter und ihr Vater hatten zwölf Jahre zuvor gegen Uriah gekämpft. Ihr Vater war der Schwarze gewesen, der Krieger und Anführer aus dem Wald, der Uriah beinah besiegt hätte und dessen Nachkommen sich niemals wieder erheben durften.

Doch nun hatte seine Tochter – der neue Schwarze – ihr Erbe angetreten. Und ihr Name war Serafina.

45

Serafina befreite sich mit Zähnen und Klauen aus den Trümmern. Dann sprang sie auf einen großen Felsen und blickte auf die Bruchstücke der zerschmetterten Kutsche hinunter. Verzweifelt hielt sie Ausschau nach Braeden.

Ihre Erleichterung war groß, als er langsam aus dem Wrack kroch, zerschunden und verwirrt, aber am Leben. Als er zu Serafina hoch sah, weiteten sich seine Augen überrascht. Er war einen Moment lang erschrocken, doch dann erhellte sich seine Miene, und er lächelte. Er wusste genau, wer sie war.

Aber er nahm sich nicht die Zeit, um sie anzusprechen oder sich ihr zu nähern. Er durchwühlte sogleich den Trümmerhaufen und fand den Stab.

»Gib ihn mir wieder, Braeden«, sagte Rowena vor Wut kochend, die in diesem Moment unter der zerbrochenen Karosserie der Kutsche hervorkroch. »Wir müssen einander nicht bekämpfen«, sagte sie. »Wir sind Freunde, genau wie du gesagt hast. Schließ dich mir an, und all das hier wird vorbei sein.«

Braeden packte den Stab an beiden Enden und wollte ihn über dem Knie zerschmettern, aber er ließ sich weder biegen noch brechen.

»Du bist nicht stark genug, um ihn zu zerstören«, sagte Rowena. Sie ging mit ausgestreckter Hand langsam auf ihn zu. »Gib mir den Stab doch einfach, Braeden, und wir arbeiten zusammen. Ich werde dir zeigen, wie man ihn benutzt. Wir vereinen deine Kräfte mit den meinen und werden alles und jeden in diesen Bergen kontrollieren. Niemand wird uns aufhalten können, noch nicht einmal die Katzbergen.«

Braeden betrachtete sie schweigend.

»Das sind nicht deine Leute, Braeden. Das weißt du«, fuhr Rowena fort. »Hast du die Anziehungskraft nicht gespürt, von der ich spreche? Du bist vor zwei Jahren in diese Berge gekommen und seitdem auf der Suche, aber das Zuhause, nach dem du dich sehnst, wirst du nicht auf Biltmore finden.« Rowenas Lippen verzogen sich verächtlich. »Dort leben nur Menschen.«

Braeden wandte sich von ihr ab. Es machte den Eindruck, als würde er sie einfach stehen lassen.

»Braeden, ich warne dich zum letzten Mal …«, sagte Rowena deutlich lauter.

In diesem Moment blieb Braeden stehen. Es schien, als würde er sich ihr wieder zuwenden. Aber er holte nur aus und schleuderte den Stab hinauf in den Himmel.

Rowena wurde wütend, sie wirkte aufgebracht und verblüfft zugleich von seiner Aktion. »Du weißt, dass er wieder runterfallen wird«, sagte sie herablassend.

Doch Braeden lächelte bloß und stieß einen lang gezogenen Pfiff aus. »Nicht unbedingt«, erwiderte er.

In dem Moment kam etwas durch die dunkle Nacht gerauscht.

»Was ist das?«, fragte Rowena überrascht. »Was hast du vor?«

»Nur eine Freundin von mir«, sagte Braeden.

Der Wanderfalke flog hoch am Himmel, stieß dann aber nieder und packte den Stab mitten in der Luft mit den Krallen. Mit mehreren raschen Flügelschlägen stieg Kess wieder höher. Sie schien fast mühelos am mondhellen Himmel zu segeln.

»Hol den Vogel sofort da runter, Braeden«, schrie Rowena. »Ist dir eigentlich klar, was du getan hast?«

»Ja, ich denke schon«, erwiderte Braeden, löste den Blick von Kess und wandte sich wieder Rowena zu. »Ich sage es ganz unmissverständlich: ich werde mich dir niemals anschließen.«

»Du wirst dir noch wünschen, das hättest du«, fauchte Rowena.

Doch als der Stab sich in den Fängen des Falken immer weiter entfernte, traten zwei der Wolfshunde langsam zwischen den Bäumen hervor. Ihre Herzen wurden nicht mehr von seiner Macht kontrolliert. Die Wolfshunde schritten mit gesenktem Kopf und hasserfülltem Blick auf Rowena zu, sie bleckten knurrend die Zähne.

»Nein«, befahl sie ihnen verunsichert und streckte ihnen die bloßen Hände entgegen. »Nein! Bleibt stehen! Lasst mich in Ruhe!«

Aber sie blieben nicht stehen. Und sie ließen sie auch nicht in Ruhe.

»Ihr seid nun frei! Lauft!«, rief sie ihnen zu.

Als Tiere mit eigenem Willen hielten sie weiter auf sie zu. Sie waren in der Tat frei.

Die Hunde gingen auf sie los. Rowenas Rufe wurden zu Schreien. Sie wand sich und kämpfte. Einer biss sie ins Bein. Der andere in die Seite. Serafina warf sich in die Schlacht, um den Wolfshunden beizustehen. Doch in dem Augenblick verschwamm alles, und Rowena war plötzlich verschwunden.

Eine Schleiereule flatterte in den Himmel hinauf. Serafina schrak überrascht zurück, verstört von dem, was sie soeben gesehen hatte.

Ihr fiel die erste Nacht ein, in der sie Uriah im Wald beobachtet hatte. Sie war davon ausgegangen, die Eule wäre seine Vertraute und es handle sich bei ihr um seine Augen und Ohren im Wald, doch es war Rowena gewesen! Er hatte ihr in jener Nacht den Stab übergeben.

Und jetzt flog Rowena geradewegs auf den Wanderfalken zu.

Serafina fand es seltsam, dass Kess nicht so hoch und schnell flog, wie es ein Falke vermochte. Sie flog tief und langsam, ein Stück am Ufer des French Broad River entlang, das an dieser Stelle aus zerklüfteten Felsen bestand.

Dann sah Serafina etwas, das ihr Blut gefrieren ließ. Der graubärtige Mann mit dem langen, wettergegerbten Mantel trat auf einem entfernten Hügel zwischen den Bäumen hervor. Seine schwarze Silhouette war im Mondlicht gut zu erkennen. Serafinas Nackenhaare richteten sich auf. Es war Uriah. Er war am Ende doch noch gekommen. Der Zauberer sah den Falken mit seinem Stab davonfliegen und die Schleiereule, die ihm dicht auf den Fersen war.

Und da begriff Serafina.

Sie sprintete los und rannte, so schnell sie konnte, durch den Wald auf die Klippen am Ufer zu. Sie wusste genau, was Uriah als Nächstes tun würde und wo sie zu sein hatte, wenn es passierte.

Waysa hatte ihr erzählt, dass Uriah die dunklen Künste während seiner Reisen durch die alte Welt erlernt hatte. Und sie erinnerte sich daran, wie sie gedacht hatte, Uriahs Ruf zu der Eule drücke nicht nur eine enge Verbundenheit aus, sondern eine dunkle, entsetzliche Liebe. Und jetzt hatte sie gesehen, wie Rowena sich in eine Eule verwandelte, genau wie Uriah. Rowena war nicht nur der Dämon, den er nach Biltmore gesandt hatte, um dessen Schwachstellen herauszufinden. Sie war nicht nur sein Lehrling, der den Stab zu führen wusste. Rowena war seine *Tochter*.

46

Serafina preschte den Hügel hinauf durch den Wald und hielt geradewegs auf den dreißig Meter hohen Felsvorsprung zu, auf dem Uriah stand. Ihre schwarze Gestalt fegte unsichtbar durch die Nacht, ihr Blick war unverwandt auf den Zauberer gerichtet. Genau wie sie gehofft hatte, verschwamm ihre Sicht, als der Mann von einem Moment auf den anderen verschwand und sich in eine Eule verwandelte. Uriah flog auf Rowena und Kess zu. Das war der Reflex, auf den Serafina gebaut hatte. Uriah konnten nicht anders, als an der Seite seiner Tochter zu kämpfen und sich den geraubten Stab wiederzuholen. Serafina wusste, dass sie Uriah nicht besiegen konnte, solange er in seiner menschlichen Gestalt war und er die Hände zur Verfügung hatte, um seine Zauberbanne zu schleudern. Aber als er am Rand der schroffen Klippen entlangflog und dem Verlauf des Flusses folgte, rannte sie wie nie zuvor, die gelben Augen fest auf die Eule gerichtet. Der kraftvolle Antrieb ihrer geschmeidigen Beine brachte sie blitzschnell über das Gelände. Als sie den Rand der Klippe direkt vor sich sah, setzte sie zum Sprung an.

Ihr Timing war perfekt. Sie segelte zehn Meter über den Abgrund. Während sie durch die Luft flog, holte sie mit der Tatze aus, um sie im nächsten Moment mit aller Macht auf den vorbeifliegenden Uriah niederfahren zu lassen. Ihre tödlichen Krallen zerfetzten den Vogel. Federn stoben auf. Die übel zugerichtete Eule wurde von der Kraft des Schlags durch die Luft gewirbelt.

Sie hatte es geschafft.

Sie hatte den Alten vom Wald besiegt.

Sie hatte den Feind getötet.

Erleichterung und Freude breiteten sich in ihr aus, doch dann machte der Schwung ihres Absprunges einer anderen Empfindung Platz. Der des freien Falls. Sie registrierte plötzlich die Anziehungskraft der Erde, ihr Fall gewann immer mehr an Fahrt. Als sie sich in der Luft drehte und ausrichtete, erhaschte sie einen Blick auf einen atemlosen Braeden, der am Rand des steilen Abhangs angekommen war und mit Entsetzen realisierte, dass sie von der Klippe gesprungen war.

Sie fiel und fiel. Einen Sturz aus dreißig Metern würde selbst sie nicht überleben, ob sie nun auf den Füßen landete oder nicht. Sie hatte nur eine Hoffnung: dass sie weit genug gesprungen war.

Serafina durchbrach die Wasseroberfläche und das Wasser spritzte fontänenartig nach allen Seiten. Sie spürte die Wucht des Aufpralls. Ihr schwerer schwarzer Körper tauchte tief in die dunklen Fluten des Flusses. Der gewaltige Sog der Stromschnellen riss sie sofort mit sich.

Da sie wusste, was sie zu tun hatte, begann sie augenblicklich zu paddeln. Sie tauchte inmitten von Schaumkronen wieder auf, holte tief Luft, schüttelte das Wasser von den Schnurrhaaren und hielt mit gleichmäßigen Paddelschlägen auf das Ufer zu. Ihr langer schwarzer Schwanz diente ihr als Ruder.

Sie sah Uriahs blutigen weißgefiederten Körper den Fluss hinuntertreiben. Sie hätte die Eule zu gerne gebissen, sie zermalmt, dafür gesorgt, dass sie auch ganz bestimmt tot, tot, tot war, doch die Stromschnellen trugen Uriah fort, bevor sie ihn zu packen bekam. Sie würde sich mit dem zufrieden geben müssen, was sie an Schaden angerichtet hatte.

Sie ließ die Stromschnellen hinter sich und schleppte sich ans steinige Ufer. Waysa kam angetrottet, um sie in Berglöwengestalt zu begrüßen. Seine schwungvollen Schritte zeigten, wie erfreut er war, so als wolle er sagen: *Ich wusste, dass der Schwimmunterricht dir eines Tages das Leben retten würde.*

Die zwei Katzbergen liefen schnell den Hügel zu Braeden hinauf. Er lächelte erleichtert, als er Serafina sah, doch dann zeigte er auf etwas.

Serafina spähte in die Ferne. Rowene attackierte den Wanderfalken mit ihren Krallen, sie fügte Kess Verletzung um Verletzung zu. Serafina wusste nicht, ob Rowena ihren Vater hatte sterben sehen, aber die Angriffe der Eule waren erbitterter geworden.

Normalerweise hätte ein Falke die Klauen nach oben gerichtet, um einem Angriff zu begegnen, aber weil sie den Stab festhielt, war Kess dies nicht möglich. Sie steckte die Hiebe ein und flog so gut sie konnte weiter. Doch Rowena gönnte ihr keine Pause, schlug wieder und wieder zu. Dann packte sie den Stab plötzlich mit den Fängen und versuchte, ihn an sich zu reißen. Die zwei miteinander verschlungenen Raubvögel stürzten kreischend und wild kämpfend durch die Luft. Doch dann stieg der Falke plötzlich wieder auf, hielt mit kräftigen Flügelschlägen auf die Wolken zu und zog Stab und Eule mit sich.

»Was macht Kess da?«, fragte Braeden, den Blick gen Himmel gerichtet.

Kess flog immer höher. Sie ignorierte die kratzenden Krallen der Eule, ihren pickenden Schnabel und die schlagenden Flügel.

Die Vögel flogen so hoch hinauf, dass sie selbst für Serafinas Augen nicht mehr zu sehen waren.

»Was ist los?«, fragte Braeden verwundert. »Wo sind sie hin?«

Doch Serafina war nicht in der Lage, ihm eine Antwort zu geben.

Sie hörte, wie die beiden Vögel sich in der Luft bekriegten. Sie hörte das Kreischen und Fauchen der Eule und das lang gezogene *Kaak-Kaak-Kaak* des Wanderfalken. Dann war plötzlich alles still.

Sie spähte mit angehaltenem Atem in den Himmel. Einer der Vögel wurde endlich wieder sichtbar. Er flog allein, mit dem Stab in seinen Fängen. Serafinas Herz wurde schwer, als sie sah, dass es die Eule war. Es war Rowena. Serafina hielt weiter Ausschau nach Kess, entdeckte aber keine Spur von ihr. Wie es aussah, hatte der Falke den Kampf verloren.

Die Eule flog nun auf sie zu. Serafina graute vor dem, was als Nächstes passieren würde. Sobald Rowena in ihre menschliche Gestalt zurückwechselte, würde sie den Stab benutzen, um den Kampf von Neuem zu beginnen, und Gott weiß was für Tiere auf Serafina und ihre Verbündeten hetzen. Und es bestand kein Zweifel daran, dass Uriah seine Tochter gut ausgebildet hatte. Er mochte nicht viel von ihr gehalten haben, aber Rowena war zu einer mächtigen jungen Hexe herangewachsen.

»Was ist passiert?«, fragte Braeden verzweifelt und hielt in alle Richtungen Ausschau. »Ist Kess tot? Hat Rowena sie getötet?«

Serafina nahm es an. Doch dann entdeckte sie hoch oben am Himmel einen winzigen Punkt, viele hundert Meter über dem Wald. Es war Kess, die mit starken Flügelschlägen weit höher flog, als es einer Schleiereule möglich gewesen wäre. Serafina fragte sich, was sie dort oben machte. Da legte Kess die Flügel an und ging in den Sturzflug über.

47

Serafina sah, wie Kess im Steilflug auf die ahnungslose Rowena niederstieß. Der Falke behielt die Flügel eng am Körper und schoss mit atemberaubender Geschwindigkeit durch die Luft. Er war schneller als alles, was Serafina in ihrem Leben je gesehen hatte.

»Da ist sie!«, keuchte Braeden, als Kess auch in sein Sichtfeld kam.

Der Falke schlug die Eule mit solcher Macht, dass Federn in sämtliche Richtungen flogen. Dann wirbelte Kess herum und zerfetzte Rowena in einer zweiten Attacke mit den Klauen. Weiße Eulenfedern trudelten durch die Luft. Die verdutzte Eule stürzte leblos auf die Erde zu.

Sie hatte den Stab in dem Moment fallen lassen, als sie der tödliche Schlag traf. Er fiel viele Meter tief, dann schoss der Falke herab und schnappte ihn sich noch in der Luft.

Serafina sah den vollkommen reglosen Eulenkörper fallen und auf der anderen Seite des Flusses zwischen den Bäumen verschwinden. Nach dem, was soeben geschehen war, musste Rowena tot sein, aber Serafina hielt noch eine Weile Ausschau und wartete ab, ob die Eule wieder aufsteigen würde. Doch es passierte nichts.

»Sieh nur!«, rief Braeden.

Es war Kess. Sie segelte im Tiefflug auf sie zu. Serafina erkannte den schwarzen Bartstreif und das weiße, dunkel quergebänderte Brustgefieder. Sie war mit dem Blut ihrer Feindin befleckt, aber sie sah gesund und stark aus. Sie stieß einen Ruf aus, ein fröhliches *Kaak-Kaak-Kaak,* als sie über ihre Köpfe hinweg zog. Den Stab führte sie noch immer mit sich.

Kess flog weit über den Rand der Klippen hinaus bis auf die andere Seite des Flusses. Mit ein paar starken Schlägen ihrer spitzen Flügel stieg sie höher.

Braeden schickte ihr einen triumphierenden Pfiff hinterher. Zuerst nahm Serafina an, er rufe sie zurück, damit sie ihm den Stab brachte, doch dann erkannte sie, dass er ihr nur Adieu sagte.

»Auf Wiedersehen, Kess«, sagte Braeden leise. Sein Traum, dass Kess eines Tages wieder um die Welt fliegen würde, war in Erfüllung gegangen. »Ich wünsche dir eine sichere Reise, meine Freundin.«

Serafina sah zu, wie der Falke über das Tal segelte und dann über dem Wald allmählich höher stieg und auf die Berggipfel zuhielt, die sich in der Ferne erhoben. Kess schlug mit den Flügeln und ruderte mit dem Schwanz und kurz darauf glitt sie über den Mount Pisgah hinweg und war verschwunden.

Im Gegensatz zu den Eulen der Nacht und den Falken des Tages, flog und jagte Kess sowohl am Tag als auch in der Nacht. Sie war ein Wanderfalke, was hieß, dass sie große Strecken am Himmel zurücklegte. Sie konnte überall hinfliegen, wo sie wollte, und das jederzeit.

Heute Nacht würde sie den felsigen Kämmen der Berge und dem Schimmern der Sterne folgen und sich auf den Weg nach Süden machen, um ihre lange Reise in den Dschungel von Peru anzutreten. Unterwegs konnte sie den Stab in einen brennenden Vulkan fallen lassen oder ihn benutzen, um sich ein Nest auf einem Berg in den Wolken der Anden zu bauen. Doch was sie auch damit anstellen würde, er war endgültig fort.

»Ich habe erst nicht begriffen, warum Kess im Tiefflug den Fluss entlanggesegelt ist«, sagte Braeden. »Doch dann ist mir eingefallen, dass Wanderfalken manchmal in Paaren jagen und ihre Beute gemeinsam zu Fall bringen. Sie muss gewusst haben, dass du auf ihrer Seite bist, Serafina.«

Serafina atmete tief durch, ihr floss das Herz über vor Staunen und Hoffnung.

Sie hob den Kopf und schnüffelte. Es war nichts von Rauchschwaden zu riechen, die durch den Wald zogen. Als sie zum weit entfernten Haus hinüberblickte, sah sie keinen Feuerschein. Essie musste Mr Vanderbilt und die anderen rechtzeitig gewarnt haben, sodass sie in der Lage gewesen waren, die Brandherde zu löschen, bevor das Haus ernsthaften Schaden davontrug. Essie hatte es geschafft! Biltmore war gerettet.

Es war vorbei.

Serafina und ihre Verbündeten hatten gewonnen.

Ihre Feinde hatten zu guter Letzt den Tod gefunden.

Serafinas Mutter trat blutüberströmt aus dem Gebüsch hervor, sie humpelte von dem Kampf mit den Kojoten. Aber sie hatte sie geschlagen. Sie hatte sie von dem Gelände vertrieben, das nun wieder ihr Revier war. Sie trug Serafinas zappelnde Halbschwester mithilfe des Nackenbisses, während der Halbbruder neben der Mutter herschritt. Die beiden Jungen waren verdreckt, verfilzt und blutbefleckt, aber sie strotzten vor Leben.

Erschöpft und erleichtert ließ sich Serafina auf den Boden fallen, um sich auszuruhen. Ihr schlanker schwarzer Körper lag der Länge nach im Gras. Ihre Mutter setzte die Schwester ab und kam zu ihr herüber. Serafina erkannte die Liebe und Bewunderung im Blick der Mutter, als diese auf sie zulief. Ihre Mutter rieb sich an ihr und schnurrte stolz und glücklich. Serafina hatte es endlich geschafft. Sie war zu einem echten Katzbergen geworden. Waysa ließ sich neben ihr nieder und schlug spielerisch mit der Pfote nach ihr, als wolle er sagen: *Ich habe dir doch gleich gesagt, dass du es schaffen würdest!* Die Katzbergen waren vereint. Und sie hatten vor, zu bleiben.

Serafina ließ den Blick zu den Bäumen schweifen, dem breiten Fluss und den Trümmern der Kutsche, und versuchte, alles zu begreifen, was geschehen war. Sie erinnerte sich daran zurück, wie aufgebracht sie über die Grenzen gewesen war, die ihr gesetzt waren, darüber, wozu sie imstande gewesen war, und wozu nicht. Nun erkannte sie, dass es im Leben nicht nur darum ging, wer sie war, sondern wer sie einmal sein würde.

Sie sah Braeden an. Er lächelte und legte sich zu ihr und den anderen Katzbergen ins Gras. Offenbar fühlte er sich bei ihnen, den Brüdern und Schwestern seines Herzens, vollkommen zu Hause.

Er wischte sich das Blut ab, das von einem Schnitt an seinem Mund herrührte. Dann lehnte er sich mit dem Rücken an ihren langen Pantherkörper, legte den Kopf zurück, sodass er an ihrem dichten schwarzen Fell ruhte, und schloss die Augen.

»Ich weiß nicht, wie es dir geht, Serafina«, sagte er lächelnd. »Aber ich finde, wir werden langsam richtig gut.«

Sie konnte sein Lächeln nicht erwidern, aber eine heiße, große Freude durchströmte sie, und sie fegte mit dem Schwanz hin und her und blickte auf das Biltmore-Anwesen und die dahinterliegenden Berge. Sie hatte es schließlich doch noch vollbracht. Sie hatte sich vorgestellt, was sie sein wollte. Und es in die Tat umgesetzt.

48

Am nächsten Morgen erwachte Serafina in ihrer menschlichen Gestalt in der Werkstatt. Als sie hinaus ins Freie ging, wurde ihr beim Blick auf die Berge etwas klar. Erst die Finsternis der schwärzesten Nacht hatte sie gelehrt, die Strahlkraft der aufgehenden Sonne zu lieben.

An diesem Tag stellten Mr Vanderbilt und Braeden einen Trupp von fast einhundert Männern zusammen, die sonst in den Ställen und auf den Feldern des Anwesens ihre Arbeit verrichteten, und begaben sich auf den Weg zu den Tierkäfigen. Serafina und ihr Pa gingen mit ihnen.

Unterwegs stießen sie auf keinerlei Schwierigkeiten.

Als sie beim Tannenwald ankamen, stiegen Mr Vanderbilt und die übrigen Reiter ab und betraten ihn zu Fuß.

Sie fanden die Tiere noch in den Käfigen vor, aber das Lager war verlassen und das Feuer erloschen. Nichts als graue Asche war geblieben. Serafina ließ den Blick unwillkürlich durch den Wald schweifen. Gab es ein Anzeichen dafür, dass Uriah die Schlacht der vorherigen Nacht irgendwie überlebt hatte? Aber sie sah nichts. Er schien tatsächlich tot zu sein.

Braeden ging vor einem der Käfige in die Knie, öffnete ihn und half dem roten Fuchs herauszukriechen. Da er ihn erkannte, kam der Fuchs sofort zu ihm und krabbelte auf seinen Schoß. Braeden hielt den Fuchs im Arm und strich ihm beruhigend über das Fell.

»Jetzt wird alles gut«, sagte er. Nach einer kurzen Weile schien es dem Fuchs sowohl körperlich als auch seelisch besser zu gehen, und er trottete in den Wald davon.

Braeden ging zum nächsten Käfig und befreite einen Biber aus seinem Gefängnis. Während er einen Käfig nach dem anderen öffnete, rannten manche Tiere sofort in den Wald. Andere brauchten seine Hilfe. Er kniete sich mit ihnen hin und hielt sie im Arm, bis sie stark genug waren, um ihrer Wege zu gehen. Er befreite Waschbären und den Rotluchs, die Otter und die Rehe, die Schwäne und die Gänse und die Wiesel und die Wölfe.

Voller Freude sah Serafina die befreiten und wiedererstarkten Tiere an. »Bleibt tapfer«, flüsterte sie ihnen zu.

Während Braeden ein Tier nach dem anderen befreite, gebrauchten Serafinas Pa und die anderen Arbeiter ihre Brechstangen, Stemmeisen und Hammer, um die Käfige aus dem Boden zu reißen und zu zerstören, damit sie nie wieder benutzt werden konnten.

Als sie am Ende des Tages vorbei an Eichen und Kastanien und Ulmen und Fichten nach Biltmore zurückkehrten, dachte Serafina bei sich, dass der Charakter und die Seele des Waldes sich verändert hatten.

Eichhörnchen sausten die Baumstämme hinauf und hinunter und sprangen von Ast zu Ast. Otter spielten in den Bächen.

»Schau mal da oben, Serafina!«, sagte Braeden und packte sie aufgeregt am Arm.

Sie hob den Blick und sah tausende Vögel herbeiströmen. Sie

fluteten den klaren blauen Himmel. Es waren Scharen von Gänsen in V-Formation, Schwäne und Enten, die in langen Reihen hintereinander herflogen, und Schwärme flatternder Seidenschwänze, Kardinäle und Tölpel.

»Ist das nicht überwältigend?«, fragte Braeden staunend. »Ich bin so froh, dass du hier bei mir bist, weil ich nicht in der Lage gewesen wäre, es dir zu beschreiben. Hättest du je für möglich gehalten, dass du einmal so etwas wie das hier zu sehen bekommen würdest?«

Serafina stand neben Braeden, den Blick auf die Vögel gerichtet, und sie lächelte. »So etwas wie das hier nicht«, erwiderte sie.

49

Serafina saß vor einem französischen Schminktisch und einem Spiegel im Louis-XVI-Zimmer im ersten Stock des Hauses. Licht fiel in das wunderschöne ovale Zimmer mit den runden weißen Wänden, den roten Vorhängen und dem goldbraunen Holzboden. Essie stand hinter ihr und kämmte Serafinas langen, seidenweichen schwarzen Haare.

»Ich weiß nicht, was mit Ihren Haaren passiert ist, Miss, aber sie sind eine Pracht«, sagte Essie.

»Dankeschön«, erwiderte Serafina und betrachtete sich im Spiegel. Von ihren ehemals braunen Haaren war keine Spur mehr zu sehen. Nur die schwarzen waren geblieben. Und sie waren nicht struppig und unterschiedlich getönt wie zuvor, als sie noch ausgesehen hatten wie das zur Tarnung gefleckte Fell eines Jungtieres, sondern glatt und glänzend und vollkommen schwarz.

Ihr sauberer, bloßer Hals und ihre Schultern waren von den Narben der Vergangenheit gezeichnet; von der gezackten Wunde, die sie sich am Hals zugezogen hatte, als sie den schwarzen Umhang zerstörte, von den Bissen der Wolfshunde an Armen und Schultern und von einem neuen Schnitt, den sie im Kampf gegen Rowena und die

Tiere erlitten hatte: ein langer Kratzer auf der Wange, direkt unter dem Auge. Dass die Wunden für alle sichtbar waren, störte sie nicht. Es waren die Narben der Kämpfe, die sie ausgetragen und gewonnen hatte.

Aber eine Sorge war ihr geblieben. »Wie geht es Mrs Vanderbilt?«, fragte sie.

»An manchen Tagen liegt sie krank im Bett, an anderen geht es ihr viel besser. Niemand erwartet es dieses Jahr von ihr, aber Sie wissen ja, dass sie allen Kindern, deren Eltern auf dem Anwesen arbeiten, gerne ein Weihnachtsgeschenk macht. Sie hat mich und die anderen Mädchen von Pontius zu Pilatus geschickt, um alle möglichen Dinge zu beschaffen. Sie und ich haben den ganzen Morgen damit verbracht, Geschenke einzupacken und unter den Baum zu legen.«

»Du freust dich bestimmt schon auf die Weihnachtsfeier heute Abend«, sagte Serafina lächelnd. Es war schön zu hören, dass es Mrs Vanderbilt womöglich etwas besser ging.

»Oh ja, Miss, ich kann es kaum erwarten. Aber nach der ganzen Aufregung der letzten Nacht hoffe ich auf einen ruhigen Abend. Sonst wirft der gute, alte Weihnachtsmann nur einen Blick auf Biltmores Dach hinunter und sieht zu, dass er Land gewinnt.«

»Vielen Dank noch mal für alles, was du getan hast, Essie«, sagte Serafina. »Du hast einer Menge Menschen das Leben gerettet, und das Haus hast du auch gerettet.«

»Sie hätten den Ausdruck auf Mr Vanderbilts Gesicht sehen sollen, als ich ihm alles ausrichtete, worum Sie gebeten hatten. Ich habe ihn noch nie so schnell herumflitzen sehen. Er holte Ihren Pa und trommelte alle Männer und Gäste und Dienstmädchen und den Koch zusammen. Wir suchten die Orte im Keller und der Küche und den Speisekammern und den Ställen auf, und genau, wie Sie gesagt hatten, brannte dort überall Tannenharz und Kerosin. Jemand hatte diese vielen Feuer gelegt. Ich hatte so große Angst! Ihr Pa sagte, jemand hätte die Drähte an den Alarmboxen zerschnitten, also schlug er selbst Alarm. Dann setzte er die Feuerwehrschläuche in Gang, die Unmengen Wasser verspritzten. Das hätten Sie mal sehen sollen. Mr Vanderbilt organisierte in Windeseile eine Eimerkette. Alle hielten zusammen und arbeiteten hart, und die Brände waren im Nu gelöscht. Aber es hätte sehr schlimm enden können!«

Serafina lächelte, während sie der Erzählung lauschte. »Du hast recht«, sagte sie. »Es hätte sehr schlimm enden können. Aber das ist nicht passiert. Du hast uns gerettet.«

»Das war nicht ich. Es waren *alle!* Alle haben mitgeholfen.«

Serafina nickte zustimmend.

»Aber was ist mit Ihnen, Miss?«, fragte Essie. »Letzte Nacht sind viele seltsame Dinge passiert.«

»Seltsame Dinge?«

»Oh, alle Katzen haben miaut und die Kojoten gejault, und die Pferde sind mit dem Mond um die Wette gerannt. Krach und Schreie in der Nacht, Unruhe aller Orten. Jemand hat am Fluss eine Kutsche von der Brücke gelenkt und sie ist in tausend Stücke zerschellt.«

»Wirklich?«, sagte Serafina.

»Ich habe gehört, dass Mr Vanderbilt den sonderbaren Mr Grathan überprüft hat. Und siehe da, er war ein zwielichtiger Geselle, der durchs Land gereist ist, um Gespenstergeschichten und wer weiß was noch nachzuschnüffeln. Er war nichts weiter als ein Scharlatan. Maggie und ich denken, er und das englische Mädchen wollten in der Kutsche zusammen durchbrennen, ja, genau das denken wir. Niemand hat seitdem eine Spur von den beiden gesehen, und ich wette, das werden wir auch nicht!«

»Ich wette, damit hast du recht«, sagte Serafina.

Doch tief im Innern verspürte sie Mitleid mit dem armen Mr Grathan. Sie dachte an die Narben in seinem Gesicht, die den ihren gar nicht so unähnlich waren. Es waren nur viele mehr gewesen. Mr Grathan war ein Dämonenjäger gewesen wie sie. Aber dieses Mal hatte der Dämon ihn gejagt und umgebracht. Serafina erkannte, dass sie sowohl Mr Grathan als auch Rowena falsch eingeschätzt hatte, wenn auch auf unterschiedliche Weise. Und das hatte zum Teil an ihrem Aussehen und ihrer Kleidung gelegen. Sie schwor sich, das nächste Mal sehr viel achtsamer zu sein.

»Wissen Sie was?«, fragte Essie, beugte sich vor und fuhr in verschwörerischem Ton fort: »Sie werden es nicht glauben, aber Maggie hat gesagt, sie habe gestern Nacht aus dem Fenster geschaut und einen schwarzen Panther gesehen.«

»Glaubst du ihr?«

»Ja, sicher, ich habe ja vor vielen Jahren selbst einen gesehen.«

»Tatsächlich?«, fragte Serafina überrascht.

»Ich kann nicht älter als fünf oder sechs gewesen sein, aber ich weiß es noch, als wäre es erst gestern passiert. Eine der klarsten Erinnerungen überhaupt. Ich ging mit meiner Nanny und meinem Papa die Straße entlang, und dieser große, alte schwarze Panther überquerte direkt vor uns die Straße. Er blieb stehen, wandte sich um und sah uns an. Er hatte die schönsten gelben Augen, die man je gesehen hat. Aber ich hatte Angst. Ich dachte, der Panther würde uns fressen, und das hätte er vermutlich auch, wenn mein Pa nicht gewesen wäre. Ich wollte losrennen, so schnell mich meine Beine trugen, aber mein Pa packte mich an der Schulter und hielt mich fest, und wir sahen die große Katze einfach nur an. Der Panther erwiderte unseren Blick so wissend, als wäre er unseresgleichen. Und dann drehte er sich um und ging weiter. Mein Pa sagte, diese Art sei sehr selten und dass es immer nur einen Schwarzen auf einmal geben könne. Wenn Maggie also gestern einen gesehen hat, dann ist anscheinend ein Schwarzer in unsere Gegend zurückgekehrt. Ich habe natürlich keine Lust, gefressen zu werden, aber ich würde ihn zu gerne sehen.«

Während Essie ihre Geschichte erzählte, rannen Tränen Serafinas Wangen hinunter, und sie begann schließlich zu schluchzen. Essie hatte ihren Vater gesehen.

»Ach, es tut mir leid, Miss«, sagte Essie. »Was habe ich gesagt? Ich wollte Ihnen doch keine Angst machen! Der Panther wird uns nichts tun. Sie haben so ein empfindsames Wesen, hm?«

Serafina sah Essie im Spiegel an, schüttelte den Kopf und wischte sich die Tränen ab. »Ich habe keine Angst«, widersprach sie.

»Machen Sie sich keine Sorgen wegen der ganzen Unruhen letzte Nacht. Ich bin sicher, es hat nichts weiter zu bedeuten. Mein Pa würde sagen, da treibt der Alte vom Wald mal wieder seinen Schabernack. Nichts, was einen bekümmern sollte.«

Serafina lächelte und nickte und putzte sich die Nase mit einem Taschentuch aus Seide vom Frisiertisch.

»Nur keine Sorge, wir werden Sie für heut Abend richtig hübsch machen«, versprach Essie. »Wir haben jede Menge Zeit. Möchten Sie, dass ich Ihre Haare zu der eleganten Frisur hochstecke, die Consuelo Vanderbilt letztens getragen hat? Sie ist gerade sehr beliebt.«

Serafina lächelte und stellte es sich vor, aber dann sagte sie: »Ich habe eine bessere Idee«, und erklärte Essie, was sie wollte.

Sie unterhielt sich gerne mit Essie und verbrachte gerne Zeit mit ihr. Es hatte etwas Beruhigendes, das ihr das Gefühl gab, nach Hause zu kommen. Doch dann sah Serafina, wie sich Essies Miene veränderte, vielleicht, weil sie an die unerklärlichen Dinge und seltsamen Geräusche der letzten Nacht zurückdachte.

»Glauben Sie an Dämonen und Geister, Miss?«, fragte Essie.

»Ich glaube an *alles*«, erwiderte Serafina ernst, der klar vor Augen stand, was sie in den vergangenen Wochen erlebt hatte.

»Ich auch«, sagte Essie. Sie kämmte weiter Serafinas Haare.

»Essie, weißt du noch, dass du unbedingt Zofe werden wolltest, als wir uns das erste Mal begegnet sind?«, fragte Serafina.

»Ganz recht«, sagte Essie. »Aber wissen Sie, was ich denke?«

»Was denn?«

»An besonderen Abenden wie diesem bin ich Ihre Zofe, Miss.«

»Ich denke, das bist du in der Tat.« Serafina nickte und lächelte und fasste Essies Hand. »Aber weißt du was ich mir noch sehr viel mehr wünsche, Essie? Dass du meine Freundin bist.«

»Ah, Miss«, beschwerte sich Essie. »Sie bringen mich noch zum Weinen, wenn Sie so weitermachen!«

In diesem Moment ertönte ein leises Klopfen.

»Wer könnte das sein?«, fragte Essie und ging zur Tür. »Ist demjenigen nicht klar, dass wir Mädchen uns hübsch …« Als Essie die Tür öffnete und den jungen Herrn dort stehen sah, verschlug es ihr die Sprache.

Serafina stand auf und ging zu Braeden, während die schockierte Essie schweigend ins Zimmer zurückwich.

Braeden hielt zwei große weiße Schachteln in den Armen, die mit Schleifen geschmückt waren.

»Was ist das?«, fragte Serafina. Sie musterte die Schachteln neugierig, was Braeden zum Lächeln brachte.

»Ein Weihnachtsgeschenk für jede von euch«, sagte Braeden und reichte ihr eine der beiden Schachteln. »Mach es auf.«

»Wirklich?«, fragte Serafina.

Aber sie wartete seine Antwort nicht ab. Im Innern der Schachtel fand Serafina ein hinreißendes cremeweißes Ballkleid aus Satin vor.

»Es ist wunderschön, Braeden«, sagte sie. »Danke.«

»Und das hier ist für dich, Essie«, sagte Braeden und reichte dem Mädchen die zweite Schachtel. »Es soll Serafinas Schuld dir gegenüber begleichen.«

»Oh, ist es denn die Möglichkeit!«, rief Essie strahlend, als sie die Schachtel öffnete und das Kleid darin sah.

»Sie sind beide wunderschön«, sagte Serafina, die Essie beobachtete.

Braeden tat näher und raunte scherzhaft: »Das ist schon das dritte Kleid, das entweder meine Tante, Essie oder ich dir gegeben haben, Serafina. Vielleicht könntest mit dem hier ein bisschen vorsichtiger sein und es nicht gleich wieder ruinieren.«

»Ich werde mein Bestes geben«, sagte Serafina lächelnd und umarmte Braeden, während Essie sich die Freudentränen aus den Augen wischte.

50

Auf dem Weg zur Weihnachtsfeier entführte Braeden Serafina in den Rauchsalon. Es war ein eleganter Raum, in den sich die Herren nach dem Abendessen zurückzogen, um ihre Zigarren zu rauchen und unter sich zu sein. Jetzt war jedoch noch niemand hier. Serafina konnte sich denken, dass Braeden sie aus gutem Grund hergebracht hatte.

»Ich möchte dir etwas zeigen, das du sicher interessant finden wirst«, sagte er. Er fasste sie am Arm und führte sie in das Zimmer. »Einer der Gärtner hat etwas im Wald gefunden. Er wusste nicht, was er damit machen sollte, daher hat er es dem Tierpräparator überlassen.«

Serafina blickte sich im Salon um. Auf dem Sims des marmornen Kamins saß ein ausgestopftes Tier auf einem Ständer. Es gab noch andere ausgestopfte Tiere im Haus, also war das allein noch nichts Ungewöhnliches. Aber es handelte sich nicht um einen Fasan oder ein Moorhuhn. Es war eine Schleiereule, deren scharfe Krallen im Geiste noch immer einen krummen Stock umklammerten und deren Flügel nach oben gespreizt waren, als sei sie urplötzlich über etwas erschrocken. Die Eule guckte äußerst schockiert.

»Ah«, sagte Serafina bewundernd. Sie war nicht sicher, ob es ein Männchen oder Weibchen war, sie wusste nicht einmal, woran man den Unterschied erkannte, aber sie entschied, dass die Eule aussah wie ihre alte Freundin und Erzfeindin. Sie nickte ihr ernst zu. »Guten Abend, Rowena. Oh, das tut mir leid, ich bitte vielmals um Entschuldigung ... *Lady* Rowena.«

»Nun ja«, sagte Braeden, »meine Tante hatte uns ja gebeten, dafür zu sorgen, dass sie sich wie zu Hause fühlt.«

Serafina lächelte und sah die Eule an. »Rowena, du wirst hier auf Biltmore stets ein Zuhause haben.«

Serafina freute sich, dass sie und Braeden und ihre Verbündeten Rowena besiegt hatten, aber im Grunde hatte Rowenas Vater ihr Herz so mit Bösartigkeit getränkt wie der Stab den Verstand der armen Tiere. Serafina fragte sich, was geschehen wäre, wenn Rowena das Bedürfnis überwunden hätte, den Vater zu beeindrucken, wenn sie sich von den Rachegelüsten des Vaters abgewandt und einen anderen Weg gewählt hätte.

Nachdem sie die Eule eine Weile gemustert hatte, fragte Serafina Braeden: »Hat der Gärtner nur eine gefunden?«

»Ich fürchte ja«, erwiderte Braeden. »Aber ich habe ihn gebeten, ein paar Männer mitzunehmen und im Wald und am Flussufer nach einer weiteren Ausschau zu halten. Nur um sicherzugehen.«

»Gut«, sagte Serafina. »Ich hätte ein sehr viel besseres Gefühl, wenn zwei Eulen auf dem Sims ständen anstatt einer.«

Serafina und Braeden verließen den Rauchsalon und gingen zum Bankettsaal hinüber.

Bevor sie ihn betraten, hielt Braeden an der Tür inne und sah Serafina an.

Serafina blickte in den Raum, den Kerzen in ein warmes Licht hüllten. Elegant gekleidete Damen in glitzernden Abendkleidern und gutaussehende Herren im schwarzen Frack flanierten durch den Saal, redeten und lachten, hielten Champagnerflöten aus Kristall in der Hand. Neben den schillernden Gästen waren auch die meisten Dienstboten anwesend. Sie wirkten entspannt und fröhlich und sahen in ihren Sonntagskleidern ganz anders aus als sonst.

Viele Kinder der Dienstboten schlichen um den Weihnachtsbaum herum und konnten es kaum erwarten, bis sie ihre Geschenke öffnen durften. Serafina dachte daran zurück, wie sie als kleines Kind am Fuße der Kellertreppe zu einem Ball zusammengerollt gelegen und zur Weihnachtsfeier hinauf gehorcht hatte. Damals hatte sie sich danach gesehnt, die freudigen Gesichter der Kinder zu sehen und mitten unter ihnen zu sein. Und hier war sie nun und feierte ihr erstes Weihnachtsfest im Bankettsaal. So vertraut und fremd zugleich ihr das alles war, dies waren die Menschen, zu denen sie gehörte. Dies war ihr Zuhause. Dies hier waren ihre Leute, ihre Verwandten, sowohl enge als auch entfernte.

Während sie mit Braeden in der Tür stand, konnte Serafina ihr Spiegelbild in einem der Wandspiegel mustern. Es war faszinierend, sich selbst dort zu sehen. Braeden trug einen schwarzen Frack, eine weiße Krawatte und weiße Handschuhe, so wie es sich für einen jungen Herren seines Standes gehörte. Man hatte seine Schnitte und Prellungen versorgt und seine Haare waren ordentlich gekämmt. Er strahlte vor Glück und seine braunen Augen funkelten im Kerzenlicht.

Serafina trug das wunderschöne cremefarbene Abendkleid, das Braeden ihr zu Weihnachten geschenkt hatte. Das Oberteil war reich mit Perlen und Spitzenborten verziert, die lange Schleppe fiel wie ein Wasserfall. Sie trug dazu passende Satinhandschuhe, die bis zum

Ellbogen reichten, so wie es für eine junge Dame üblich war. Ihre Füße steckten in glitzernden Schuhen. Doch im Gegensatz zu den anderen Mädchen im Raum, die aufwendige, kunstvolle Hochsteckfrisuren trugen, hatte sie beschlossen, ihre seidigen schwarzen Haare lang und glatt über die Schultern fallen zu lassen, und ihre Augen waren so gelb wie die eines Panthers.

Einige Abende zuvor hatte Braeden sie zu einem Essen eingeladen, und sie hatte gesagt, sie wäre noch nicht bereit dazu. Nun stellte er ihr die Frage erneut.

»Bist du bereit hineinzugehen?«, fragte er leise.

»Das bin ich«, sagte sie, und sie betraten den Saal zusammen.

51

Serafina hatte ihre Weihnachtsabende bisher alle in der Dunkelheit des Kellers verbracht. Als sie nun den großen Saal betrat, tauchten ihn hunderte Kerzen in ein warmes Licht. Die Gesichter der Anwesenden strahlten. Die Kleider der Damen funkelten mit dem Weihnachtsbaum um die Wette. Der Raum war reich geschmückt mit Stechpalmen und Mistelzweigen und Weihnachtssternen. In den Kaminen knisterte Feuer, an ihren Simsen hingen Weihnachtssocken.

Zwanzig Waldarbeiter hatten einen Wagen und ein Gespann belgischer Zugpferde benötigt, um die massive, elf Meter hohe Tanne bis vor Biltmores Eingangsportal zu ziehen. Dann hatte ein Team von Männern, zu denen auch ihr Pa gehörte, mit Seilen, Flaschenzügen und Pfosten daran gearbeitet, den riesigen Baum im Bankettsaal aufzustellen. Dort war er über einen Zeitraum von mehreren Tagen zu gleichen Teilen von Dienstboten und Gästen geschmückt worden, die auf Leitern standen und ihn mit Samtschleifen, glitzernden Christbaumkugeln und prächtigen Anhängern dekorierten, bis sein Glanz den ganzen Raum erstrahlen ließ. Jetzt lag unter dem Baum ein gewaltiger Berg Weihnachtsgeschenke für die Kinder des

Personals: Puppen und Bälle, Tröten und Glockenspiele, Züge und Fahrräder, Harfen und Trommeln, Fuhrwerke und Taschenmesser, und alle möglichen anderen Spielzeuge.

Serafina und Braeden gingen zum Weihnachtsbaum hinüber und stellten sich neben ihn. Sie sahen lächelnd zu, wie Mr Vanderbilt um die gesammelte Aufmerksamkeit bat und es still im Raum wurde. »Guten Abend, alle miteinander, und frohe Weihnachten!«

»Frohe Weihnachten!«, riefen ihm alle im Chor zu.

»Wie ihr wisst«, fuhr Mr Vanderbilt fort, »sind wir hier auf Biltmore stolz darauf, stets über die neusten Errungenschaften auf den Gebieten der Wissenschaft und Technik auf dem Laufenden zu sein. Und am heutigen Abend, dem Weihnachtsabend des Jahres 1899, möchte ich euch mit dem bekannt machen, was in der Tat die bedeutendste Errungenschaft des kommenden Jahrhunderts sein könnte.«

Mit verschmitztem Blick winkte er ein Dutzend lächelnde Dienstmädchen herbei, darunter Essie, die Körbe voller Zuckerstangen hereintrugen, die sie an die Kinder und Erwachsenen verteilten. Doch es waren nicht die üblichen, völlig weißen Stangen, die alle kannten. Diese hier waren von einer glänzenden roten Spirale durchzogen, die den Anwesenden begeisterte Rufe und fröhliches Gelächter entlockte.

Während der Abend voranschritt, servierten die Diener alle möglichen Leckereien: Weihnachtsschinken und Truthahn, Soße und Cranberrys, und vieles mehr – alles landwirtschaftliche Erträge des Anwesens. Zum Nachtisch gab es Plumpudding und Torten, Eiscreme aus der gutseigenen Molkerei und Apfelkuchen, dessen Äpfel von den Obstplantagen des Anwesens stammten.

Bald darauf überredete Mr Vanderbilt Mr Olmsted, die Kinder

am Kamin zu versammeln und ihnen ein Weihnachtsgedicht vorzulesen, das mit den Worten begann: *In der Nacht vor dem Christfest …*

Serafina und Braeden gesellten sich zu den anderen Kindern und lauschten dem Gedicht gebannt.

Mitten im Gedicht sah Serafina zu ihrem Pa hinüber, der sie zufrieden betrachtete. An diesem Abend sah er so glücklich und erleichtert aus wie nie zuvor.

Sie stand auf und ging zu ihm. »Wenigstens gab es heute keinen Salat, Pa«, sagte sie.

»Von den lästigen Gabeln ganz zu schweigen«, sagte er mit einem Augenzwinkern und nahm sie in den Arm.

Wenig später hörte sie Mr Vanderbilt, Mr Olmsted und den Oberförster Mr Schenck, die am Kamin zusammenstanden, über die Baumschule von Biltmore sprechen, die sie ins Leben gerufen hatten. Ihr Pa hatte ihr erzählt, dass es die erste Baumschule dieser Art in Amerika sei, und es darum ginge, das Wissen um das Wiederaufforsten und die Waldwirtschaft mit anderen zu teilen. Soweit sie es beurteilen konnte, klang es so, als würden die Männer große Pläne für die Zukunft schmieden.

»Ich danke dir sehr, Frederick«, sagte Mr Vanderbilt warmherzig zu Mr Olmsted. »Was für ein wundervolles Weihnachtsgeschenk es war, heute Morgen mit dir zur Squatters Clearing zu gehen und all die Arbeit zu sehen, die du geleistet hast. Ich muss schon sagen, du kannst ein Geheimnis für dich behalten! Ich hatte keine Ahnung, dass du und die Arbeiter so gute Fortschritte gemacht habt. Ihr habt die ganze Lichtung aufgeforstet! Das ist wundervoll!«

»Gerne geschehen, George«, erwiderte Mr Olmsted, der unter seinem grauen Bart breit lächelte. Bei der Täuschung, die Serafina in seinem Blick wahrgenommen hatte, hatte es sich um die Überraschung gehandelt, die er für seinen alten Freund geplant hatte.

Und beim Betrachten seines lächelnden Gesichts erkannte Serafina auch, dass die Ernsthaftigkeit, die sie seit Mr Olmsteds Eintreffen an ihm wahrgenommen hatte, nicht mit einem schändlichen Plan zusammenhing, sondern dass ihr die Erkenntnis eines älteren Mannes zugrunde lag, dass ihm nur noch eine begrenzte Zeit auf Erden zur Verfügung stand, um sein Werk zu vollenden. Er war entschlossen, das Versprechen einzuhalten, das er Mr Vanderbilt gegeben hatte – für ihn neben dem Anwesen auch einen Wald anzulegen, den noch viele Generationen nach ihm schätzen und lieben würden. Die Fältchen um seinen Mund und seine Augen offenbarten ihr, dass er womöglich zum letzten Mal im Leben seinen liebsten Ort auf Erden besuchte, dass dies sein letztes Weihnachtsfest auf Biltmore sein würde und eines der letzten Jahre, die er auf einer Welt verbrachte, die er über alles liebte.

Als Serafina sich von den Männern am Kamin entfernte, kam Mrs Vanderbilt zu ihr und reichte ihr lächelnd ein kleines Päckchen mit einer roten Schleife.

»Du hast dein Geschenk noch gar nicht geöffnet, Serafina«, sagte Mrs Vanderbilt freundlich.

»Das ist für mich?«, rief Serafina überrascht. Sie riss das Geschenkpapier ab und hob den Deckel der kleinen Holzschachtel. Darin befand sich die Porzellanfigur eines wunderschönen, gefleckten Jaguars, die aus Biltmores Katzensammlung stammte.

»Vielen Dank, Mrs Vanderbilt«, sagte Serafina und sah mit Tränen in den Augen zu ihr hoch. »Ich werde sehr gut darauf aufpassen.«

»Damit möchte ich mich für alles bedanken, das du für uns getan hast«, erwiderte Mrs Vanderbilt.

In der Hoffnung, dass sie ihr nicht zunahe trat, fragte Serafina: »Wie geht es Ihnen, Mrs Vanderbilt?«

»Du musst dir keine Sorgen um mich machen«, versicherte Mrs Vanderbilt und berührte sie sanft an der Schulter. »Es ist alles in bester Ordnung.« Doch Serafina spürte, dass sie ihr etwas verschwieg.

Am Ende des Abends stand Serafina mit Braeden vor dem Weihnachtsbaum. Zwischen ihnen war alles so, wie es sein sollte.

»Frohe Weihnachten, Braeden«, wünschte Serafina ihm.

»Dir auch frohe Weihnachten, Serafina«, sagte Braeden. »Ich freue mich so, dass wir es nach Hause geschafft haben.«

Kurz darauf gewann ihre Neugier Oberhand, und sie stellte ihm die Frage, die sie beschäftigte.

»Was du für Gidean und Kess getan hast …«, begann sie. »War das schon immer so?«

»Ich habe Tiere schon immer geliebt«, sagte er, »aber … ich weiß auch nicht … Als ich klein war, habe ich eine Wiesenlerche mit gebrochenem Flügel gefunden. Ich habe sie gefüttert und mich um sie gekümmert und ein paar Tage später war ihr Flügel geheilt und sie ist davongeflogen. Ich bin einfach davon ausgegangen, dass es etwas ganz Normales war. Doch als ich dem Wanderfalken geholfen habe und dann Gidean, wurde mir langsam klar …, dass ich vielleicht anders bin als andere. Kess' Flügel konnte eigentlich nicht heilen.«

»Aber das ist er«, sagte Serafina und sah ihn mit ernstem Blick an. »Ich habe noch eine Frage, Braeden. Glaubst du, es funktioniert auch bei Menschen?«

»Ich bin mir nicht sicher«, sagte er.

Sie schwieg kurz, ehe sie ihm die eigentliche Frage stellte. »Meinst du, du könntest deiner Tante Edith helfen?«

»Ich glaube, das ist nichts, was ich zu heilen vermag«, erwiderte er.

»Verstehe«, sagte Serafina niedergeschlagen und ließ den Kopf hängen.

Doch dann lächelte Braeden. »Mein Onkel hat mir gerade erzählt, dass meine Tante nicht krank ist. Sie bekommt ein Baby.«

Serafina hob überrascht den Kopf. Eine Woge der Erleichterung durchflutete sie. Es war alles in bester Ordnung. Sogar mehr als das. Mrs Vanderbilt würde ein Baby bekommen! Das waren großartige Neuigkeiten.

Obwohl sie sich sehr für Mrs Vanderbilt freute, bemerkte Serafina, dass ihre ursprüngliche Frage Braeden ins Grübeln gebracht hatte und er über alles nachdachte, was mit Rowena und Gidean und dem Falken passiert war.

»Ehrlich gesagt, begreife ich noch nicht ganz, was für Kräfte ich da habe«, sagte er schließlich.

Serafina lächelte. »Das geht uns allen so.«

52

Serafina lag auf dem Balkon des Louis-XVI-Zimmers, schlug mit dem Schwanz hin und her und blickte auf das offene Rasenstück der Promenade hinunter, während der aufgehende Mond sein silbernes Licht auf die Wipfel der weiter entfernten Bäume warf. Niemand konnte sie hier oben sehen, weil sie schwarz wie die Nacht war. Die Tagschwärmer schliefen im Haus hinter ihr friedlich in ihren Betten.

Serafina entdeckte im Mondlicht die Silhouetten einiger Wölfe auf einem Hügel. Sie kamen zurück. Und im Frühling würden die Singvögel kommen, so wie sie es seit Millionen Jahren getan hatten. Der dunkle Bann, der auf dem Wald gelegen hatte, war gebrochen. Der Stab war fort.

Eine wunderschöne grüne Lunamotte flog vorüber, ihre langen Schwänze flatterten hinter ihr her. Serafina beobachtete, wie sie am Balkon entlang nach oben schwebte und dann Richtung Gärten weiterflog. Es war spät im Jahr für Lunamotten, aber die Tiere kamen heim.

Im Zimmer hinter ihr schliefen Mrs Vanderbilt und das Baby in ihrem Bauch. Serafina nahm ihre ruhigen, gleichmäßigen Herzschläge wahr. Sie wusste nicht, warum die Herrin beschlossen hatte, an diesem Abend in dem Raum zu schlafen, den sie in ein Kinderzimmer umwandeln wollte. Es war, als könnten sie und das Baby es kaum noch erwarten, einander kennenzulernen.

Serafina passte auf, ob sich irgendwo auffällige Schatten im Nebel zeigten oder die Silhouette einer lautlos dahingleitenden Eule.

Sie hielt Augen und Ohren offen. Bei Nacht war sie der schwarze Wachposten.

Sie wusste nicht, wann oder in welcher Gestalt die Dämonen erscheinen würden, aber sie wusste, dass sie eines Tages kommen würden.

Sie schwor sich, auf der Hut zu sein.

Sie schwor sich, bereit zu sein.

Denn die Nacht war ihr Hoheitsgebiet und zwar ihres ganz allein.

Wenige Tage zuvor hatte sie noch geglaubt, wählen zu müssen. Zwischen Wald und Haus, zwischen Bergen und Gärten.

Doch nun wusste sie, dass sie nicht entscheiden musste, ob sie ein Geschöpf der Nacht oder des Tages war, ob sie Katzbergen oder Mensch war, wild oder zahm. Sie war das alles. Sie konnte sein, wer immer sie wollte. Wie der Wanderfalke, der bei Tag und Nacht flog, würde sie tun, was ihr gefiel. Die O.R.F. und die Wächterin. Der Mensch und der Panther. Sie war all das und mehr.

Doch gerade, als ihre Seele endlich inneren Frieden fand, entdeckte sie in einiger Entfernung eine dunkle Gestalt zwischen den Bäumen. Sie hätte nicht sagen können, um wen es sich dabei handelte, ja nicht einmal, ob es überhaupt ein Mensch war, aber was es auch war, es blieb stehen, wandte sich um und sah sie mit glühenden Augen an.

Serafinas Herz hämmerte in ihrem gewaltigen Brustkorb,

während sie den Blick der Gestalt erwiderte. Ihre Muskeln erwachten zum Leben, und ihre Lunge füllte sich mit Luft.

Als sie sich auf alle vier Pfoten erhob, warf sie einen Blick hinter sich, um sicherzugehen, dass Mrs Vanderbilt noch unversehrt in ihrem Zimmer ruhte.

Und als Serafina sich wieder zu der Gestalt in der Ferne umdrehte, war sie verschwunden.

Eine Einladung nach Biltmore

Falls ihr gerne Serafinas Welt sehen und erleben möchtet, lade ich euch und eure Familie ein, dem Biltmore-Anwesen einen Besuch abzustatten. Meine Familie und ich leben in der Nähe und haben es seit Jahren erkundet.

Die Geschichte ist erfunden, aber ich habe mein Bestes gegeben, um das Haus und die historischen Details genau wiederzugeben. Wenn ihr Biltmore besucht, werdet ihr den sonnendurchfluteten Wintergarten, die Prunktreppe, Mr Vanderbilts spektakuläre Bibliothek und all die anderen Räume sehen, die im Buch vorkommen. ihr werdet über das Grundstück spazieren wie Serafina, Braeden und Lady Rowena. Falls ihr zur Weihnachtszeit kommt, werdet ihr über den riesigen Weihnachtsbaum im Bankettsaal staunen. Und falls ihr wisst, in welchem von Biltmores 250 Zimmern ihr nachsehen müsst, entdeckt ihr womöglich sogar eine gewisse Eule auf dem Kaminsims.

Ich kann euch außerdem aus eigener Erfahrung versichern, dass die Geheimtüren und -gänge, die im Buch beschrieben werden, real sind. Sie sind für Besucher nicht zugänglich (es sind schließlich *Geheimtüren!*), aber vielleicht entdeckt ihr ja die eine oder andere.

Hier und dort habe ich die künstlerische Freiheit bemüht, um die Geschichte voranzutreiben (ihr wollt ja schließlich kein Lexikon lesen), aber im Großen und Ganzen habe ich versucht, dem Geist und den Details des Hauses gerecht zu werden.

Wenn ihr euch gerne im Freien aufhaltet, solltet ihr die Wälder und Berge, die Asheville umgeben, erkunden. Ihr könnt euch an den Felsgärten vorbei den höchsten Berg im Osten der Vereinigten Staaten hinaufwagen, genau wie Serafina auf ihrer Reise. Ihr werdet dieselben Wasserfälle sehen und könnt in denselben Flüssen schwimmen.

Viele der Charaktere, die in der Geschichte beschrieben werden, waren reale Personen, darunter George und Edith Vanderbilt, die Haushälterin Emily Rand King und Frederick Law Olmsted, der Vater der Landschaftsarchitektur in Amerika. Sogar Cedric, den Bernhardiner hat es gegeben.

Ich habe mich entschieden, Mr Olmsted auf diese Weise – nämlich Bäume pflanzend – darzustellen, um den Geist der ursprünglichen Vision einzufangen, die er und George Vanderbilt für den Wald hatten, der Biltmore umgibt, und der später die Geburtsstätte für den Schutz der Wälder in Amerika sein würde. Die Gespräche der beiden Männer sind von Olmsteds persönlichen Briefen inspiriert. Aber ich habe die künstlerische Freiheit gebraucht, um ihn 1899 für einen Besuch nach Biltmore zurückzubringen; ein paar Jahre, nachdem er in Rente gegangen war. Wenn mehr Platz dafür gewesen wäre, hätte ich auch gerne die Rollen von Gifford Pinchot, Carl Schenck und anderen beschrieben. Jahre später, nachdem George Vanderbilt unerwartet verstorben war, erfüllte seine Frau Edith seinen Traum für den Wald, indem sie den Großteil an die Regierung verkaufte, damit er von einer öffentlichen Stiftung bewahrt würde.

Aus ihm wurde der heutige Pisgah National Forest, einer von Amerikas ersten und schönsten Nationalparks.

Wann immer ich die einzigartige Schönheit des Biltmore Anwesens mit seinen Gärten und Bäumen sehe, komme ich nicht umhin zu bewundern, zu welch ungeheurer Vorstellungskraft der menschliche Geist fähig ist, wenn er einen guten Zweck anstrebt.

Robert Beatty

Danksagung

Als Erstes möchte ich mich bei euch dafür bedanken, liebe Leser, dass ihr allen von *Serafina Black und der schwarze Umhang* erzählt habt. Nur durch eure Unterstützung für den ersten Band habe ich die Möglichkeit erhalten, mit Serafinas Geschichte fortzufahren.

Mein tiefer Dank gilt Laura Schreiber und Emily Meehan, meinen Lektorinnen bei Disney Hyperion, für ihre enorme Kenntnis im Geschichtenerzählen und ihren Glauben an die Serafina-Serie. Ich danke auch dem Rest des wundervollen Teams bei Disney Hyperion in New York und LA.

Ich danke den Mittelstufenschülern und Lehrern der Carolina Day School, den Damen vom LLL Book Club und all meinen anderen Testlesern.

Außerdem möchte ich mich bei den freien Lektoren bedanken, die mir wertvolles Feedback zum Manuskript gegeben haben: Jodie Renner, Sam Severn, Jenny Bowman, Kira Freed, Sheila Trask, Dianne Purdie, John Harten und Misty Stiles.

Mein Dank gebührt außerdem Dr. Bridget Anderson, einer Expertin für Dialekte, die in den Bergen der Südstaaten um die Jahrhundertwende gesprochen wurde. Da mir die unterschiedlichen

Redeweisen der Menschen in unserem vielfältigen Land schon immer gefallen haben, weiß ich ihre Hilfe zu schätzen, die traditionellen Bergdialekte zu ehren.*

Danke an die Serafina-Heimmannschaft in Asheville, darunter Scott Fowler und Lydia Carrington von Brucemont Communications, Robin McCollough, der fleißig die Werbetrommel gerührt hat, und das talentierte Team von Bonesteel Films und alle anderen, die dem Buch zum Erfolg verholfen haben.

Danke, Deborah Sloan und M.J. Rose, dass ihr mir geholfen habt, Serafina bekannt zu machen. Und ich danke meinem Agenten, Bill Contardi und meiner Agentin für Auslandsrechte, Marianne Merola bei Brandt & Hochman in New York. Danke auch an Egmont UK und an meine anderen ausländischen Verlage.

Ich würde außerdem gerne all den freundlichen und hilfsbereiten Leuten bei Barnes & Noble in Asheville und im Südosten des Landes danken, genau wie dem Malaprop's Bookstore und all den anderen Buchhandlungen im Land, die an mich geglaubt haben, mich unterstützt haben und so wundervolle Gastgeber waren. Danke den Lehrern und Bibliothekaren im Land, die *Serafina Black und der schwarze Umhang* im Unterricht eingesetzt haben und nicht müde werden, jeden Tag aufs Neue junge Menschen zum Lesen zu inspirieren.

Ich danke meinen Freunden Dini Pickering, Chase Pickering und Ryan Cecil, der vierten und fünften Generation von Familienmitgliedern des George Vanderbilt. Eure Unterstützung und eure Ermutigungen ehren mich. Ein großer Dank gebührt allen Angestellten

* Die Dialekte konnten in der deutschen Übersetzung nicht übernommen werden, da sie so nur im Amerikanischen vorkommen.

und dem Management der Biltmore Company, insbesondere Ellen Rickman, Tim Rosebrock und Kathleen Mosher.

Zu guter Letzt möchte ich mich bei meiner Familie bedanken, bei meinen beiden Brüdern und der Jankowski-Familie, doch vor allem bei meiner Frau und meinen drei Töchtern, die mich nicht nur zu dieser Geschichte inspiriert haben, sondern auch geholfen haben, sie zu erfinden, zu entwickeln und in die Welt zu bringen.